T0243730

PERU CÁMARA

CORDELIA

DEL MISMO AUTOR
EN DUOMO EDICIONES:

Galerna

PERU CÁMARA

CORDELIA

Duomo ediciones

Barcelona, 2024

Primera edición: febrero de 2024
Segunda edición: marzo de 2024

Duomo ediciones es un sello de Antonio Vallardi Editore S.u.r.l.
Pl. Urquinaona 11, 3.º 1.ª izq. 08010 Barcelona, España (España)
www.duomoediciones.com

Gruppo Editoriale Mauri Spagnol S.p.A.
www.maurispagnol.it

ISBN: 978-84-19521-43-9
Código IBIC: FA
Depósito legal: B 21.768-2023

Diseño y composición:
Grafime S.L.

Impresión:
Grafica Veneta S.p.A. di Trebaseleghe (PD)
Impreso en Italia

Para Erika, mi persona favorita

In Excelsis

En lo más alto

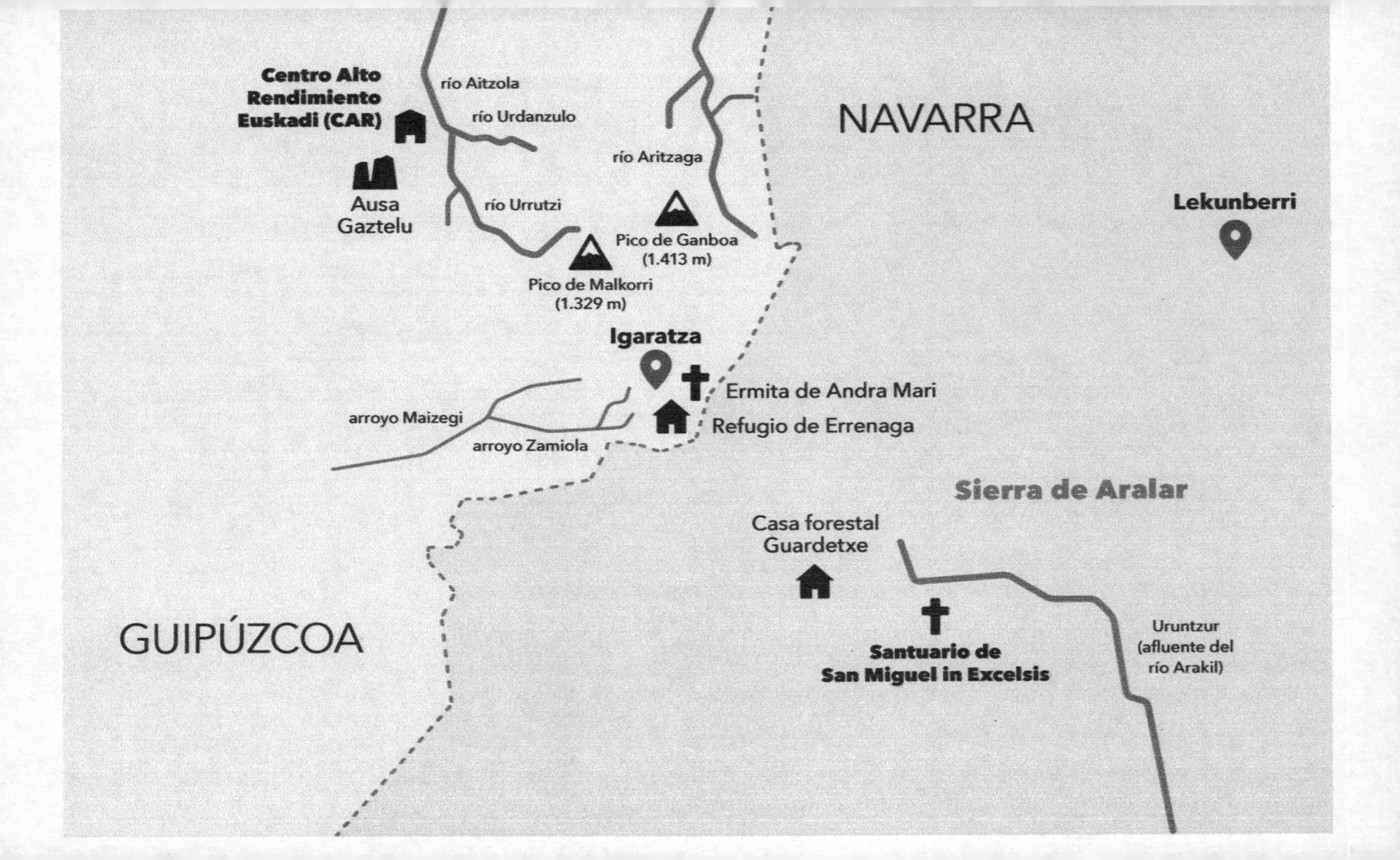
Centro Alto
Rendimiento
Euskadi (CAR)
río Aitzola
río Urdanzulo
NAVARRA
río Aritzaga
Ausa
Gaztelu
río Urrutzi
Lekunberri
Pico de Ganboa
(1.413 m)
Pico de Malkorri
(1.329 m)
Igaratza
Ermita de Andra Mari
arroyo Maizegi
Refugio de Errenaga
arroyo Zamiola
Sierra de Aralar
Casa forestal
Guardetxe
GUIPÚZCOA
Uruntzur
(afluente del
río Arakil)
Santuario de
San Miguel in Excelsis

Parte I

PRÓLOGO

Cordelia no supo que se llamaba así hasta que desembarcó en la península ibérica. Nacida en el interior de Estados Unidos, cruzó el océano Atlántico, se cargó de aire caliente en las islas Azores y penetró en España por el sur. Hasta ahí, todo bien. El asunto se torció cuando, superada la mitad norte del país, esa masa de bajas presiones se cargó con la humedad de un frente proveniente del mar Mediterráneo y topó con una serie de masas de aire frío derivadas de un vórtice polar ártico. El embolsamiento de aire gélido se columpió hacia las capas bajas de la troposfera y, al verse rodeada de aire cálido, originó una explosión en forma de bajada brutal de las temperaturas, nieve a chorro y vientos huracanados que impactó de pleno en el litoral cantábrico. Cordelia ya no era una borrasca menor, había ascendido a la categoría de alerta roja, y se esperaba que, debido a la lentitud en su desplazamiento, la pauta de ventiscas se repitiera a lo largo de toda la semana.

Como se trataba de la tercera borrasca de la temporada, AEMET, junto con sus homólogos portugueses, franceses e irlandeses (los ingleses ostentaban su propia agencia, *of course*), tiraron de abecedario y la bautizaron de esa manera, no en honor al personaje de Shakespeare, sino por la tía de uno de los meteorólogos, una mujer de fuerte carácter con tendencia a reventar las reuniones familiares. Las tres condiciones para nombrar una borrasca eran: 1) que su nombre fuese sonoro, fácilmente reproducible en los medios de comunicación; 2) que la lista alternase nombres en femenino y en masculino, a fin de evitar las asociaciones negativas a un sexo; y 3) que el país que sufría primero las consecuencias de la borrasca le daba oficialidad, la bautizaba. Antes habían llegado Aitana y Braulio, sin causar trastorno alguno. Sin embargo, Cordelia era diferente y, como una buena diva, había cruzado el charco con la intención de causar un destrozo de proporciones colosales. Y vaya si lo consiguió.

El cuerpo de Izaro Arakama fue hallado sin vida a la mañana siguiente de que Cordelia iniciase su orgía destructiva.

CAPÍTULO I

Domingo, 16 de febrero de 2020
Santuario San Miguel in Excelsis, sierra de Aralar
17:00

FALTAN SEIS DÍAS PARA LA GALA

—Recuérdame por qué a ti te han ascendido a inspector y yo me he pasado los últimos seis meses limpiando la junta de las baldosas con un cepillo de dientes —dijo el forense Aitor Intxaurraga, al tiempo que trataba de sacar su raqueta de entre la nieve.

—Todo son prisas para vosotros, los jóvenes —respondió el inspector Otamendi sin hacerle mucho caso, concentrado en lo que hacían varios metros más arriba sus dos subordinados, los agentes Llarena y Gómez—. Lo queréis todo ya, ahora. No sabéis vivir el presente. Mira. Mira qué paisaje, qué belleza —le dijo para que se distrajera, quitándoselo de encima.

Aitor levantó la cabeza. Si no le costase tanto avanzar, convendría en que el entorno era espectacular. Tras una noche de temporal salvaje, la visibilidad desde el mirador era absoluta y se podía disfrutar del valle de Sakana prácticamente en su totalidad, unos mil metros más abajo, rajado en el centro por la autovía A-10. Frente a ellos, al otro lado de la hondonada, formando un muro calcáreo infranqueable, se alzaban las sierras de Andía y Urbasa. La panorámica era nueva para él; jamás había visto tanta nieve junta, algo que, por muy idílico que pudiera parecer a primera vista, era un marrón para trabajar. «Si no, de qué me iban a haber dejado salir del Instituto de Medicina Legal», barruntó para sí, enfadado. Y es que sentía que, desde los hechos acontecidos en San Sebastián durante la noche de galerna, hacía unos pocos meses, había caído en desgracia en el Instituto y sus superiores parecían haber emprendido una actitud de represalia contra él. Pese a haberse jugado la vida y haber sido clave en la resolución de aquel caso, había pasado el último medio año relegado a las tareas más tediosas e intrascendentes de la morgue y, en caso de tener una salida, lo había hecho siempre bajo supervisión. Aquella era una manera de recordarle que las órdenes no se desobedecían y que en el Instituto no se aceptaban conductas díscolas ni almas libres. El joven forense sabía que en aquella contada ocasión le habían soltado solo y al aire libre porque las condiciones eran nefastas, con frío, nieve y en un lugar de imposible acceso para vehículos de motor. A ninguno de sus superiores le apetecía lo más mínimo tener que subir a pie hasta el santuario de San Miguel de Aralar para certificar la muerte por hipotermia de una montañera extraviada.

Sin embargo, para Aitor, el fallecimiento de Izaro Arakama no era una defunción más. En Guipúzcoa morían al día trece personas, que no acostumbraban a pisar la mesa de autopsias; de hecho, desde septiembre, Aitor había certificado cuarenta y tres muertes: diecisiete por suicidio, diez en accidente de tráfico, ocho en accidente laboral, tres por ahogamiento, cuatro por infarto y una por caída mientras el fallecido se hacía un selfi. A eso había que sumarle el hallazgo de un bebé en un contenedor que, tras todas las acciones pertinentes llevadas a cabo —atestado y toma de muestras incluidas—, resultó ser un muñeco. Realista a más no poder, pero un muñeco al fin y al cabo. Esas muertes, las de verdad, abstrayéndose de la pérdida y de la tristeza de quienes rodeaban a los difuntos, entraban en la normalidad estadística de una provincia de setecientos mil habitantes. Aitor estaba frustrado y, lo que era peor y más le preocupaba, había dejado de esperar nada del Instituto de Medicina Legal, su casa, el lugar donde había soñado trabajar toda su vida. Eso era lo que más le dolía: el desapego que empezaba a sentir por aquel lugar. Por eso la defunción de Izaro Arakama era importante para él. Necesitaba recuperar esa emoción, ese vínculo entre su trabajo y el servicio a la comunidad. Aquella mujer dejaba dos huérfanos de madre, un niño y una niña, y él había vivido en sus carnes la importancia de las respuestas. Algún día, esos niños crecerían y necesitarían entender. Para eso estaba él allí.

—Otamendi, si queréis volver a pie con el cuerpo hasta vuestro coche patrulla, vais a tener que daros prisa. —La voz de Laia Palacios interrumpió sus divagaciones.

Se trataba de una experimentada agente de la unidad de montaña de la Policía Foral de Navarra y una vieja conocida del inspector Otamendi. Su homóloga navarra acudía en calidad de guía, dado que el cuerpo de Izaro Arakama había sido hallado bajo su jurisdicción. De hecho, la familia residía en Lekunberri, pero la víctima aún seguía empadronada en San Sebastián. De ahí la presencia de la Ertzaintza y del Instituto Vasco de Medicina Legal en aquel paraje.

—Trataremos de ser raudos y veloces. ¿A que sí, doctor? —El inspector interpeló a Aitor con el codo.

Este lo miró molesto, rodeado de incomodidades como estaba.

—Todo eso que veis es la hospedería.

Laia Palacios, de ojos rasgados y flequillo cortado a hachazos, se refería al ala sur del complejo, edificado en el desnivel más bajo del terreno: un rectángulo de piedra de tres pisos con pequeñas ventanas. La fachada estaba desconchada en algunos tramos, por los que se podía vislumbrar el hierro corrugado de la estructura. La policía foral les contó que aquella ala sur había hecho las veces de albergue, orfanato y escuela, alojando a los niños del valle cuyos padres no podían mantenerlos.

—Esto es una reconstrucción, la original ardió en un incendio hace ya..., no sé. Ochenta años, creo, y la restauraron con fondos de la Diputación. Bueno, da un poco igual. Está en desuso. Y eso de debajo es el restaurante.

Una nave de baja altura, con cubierta a dos aguas de tejas de pizarra, avanzaba hasta el comienzo de lo que parecía un aparcamiento sepultado bajo la nieve. El interior bullía de gente sentada alrededor de las mesas y un ir y venir continuo a la barra. A primera vista, habría al menos quince personas en el bar. Se trataba de una pequeña comitiva de la partida de búsqueda de Izaro Arakama. Un cartel de SALDA BADAGO («Hay caldo») colgaba oscilante de la puerta.

—Reunión de pastores, oveja muerta —renegó la agente Palacios, pasando de largo.

Subieron por una escalinata de peldaños muy tendidos hacia la iglesia. La nieve, apartada en montículos a los lados del camino, los superaba en altura.

—¿Románico? —le preguntó Aitor al inspector Otamendi, señalando el templo religioso de roca que se erguía ante ellos.

Por lo poco que él sabía, el estilo gótico tendía hacia arriba y el románico, hacia el recogimiento. Y aquella construcción parecía más compacta que otra cosa.

—Ni idea, a mí me parece que estamos en una escena de *El nombre de la rosa* —respondió el inspector.

El agente primero de la Ertzaintza Lander Llarena los esperaba agarrado a ambos lados del marco de la puerta que daba acceso a un largo pasillo. Tenía cara de pocos amigos.

—La escena está totalmente contaminada. Aquí ha habido peregrinaje —dijo mirando hacia el interior.

Aitor echó un vistazo hacia dentro y despotricó para sí. El suelo de piedra estaba mojado y lleno de huellas y barro. Dos agentes forales, una mujer y un hombre, ambos jóvenes, se apresuraron a dar explicaciones.

—Estaba así cuando hemos llegado; habían organizado un rezo junto al cuerpo. Hemos echado a todo el mundo fuera —dijo la policía foral, de estatura baja—. Creemos que, al menos, nadie la ha tocado.

Su tono de voz y su expresión corporal denotaban cierta contrición debido a lo alterada que estaba la escena.

—Estos son mis compañeros: Joana Satrustegi e Iker Toquero —los presentó Laia Palacios.

Antes de que nadie pudiese formular alguna pregunta más, una señora mayor de pelo rosa y cara arrugada se coló en el círculo hasta situarse en la axila de Llarena. Habló a una velocidad endiablada, la misma a la que gesticulaba.

—¡Oye! ¿Qué es eso de que no dejáis a Ángel estar dentro con el cuerpo de su mujer? —increpó la señora, señalando hacia atrás—. ¡Debería daros vergüenza!

Aitor se volvió en la dirección que marcaba el torcido dedo índice de la anciana. Un grupo de tres montañeros provistos de palas rodeaban a dos hombres de mediana edad. Reconoció al viudo de inmediato. Era el que estaba destrozado, con los ojos enrojecidos.

—Señora, ¿por qué no se va usted a tomar un caldo al bar y nos deja hacer nuestro trabajo? —La voz del agente Llarena le salió *in crescendo* de la boca.

—¡Tu trabajo era encontrarla con vida! —replicó la mujer.

Los tres hombres de las palas, también entrados en años, se aproximaron barruntando y agitando las herramientas.

—¡Llevamos toda la mañana quitando nieve para que vosotros vengáis aquí de paseo! —les reprochó uno de ellos.

—¡A ver si va a ser culpa nuestra que esa mujer —Llarena señaló hacia el interior— saliese a dar una vuelta en medio de una tormenta de nieve!

—¡Llarena!

El grito de Jaime Otamendi, grave, silenció el tumulto. El inspector miró a los presentes, uno a uno, y todos bajaron la cabeza. Todos excepto Aitor. Cuando se hizo el silencio absoluto, tomó a la agente Palacios por la solapa de su chamarra y le dijo en voz baja:

—Laia, hazme un favor, que tus chicos saquen a toda esta gente de aquí, pero escuchad —Otamendi se volvió hacia los dos agentes más jóvenes—, los ponéis en fila en la puerta del restaurante, y antes de mandarlos monte abajo, les sacáis fotos a todas las suelas de las botas. ¿De acuerdo?

La agente foral asintió, deseosa de poner el dispositivo en marcha, y les hizo una señal a sus dos compañeros, que, con mucha mano izquierda, se llevaron de allí a los montañeros de las palas y a la señora malhumorada.

—Ven, Mertxe —le dijo la foral más joven, la agente Satrustegi, a la mujer—, que tienes que echarnos una mano con los del restaurante.

—¡Es que no hay derecho, la pobre allí sola en la iglesia y el marido sin poder entrar! —se quejaba la voluntaria.

—Anda que tú también vaya mala leche te canta... —le decía la policía pasándole el brazo por encima mientras los encaminaba pendiente abajo, hacia el restaurante.

—Llarena, acércate —ordenó Otamendi—. Ocúpate del interior: fotos, huellas de pisadas y muestras. ¿Y dónde está Gómez?

—Allí. —Señaló el cabo primero.

El agente Gómez estaba en el patio frontal, a unos veinte metros, junto a una pequeña ermita. Deambulaba mirando al suelo más allá de su frondosa barba y apartando la nieve con las botas.

—Perfecto, eso es lo que quiero que haga, que busque algún indicio en los alrededores que pueda revelarnos la ruta por la que llegó Izaro Arakama. Que también se dé una vuelta por la cara norte del complejo, ¿estamos?

El agente Llarena asintió.

—Y una cosa más, Lander. —El inspector agachó la cabeza, con lo que obligó al cabo a hacer lo mismo si quería escuchar lo que tenía que decir—. Nosotros nos comemos una bronca, pero eso no es nada en comparación con la pérdida de una vida. No te enfrentes a la gente, tenemos que estar por encima de eso.

—Pero...

El inspector no le dejó continuar. Se volvió hacia Aitor y le dijo:

—Forense, tú te vienes con Palacios y conmigo a hablar con el viudo.

La cabecera de la iglesia, en el exterior, estaba formada por tres ábsides. Junto al principal, de forma octogonal, les esperaban dos hombres: Ángel Ruiz tenía la frente pegada a la fachada y el hombre que le apoyaba la mano en la espalda, tratando de consolarlo, debía de ser consanguíneo suyo, dado el parecido físico entre ambos.

—Ángel, siento mucho su pérdida —dijo la agente Palacios, tendiéndole la mano—. Estos son el inspector de la Ertzaintza Jaime Otamendi y el médico forense Aitor Intxaurraga. —Luego señaló al otro hombre y continuó—: Él es Ricardo Ruiz, el hermano de Ángel.

El hombre se sorbió los mocos y estrechó las manos de los presentes mientras exhalaba un hilillo de voz:

—Me han dicho que saliera. ¿Cuándo voy a poder llevarme el cuerpo?

El viudo tenía unos ojos claros y pequeños que suplicaban consuelo, y las mejillas sonrosadas por el frío, lo que en conjunto le otorgaba aspecto de duendecillo.

—Necesitamos que tengas paciencia, Ángel. Te garantizo que te entregaremos el cuerpo lo antes posible —respondió la agente Palacios.

—Señor Ruiz, mis condolencias —dijo el inspector Otamendi, abriendo un bloc de notas—. Soy consciente de que esto tiene que ser difícil para usted, pero, por nuestra experiencia, creemos que es importante hablar lo antes posible con usted para evitar que se desvanezcan los detalles.

Ángel Ruiz balbució un «de acuerdo» apenas inteligible y se quedó mirando al ertzaina como si estuviese esperando a que le dijese qué hacer en ese momento.

—Cuénteme: ¿a qué hora salió Izaro de casa? —preguntó el inspector.

—Serían las ocho de la mañana o así —dijo el hombre buscando la aprobación de su hermano con un gesto—. Hacia las dos el cielo estaba muy encapotado y Aralar ni se veía desde Lekunberri, por lo que empezamos a preocuparnos. Como una hora después dimos la alarma.

Laia Palacios, que había organizado el dispositivo de búsqueda, asentía con la cabeza, rememorando los hechos del día anterior.

—A las cinco de la tarde salimos del aparcamiento de Guardetxe, el punto de partida, cincuenta personas en busca de Izaro —rememoró Ángel Ruiz.

—Empezamos desde allí porque pensábamos que sería donde Izaro habría dejado el coche —añadió Ricardo, el hermano.

—Dos horas después los forales nos mandaban para casa. —Un tono amargo de reproche se traslucía en las palabras del viudo.

—La situación se había vuelto insostenible: la nieve caía de frente, no se veía nada a más de dos metros y el descenso de temperaturas... fue brutal —se justificó Laia Palacios—. No podíamos arriesgarnos a perder a alguien más. Era muy peligroso.

—Dígame —continuó el inspector Otamendi, que trataba de usar su tono más suave y comprensivo—: ¿sabía Izaro que venía el temporal de frío y nieve?

—Sí, sí que lo sabía —intervino el hermano—. Yo estaba en casa cuando hablamos del tema. Ya había nevado a lo largo de la noche anterior y Aralar se veía blanco desde casa. Nos dijo que estuviésemos tranquilos, que iba a hacer la ruta de siempre y que volvería para el mediodía, antes de que la tormenta llegase. Que lo tenía todo controlado.

—¿Era habitual que Izaro no se llevase el móvil?

—Sí —respondió Ángel Ruiz—, decía que la distraía. Que de lo contrario paseaba mirando la pantalla y no el paisaje.

—¿Era creyente? —preguntó el inspector Otamendi mientras seguía apuntando en su libreta—. Quiero decir, ¿tenía algún tipo de vínculo espiritual con este lugar?

—No, bueno... —Ángel Ruiz trataba de encontrar las palabras—. Decía que le gustaba darse una vuelta por aquí. Pero no era por lo de Dios y esas cosas, sino más por el lugar. Decía que le daba paz.

El viudo volvió la cabeza hacia el suelo y se puso a llorar.

Se quedaron en silencio. Aitor, pese a ser consciente de que la toma de testimonios era esencial para el curso de la investigación, había permanecido en un discreto segundo plano, deseoso de examinar el cuerpo de Izaro Arakama. Aun así, echó de menos la habitual locuacidad de Jaime Otamendi. Le observó y advirtió que tenía la mirada perdida. A saber en qué estaría pensando. ¿En su propia esposa, tal vez? No lo creía. El inspector era más de dejar que los silencios hablasen por sí solos, de esperar a que alguien se pusiese nervioso, incómodo por la situación, y que entonces dijese algo de interés. Pero el que se estaba inquietando era él. Necesitaba ver el cadáver cuanto antes.

—Ángel, tenéis que volver a Lekunberri —dijo la agente foral Laia Palacios.

Al parecer, Aitor no era el único que tenía prisa.

—Pero...

—El cuerpo será trasladado al Instituto de Medicina Legal de San Sebastián. Recuerda que, a efectos legales, vuestra primera residencia sigue estando allí. —Laia Palacios usaba un tono suave y pedagógico—. Cuando esté listo os avisaremos para que podáis organizar la despedida que vosotros consideréis adecuada.

La agente foral le hizo un gesto al hermano, que se llevó al viudo a rastras, sin que este pudiese oponer resistencia.

Era el momento de entrar.

Laia Palacios guio al interior al inspector Otamendi y a Aitor. Una vez bajo techo, la luz mudó a un tono más apagado y lúgubre. Estaban en un pasillo de piedra con techo de vigas de madera; a la izquierda, un par de ventanitas a ras de suelo controlaban la ambientación; Llarena estaba fotografiando cámara en mano todas y cada una de las muchas huellas que había en el suelo embarrado. Aitor maldijo la tardanza en llegar a la escena del deceso: aquello eran los restos de toda una procesión de personas. Sacó unas calzas de plástico y unos guantes y se las tendió a la agente Palacios, que se puso todo *ipso facto*. Luego se vistió con un buzo blanco. Caminaron junto a las hornacinas de la pared del lado derecho, evitando pisar el rastro de huellas marrones, y atravesaron la galería por la pasarela habilitada para personas de movilidad reducida hasta llegar a un pórtico cubierto donde una única ventana, en el muro septentrional, aportaba luz natural.

—Esta anteiglesia se llama nártex. Antes había allí una puerta, pero ahora está tapiada para evitar las inclemencias del tiempo —dijo la foral, señalando un hueco obstruido en el muro norte de la estancia, bajo la ventana—. Esta sala simboliza el tránsito del paganismo al cristianismo.

—Joder, Laia, ¿qué eres, guía turística en tus ratos libres? —le vaciló el inspector Otamendi.

—Lo que no soy es una inculta como tú —se defendió la policía—. Venga, pasad deprisa.

Laia Palacios los guio hacia el interior. Lo primero que encontraron fue una intracapilla, una especie de minioratorio con tejado, dentro de la propia iglesia.

—Esas son las cadenas de Don Teodosio —señaló la agente—. La tradición dice que hay que pasárselas tres veces por encima de la cabeza...

Aitor se sintió en otro mundo, en otra época. Todo era de piedra, vetusto, tosco y con pretensión intimidante. Había empezado a sentir ese cosquilleo en el estómago, esa ansiedad causada por la anticipación de encontrarse ante un cadáver.

Rodearon la construcción por la derecha y avanzaron por la nave lateral. Hasta una altura un poco por encima de sus cabezas, el templo estaba construido en piedra caliza, de color beis-amarillento; a partir de ahí, las paredes adoptaban un tono más oscuro, grisáceo, debido a la piedra arenisca con la que habían sido construidas. Salvo la primera columna, que era redonda, el resto tenían forma octogonal. Pasaron por delante de los confesionarios y llegaron a la nave central, con diferencia la más amplia de las tres; el techo lo cubría una bóveda de cañón. La iluminación real corría a cargo de focos orientados de manera interesada hacia el altar y la cúpula de un cuarto de esfera, de forma que la luz llovía celestialmente desde arriba. El resto de la lumbre se basaba en candelabros reales y falsos que le daban una atmósfera de recogimiento a la iglesia.

En efecto, allí era. Para su alivio, el suelo parecía estar limpio de pisadas. El cuerpo de Izaro Arakama yacía en la primera fila de bancos de madera. Se encontraba en posición decúbito lateral, es decir, de lado, con las manos metidas, palma con palma, bajo el rostro, y el cuerpo encorvado, recogido. Era una imagen magnética. Jamás se lo reconocería a nadie, pero a Aitor le parecía que la imagen de aquella mujer tendida sin vida sobre la superficie barnizada desprendía cierta belleza. El médico forense sintió el pulso acelerándose, el cuerpo caliente debido a la ascensión colisionando con el ambiente helado de la iglesia, la ansiedad por examinar el cadáver en aumento...

—Ahí, en el altar, está la efigie de san Miguel y ese retablo de ahí lo robaron. Fue obra de Erik el Belga —les contó Laia Palacios, expulsando el aire y dando por finalizada la visita guiada.

Ahora les tocaba a ellos.

Sin prestar mucha atención a una escultura alada que sostenía una cruz sobre la cabeza ni al enorme retablo que contenía el frontal esmaltado de color dorado, Aitor se acuclilló delante del cuerpo. El rostro había adoptado un color violáceo; la piel parecía embalsamada, tersa, sin arruga alguna. Mostraba una expresión de descanso, de paz. «Una mujer guapa —pensó Aitor—: cuarenta y pico, pelo moreno y largo, frente amplia, cejas finas, largas pestañas, mentón estrecho...». Se dice que la muerte por frío es dulce, ya que el cerebro se deja ir y la pérdida de contacto con la realidad llega a ser total. Él no lo veía igual. Los momentos previos, aquellos en los que eres consciente de lo que se te viene encima, abandonado a tu suerte, solo, presa del miedo, los imaginó como una tortura. Aquella mujer había vagado una noche entera por un páramo de nieve y niebla, aterida: era una pésima manera de morir.

—Deduzco que llegaría aquí pensando que este era el lugar más cálido y se dejó caer ahí —dijo el inspector Otamendi, sorteando las hileras de bancos.

Aitor abrió la boca del cadáver.

—Mira esto, Jaime —dijo el forense.

—¿Qué pasa? —preguntó el inspector Otamendi.

—Ilumina el interior —le invitó, separando los carrillos—. Aftas.

—¿Causadas por el frío? —preguntó Otamendi.

—No, que yo sepa —negó Aitor mientras sacaba la cámara para fotografiarlas—. Hay diferentes motivos: falta de vitamina B12, una infección vírica o cambios hormonales. Aunque, según mi experiencia, las causas más repetidas son el estrés y la ansiedad.

—Pues muy bien —dijo el inspector sin mucha emoción, dándose la vuelta—. Venga, sigue, que nos quedamos sin tiempo.

Aitor miró su reloj Casio: eran las seis de la tarde, apenas quedaba media hora de luz diurna. «Siempre hay prisa», maldijo Aitor con rabia. Uno no podía acelerar procesos que requerían unos tiempos, como si un examen preliminar se hiciese en un chasquear de dedos. Abrió la chaqueta de la montañera y exploró el cuello y la zona del pecho. Izaro Arakama tenía la piel entre azul y morada, con una fina capa transparente al tacto, como revestida en cera, a causa de la vasoconstricción cutánea. Supuso que, al hacer la autopsia, encontrarían signos de edema pulmonar por fallo cardiovascular o, directamente, un corazón que había dejado de latir a causa del frío. Aitor la miró: parecía plácida allí tumbada. Se preguntó si habría pasado miedo y esperó que hubiese perdido la razón mucho antes de darse cuenta de que iba a morir.

Le sacó las manos de debajo de la cara, le quitó los guantes, los metió en una bolsa y le examinó los dedos: parecían pústulas a punto de reventar; se trataba de ampollas causadas por la congelación. Las uñas no daban la impresión de albergar partículas. Aitor cogió el termómetro, se dispuso a tomar la temperatura por vía rectal y fue en ese momento, al desabrochar el pantalón, cuando la prenda crujió como si se tratase de cartón. Las calzas estaban congeladas. Pequeñas capas de hielo se desprendieron de la membrana de Gore-Tex y cayeron al suelo empedrado.

—Jaime, ven —dijo Aitor sorprendido, señalando la ropa agarrotada.

El inspector Otamendi volvió a su lado y se agachó ante el cuerpo.

—Ayúdame a quitarle las botas —pidió el forense—. Toma, mételas aquí.

El inspector obedeció e introdujo el calzado en bolsas de pruebas mientras Aitor desvestía el cuerpo.

—La hostia —blasfemó el forense—. Mira esto.

Las piernas de Izaro Arakama estaban blancas, de un color muy diferente al de su cara o sus manos. Aitor respiró hondo y se obligó a calmarse. El familiar temblor en las rodillas se unía a una especie de pánico al descontrol que le cosquilleaba la cabeza cuando no entendía algo. Sabía qué hacer: nada de anticiparse, debía ir a lo inmediato; «¿Cómo se come un elefante? Pedazo a pedazo». Le quitó los calcetines: los dedos de los pies estaban totalmente agarrotados. Se giró hacia el inspector Otamendi, que le devolvió una mirada inmutable. «No es el momento de hacer elucubraciones», le indicaba con la vista.

Estaba de acuerdo con él, aunque ponerle freno al alud de conjeturas que le sobrevenía en esos momentos era complicado.

Aitor exploró hasta dónde llegaba la coloración nívea de la piel: justo por encima de la ropa interior, desde los pies hasta la cintura; prácticamente había una línea divisoria delimitada a la perfección entre el tono azul-violeta del tren superior y la palidez del tren inferior. Jamás había visto algo así. Comparó el tacto de la piel del torso y del muslo, y constató que la primera estaba blanda mientras que la segunda parecía una piedra. Y entonces, de manera instintiva, reparó en los pantalones de la montañera, que yacían en el suelo. Las finas capas de hielo se estaban desprendiendo e iban formando pequeños charcos en el piso. Aitor se apresuró a recoger tantas escamas de hielo como pudo y a introducirlas en pisetas, unos frascos cilíndricos aptos para recoger líquidos. Jaime Otamendi seguía quieto junto a él, a la espera.

De repente, la luz cambió y ambos miraron hacia los tres ventanales sobre sus cabezas. Pese a ser abocinadas y muy estrechas, y tener el vidrio velado, los tragaluces transmitieron perfectamente que afuera había oscurecido de manera drástica. Era como si toda la estancia hubiese quedado cubierta con un velo negro.

Laia Palacios apareció en el fondo de la iglesia, entre aspavientos.

—¡Lo sabía, maldita sea! Los modelos de predicción no sirven para una ventisca de este calibre —dijo la agente foral, exaltada—. ¡Hay que recoger el chiringuito, la tormenta ya está aquí!

El inspector Otamendi se volvió hacia Aitor.

—A la bolsa, ya —le indicó señalando el cuerpo de Izaro Arakama.

Aitor estuvo a punto de protestar diciendo que no había

acabado con el examen preliminar y era pronto para el levantamiento del cadáver, pero no lo hizo. Se apresuró a sacar la bolsa mortuoria de vinilo negro de su mochila y empezó a preparar el cuerpo para su transporte.

—*Mecagüen*... —maldijo el inspector, conteniendo la blasfemia. Cogió la radio—. Lander, ¿estás ahí?

—¿Sí, jefe? —La voz del agente crujió en la capilla a través de la petaca del inspector.

—¿Está la zona despejada?

—Sí, se ha ido todo el mundo. Los agentes Satrustegi y Toquero han sido los últimos en partir con Ángel Ruiz y su hermano.

—Vale, escúchame: llama al helicóptero a toda hostia, diles que requerimos la extracción de un cadáver en el santuario de San Miguel de Aralar a la mayor brevedad posible —pidió el inspector.

—A la orden.

—¿Has acabado con el pasillo?

—Aún no, esto está hecho un Cristo.

—Que le den, ya volveremos. —Jaime Otamendi parecía ir haciendo cálculos sobre la marcha mientras recorría la capilla a grandes zancadas—. Vente para aquí y échale una mano a Aitor en la preparación del cadáver para evacuarlo.

El viento sacudió las vidrieras sobre sus cabezas.

—¡Voy fuera a buscar el sitio idóneo para la aproximación del helicóptero! —La agente Palacios salió a la carrera por la nave lateral.

—Gómez, aquí Otamendi —volvió a hablar el inspector para, acto seguido, llevarse la mano de nuevo al transceptor de radio—. ¿Gómez? ¿Gómez, me oyes?

El agente primero Alberto Gómez Gorrotxategi se encontraba en la llanura. Estaba rodeado de nieve y veía el santuario de San Miguel desde su cara norte. Como roncalés de pura cepa que era, sentía aquel medio como el suyo propio. Lo mismo que Lander Llarena encontraba la paz sobre su tabla de surf en las aguas de la playa de Zurriola, en San Sebastián, para él estar en la montaña era algo orgánico.

Seguía tratando de encontrar algún indicio que mostrase por dónde había venido Izaro Arakama. Aunque la nieve había sepultado cualquier posible huella, el agente se mostraba tranquilo; no quería moverse mucho, solo observar. Una persona en estado de hipotermia habría dado bandazos, trastabillando. Debía buscar vegetación, árboles, ramas, piedras, cualquier clase de elementos que hubiesen podido registrar el paso de un ser humano caminando de forma errática. Había un grupo de cuatro hayas sin hojas entre su posición y el edificio. No eran muy altas, tendrían unos quince metros desde la base del tronco hasta la copa, y estaban situadas a la izquierda de lo que parecía una vereda cubierta por la nieve. Volviendo por donde había venido, Gómez se aproximó al conjunto. Los árboles tenían la corteza blanca, no eran muy gruesos y, en efecto, estaban al lado de un estrecho sendero oculto bajo la nieve y que conducía al santuario. Había dos tocones pegados al lateral del camino. Estaban inclinados y, al proyectar imaginariamente su figura, se abatían sobre la senda, motivo por el que el ertzaina supuso que los habían talado. Se acuclilló junto a ellos: el más prominente tenía la corteza magullada por un arañazo, pero Gómez era incapaz de determinar la causa. Sacó su móvil y tomó una serie de fotografías. ¿Tal vez un hachazo mal dado al cortar el tronco? Parecía poco probable, los cortes eran demasiado simétricos para una sola hoja.

El ertzaina se incorporó y miró al cielo rascándose la barba.

El viento había ganado en fuerza y unas nubes negras se abatían sobre ellos desde el norte. La tormenta se les venía encima y el asunto se iba a poner difícil. Debían marcharse cuanto antes. «Qué lástima», pensó. Habría necesitado al menos otras dos horas para inspeccionar la zona.

Una voz a lo lejos lo reclamaba.

—¡Gómez! —Era el agente Llarena desde el vallado del santuario—. ¡Tío, la radio!

El agente maldijo para sus adentros. Se le había olvidado, de tan ensimismado que estaba en la intemperie.

—¿Qué pasa?

—¡El helicóptero está de camino para llevarse el cadáver, corre! —le gritó su compañero, sacudiendo el brazo hacia sí.

Espoleado por una subida de tensión inesperada, el agente Gómez arrancó a la carrera dando grandes saltos sobre la nieve. Se reunió con Llarena en la entrada trasera a la galería, que atravesaron a toda prisa. El retumbar de hélices era una cadencia lejana, aún invisible en la tormenta. Cuando salieron al patio frontal, al otro lado de la iglesia, encontraron a unos veinte metros de distancia, en la explanada más llana del perímetro, a Aitor, el inspector Otamendi y la agente Palacios con el cuerpo de Izaro Arakama enfundado en una bolsa y preparado en una camilla. Ahí era donde iban a ejecutar la maniobra de extracción.

Cordelia arreciaba y la nieve empezó a caer en horizontal, dificultando la visibilidad. El viento cobró fuerza y comenzó a emitir sacudidas a intervalos, poniendo en jaque la verticalidad de los presentes. Gómez sabía cómo afianzarse en el terreno: abrió las piernas para ganar equilibrio y metió la cabeza en el cuello de su chamarra de Gore-Tex.

—¡Allí! —gritó la agente Palacios, señalando al cielo.

La panza blanca de uno de los dos Eurocopter modelo H135

de la Ertzaintza emergió por encima del repetidor del monte Artxueta, frente a ellos.

Aitor jamás había visto un helicóptero tan de cerca. Proyectaba una sensación de robustez intimidante con cada metro que se les acercaba. Costaba creer que un cacharro así, de aspecto tan pesado, pudiese volar.

La nave describió un arco de aproximación, redujo la velocidad y levantó el morro inclinando el estabilizador de cola hasta situarse en un desfase angular de cuarenta y cinco grados respecto a la corriente de aire que descendía por la ladera del monte. Oscilaba a los lados sobre su propio eje, peleando salvajemente contra el viento. Desde la cabina trasera asomó un operador de grúa y la polea empezó a descargar un gancho con cable hasta el suelo.

—¡No va a bajar! ¡Requiere demasiada potencia! —se desgañitaba el inspector Otamendi que intentaba hacerse oír por encima de la tormenta—. ¡Vamos a tener que enganchar la camilla para que la suban!

Levantaron el cadáver y avanzaron tratando de situarse debajo del helicóptero, pero Cordelia, como si fuese consciente de lo que se traían entre manos, les envió una racha de fuertes corrientes de aire hasta crear una cizalladura del viento que embistió al Eurocopter con gran violencia. El piloto se vio obligado a dar un bandazo hacia su salida de seguridad, por lo que el cable empezó a balancearse de un lado a otro, adoptando cada vez más arco y velocidad. Aitor y los policías permanecieron agrupados sosteniendo el cadáver, a merced de la ventisca. Rehecho de la sacudida, el helicóptero descendió varios metros más, pero dio contra unas inesperadas turbulencias de superficie, creadas por corrientes verticales, que lo obligaron a ascender con brusquedad. En tierra se levantó toda la primera capa de nieve en polvo, formó un efecto sábana alrededor de la camilla y envolvió al grupo en un torbellino que les impedía ver más allá de un palmo de sus narices. El motor principal de la aeronave rugía a plena potencia, dejándolos sordos.

El gancho, que iba descontrolado de un lado a otro, golpeó en el tejado de la iglesia y levantó una explosión de tejas y cascotes que salpicó a los policías y a Aitor, quienes instintivamente se agacharon cubriéndose la cabeza, tratando de protegerse. La cabeza metálica salió rebotada hacia ellos. Al incorporarse, el forense vio el gancho que iba derecho contra él, justo en el momento en el que Gómez y Llarena lo agarraban del plumífero y lo arrojaban al suelo.

El piloto del helicóptero, consciente del peligro al que exponía al equipo en tierra, ascendió de inmediato al tiempo que el operador de grúa activaba la polea a máxima velocidad y recogía el cable por encima de sus cabezas. A medida que el Airbus H135 ganaba altura, el tornado de nieve alrededor de Aitor y los policías bajó de intensidad y les permitió mejorar su visibilidad.

—¡Aborta! ¡Aborta! —gritó el inspector Otamendi por radio.

Tuvieron el tiempo suficiente para ver el fuselaje blanco, rojo y azul alejándose en dirección este, huyendo de Cordelia.

—¡Adentro, todos adentro! —ordenó el inspector Otamendi.

Cogieron la camilla por un asa cada uno y siguieron a la agente Palacios hacia la puerta principal de la iglesia mientras la noche caía a su alrededor a pasos agigantados, comiéndoselo todo.

Entraron a trompicones en la galería y cayeron al suelo empedrado entre exhalaciones, bufidos y juramentos varios. Y estuvieron así, recobrando el aliento y la compostura, durante un buen rato, hasta que la agente foral Laia Palacios, apoyada sobre las rodillas, miró a los presentes y dijo:

—Ya no podemos volver a pie. Pasaremos la noche aquí.

CAPÍTULO II

Domingo, 16 de febrero de 2020
Santuario San Miguel in Excelsis, sierra de Aralar
19:30

Tras el susto producido por la operación de rescate fallida, el equipo casi se sintió agradecido de quedarse en el santuario a pasar la noche. Laia Palacios, una vez que hubo asimilado la nueva situación, hizo gala de su pragmatismo y se puso manos a la obra con los preparativos. La tormenta trataba de colarse en el interior del santuario por cualquier resquicio, junta, grieta o abertura, inundándolo todo de frío, mucho frío, por lo que hacer acopio de colchones, mantas y calefactores se antojaba esencial.

—Mañana, cuando escampe, si es que lo hace, mis compañeros vendrán a pie a echarnos una mano con el cadáver de Izaro Arakama. Mientras tanto, Otamendi —le dijo la foral a su homólogo ertzaina, tendiéndole un juego de llaves—, vete al restaurante y busca en la despensa, seguro que habrá alguna conserva.

—¿Tengo que ocuparme yo de la comida? —preguntó el inspector.

—¿Acaso tengo que hacerlo yo, que soy la mujer? Mira, no me toques la moral que bastante la has liado ya. Recemos para que no se vaya la luz —dijo la agente foral santiguándose.

Palacios decidió que el mejor lugar para pernoctar era la anteiglesia. Puso al agente Gómez a bajar colchonetas de la primera planta del refugio y mandó a Llarena a la sacristía, adjunta a la nave oriental, para que hiciera acopio de calefactores eléctricos. Una hora después tenían algo parecido a un campamento montado en el suelo del nártex. La agente foral le iba dando un juego de mantas a cada uno de ellos, ya un poco más relajada.

Acompañado de un escandaloso traqueteo de ruedas sobre el suelo empedrado, Jaime Otamendi apareció bajo el arco de medio punto que unía la galería con el pórtico con un carro de supermercado lleno de latas de atún, botellines de agua, platos, vasos, cubiertos y tres termos con café. Tenía la cara enrojecida y estaba cubierto de nieve.

—Esto se hacía así antes, ¿sabes? —le dijo Laia Palacios al inspector—. Aquí venía gente de peregrinaje de cualquier parte y tenían que hacer noche en el santuario, así que se les ponían unos colchones en el suelo y a correr.

—¿Antes cuándo? ¿En tu juventud? —se mofó Otamendi, escupiendo un copito de nieve de la punta de la lengua.

—Pues sí, cuando yo era una chavala, hace cuarenta años. Yo he visto esto y toda esa zona de ahí —dijo la foral, señalando el interior de la iglesia— lleno de camas. Piensa que antes llegar aquí no era como ahora, sino que era toda una odisea. Si venías al funeral de un familiar, no podías salir la misma mañana porque no llegabas.

Hacía mucho que Jaime Otamendi no iba de acampada. Observó las colchonetas en el suelo: tendrían que valer. En ese momento, un escalofrío le recorrió la espalda. La temperatura ya había bajado diez grados, hasta los dos sobre cero, y se esperaba que descendiese por lo menos otros diez. Cualquier mínima brizna de viento se colaba por los huecos de la ropa y le provocaba temblores. El policía se preguntó cómo sería estar allí hace cien años, sin el equipamiento adecuado, a la luz de unas pocas velas y expuesto por completo al crudo invierno. Aquello le recordó a Izaro Arakama, por lo que dejó a Llarena y a Gómez discutiendo sobre la óptima distribución de los calefactores, cruzó la puerta de barrotes de hierro, circunvaló la intracapilla y atravesó la nave oriental de la iglesia. La luz en el altar había pasado de escasa a exigua, pero Aitor Intxaurraga se lo había montado lo suficientemente bien para instalar una pequeña morgue allí: el cadáver de Izaro Arakama estaba tendido en el banco, iluminada por dos potentes linternas que se habían agenciado Llarena y Gómez. Alrededor del cadáver había todo tipo de material: probetas, tubos de ensayo, pisetas, pinzas, etcétera. El forense había dispuesto su oficina en el altar, con el MacBook Pro encendido, la cámara de fotos, el cuaderno y la mochila abierta. El resto de los puntos de luz, las tenues lámparas en forma de candelabros, se habían distribuido por el suelo para no tropezar con ellos. Jaime Otamendi pensó que la escena no podía albergar más contraste en sí misma: tradición y religión contra ciencia e investigación. Y, en medio, la muerte.

—¿Estás bien? —preguntó el inspector, acercándose entre las hileras de bancos.

—Todavía los tengo de corbata con lo del helicóptero —respondió Aitor.

—He hablado con ellos, estaban preocupados. No ha sido culpa suya, les hemos llamado tarde. —El ertzaina se situó a su lado—. Si Cordelia repite el patrón y las precipitaciones cesan mañana por la mañana, los forales vendrán para ayudarnos a portear el cadáver hasta Guardetxe. Y espero que desde allí, ya en coche, podamos llegar sin problemas hasta Donosti.

El inspector Otamendi observó el cuerpo: seguía dividido entre el color violáceo y el gris que le otorgaba un aspecto tan irreal. Aitor llevaba el mono blanco atado por la cintura y el plumífero granate cerrado hasta el cuello; rebuscó en su maletín hasta que encontró una jeringuilla.

—Normalmente, el líquido sinovial es de color amarillo —le explicó el forense.

Introdujo la aguja en la rodilla del cadáver, accionó el émbolo hacia fuera y el tambor mostró un fluido de color ambarino. Luego repitió la acción en el codo con otra jeringuilla. Esta vez, el color resultó ser vino tinto. El forense sostuvo ambas pruebas frente al inspector.

—¿Y qué significa eso? —preguntó el ertzaina, arrodillándose junto a él—. ¿Por qué hay una coloración tan diferenciada? No lo entiendo.

—Ni yo, Jaime —reconoció Aitor—. Parece como si el cuerpo de Izaro Arakama hubiera sufrido dos procesos de congelación separados, como si hubiera estado metida en un congelador de cintura para abajo y los procesos cadavéricos hubieran quedado suspendidos en esa parte.

El inspector Otamendi buscaba en su dilatada experiencia algo semejante, pero lo hacía de manera infructuosa.

—¿Puedes darme una hora aproximada de la muerte?

—El cuerpo estaba a veinte grados cuando hemos llegado —reflexionó en voz alta Aitor—. Si la temperatura media de un ser humano es de treinta y siete grados, y contamos con que se pierde un grado por hora desde el fallecimiento, pues Izaro llevará muerta unas diecisiete horas. Sin embargo hay que descontar medio grado en lugar de uno a partir de la duodécima hora, lo que nos daría unas veinte. Aunque —Aitor matizaba sus palabras mientras guardaba los pantalones de la difunta en una bolsa de plástico—, tampoco podemos olvidar las condiciones atmosféricas: frío extremo, nieve, viento..., lo cual hace un montante de...

—... de que no tenemos ni idea de a qué hora murió —sentenció el inspector Otamendi, malhumorado.

—Habrá que esperar a la bioquímica del humor vítreo para establecer la hora aproximada de la muerte —dijo el forense palpando de nuevo el muslo de la difunta, desconcertado—. Pero yo calculo que debió de ser entre las siete y las diez de la noche.

—Vale, ¿has acabado? —preguntó el inspector.

—Me queda poco.

—La cena está lista —dijo encaminándose a la sacristía—. Voy a ver si te encuentro una estufa. Aquí hace un frío que pela.

Jaime Otamendi abandonó la nave central con una nube negra sobrevolándole la cabeza. Aitor se identificó con esa sensación: él también estaba enfadado con la vida. Sin embargo, en ese preciso instante, se sentía completo. Aquella situación, la de examinar el cadáver de Izaro Arakama, escudriñando los vestigios de vida que pudiesen quedar en el cuerpo y las señales de por qué acabó perdiendo la vida, lo llenaba. Era un reto para el que se sentía preparado. Creía que podía ser útil, podía aportar algo bueno, además de desafiar sus capacidades. Al levantar la cabeza, vio sobre el altar la efigie de san Miguel sosteniendo la cruz.

—No me mires así —le dijo Aitor—. Sí, también lo hago por mí, ¿qué pasa?

Las latas de atún hicieron de plato principal y las barritas energéticas de postre. Sentados en un círculo iluminado por unos pocos farolillos a su alrededor, parecían un extraño grupo de campamento contando historias de miedo en el que Laia Palacios ejercía de maestra de ceremonias. La velada transcurrió entre anécdotas sobre disputas territoriales, intentos de robo de exámenes en el instituto y diversas peripecias de índole local. El fin del menú y el servicio de café indicaron el momento de ponerse serios.

—Antes al monte iban los montañeros, ahora se ha socializado —dijo Laia Palacios—. Y os voy a decir una cosa: la decisión esa de cobrar los rescates nos ha complicado la vida. Ahora la gente, si se encuentra en problemas, pospone la llamada a emergencias todo lo que puede, lo que se suele traducir en menos visibilidad, más riesgo de lesiones, etcétera.

—No parece un monte complicado con buen tiempo, ¿no? —preguntó el agente Llarena.

—Esa es la trampa aquí: que es amable a la vista —le confirmó la agente foral—. Pero lo realmente peligroso es la niebla. Con ella, te pierdes hasta en el pasillo de tu casa y aquí, donde el paisaje es monótono, sin referencias claras, ni te cuento.

Jaime Otamendi carraspeó.

—Bueno, Laia, ¿qué puedes contarnos de Izaro Arakama?

La agente foral se rascó la barbilla.

—Diría que mantenía un perfil bajo en el pueblo. Ya sabes, te puedes tirar veinte años viviendo allí, pero seguirás siendo «la de Donosti».

—¿Y el marido, Ángel Ruiz?

—Se volvió una celebridad de la noche a la mañana cuando lo designaron director del equipo ciclista —explicó la foral—. Actualmente en el pueblo solo se habla de la puñetera bicicleta. Ahora mismo en Lekunberri hay mil quinientos expertos en ciclismo.

—¿Algún chascarrillo sobre él, algún lío, algo por el estilo? —le preguntó el agente Llarena.

El inspector Otamendi sonrió al oír la pregunta, balanceando la cucharilla de un lado a otro, en señal de clara negación.

—¿Qué? —le preguntó Laia Palacios al inspector—. ¿Por qué haces eso?

—Vista la mujer, visto el marido... Los ochos casan con los ochos, los sietes, con los sietes, y cuando no es así, más te vale no hacer el tonto.

Aitor no entendió ni una palabra de la respuesta, pero, por lo visto, Laia sí, ya que espetó un «por favor», indignada.

—¿Qué? —se revolvió el ertzaina hacia la policía foral—. Eso ha sido así toda la vida.

—Según tú —le replicó la mujer.

—Vale, a ver. Tú, ¿con cuántas feas te has enrollado en tu vida? —le soltó a bocajarro Otamendi a Llarena, claramente el más apuesto de todos los presentes.

Laia Palacios se llevó la mano a la frente.

—Me niego a responder a esa pregunta —contestó el cabo.

—Yo solo digo que Izaro Arakama es, era, un ocho o un nueve, y Ángel Ruiz no pasa de un seis. —El inspector hablaba molesto ante la incomprensión de la audiencia—. Nada más que eso.

Se estableció una animada discusión acerca del tema, con Laia Palacios a un lado del hemiciclo ejerciendo de oposición y Jaime Otamendi defendiendo su tesis. Los agentes Llarena y Gómez asistían divertidos al enfrentamiento dialéctico.

El que hacía un rato que solo estaba allí de cuerpo presente era Aitor. Repasaba una y otra vez en la cabeza las acciones llevadas a cabo en la inspección preliminar del cuerpo. ¿Lo había examinado bien? ¿Acaso se le había pasado por alto alguna contusión, algún traumatismo? Siempre existía alguna vacilación, colgando allí de su mente: era ese recuerdo borrado de haber cerrado el coche, de haber apagado la luz. La semilla que tenía plantada en la cabeza no le iba a dejar tranquilo. La única cura era volver y comprobarlo todo otra vez. Sí, eso es lo que iba a hacer. Revisaría que el cuerpo no presentaba lesiones que indicasen alguna caída. Lo hizo mentalmente, pero se quedó atrapado en la línea divisoria en la cintura de Izaro Arakama. Gris y azul, azul y gris. Entonces recordó las placas de hielo que se habían desprendido de los pantalones de la víctima y un chispazo conectó una idea con otra.

Ideas descabelladas, pero realizables. Necesitaría ayuda, eso sí. Alguien que supiese de agua, de biología. El nombre le vino de forma natural a la mente: al fin y al cabo, siempre estaba por allí, revoloteando.

Eva San Pedro.

CAPÍTULO III

Lunes, 17 de febrero de 2020
Santuario San Miguel in Excelsis, sierra de Aralar
0:04

FALTAN CINCO DÍAS PARA LA GALA

Los restos de Izaro Arakama reposaban en la bolsa negra, de la que solo asomaba el rostro. Aitor se frotó los ojos; estaba hecho polvo. Se sentó en el suelo de piedra y dio un sorbo a la taza de café mientras echaba una ojeada en derredor. Había desperdigado sus cosas por toda la capilla: pinzas, botes, ordenador, cámara, mochila, luces... Hasta Otamendi le había traído un pequeño calefactor con aspecto de tostador de pollos que poco o nada hacía contra el frío reinante. Afuera podía oír a Cordelia aullando enfurecida. Se rascó la cabeza, pasando los dedos por sus cicatrices. En el segundo examen al cuerpo de Izaro Arakama tampoco había encontrado ningún signo de golpe o traumatismo. Nada. Cogió su MacBook Pro y clicó sobre el logo de Skype. La señal no iba a ser un problema. Si la antena de telefonía móvil instalada en el repetidor del monte Artxueta no era suficiente, Aitor contaba con un módem USB con una velocidad de conexión 5G que el Instituto de Medicina Legal les dotaba junto con el resto del equipo.

Respiró hondo, estaba nervioso. Muy nervioso. No quería ser malinterpretado. Tenía que llamar a la bióloga marina Eva San

Pedro y no deseaba que ella pensase que la llamaba por otro interés que no fuera meramente profesional. Claro que le apetecía verla y hablar con ella, pero la consulta era de ámbito científico, no personal. Primero, porque necesitaba saber en qué lugar había estado Izaro Arakama sumergida de cintura para abajo y, segundo, porque no había nada entre ellos. Entre Eva y él no había nada, se repitió Aitor para sus adentros. Pulsó la tecla verde de videollamada y la musiquilla característica de espera retumbó en sus cascos inalámbricos. Aitor suponía que Eva estaría en el laboratorio del Aquarium, concluyendo su tesis doctoral. Ella solía investigar en el turno de noche y era lunes, por lo que calculó que ya debía de llevar un par de horas en su puesto. La imaginó en aquel laboratorio a ras del mar, con vistas a la isla Santa Clara, frente al ordenador, comparando datos, haciendo anotaciones en su portátil. El sonido de la llamada zumbó unos segundos más y, extrañamente, sintió un alivio momentáneo ante la falta de respuesta. Tal vez no estaba. «Mejor», pensó. Lo que barajaba era absurdo y Eva creería que no era más que una excusa para llamarla. «Qué va, ella no es así. No le gusta juzgar de antemano». De verdad que necesitaba su ayuda para aclarar lo que contenía el bote de muestras que sujetaba en la mano izquierda, con el cual repiqueteaba contra el borde del banco de madera. Entonces pasó a temer que la bióloga no estuviese. No eran horas. Bueno, sí que lo eran. Al menos para ellos sí. Tanto Aitor como Eva se movían en sentido contrario a las agujas del reloj. Justo cuando suspiraba derrotado, el vídeo se activó.

—Hola, Aitor. —Eva se mostraba sonriente, con un arqueo de cejas que denotaba sorpresa por la llamada.

Le había crecido el pelo desde la última vez. Lo seguía llevando corto, pero los rizos le caían ahora por la frente. Continuaban destacando sus pecas y la piel se veía más blanca que nunca, por lo que sus gruesos labios rojos destacaban bajo la nariz puntiaguda. Tenía ojeras, aunque se la veía bien, como era ella, despierta pese a ser pasada la medianoche.

—Hola, Eva. Siento molestarte a estas horas. Supongo que estarás liada con la tesis —saludó Aitor a modo de disculpa.

—Pues no, la verdad. Ya la he depositado. La defensa será en junio —respondió la bióloga—. Y ahora la espera se ha convertido en una agonía. No hago otra cosa más que darle vueltas a lo que entregué pensando en si estará bien.

—Seguro que sí. ¿Me dejarás ir?

«¿Por qué he dicho eso?».

—Claro, pero dudo que una presentación sobre el fitoplancton del golfo de Vizcaya te resulte muy interesante.

Silencio incómodo.

—Y tú, ¿qué tal estás? —preguntó Eva.

—Bien, bien. Trabajando. Estoy en un lugar un tanto, como decirlo, inesperado. Mira. —Aitor movió su portátil planeando por la capilla—. Verás, hemos encontrado el cuerpo de una montañera en Aralar y...

—Pero... ¿eso es una iglesia?

—Sí, bueno... El cadáver se encontraba en el santuario de San Miguel de Aralar y nos ha pillado la tormenta —explicó Aitor—. Así que aquí estamos todos: Jaime, Llarena, Gómez...

—¿Y tienes ahí el cadáver? —preguntó Eva.

Aitor giró el portátil hacia el cuerpo de Izaro Arakama.

—Cuarenta y dos, marido, dos hijos. Por lo visto, la ventisca la atrapó de improviso y murió congelada.

—Aitor, esta es sin duda la videollamada más bizarra que jamás me hayan hecho —dijo Eva en una mezcla de estupor y fascinación—. Qué lástima, tan joven.

—Verás, te he llamado porque cuando he empezado a inspeccionar el cuerpo he encontrado esto. —Aitor levantó el frasco hasta la altura de la cámara del ordenador.

—¿Agua? —preguntó Eva.

—Bueno, sí, en realidad era hielo. Los pantalones de la mujer estaban congelados, cubiertos de pequeñas placas. Y esto es lo que quería preguntarte: ¿es posible, analizando ese hielo derretido, el agua, quiero decir, saber de dónde procede?

La bióloga se acarició la barbilla con el índice y el pulgar. Parecía mantener una conversación consigo misma. Sus ojos se movían de un lado a otro, perdidos en sus pensamientos.

—Humm —murmuró Eva tras un instante, dudando—, hay ciertos datos que nos pueden dar una idea aproximada de su composición.

—¿Y esa lectura podría llevarme a triangular una localización?

—Mi duda es esa. O sea, en teoría, sí —respondió Eva, apartándose un rizo de la frente y manteniendo luego la mano allí—. Pero lo más probable es que obtengamos una lectura que coincidirá con otras muchas de la zona.

—¿Por?

—Pongamos que esa mujer cayó en una corriente, una charca o lo que fuera —propuso Eva.

—Correcto.

—Todos los ríos del sistema de Aralar ofrecen lecturas muy parejas. Va a ser prácticamente imposible diferenciar el arroyo que tenéis a cien metros del que está en la otra punta, quince kilómetros más allá, junto al Txindoki. Y ese análisis que quieres hacer, ¿tiene que ser hoy, ahora?

Eso no era lo que Aitor quería oír. Esta vez fue él quien permaneció callado, valorando la futilidad de sus acciones. Observó a Izaro Arakama, tumbada en el banco, como una especie de crisálida. Entonces pensó en el Instituto de Medicina Legal. En volver a sentirse inútil. «A la mierda», se dijo. No tenía nada mejor que hacer.

—Eh... —decidió ser sincero—. Tras lo de la galerna me tienen un poco, digamos, «castigado» en el Instituto. Después de llevar mañana el cuerpo, me apartarán de las pruebas y me pondrán a rellenar informes, y me gustaría poder darle a la familia la ubicación, el lugar donde la mujer estuvo sumergida. Al menos con eso me quedaría tranquilo.

La bióloga pareció sentir cierta satisfacción ante la respuesta de Aitor, como si se alegrase de que el forense quisiera seguir adelante pese a todo.

—Verás, hay una institución, o mejor dicho consorcio, que se llama Directiva Marco del Agua 2000 o DMA, desarrollada por la Unión Europea, que de alguna manera sentó las bases para establecer unos principios sobre la gestión del agua en los países miembros —empezó a explicar la bióloga—. Lo que a ti te interesa de ellos es que se implantaron una serie de medidores a lo largo de toda la red hidrográfica de la Unión. Y a ese respecto, es justo decirlo, en Euskadi hemos sido alumnos aventajados. La UPV tiene una base de datos impresionante sobre todos los ríos que fluyen por la cornisa cantábrica. De verdad, te sorprendería lo específicos que pueden llegar a ser. Pero para llegar a esa red necesitaríamos extraer una serie de lecturas de la muestra, y no sé si seremos capaces. Nos haría falta un instrumental, no muy complejo, pero sí bastante específico.

—Me temo que no voy sobrado de material —dijo Aitor mirando a su alrededor—. He traído el maletín, pero más que herramientas de laboratorio, contiene el equipo de medicina forense.

—Intentémoslo —asintió Eva con brío—. Me vendrá bien olvidarme de la tesis durante un rato.

La anticipación recorrió el estómago de Aitor en forma de ansia. Tenían que conseguirlo, claro que sí. De esa forma podrían mapear el camino de Izaro y entender qué le había pasado. Una emoción incontenible empezó a cosquillearle en la nuca.

—¿Por dónde empezamos?

Aitor se negaba a contemplar la posibilidad de que aquello no saliera bien. Lo necesitaba tanto que, en su mente, la realidad estaba quedando a un lado, aplastada por el deseo.

—Vale, veamos... Lo primero que vamos a hacer es medir el pH del agua.

—Eso puedo hacerlo —dijo Aitor sintiendo un aura de optimismo en el cuerpo—. Tengo un termómetro con pHmetro en el maletín.

Tras cinco minutos escarbando en los bolsillos de su mochila, Aitor apareció triunfante con un aparato de color gris y azul en forma de rotulador gordo: tenía una pantalla, tres botones y una punta más estrecha en la parte inferior.

—Si dices que el lugar es Aralar, apuesto por una lectura cercana al siete —predijo Eva.

Aitor encendió el lector, quitó el tapón y lo introdujo en una de las probetas que había llenado con hielo extraído de los pantalones de Izaro Arakama.

Silencio. Mirada de reojo. Silencio.

Aitor volvió su atención al lector: era un siete clavado. Se lo mostró a través de la cámara del Mac.

—Eso es, neutro —dijo Eva tras apuntar el dato en su cuaderno.

—¿Significa algo?

—No —respondió la bióloga—. Entre seis y ocho no hay nada reseñable. Estos ríos suelen tener pH neutros. En teoría son aguas limpias. En teoría.

—De acuerdo. ¿Y ahora qué?

—Ahora tenemos que comprobar la conductividad del agua. —Eva separó los dedos índices y empezó a moverlos como si recibiesen señales eléctricas—. Cuánta corriente eléctrica es capaz de transmitir. Nos indicará la salinidad. Como te he dicho, debería ser baja.

—¿Y eso cómo se hace? —preguntó Aitor.

—Con un conductímetro —respondió Eva, pero al instante chasqueó la lengua—. En realidad, lo que hacemos es colocar dos electrodos a un centímetro de distancia y medir la caída de tensión, lo malo es que...

—¿Qué pasa? —preguntó Aitor al ver que se quedaba callada.

—Que no vas a tener un conductímetro a mano —dijo la bióloga con seguridad—. No es un aparato complejo ni exótico. Mira —compartió su pantalla a través de Skype y le mostró un dispositivo con forma de teléfono al que iba incorporado, vía cable, un lector que se introducía en el agua.

—¿Podemos prescindir de esa lectura?

—No —respondió Eva—. Son tres baremos: pH, conductividad y nutrientes. Si ya de por sí presumimos que las lecturas van a ser muy parecidas, en caso de eliminar una de ellas, los datos pueden repetirse mil veces, por lo que sería imposible acotar la búsqueda.

—Mierda. —Aitor sintió una ola de frustración creciendo dentro del pecho.

El forense maldijo su suerte, pero miró a su alrededor. Estaba en una iglesia, ¿qué esperaba que hubiera en aquel lugar? Necesitaba algo para medir la tensión eléctrica, pero allí no lo iba a encontrar. Observó uno de esos farolillos cuyas bombillas simulaban ser una vela. Apenas daban luz, pero al oír a la tormenta sacudir con fuerza ahí fuera, Aitor pensó que «ni tan mal» que por lo menos los plomos no habían saltado sumergiéndolos en la penumbra. Miró a Eva, que se mordía el labio inferior, tratando de buscar una solución al problema. Aitor empezó a juntar conceptos en su mente. Aquel lugar estaba perdido de la mano de Dios, pensó, y hasta cierto punto, debía de ser autosuficiente. Entonces lo vio claro.

—Eva —dijo Aitor—. ¿Un voltímetro valdría?

—Eeeeeh..., sí —respondió la bióloga—. Habría que pasar la lectura de voltios a microsiemens. Déjame que lo mire.

—Vale. Tú ve mirando eso, yo vuelvo enseguida.

Aitor salió de la nave principal hasta el nártex, donde yacían cuatro bultos a oscuras. Detectó a la agente Palacios fácilmente, roncando cerca del radiador colocado en el centro de la estancia.

—Laia —susurró Aitor—. ¡Palacios!

—¿Qué pasa? —dijo esta sobresaltada.

—¿Dónde está el cuarto de mantenimiento?

—¿El qué? —preguntó la agente totalmente desorientada.

—Este lugar debe de tener un cuarto de mantenimiento, ¿no?

—Ooooh... —dijo la mujer frotándose la cara—. Eh, sí. Está fuera. Tienes que rodear el edificio y acceder desde la cara oeste de la fachada, creo.

—¿Cómo?

La policía gruñó malhumorada.

—Sal por esa puerta —dijo señalando el portón de la galería—, cruza el patio trasero, gira a la derecha y rodea el edificio pegado a la pared. Encontrarás una puerta justo antes del aljibe. —La agente foral había ido dibujando el trayecto con el dedo en la palma de la otra mano.

—¿Del qué? —A Aitor se le hacía complicado no levantar la voz.

—Del aljibe medieval. Es un..., para que me entiendas: un pozo cubierto donde se almacenaba agua. Bueno, que da igual. Justo enfrente está el cuarto de mantenimiento.

Puerta, patio, derecha, pared, aljibe, cuarto. No era difícil. Podía hacerlo.

—¿Tienes las llaves? —preguntó Aitor.

La agente Palacios gruñó y empezó a rebuscar en su bolsillo. Sacó un manojo de llaves y se lo dio a Aitor.

—Pone MANTENIMIENTO. ¿Estás seguro de que tienes que salir? ¿Qué hora es? —preguntó la foral sin acabar de soltar el llavero.

—No te preocupes, no tardaré.

Laia Palacios se dio por vencida, se volvió hacia otro lado y se cubrió con la manta.

Aitor cruzó el nártex de puntillas, pasó por el arco y se detuvo al llegar al portón. Se abrochó el plumífero hasta el cuello, comprobó que la linterna funcionaba y se caló el gorro de lana muy por debajo de las orejas. Cogió el manojo de llaves que la agente Palacios le había entregado y buscó entre ellas hasta tener bien agarrada la que marcaba MANTENIMIENTO. Levantó el pestillo y salió.

Cordelia lo saludó zarandeándole de lado a lado a base de virulentas ráfagas de viento. No veía nada. Apuntó la linterna al suelo y caminó a tientas por el patio trasero. La pierna se le hundió en un socavón y Aitor empezó a pensar que aquello no había sido una buena idea. No podían ser más de cincuenta metros rodeando el edificio, pero cada paso que daba le suponía una tarea ardua. Siguió avanzando, tapándose la cara con la mano para que la nieve no lo cegase e iluminando tímidamente la senda con la linterna. Dobló la esquina hacia la derecha y continuó pegado al muro. El frío era inmune a las capas de ropa que llevaba, filtrándose por cada microfibra hasta incrustarse en sus huesos, amenazando con paralizarle. Progresó como pudo hasta toparse con la puerta del cuarto de mantenimiento, que, tal y como le había dicho la agente Palacios, se encontraba frente al aljibe, una suerte de cripta de piedra hundida en la nieve. Levantó la linterna al frente y la nada se abrió ante él. «No pintas nada aquí», le decía la noche. Aitor se afanó en abrir la cerradura.

Al entrar encontró una cadena de latón suspendida en el aire. Al tirar de ella una exigua bombilla alumbró un cuartucho lleno hasta arriba de trastos. Sobre una mesa de madera carcomida encontró un juego de destornilladores, una llave inglesa, dos martillos y cientos de clavos desperdigados por la superficie y por el suelo. Rebuscó entre las baldas, descartando cables pelados, enchufes sueltos y rollos de cinta americana, hasta que detectó un baúl en una esquina. Fue al abrirlo cuando encontró lo que buscaba: un voltímetro.

—Sí, joder —dijo en voz alta, triunfante.

Aitor introdujo la llave en la cerradura antes de salir para no estar a la intemperie ni un instante más del necesario. Volvió con más ligereza, dado que ya conocía el camino. La ventisca lo aislaba de su propio diálogo interno y le impedía oír hasta su respiración. Era como un ruido blanco constante, diseñado para desorientarlo.

Sin embargo, al llegar al patio trasero, sobresalió otro sonido por encima de este. Era más grave, parecía más bien un gruñido. Un estremecimiento le recorrió la columna vertebral. Miró a la oscuridad: nada. Al apuntar con la linterna en esa dirección, le pareció ver un bulto de pelaje gris escapando del haz de luz. Oyó otro gruñido a su derecha y sintió que se le cerraba la garganta. Fue retrocediendo de espaldas, hasta que topó con una piedra oculta bajo la nieve y cayó al suelo.

Unas sombras negras se desplazaban hacia él.

«No mires atrás —se dijo—. Corre». Se levantó y salió disparado hacia el portón.

Ya no oía los gruñidos, solo sentía su corazón desbocado.

Llegó a la entrada de un salto, la cerró de golpe tras él y bajó el pestillo. Se sentó en el suelo.

—Joder.

En cuanto estuvo otra vez a cubierto, sus pulsaciones volvieron a su ser. ¿Era real lo que había visto? Sintió el voltímetro en la mano: estaba intacto.

Un minuto después estaba de nuevo frente al ordenador portátil, frente a Eva.

—¿Estás bien?

—¿Eh? Sí, sí —respondió Aitor mientras se sacudía toda la nieve de encima, sobreponiéndose—. Juraría que me he topado con un animal ahí fuera. Con uno o dos.

—¿Estás seguro? —preguntó Eva, incrédula.

—No. La verdad es que todo es muy confuso en el exterior. Hay demasiados estímulos. No sé, no sé, a lo mejor me he sugestionado yo solo —dijo al tiempo que le mostraba un aparato con dos electrodos colgando—. Mira lo que tengo.

—Un voltímetro —apreció Eva.

—He supuesto que, en un lugar como este, que tira tanto de voluntarios, tendrían este tipo de instrumental en la sala de mantenimiento —explicó Aitor—. Proporciona una manera sencilla, si se cae la tensión, de localizar la avería.

—Eso es —dijo Eva sonriente—. Coge una muestra y sitúa los electrodos a una distancia de un centímetro el uno del otro dentro del recipiente.

Aitor obedeció. Instantes después había conseguido una lectura. Tras la conversión obtuvieron una cifra baja, de doscientos veinte microsiemens. Eva la apuntó en su cuaderno.

—Parecen datos propios de la zona —reflexionó la bióloga—: aguas con pH bajo y poca conductividad.

—¿Eso significa que, presumiblemente, el agua tendrá pocos nutrientes? —dedujo Aitor.

—Chico listo. Eso es, con pocos oligotróficos, poca transmisión de electricidad. Vamos a medir ahora el nitrógeno y el fósforo.

—¿Por qué esos dos elementos en concreto?

—De esa manera se sabe si el agua tiene nutrientes. Es decir, si hay agricultura cerca, si contiene abonos o fertilizantes... —Eva se interrumpió a sí misma—. Bueno, para detectar el nitrógeno usamos un método llamado Kjeldahl: son unas tabletas que reaccionan a ese elemento químico.

Aitor empezó a registrar su maletín, prestando especial atención al estuche de los reactivos.

—De eso no dispongo —dijo Aitor—, pero mira.

—¿Qué es? —preguntó Eva pegando la nariz a la cámara.

—Un kit para detectar cloro, ¿a que no sabes qué más lee?

—¡Fósforo! Tendrá que valernos —dijo ella, resignada—. Estaremos un poco cojos en cuanto a lecturas se refiere, dado que nos va a faltar una, pero es lo que hay.

Siguiendo las indicaciones del prospecto del kit, pudieron medir tanto el fósforo como el cloro. En teoría, una vez pasada la prueba por el reactivo, debían introducir la probeta en una máquina colorimétrica para poder determinar con precisión el grado de concentración de ambos elementos, pero, al no tener esa máquina fotosensible, usaron una leyenda a ojo. Lo hicieron sin esperar grandes sorpresas, dado que los hallazgos hasta entonces les indicaban que el agua encontrada en la ropa de Izaro Arakama podía pertenecer a cualquier lugar de la sierra de Aralar. Así lo indicó la mínima cantidad de cloro. Sin embargo, al usar el reactivo del fósforo, la muestra se disparó hacia un azul intenso para sorpresa mayúscula de ambos. Eva le pidió a Aitor que repitiese el procedimiento con otra muestra, con idénticos resultados.

—El agua está hasta arriba de fosfatos —dijo Aitor revisando las instrucciones del prospecto una y otra vez—. Es una lectura de más de 0,6 miligramos por litro.

Eva San Pedro permaneció en silencio alternando desde la pantalla miradas a los tubos de ensayos y a su libreta.

—¿Qué significa eso, Eva?

—No me lo esperaba —respondió ella desconcertada.

—Pero ¿qué significa? —insistió Aitor, ávido de respuestas.

La bióloga no respondió. En cambio, empezó a teclear en su ordenador, en lo que Aitor supuso que era una búsqueda por sus bases de datos. El forense se obligó a calmarse. «Parece mentira», se censuró. Él era científico y sabía que las respuestas no emergían así, pop, sin más. Había que cotejar, analizar, interpretar datos.

Pero, maldita sea, aquello era algo.

—Vale, vale —dijo el forense, respirando hondo—. Cuéntame cosas sobre el fósforo.

—En lo que a los ríos se refiere, los fosfatos provienen del uso excesivo de abonos o fertilizantes, algo que puede generar un exceso de algas que, a su vez, puede resultar perjudicial para la fauna fluvial. Ese fenómeno se llama *eutrofización* —le dijo Eva—. Pero este no es el caso.

—¿Por qué? —preguntó Aitor.

—Por el resto de los parámetros. Todo lo demás está perfecto: el pH, la conductividad e incluso, a falta de la lectura de nitrógeno, el cloro. Son indicadores de aguas naturales, puras. De lo contrario hubiesen saltado las alarmas. —Eva cogió aire—. Para 2015, todos los ríos debían cumplir con unos mínimos de saneamientos, protección, gestión de residuos..., pero también se pueden saber otras cosas. —Su tono adoptó ahora cierto tinte pedagógico—. El Ebro, a su paso por Miranda, tiene una concentración sorprendente de cocaína. El Urumea, por ejemplo, a la altura de San Sebastián, tiene una alta densidad de anticonceptivos, mientras que los ríos en Galicia destacan por la cantidad de antidepresivos.

—Vaya —expresó Aitor, sorprendido—. Entonces, estos datos te hacen pensar eeeeen...

Pronunció la frase despacio, alargado el «en» y la dejó abierta para que Eva la terminase.

—Algo puntual. En cuanto a fósforo, lo más *heavy* que recuerdo fue un vertido de detergente cerca de la depuradora de Apraiz, en Elgoibar —dijo la bióloga—. Has dicho que el cuerpo lo encontrasteis en Aralar, ¿correcto?

—Eso es. Hay varias pozas y charcas en la zona —respondió Aitor—. Una posibilidad que manejábamos es que Izaro hubiese caído en una de ellas y, con síntomas de congelación grave, hubiese podido alcanzar el santuario para fallecer durante la noche. Lo que pasa es que, en según qué zonas, el terreno escarpado, y en otras, la distancia, parecen insalvables. Y créeme, lo he comprobado: de noche y con la ventisca no se ve nada de nada.

—Entiendo —dijo Eva reflexionando—. Mira, lo que podemos hacer es lo siguiente.

En ese momento compartió pantalla e hizo una búsqueda en Google: «El agua en Navarra / recursos hídricos». En una de las páginas que apareció se mostraba todo tipo de información acerca de los ríos de la Comunidad Foral: mapas, aforos, calidad, documentación...

—Comprobemos el fluvial más cercano.

Eva eligió el Arakil, el río principal del valle, y buscó el afluente más cercano a su posición, de nombre Urruntzure. La bióloga pinchó la pestaña desplegable de la estación y una descripción de datos se abrió ante ellos; el listado mostraba diferentes lecturas, entre ellas el pH, la conductividad, y las concentraciones de nitrógeno y de fósforo.

—¿Qué franja horaria buscamos? —preguntó Eva.

—Me temo que amplia. Es difícil determinarla debido a las bajas temperaturas. —Aitor resopló, recapacitando—. Vamos a movernos entre las seis de la tarde de ayer hasta, no sé, las cinco de la mañana de hoy.

Eva descargó el PDF e, indicándolos con el cursor, fue revisando uno a uno, hora por hora, los valores del fósforo.

—Según estas lecturas —dijo Eva—, Izaro no estuvo allí. Estos datos son normales, de aguas limpias y alejadas de núcleos urbanos.

—Vaya.

Aitor sentía que cada obstáculo que se encontraba jugaba en su contra en aquella carrera contrarreloj en la que había decidido meterse él solito. Y también a Eva.

—Hagamos una cosa —dijo la bióloga, convencida—: vayamos abriendo el radio de búsqueda kilómetro a kilómetro.

Ella abrió Google Maps y puso San Miguel de Aralar en el centro. Alrededor se veían dibujados en finas líneas azules pequeños arroyos y afluentes que acababan desembocando al sur, la mayoría en el río Arakil. Un bip le indicó a Aitor que había recibido un archivo a través del chat de Skype. Lo abrió al tiempo que Eva le explicaba el contenido.

—Hay que tener en cuenta que la sierra se divide prácticamente por la mitad entre Guipúzcoa y Navarra —explicó la bióloga—. Eso significa dos entidades hidrográficas diferentes con sus propias estaciones y bases de datos.

—Entiendo.

Ese rasgo le gustaba mucho de Eva, se dijo Aitor: era inmune a los inconvenientes.

—Las páginas funcionan de forma similar —le dijo Eva—. Tú vete revisando las guipuzcoanas más cercanas al santuario y yo iré cotejando las de la zona navarra.

Aitor se deslizó por el mapa interactivo de la página de «Obras hidráulicas de la Diputación Foral de Guipúzcoa» y eligió la estación más cercana al santuario. No eran más que unas coordenadas sin nombre que quedaban al noroeste, a más de cinco kilómetros de distancia. «Demasiado lejos», pensó Aitor. Abrió el documento, se deslizó hasta las 20:00 horas del día anterior y empezó a comparar sus datos con los del listado. Eran muy parecidos: pH neutro, baja conductividad y poco fósforo, obviando el nitrógeno, cuya lectura no habían conseguido. Los datos apenas variaban en función de las horas. Aitor se levantó y apagó el resto de las luces de la capilla, candelabros incluidos.

Permanecieron así, en silencio y en penumbra, un buen rato. La arquitectura de la iglesia, diseñada para que el sonido reverberase en cada rincón, tenía que conformarse en esos momentos con ínfimas corrientes de aire susurrando desde los rincones a oscuras. Afuera era otra historia; Aitor oía el viento zumbar y la nieve golpear en las vidrieras de los estrechos ventanales. Conocía ese silencio que no era tal, interrumpido por el chirrido de una tubería o por un postigo mal cerrado. Estaba más que acostumbrado a trabajar en ese falso silencio en la morgue y le resultaba tan extraño como agradable tener a Eva al otro lado de la pantalla. Le echó una mirada al cadáver de Izaro Arakama. Su rostro violáceo, durmiente, asomaba de la bolsa de vinilo.

—Eva —dijo de repente Aitor.

—¿Sí?

—¿Tú crees que los ochos casan con los ochos?

—¿Cómo?

—El tema ha salido en la cena. Hablaban sobre Izaro Arakama y su marido —dijo Aitor—. Ella es guapa y él no.

Ella soltó una risa genuina.

—A ver —dijo, haciendo un esfuerzo por abordar el tema—. Sí que podría considerarse que una persona, digamos «estéticamente agraciada», tiene un abanico de elección más amplio que otra...

—Fea —concluyó Aitor.

—No tan dichosa, diría.

—Qué superficial eres —le dijo Aitor.

—Pero eso solo es aplicable al flirteo —dijo Eva—. No vale para relaciones largas.

—¿Flirteo? —Aitor rio.

—¿Cortejo?

—¿¿Cortejo??

—¡Sexo esporádico y sin ataduras! —soltó Eva con los brazos en el aire.

Ambos rieron. Una risa irracional, cansada y contagiosa. Una carcajada cómplice de quien se ha encontrado en el absurdo.

—¿Qué tal está Jaime? —preguntó Eva tras calmarse.

—Pesado. Está muy pesado —respondió Aitor, frotándose los ojos.

—¿Y eso?

—No sé —dudó el forense—. Es como si quisiera tenernos a todos controlados... Ahora nos trata como si fuésemos unos críos. Se pasa el día discutiendo con Llarena. Y a mí no te digo, me abrasa.

Eva sonrió, conocedora de la canción.

—¿Sabes que alguna vez ha venido a visitarme a primera hora del turno de noche?

—¿En serio? —Eso sí que era una sorpresa.

—Sí —afirmó Eva—. Me trae café y cruasanes. Charlamos un rato y se va a casa.

Aitor no pudo evitar una risa floja. El inspector Otamendi los había adoptado a ambos.

—¿Y a ti qué tal te va? —preguntó Eva.

—Bien —mintió Aitor.

No quería emborronar la conversación con sus quejas lastimeras.

Miró el móvil: eran las dos de la mañana. Se levantó y arqueó tanto como pudo la espalda. Dio un sorbo al café congelado, se acercó hasta el cadáver tendido en el banco y se sentó junto a él.

—Aquí no hay nada, Aitor —dijo Eva apartando la vista de su PDF.

—Yo tampoco he encontrado nada —dijo el forense, frotándose los ojos—. Los baremos son parecidos, pero no encuentro un pico de fósforo por ningún lado.

—Vamos a tener que ampliar la búsqueda más hacia el norte —dijo Eva.

«Estamos haciendo el tonto», pensó Aitor. Era tarde, caía la de Dios, hacía un frío del carajo y estaba agotado. Cerró del todo la bolsa con el cadáver de Izaro Arakama, pensando en el informe que tendría que redactar al día siguiente. Muerte por hipotermia. Poco más.

—Venga tú, al lío —le ordenó Eva, acompañada del sonido de un archivo compartido en el chat—. Como podrás observar muchos no tienen ni nombre...

—Solo son latitudes o ubicaciones. Sí, llevo un rato con ellas —acabó Aitor la frase de la bióloga—. Lo que pasa, Eva, es que se nos va el radio de acción. La distancia empieza a ser demasiado grande como para que Izaro la hubiese recorrido a pie.

Aitor abrió el siguiente desplegable, de nombre 43° 087050" N - 2° 005560" W. Las lecturas volvían a parecerse, pero sin discontinuidad en el apartado del fósforo.

Y así, en silencio e hipnotizados por el interminable baile de números que desfilaba frente a ellos, pasaron la siguiente hora. Llegados a ese punto, el forense decidió que ya habían hecho suficiente. «Ha estado bien», se dijo. Lamentaba haberle hecho perder el tiempo a Eva, pero le había gustado verla.

—Mira esto —dijo ella de repente, compartiendo la pantalla.

Una oleada de sorpresa recorrió a Aitor. Inesperadamente, las lecturas frente a él coincidían casi al cien por cien. Tenía que ser el lugar. La nomenclatura era 43° 020148" N - 2° 111339" W e introdujo la localización en Maps. En efecto, el lugar marcaba la estación hidrológica en medio de una fina e irregular línea azul, en medio de un bosque. «Aitzola Erreka» se llamaba. Entonces la euforia dio paso al vértigo y el estómago se le contrajo.

—No puede ser, Eva —dijo Aitor ampliando la vista—. Hay más de quince kilómetros desde el santuario hasta ese punto. Serían horas recorridas a pie a diez grados bajo cero.

—Y tampoco parece un lugar de fácil acceso como para ir vagando sin más por ahí —añadió Eva.

No, Izaro Arakama no había llegado a ese lugar por accidente. Quería estar allí.

O la obligaron.

—¿Qué piensas? —preguntó Eva.

Las incógnitas bombardeaban el cerebro de Aitor.

—Eva, ¿esa referencia de fósforo...? —empezó él, dudando.

—¿Qué?

—¿Es posible que se haya contaminado? —acabó de preguntar el forense.

—Sí, claro. Pero... Aitor.

—¿Sí?

—¿No es demasiada casualidad que tengas un pico muy alto de fósforo en la ropa de la montañera y la misma lectura en una estación hidrográfica en el intervalo de horas en las que ella desapareció?

«Hostia».

Eva abrió Google Earth e introdujo las coordenadas. Se trataba de una depresión verde bajo un pico llamado Ausa Gaztelu, los restos de un castillo medieval situados en la cima de un cerro de novecientos metros. La construcción no pasaba de un recinto de veinte metros de diámetro del que apenas quedaba la base. Eva amplió el *zoom* y alejó la imagen del satélite.

Entonces lo vieron. Hacia el oeste, escondido en el bosque.

—¿Qué es eso? —dijeron al unísono.

CAPÍTULO IV

Lunes, 17 de febrero de 2020
Santuario San Miguel in Excelsis, sierra de Aralar
6:00

El inspector Otamendi sintió un haz de luz mañanero pegándole en la cara. Le costó ubicarse: los arcos fajones de la bóveda le recordaron a unas costillas atravesando el techo empedrado. Ah, sí, estaba en el nártex. Su espalda crujió al incorporarse de la colchoneta echada en el suelo. Tenía la chamarra cerrada hasta arriba y, aun así, sentía el frío metido en los huesos. Miró su reloj: eran las seis de la mañana. A su alrededor, los agentes Llarena, Gómez y Palacios no pasaban de ser una montonera de mantas cubriéndoles hasta las cejas. Faltaba Aitor.

Se encaminó a la capilla donde el forense había montado la morgue. El cadáver de Izaro Arakama estaba metido en una bolsa negra, con la cremallera cerrada hasta arriba. «Ha habido juerga», pensó el inspector a juzgar por todo el aparataje disperso en el suelo, en los bancos y en el altar. Le pareció escuchar un ruido en el exterior y se encaminó a la salida por la galería.

El joven forense estaba sentado en la piedra junto a la entrada, con las piernas cruzadas y un café en la mano, absorto en el paisaje que se alzaba ante él. Las nubes que por la noche habían cerrado el cielo a cal y canto y habían arrojado precipitaciones a mansalva eran en aquella mañana rojiza dispersas volutas de bruma que se desgajaban armoniosamente del suelo e iban desapareciendo a medida que tomaban altura. Aitor pensó que era el paisaje más hermoso que había visto en su vida. El aire frío que se le colaba en los pulmones le hacía sentirse en paz. La sensación de haber desvelado el misterio de las placas de hielo le llenaba. Eso era lo que él quería. Allí, resolviendo incógnitas, era donde su engranaje interior se alineaba y encontraba la armonía. Y si lo era en compañía de Eva, pues mejor.

—¿Has dormido algo? —le preguntó el ertzaina.

—Algo —respondió Aitor dándole un sorbo al café—. Tengo que enseñarte una cosa, Jaime.

El inspector suspiró. Se lo temía. Se sentó al lado de Aitor y le empujó con el culo, obligándole a desplazarse. También le quitó la taza y empezó a beberse su café.

—Qué. —No era una pregunta ni una exclamación. Solo un «con qué me vienes ahora».

—¿Recuerdas las placas de hielo que encontramos en la ropa de Izaro Arakama? —le preguntó el forense.

El inspector asintió con la cabeza. El café estaba bueno y las vistas eran increíbles. El valle de Sakana se iba abriendo ante ellos con la inminente aparición de un sol que se anunciaba en tonos rosáceos sobre la línea del horizonte.

—Anoche analizamos su procedencia —dijo Aitor, sacando el teléfono móvil.

—¿«Mos»? —preguntó el inspector Otamendi, metiendo la barbilla en el cuello de la chamarra. Seguía haciendo frío.

—Eva y yo.

—¿Eva y tú? —se mofó el inspector, que sentía que a más café, mejor humor—. Es posiblemente la excusa para llamar a alguien más lamentable que he oído en mi vida.

Aitor obvió la burla.

—Jaime, hemos seguido la pista del agua y nos ha llevado hasta aquí. —El forense desplazó el mapa en el móvil con el dedo índice hasta la ubicación de la estación de control de calidad del agua.

—¿Qué es eso? —preguntó el inspector.

—Se trata de un pequeño río en medio de la nada. Cascada de Aitzola, se llama —le explicó Aitor—. Izaro Arakama estuvo allí. Por lo menos eso nos dice el análisis del agua.

El inspector alejó el mapa con el *zoom*, en busca de referencias.

—Pero ¿dónde coño está esto?

—A más de doce kilómetros del santuario. En Guipúzcoa.

—No puede ser, es una distancia insalvable a pie. —El inspector Otamendi levantó la mirada de la pantalla.

—Tú lo has dicho —le confirmó Aitor—; con este daño tisular, cutáneo, quiero decir..., Izaro Arakama tuvo que pasar de sentir mucho dolor en las extremidades inferiores, especialmente en los pies, a no notar nada. Es imposible que anduviese más de diez kilómetros la noche en la que murió.

—¿Me quieres decir que alguien la trajo hasta aquí? —El inspector se volvió para mirarlo de frente—. ¿Es eso lo que insinúas?

Aitor levantó su teléfono móvil.

—Mira esto. —Señaló el forense—. Está a unos cuatrocientos metros, en el siguiente cuadrante.

Se trataba de una edificación oculta por una arboleda en forma de «U», dividida en tres bloques rectangulares.

—¿Qué es? —preguntó el inspector.

—No lo sabemos. He metido las coordenadas, la ubicación... y solo dice «UPV-EHU» —respondió Aitor.

—¿La Universidad del País Vasco? ¿Ahí?

Jaime Otamendi maldijo en voz alta mirando a Aitor a los ojos. Seguidamente, hablaron sin decir una palabra, sin un solo sonido. En esa conversación muda, Otamendi le preguntó si le iba a obligar a ir a ese lugar perdido en la sierra de Aralar. Aitor le respondió que sí, que era necesario saber si Izaro había estado realmente allí. Luego Otamendi le diría que era un follón, y Aitor se encogería de hombros diciéndole que no le hubiese llevado a él a examinar el cadáver.

—He estado pensando en ti esta noche —le confesó el forense.

—Qué bonito.

—No creo que le pidieses a la jueza que viniera yo para que me diese el aire —le dijo Aitor—. Me da que a ti también te resultaba extraño que una montañera se hubiese expuesto a tanto riesgo justo el día que llegaba la madre de todas las borrascas.

Un gruñido les hizo girarse a ambos: la agente Palacios apareció en la entrada. Al principio daba la impresión de estar en proceso de despertarse, pero cuando se acercó y vio el lugar marcado en la pantalla de Aitor, su rictus cambió al de preocupación.

—Palacios —le dijo el inspector Otamendi—. Palas.

—¿Qué? ¿Qué?

—¿Qué es esto? —dijo el inspector Otamendi cogiendo el móvil de Aitor y plantándoselo delante a la agente foral.

—¿Por qué lo preguntas?

—Porque es posible que Izaro Arakama haya estado allí.

—Se llama Ausa Gaztelu, está en la otra punta de Aralar y es imposible —dijo la agente foral de mal humor.

—Por eso mismo queremos ir a ese lugar.

La agente Palacios espiró hastiada. Aquel equipo no cesaba de atormentarla. Se suponía que la montañera había muerto por accidente. Una tragedia. Punto.

—¿Qué es esto, Laia?

—No lo sé. No podemos entrar en el recinto. Lo tenemos prohibido —respondió la foral—. Es territorio guipuzcoano, nos está vetado.

—Pero sabes lo que hay dentro.

—Antes, hasta hace tres años, pertenecía al Gobierno Central —dijo la agente rascándose el cuello—, pero ahora es propiedad del Gobierno Vasco.

—Pero ¿sabes lo que hay dentro o no? —insistió el inspector Otamendi.

—Tengo una idea aproximada.

—Queremos ir —intervino Aitor.

—Laia —dijo el inspector Otamendi—, ¿qué cojones hay ahí dentro?

—Queréis ir, está bien, vayamos —dijo la agente foral, cogiendo la petaca de su radio—. ¿Qué número calzáis?

Desestimada la opción del helicóptero a causa de un camión que había hecho la tijera en la A-8, fue Laia Palacios quien movilizó a sus efectivos para transportar el cadáver; los agentes forales Satrustegi y Toquero llegaron una hora después junto con otros dos compañeros. Traían consigo un *pack* de vituallas, bocadillos, frutos secos, café en termo, barritas energéticas y un equipo de porteo para trasladar el cuerpo de Izaro Arakama.

—¿Hasta dónde habéis llegado con el cuatro por cuatro? —preguntó la agente Palacios.

—Al mismo sitio que vosotros ayer, a Guardetxe. Es imposible avanzar más allá en coche —respondió la agente Satrustegi con los pómulos enrojecidos, antes de arrojar un pesado bulto color verde militar al suelo.

—Junto con el cadáver, me gustaría enviar esto a San Sebastián. —Aitor se dirigió a la foral con un neceser de plástico transparente. En él había tres botes con muestras de agua—. Me gustaría que llegase al laboratorio del Aquarium, va dirigido a la bióloga Eva San Pedro.

—Descuida, nosotros nos encargamos —dijo la agente, con seguridad—. En cuanto depositemos el cuerpo en el Instituto de Medicina Legal, iremos allí.

—¿Cómo están las carreteras? —preguntó el forense.

—Las quitanieves están limpiando la A-15 —dijo el agente Toquero—. Hay un carril habilitado, así que no habrá problema. ¿Qué ha pasado ahí?

Todos los presentes se volvieron hacia la iglesia: una cicatriz en la piedra, cubierta parcialmente por la nieve, cruzaba descendente desde el cimborrio hasta el tejado del ábside principal, como recordatorio del intento fallido de evacuación de la noche anterior.

—Joder —se le escapó al inspector Otamendi.

Una hora más tarde, los cuatro agentes cargaban cuesta abajo con el cuerpo de Izaro Arakama. Laia Palacios se plantó delante de Aitor y de los ertzainas con el macuto verde que habían traído sus compañeros y que parecía pesar mucho. Al abrirlo se desperdigaron, acompañados de un repiqueteo metálico, cinco pares de esquís con sus respectivos bastones.

—¿Qué es esto? —preguntó Aitor, que no había esquiado en su vida.

—Esto —dijo la agente foral, señalando los esquís— es la única manera de ir y volver a Ausa Gaztelu en un día.

Llarena y Gómez se afanaron con los artilugios y eligieron cuidadosamente los que mejor les iban. Parecían niños con zapatos nuevos. Laia Palacios agarró uno de los esquís y lo puso frente a Aitor, calculando su estatura. Escogió un par que le sobrepasaban unos veinte centímetros. El forense comprobó que no pesaban mucho: parecían hechos de fibra de carbono y tenían la punta curva; supuso que sería para evitar que se hundiesen en la nieve. Después, la agente foral eligió un juego de bastones y los situó, con el brazo extendido, frente a Aitor. Satisfecha, le tendió un juego de botas con una barra metálica en la punta. Esta era para engancharse a la fijación de los esquís, le explicaron.

—¿No se acopla por detrás? —preguntó Aitor, levantando el talón.

—No, necesitarás talonear mientras te deslizas. —Laia Palacios le mostró la técnica, desplazando un esquí y levantando el otro—. ¿Ves?

El forense levantó la cabeza hacia el interior del sistema montañoso. Aquello iba a resultar doloroso.

—Joder.

Laia Palacios les contó que la afición al esquí de fondo en Aralar la había implantado un noruego que había ido a Tolosa a montar una empresa de clavos para herraduras hacía ya ciento veinte años. Dicho negocio requirió de paisanos, y los vikingos se trajeron sus costumbres y sus aficiones, entre ellas el esquí de fondo, por lo que al cabo de poco ya tenían a unos tipos altos y rubios de paseo por cualquier monte nevado de los alrededores. La práctica se extendió por todo el territorio hasta el punto de que se llegó a instalar un remolque, perdido con el paso de los años.

La impericia de Aitor con los esquís, sumada a las agujetas y las pocas horas de sueño, provocaron que se arrastrase a la cola de la expedición, sufriendo con cada empuje de bastón. Cargaba con su mochila, en cuyo interior iban el maletín de forense, la cámara de fotos y el portátil, así que le pesaba horrores. Trataba de aprovechar cada impulso para minimizar el esfuerzo, pero, en comparación con los demás, iba lento. En cuanto se detenía, aquellas malditas planchas de carbono se deslizaban hacia atrás.

Avanzaban por una pista jalonada en medio de un hayedo de cortezas grises con el terreno irregular. Nunca se había adentrado en una nada tan profunda, algo que le provocaba una emoción difícil de explicar. Se sentía como un intruso, como alguien que se había colado en una fiesta a la que nadie le había invitado. No había rastro humano alguno: ni líneas de alta tensión a la vista, ni ningún cobertizo ni tampoco un sendero mínimamente asfaltado. Estaban en medio de la naturaleza y, pese a la indiscutible belleza del lugar, Aitor sintió que no pertenecía a aquel paraje. Echaba de menos San Sebastián.

Al cabo de un rato, y viendo que se estaba descolgando, el agente Gómez se deslizó hasta su altura.

—Métete en el surco que dejamos los demás, Aitor —le dijo el agente—. Estos esquís son buenos. Mira: en lugar de estrías llevan piel de foca, que agarran más. Inclínate hacia delante. Esto es como correr: bastón, bastón, patada. Deja que fluya.

—¿Te has convertido en un maestro samurái, Gómez? ¿«Deja que fluya»? —le vaciló Aitor, envuelto en una mezcla de frío y calor.

El ertzaina rio. Él se deslizaba con gran facilidad.

—Una pregunta —dijo Aitor, pensando en Izaro Arakama—. Si te perdieses en el monte, ¿qué harías?

—Buscaría ovejas y las asustaría —dijo el ertzaina—. De esa manera me conducirían hasta su cobertizo. Es posible que cuando llegase, el pastor me diera una hostia por haber dispersado el rebaño, pero por lo menos estaría vivo.

—No me vale —negó Aitor—. Es de noche, estamos en invierno y no hay ovejas. Imagina que no hay un cobertizo en kilómetros a la redonda.

El agente Gómez asintió, pensando la respuesta.

—Bueno, lo primero que haría, teniendo en cuenta que no veo nada, sería evitar los barrancos y desplomes del terreno para no hacerme daño.

—¿Y lo segundo? —preguntó Aitor sintiendo que, efectivamente, iba mucho mejor moviéndose por dentro del surco hecho en la nieve.

—Evitar morir de frío —respondió Gómez—. Para eso tienes que moverte y mantener el cuerpo activo, quemando calorías.

—Pero puedes desfallecer de cansancio.

—Sin duda, pero es mejor caer por cansancio que por hipotermia. De la primera manera ganas tiempo —dijo el agente—. Yo me movería en círculos, para estar localizable cerca del lugar donde me perdí.

—Pues Izaro Arakama recorrió una distancia larguísima —observó el forense.

—Alejarse de donde te pueden encontrar no es buena idea —respondió Gómez—. Pero el miedo es mal compañero en estas situaciones.

Aitor tenía serias dudas sobre el motivo por el que Izaro Arakama se había desplazado a más de diez kilómetros del santuario con un temporal en ciernes. Tal vez el trayecto de vuelta sí que había sido premeditado, a lo mejor la montañera fue consciente de que tenía que volver a San Miguel si quería sobrevivir, pero le parecía un milagro que hubiese encontrado la manera de llegar.

O eso, o alguien la llevó hasta allí.

—Ven, te voy a mostrar un truco que me enseñó mi padre —le dijo Gómez señalando con el bastón.

El ertzaina se desvió de la senda y se dirigió hacia un montículo alejado, entre árboles. Aitor le siguió a duras penas, levantando los esquís. Gómez se detuvo junto a un haya abatida cuyo grueso tronco mediría más de veinte metros de largo.

—¿Ves el tallo? Está arrancado de raíz. —El ertzaina apartó la nieve de la superficie con el bastón—. Fíjate ahora debajo.

El agente se arrodilló en la base y comenzó a cavar con la mano, entre raíces. Un minuto después le mostraba a Aitor una abertura bajo el suelo que debía de tener poco menos de un metro cuadrado.

—¿Que no hay cabañas, refugios ni cobertizos? —volvió al tema el agente Gómez—. ¿Que el viento te congela, estás exhausto y necesitas un lugar donde ganar algo de tiempo? —El ertzaina señaló la cavidad—. Busca un árbol grande, un tocón, una piedra, algo que haya estado enraizado en las entrañas de la tierra; encuentra una hendidura, un hueco, escarba —Gómez hizo el gesto de horadar la tierra—, ponte a cubierto del viento y acurrúcate. Pero, cuidado, es un recurso tramposo. Si te quedas dormido, *agur*. Te acabará cubriendo la nieve y no te encontrarán hasta la primavera.

—¿Tú no harías eso, a que no? —le preguntó Aitor.

—No —le dijo Gómez regañándole—. Al monte se va con un teléfono a mano y acompañado. Y nunca bajo amenaza de temporal. Es estúpido. Pero si estás desesperado... —El agente señaló al agujero.

—¡Gómez! —La voz del inspector Otamendi resonó entre las hileras de árboles—. ¡Vamos!

Aitor se quedó mirando aquel diminuto hueco, pensando en lo sola que debía de haberse sentido Izaro Arakama aquella noche.

Salieron del hayedo a cielo abierto; el terreno se les puso ligeramente cuesta arriba en un falso llano, flanqueado por un paisaje kárstico formado por hileras de piedra caliza que asomaban de forma irregular sobre la nieve, como crestas de dinosaurios durmientes. Aitor apreció que, ciertamente, el paisaje no era más que una estepa de ondulaciones blancas, sin referencias destacables. En cuanto encontraban un pozo o una charca con cierta profundidad, paraban para que Aitor tomase muestras y comprobase la concentración de fósforo, con la esperanza de que alguna de las lecturas pudiese arrojar luz sobre la senda que había tomado Izaro Arakama. Ninguna de ellas resultó satisfactoria, por lo que la opción que tomaba cada vez más fuerza era la de la estación en el río Aitzola, a las faldas del monte Ausa Gaztelu.

Una hora después estaban a mitad de camino, en una zona conocida como Igaratza, donde se encontraba un conjunto de tres refugios y la ermita de Andra Mari: fachadas de piedra, ventanas con barrotes, placas solares... Tanto los tres cobertizos como la ermita se encontraban en buen estado y el acceso era libre. Se dividieron: Laia Palacios y Otamendi por un lado, Llarena y Gómez por otro. Aitor fue camino abajo hasta llegar a un riachuelo. Media hora después, todos oyeron a Llarena reclamar su presencia.

—¡El coche! —gritó el agente, subido a un risco.

El Volvo gris de Izaro Arakama acumulaba sobre el techo un metro de nieve. No estaba escondido, pero sí apartado de la pista principal, en una extensión de una bifurcación. Los cuatro hombres, Otamendi, Llarena, Gómez y Aitor, rodearon el vehículo, mientras que la agente Palacios, que tenía las llaves que le había facilitado la familia, lo abrió. Los cuatro policías lo revisaron de arriba abajo, tocando lo justo y con sumo cuidado: maletero, guantera, puertas, alfombrillas, asientos... No había señales de violencia por ningún lado.

Media hora más tarde devoraban el almuerzo que les habían traído Satrustegi y Toquero sentados en los bancos junto a la pared lateral del refugio de Errenaga, que tenía una fachada de piedras rectangulares y revestimientos de madera.

—Tengo un asunto que no para de darme vueltas en la cabeza —dijo Aitor, recibiendo de golpe la atención de todos—. Anoche tuve que salir un momento hasta el cuarto de mantenimiento y rodear el santuario —explicó el forense—. ¿Es posible que viera un animal? ¿Un perro muy grande, un jabalí, a lo mejor?

Llarena y Gómez se miraron el uno al otro como si Aitor hubiese perdido el juicio.

—O un lobo —lanzó al aire Laia Palacios.

—¿Qué dices? —intervino el agente Llarena—. ¿Cómo va a haber lobos en Aralar?

—Aquí no hay lobos —secundó el inspector Otamendi—. ¿O hay lobos?

—Había un loco por allí. —La agente foral señaló en dirección sur—. Un *baserritarra,* un casero, que se fue a pastorear a las Américas hace cuarenta años, a Boise, y luego volvió. Mi padre lo conocía bien. Un hombre solitario con mucho genio. La cosa es que estaba harto de que los jabalís le chafasen la huerta, así que no se le ocurrió nada mejor que traerse una pareja de lobos de Asturias. Un día encontramos muerto al hombre. Un infarto —continuó Laia—. Los lobos habían desaparecido.

La agente foral miró su bocadillo, recordando aquellos días.

—Podéis imaginaros —rememoró la policía—: denuncias, ataques a ganado... Un follón de cuidado.

—¿Y no montasteis una batida para acabar con ellos? —preguntó el agente Llarena.

—En esas estábamos cuando llegó la ley del Gobierno Central que decretaba que los lobos dejaban de ser una especie cinegética —añadió la agente Palacios—. Es decir, que estaba prohibido darles caza. Además, con cada ataque te llevas ochocientos euros de indemnización, por lo que ya no sabemos si los lobos están muertos o no.

—Pero ¿cómo no has dicho esto antes, Palas? —preguntó el inspector Otamendi, sorprendido—. ¡Tal vez Izaro Arakama se encontró con ellos y por eso hizo semejante desplazamiento!

—Qué va —negó la agente foral, con contundencia—. Hace ya cuatro años que no sabemos nada de ellos. No eran ejemplares grandes y rehuían cualquier contacto con los humanos. Es muy improbable que Izaro se topase con ellos la noche de su desaparición. Desde que se escaparon nunca se registró ningún incidente con humanos. Y, además, la ruta de Izaro se aleja mucho de su área de influencia, que se centraba mucho más en las laderas del sistema, en zonas de menos altitud y más boscosas. No, yo apostaría a que esos lobos están muertos.

—Pues yo algo vi —dijo Aitor.

—Sería un perro —conjeturó la agente Palacios.

No quiso replicar nada, pero aquello no le había parecido un perro. Demasiado salvaje. Un escalofrío le recorrió el sistema nervioso al recordar aquellos ojos brillantes en la oscuridad. Y la respiración ansiosa, gutural, mezclándose con el sonido del viento. Ya podían quitarle hierro al asunto, pero si lo que encontró anoche no eran lobos, igualmente daban miedo.

Retomaron la marcha. Bordearon los picos centrales de Gamboa y Malkorri por el sur y, para la felicidad de Aitor, el terreno empezó a picar un poco hacia abajo. Apenas debía hacer esfuerzo para avanzar: los esquís de fondo no eran específicamente para descensos, por lo que tenía que seguir taloneando a tramos, pero facilitaban sobremanera el desplazamiento. Los glúteos y los deltoides le iban a explotar, pero de alguna forma había conseguido activar el modo automático y transitaba ensimismado en sus pensamientos.

Dos horas después, tras dejar una senda bordeada por árgoma que asomaba a lo largo de la ladera, volvieron a una tupida zona boscosa. Esta vez se trataba de árboles de hoja perenne: unos pinos silvestres que no dejaban pasar la luz en toda la extensión que abarcaban. Siguieron el GPS de la agente Palacios hasta encontrar un riachuelo que manaba frente a ellos. En el centro, insertado en una rudimentaria estructura metálica en medio del caudal, había un objeto de un metro y medio de largo con forma de cilindro: la estación de control. Por allí pasaba el agua, el aparato extraía las lecturas y las enviaba a la Agencia Fluvial de la Diputación de Guipúzcoa.

Ya habían llegado.

Aitor sabía que se jugaba mucho allí. Su teoría se sostenía en unas precarias pruebas realizadas con unas placas de hielo derretidas en la ropa de una mujer que habían encontrado en el interior de una iglesia a más de diez kilómetros de distancia.

Casi nada.

—Venga, cada uno a lo suyo —dijo el inspector Otamendi, alejándole las dudas de la cabeza—. Forense, comprueba si las lecturas cuadran. Llarena, tú y Gómez peináis esa zona hasta aquella subida, en busca de alguna huella. Palas, tú y yo vamos a seguir el curso del río.

Aitor sacó el portátil y su USB con conexión de datos móviles y fue directamente a la página de las lecturas de la estación que tenía delante: no había rastro del pico de fósforo que habían encontrado la noche en la que desapareció Izaro Arakama. Llevaba así desde la mañana en la que habían hallado el cuerpo. El fósforo y la víctima habían estado sumergidos en el mismo lugar y en el mismo momento. Caminó riachuelo arriba, buscando no sabía qué: alguna huella, restos de un vertido..., algo. Pese al grosor del calzado, sentía la humedad trepando por sus pies. Estaba acalorado por la ascensión, por lo que la mezcla de temperaturas provocó que su cuerpo empezase a emanar vapor. El caudal era abundante pero la profundidad del río, escasa. A Izaro Arakama le habría llegado por la cintura. El problema era que, a partir de ahí, cualquier lugar era susceptible de ser aquel en que la montañera había estado sumergida. La estación había registrado la lectura, pero, de ahí hacia atrás, Izaro Arakama podía haber caído en cualquier poza. Tomó varias muestras, seguramente en vano.

Media hora después estaban de vuelta en el punto de partida, frustrados y con la sensación de haber hecho el tonto.

—Bueno, Laia —dijo el inspector Otamendi—, ¿nos cuentas de una maldita vez qué demonios hay en ese complejo que se ve en el satélite?

La agente Palacios le echó un vistazo a su reloj de pulsera.

—Espera. Tienen que estar al caer —dijo la policía mirando alrededor.

Instintivamente todos levantaron la vista, incluido Aitor, que estaba en medio del riachuelo. «¿Tienen que estar al caer? —pensó—. ¿Quiénes tienen que estar al caer?».

Entonces, en la lejanía, empezaron a percibir un sonido: era el ruido de gente trotando, corriendo, e iba *in crescendo*. Alguien daba órdenes, indicaba cosas: hablaba de respirar, de regular la pisada... Se aproximaban a su posición.

Aparecieron en la ladera frente a ellos: siete jóvenes, tres chicas y cuatro chicos. Mallas, camisetas térmicas, gorros... Todos vestidos igual, uniformados. Los lideraba una mujer de unos cuarenta años que irradiaba vitalidad. No les hicieron ni caso, como si no existiesen.

—¡Controlad las pulsaciones! —ordenó la entrenadora.

Pasaron frente a ellos y, tal como habían llegado, desaparecieron por la ladera contraria, dejando al equipo compuesto por un forense y tres ertzainas boquiabierto.

—¿Qué ha sido eso? ¿Eran militares? —preguntó Otamendi.

—No, no eran militares. Vamos, es hora de que os lo enseñe —dijo la agente Palacios.

Recogieron los esquís y caminaron cerca de media hora más, río arriba, en silencio. El pinar era mucho más denso que el hayedo, el cielo apenas se veía y el lugar exhalaba un hermetismo ancestral, como si no hubiese sido habitado en siglos. De repente, la arboleda se abrió ante ellos.

Estaban frente a una depresión del terreno, un extenso socavón delimitado por una valla alta. PROHIBIDO EL PASO, PROPIEDAD DEL GOBIERNO VASCO, señalaba un cartel.

—Por aquí —indicó la agente Palacios, bordeando el cercado.

—Y supongo que eso es lo que querías enseñarnos —le dijo el inspector Otamendi a la agente foral.

Todos miraron en la dirección hacia donde señalaba el ertzaina.

El imponente edificio estaba compuesto por tres alas con una planta formando una U invertida. Estaba revestido por un hormigón que dibujaba espigas en su fachada, como las de las piñas de los pinos, y parecía diseñado para resistir las inclemencias meteorológicas. Así lo sugería el tejado, afilado y de gran caída, repleto de placas fotovoltaicas. La construcción tenía tres pisos y parecía nueva, de diseño vanguardista. La parte frontal era mayoritariamente de vidrio, con ventanales en los tres pisos que iban del suelo al techo y dejaban entrever gran parte del interior. A Aitor le vino a la cabeza una facultad de un campus universitario escandinavo. Proyectaba solidez, modernidad y funcionalidad a partes iguales.

—Se trata de un centro deportivo de alto rendimiento —explicó la agente Palacios—. El Gobierno Vasco lo construyó hace dos años y medio.

Era como adentrarse en una película de espías. Bordearon la valla hasta llegar al acceso principal, formada por un portón vigilado por una cámara de seguridad. Sobre ellos, en un arco que coronaba la entrada, un mensaje forjado en hierro decía EL TRABAJO NO SE NEGOCIA. Un aviso a navegantes. El patio situado frente a ellos, aquel que daba acceso al complejo, presentaba un jardín oculto bajo la nieve. Llamaron al portero.

—¿Inspector Otamendi? —preguntó una voz de mujer.

—Eh..., ¿sí? —El veterano policía guardó su placa identificativa, estupefacto.

Todos los presentes se miraron entre sí. ¿Los estaban esperando?

—Pasen, el director Sánchez les atenderá encantado —dijo la voz con afabilidad.

Un timbre accionó la puerta corredera y les dejó el paso libre. Con la sensación de ser los que se habían perdido algún capítulo de la serie, todos se adentraron en el recinto.

—Laia, ¿y dices que nunca habéis entrado aquí? —le preguntó el inspector Otamendi a la agente foral.

—Unos pastores me hablaron de este sitio. —A la agente no parecía gustarle mucho aquel mamotreto en medio del monte—. Tampoco es que cuenten demasiado. Dicen que compran producto de la huerta y que pagan bien, pero que tienen cláusulas de confidencialidad. Si te vas de la lengua hablando de ellos, dejan de llamarte.

Se adentraron en el interior del perímetro vallado. A medida que avanzaban, la edificación crecía en tamaño y cobraba imponencia. Se dieron cuenta de que aquel lugar estaba lleno de vida: había chicos y chicas jóvenes yendo y viniendo por todos lados; algunos correteaban por los alrededores, una pareja estiraba junto a un banco, unos portaban material deportivo, otros llevaban mochilas, un grupo practicaba lo que parecía taichí, un hombre (el entrenador, a lo mejor) explicaba una serie de movimientos a dos chicas que seguían sus gestos con atención... Aitor observaba ojiplático el lugar y a sus habitantes. «¿Por qué? —se preguntó—. ¿Por qué ocultar semejante dispendio aquí, en medio de la nada?».

Llegaron a la puerta del edificio principal, donde los esperaban un hombre y una mujer. Ella llevaba una falda de tubo negra, con un jersey de punto marrón, una chaqueta de lana y el pelo corto, rubio, estilo *bob*. Sonreía de manera afable y sostenía una libreta a la altura del pecho. El hombre también sonreía, pero no lo hacía igual. Su mirada azul, libre de arrugas, era severa. Era indudable que aquel hombre, que rondaría los cincuenta, se cuidaba: los bíceps pugnaban por salir del jersey verde de pico y su cutis, sorprendentemente claro y resplandeciente, parecía de plástico. Pelo negro, peinado a un lado y piernas algo separadas. No había duda, él estaba al mando.

—Inspector Otamendi —dijo el hombre desde su posición—. Me llamo Gorka Sánchez y soy el director del Centro de Alto Rendimiento Euskadi.

CAPÍTULO V

1982

Camino del entrenamiento, Ainara pasó por delante de una pintada: BIETAN JARRAI, en la que una serpiente se enroscaba alrededor de un hacha. A ella esas cosas de la ETA no le interesaban. Su orden de preferencias era: Él, sus amigas y el baloncesto.

Llegó a la altura del bar del Raro, en dirección al colegio. Un grupo de hombres fumaba y bebía vino junto a la puerta. Conocía de vista a más de uno, eran compañeros de su padre. El reloj en la pared de la tasca marcaba las cuatro y veinte, por lo que dedujo que los trabajadores formaban parte del turno de mañana, que finalizaba a las tres. Pasó por delante de ellos mientras sentía sus miradas disimuladas orientadas hacia sus piernas. Llevaba un chubasquero hasta los muslos, prácticamente hasta la línea donde le alcanzaban los pantalones cortos. A Ainara le gustaban sus piernas: eran firmes y musculadas.

Junto a la plaza la esperaba su mejor amiga, Laura, que observaba al grupo de hombres con desprecio. Ella estaba acostumbrada a que la mirasen, había sido la primera a la que se le habían desarrollado los pechos, y no dudaba en vanagloriarse de ello, orgullosa.

—¿Has hecho los deberes? —le preguntó Laura nada más llegar a su altura.

—Sí, si no mi madre no me deja venir a entrenar —respondió Ainara.

—Pues luego me pasas el cuaderno, que no me ha dado tiempo.

—Menudo morro tienes tú.

Caminaron dejando la dársena de carga y descarga a su derecha, con las grúas esperando a que algún mercante atracase para vaciarlo. En la otra orilla de la ría, más allá de Punta Zorroza, asomaban los astilleros de la Naval. Burceña era un arrabal apartado de todo. En aquella vera del río Cadagua, a lo largo de su trayecto para encontrarse con la ría del Nervión, se habían construido bloques de viviendas al calor de una serie de fábricas: Refractarios Burceña-Productos Cerámicos; Gruber-Ventiladores Industriales y Mebusa-Metalúrgicos. Era un paisaje apenas coloreado por el verde de los techos de uralita y el marrón de las aguas contaminadas del río. Verde, marrón, gris. El río atravesaba Burceña por el este; la nacional lo cruzaba por el medio y las vías del tren lo surcaban de norte a sur. Su punto neurálgico era el bar. Y poco más. La gasolinera, cocheras de Bizkaibus y el colegio. A partir de ahí había que subir a Barakaldo o irse a Zorroza si querías encontrar algo de vida.

En el barrio la gente no tenía sueños, solo preocupaciones. El tema estrella ahora eran dos palabras: *reconversión industrial*. «Felipe nos salvará, no puede dejar a media Margen Izquierda en la calle», decía su padre sin convicción. Ante cada crisis, miedo. Ainara tenía catorce años y estaba harta de pertenecer a la clase obrera.

La aspiración de su amiga Laura era vivir en Los Fueros, en la plaza de mayor de Barakaldo, al otro lado de la carretera. ¿Para qué? ¿Para tener que soportar esas manifestaciones con contenedores cruzados en llamas, piedras volando y policía por todas partes? Ainara no, ella se iba a ir a la Margen Derecha, a Neguri. Allí compraría un chalet. Con Él. No pensaba ser maestra o secretaria, sino enfermera o médica. Montaría una consulta propia. En la Margen Derecha hacía mejor tiempo y no había manifestaciones. Por algo elegían los ricos aquel sitio para vivir.

Y por eso le gustaba tanto Él, porque era diferente. Era ambicioso y no se disculpaba por ello. Él no permitía que sus sueños se evaporasen como el humo de aquellas fábricas. Porque allí, en Burceña, las aspiraciones se desvanecen nada más pensar en ellas. Estaba hasta el moño de esa mentalidad basada en que si te pasa algo bueno, algo malo viene detrás.

Marta las esperaba a la puerta del colegio. Ella era su otra mejor amiga y jugaba de base, Laura de pívot. Ainara era alero. Formaban un trío temible e inseparable.

—Me da que hoy toca entrenar dentro —les dijo Marta mascando chicle, nada más llegaron a su altura—. Le he oído decir a la hermana Ateca que esta temporada algunos entrenamientos los va a dirigir Koldo.

—¿Ese? Qué asco —dijo Laura, tapándose la nariz con los dedos.

Ainara sintió que sus ilusiones se hacían añicos.

—Pero ¿por qué? —preguntó.

—Parece que el entrenador va a estar muy liado con los estudios. Vendrá cuando pueda y, mientras tanto, será Koldo quien se hará cargo del equipo —explicó Marta.

Koldo era una obra benéfica que Él había aceptado por los ruegos de su madre. A mitad de la temporada anterior había empezado a acudir a algunos entrenamientos, y se ocupaba de poner conos y recoger los balones. Era un chico poco agraciado, parco en palabras y un tanto oscuro.

—Mejor para ti, ¿no? —le dijo Marta a Laura—. Así te podrás quitar el jersey para que te mire las tetas a gusto.

—Pero ¿qué dices? —respondió Laura, indignada, cruzando un brazo por delante del pecho.

—Pues que desde que te han crecido bien que te gusta que te las miren —la acusó Marta.

—A ti lo que te pasa es que tienes envidia —replicó Laura.

—A ti lo que te pasa es que eres una guarra —le soltó su amiga.

—Guarra tú.

—No, guarra tú.

—El otro día me enrollé con Javi, el de Salesianos —soltó Laura de sopetón, con una sonrisa traviesa.

Marta y Ainara gritaron a la vez, escandalizadas.

—¡Qué fuerte! —dijo Ainara.

—¿Ves? Lo que yo te digo —la recriminó Marta.

—Te molesta porque a ti no te han crecido —le dijo Laura, pellizcándole un pezón.

La chica pegó un grito de sorpresa y lanzó la mano contra su amiga, pero esta arrancó a la carrera, hacia el gimnasio del colegio. Las otras dos salieron tras ella, entre risas. Cuando entraron, el resto del equipo ya formaba en un círculo realizando ejercicios de estiramientos.

—Llegáis tarde. —Una voz hosca retumbó en la entrada del colegio. Era Koldo Urzelai, el segundo entrenador—. ¡No quiero a nadie llegando tarde! ¡Se juega como se entrena!

Esa frase no era de Koldo, sino del entrenador. Le copiaba en todo, pero mal. La diferencia entre ambos radicaba en que Koldo usaba su autoridad de manera equivocada, mientras que el entrenador solo gritaba para motivarlas. Por eso no le gustaba aquel chico: era hosco e inseguro. Ainara pudo apreciar que había adelgazado con respecto al año anterior y había desarrollado algo los brazos. Sabía que Él lo había estado ayudando durante el verano, machacándose con pesas y carreras eternas hasta el monte Serantes, en Santurce. Lo miró de reojo. Tan joven y ya se estaba quedando calvo. ¿Y esas orejas de Dumbo? El olor era lo peor, un hedor nefasto, intenso y desagradable, a medio camino entre el sudor y la humedad. Si por lo menos se cambiase de ropa de vez en cuando... Mal, Koldo, mal.

—¿Hoy no viene el entrenador? —preguntó Ainara, angustiada.

Si no lo veía, el día iba a acabar siendo deprimente.

—¿Qué pasa, es que yo no valgo para entrenar? —respondió Koldo con tono borde—. ¡Venga! Solo nos queda una semana para preparar el partido contra Nuestra Señora del Carmen, en Portugalete. No querréis empezar perdiendo, ¿no? ¡Pues todas a dar vueltas, vamos!

Las chicas, espoleadas por la idea de jugar el primer partido de la temporada, salieron a la carrera.

Tras la primera vuelta, Él emergió de los vestuarios. Esa sonrisa, ese pelazo. Ainara sintió que el corazón le daba un vuelco. Al cruzarse con Él, sus ojazos azules se posaron sobre ella.

—Ainara —dijo él—. ¿Todo bien?

—Ahora sí.

Definitivamente, Gorka Sánchez era el chico más guapo que había visto en su vida.

CAPÍTULO VI

Lunes, 17 de febrero de 2020
Centro de Alto Rendimiento Euskadi, sierra de Aralar
15:00

Aitor apostó a que aquella hilera de dientes blancos no le gustaba nada en absoluto a Jaime Otamendi. Y que el director de aquel Centro de Alto Rendimiento no hubiese hecho ni el amago de bajar los cuatro peldaños de la escalera de entrada para ponerse a su altura, aún menos. Aquel hombre parecía querer enviarles un mensaje: él estaba por encima de ellos.

—Ella es la subdirectora, la señora Gemma Díaz.

Gorka Sánchez presentó a la mujer de pelo rubio platino que tenía a su lado con un mínimo ademán.

—Por favor, Gorka —dijo ella, bajando la escalera y tendiéndoles la mano uno por uno—. También soy la encargada del gabinete psicológico del centro y, por mucho que él quiera ocultarlo, su esposa.

Tenía la mano muy suave, las uñas recién hechas y el pelo muy liso, planchado al límite. Era delgada y su aspecto, de cerca, impoluto.

—¿Podemos ofrecerles algo, un café? —preguntó Gemma Díaz.

—No, gracias, muy amable —rehusó el inspector Otamendi—. Señor Sánchez, disculpe que nos presentemos sin avisar... Aunque, claro, tampoco teníamos constancia de la existencia de su Centro de Alto Rendimiento. —El ertzaina dirigió una mirada de reproche a la agente Palacios.

—Eso es señal de que hemos hecho las cosas con diligencia —dijo el director, orgulloso.

—Ya —respondió el ertzaina, sin saber qué más añadir al respecto—. Verá, estamos aquí porque nos gustaría hacerle algunas preguntas en relación con la muerte de una montañera.

—Izaro Arakama, lo sé —respondió Gorka Sánchez, para sorpresa de todos—. Los esperábamos. Hablemos dentro.

Tanto los policías como el forense se pusieron en guardia al oír aquello. ¿Cómo que los esperaban? Aitor se volvió hacia el inspector Otamendi, pero este se mantuvo impasible. De forma automática, entendió el contenido, entre líneas, del mensaje: «Sabemos todo lo que se cuece en Aralar». Lo que traducido venía a ser un «aquí mandamos nosotros».

Siguieron a la pareja hacia un *hall* muy amplio de suelo blanco y encerado. Quedaron impresionados ante la pulcritud y la calidad de los materiales.

—¿Eso es una piscina climatizada? —se le escapó al agente Llarena sin querer.

Bajo el suelo porcelánico que pisaban se abrían unos vanos acristalados desde los que se podía ver el piso inferior, en el subsuelo. En él se apreciaban las calles centrales de una piscina olímpica. Varios nadadores recorrían los cincuenta metros de distancia en una cadencia sin fin.

—Oh, sí —dijo Gorka Sánchez, quitándole importancia—. Le pedimos al arquitecto que dejase estos huecos abiertos en el suelo para recordarles al resto de los atletas que, mientras ellos no entrenan, alguien sí lo está haciendo.

Los condujeron al piso superior por unas anchas escaleras desde donde vieron una biblioteca de lo más apetecible, repleta de estanterías bajas y mesas corridas de madera maciza; el interior y el exterior se mezclaban por medio de ventanas saledizas que llegaban desde el suelo hasta el techo. Aitor apostó a que todos sus compañeros estaban haciéndose la misma pregunta: ¿de dónde demonios había salido aquel lugar y con qué maldito presupuesto contaba?

La madre de todas las sorpresas se la llevaron cuando llegaron al tercer piso y los acomodaron en una sala de reuniones desde donde se veía la parte trasera del complejo: se trataba de un polideportivo cubierto dividido por áreas según su disciplina, en la que una cincuentena de deportistas entrenaban según su modalidad: fondo, salto de pértiga, lanzamiento de jabalina, boxeo... La pared trasera daba a la colina con la que se cerraba la instalación de forma natural, un muro revestido de hormigón que se había aprovechado para instalar un búlder de escalada. Los cinco se plantaron en el mirador con la boca abierta y fueron deteniéndose en cada detalle, en cada chico o chica que realizaba un ejercicio, un salto, un lanzamiento o una carrera. Era impresionante ver a aquel grupo de jóvenes entrenar en aquella infraestructura creada en medio de un ecosistema hostil y apartado de la civilización. La percepción de que se estaba fraguando algo importante a espaldas de la opinión pública era palpable entre los policías y el forense. Llarena y Gómez empezaron a murmurar señalando hacia el *ring* de boxeo. Aitor puso su atención en el cuadrilátero. Dos púgiles realizaban una sesión de *sparring* bajo la atenta mirada de sus preparadores.

—El de rojo es Ryan Cisneros —señaló Gómez sin ocultar su admiración.

Aitor observó al boxeador que señalaban. Se movía con una

agilidad estética que rompía de vez en cuando a base de combinaciones de tres o cuatro golpes.

—¿Es bueno? —preguntó Aitor.

—Es una maravilla —dijo el agente—. Fíjate en sus pies, cómo los mueve.

Aitor prestó atención al movimiento de piernas del chico. Mientras el *sparring* de azul caminaba robóticamente bien cubierto, Ryan Cisneros bailaba sin descanso con la guardia baja, manteniendo la misma distancia de seguridad respecto a su oponente. Parecía fácil visto desde allí arriba.

—Pega mientras retrocede. Eso es algo muy difícil —advirtió Gómez.

—Dicen que va a ir a las Olimpiadas —añadió Llarena.

A Aitor le hizo gracia ver como a los agentes se les caía la baba ante la habilidad del boxeador. El carraspeo de Jaime Otamendi les recordó al trío a un profe llamando a sus alumnos al orden.

La sala de reuniones estaba provista de una larga mesa de madera, donde les invitaron a acomodarse. Allí, pertrechados como iban para su travesía por la nieve y manchando la moqueta caoba con los esquís, se sintieron más fuera de lugar que nunca. Pese a que habían declinado el ofrecimiento, se les sirvió café de todas formas, y dos bandejas con comida, una con fruta y la otra con unas pastas deshidratadas que, por lo que dijo la agente Palacios tras mordisquear una, sabían a cartón. El director Sánchez se sentó en la butaca que presidía la reunión.

—Lamento la ausencia de sabor, somos muy escrupulosos con la dieta —dijo Gorka Sánchez señalando las galletas, al ver el gesto de desagrado de la agente Palacios—. Llevamos un estricto control de la alimentación de los deportistas del centro, y nosotros, los directivos, estamos obligados a dar ejemplo.

—«Centro de Alto Rendimiento Euskadi» —proclamó el inspector Otamendi—. Menudo sorpresón nos hemos llevado.

—Hemos hecho un gran esfuerzo para mantenernos alejados de los focos —reconoció el director Sánchez, pasando la palma de la mano por la superficie de la mesa.

—Pero esto está financiado con fondos públicos, ¿no es así? —preguntó el inspector con tono retórico.

—En gran parte así es. Si bien formamos parte de la UPV como una extensión de la facultad de IVEF, en concreto del campus de Gasteiz, también recibimos fondos de patrocinadores privados por medio de nuestra fundación.

—¿Qué tipo de patrocinadores? —preguntó el inspector Otamendi sacando un cuadernillo y un bolígrafo.

Aitor sabía que aquella teatralización de apuntar cosas en su bloc solo pretendía inquietar a aquel hombre recauchutado.

—Farmacéuticas, empresas tecnológicas, marcas de ropa, accesorios deportivos... Tenemos espónsores muy diversos —respondió el director sin pestañear.

—Sin embargo, ¿esto queda un poco lejos de Gasteiz, no le parece? —insistió el inspector.

—No sé por qué lo dice, a mí su ubicación me parece perfecta.

—Pues a mí me parece que se están escondiendo.

Aitor conocía la capacidad de Jaime Otamendi de poner nerviosa a la gente, pero en aquel caso no estaba teniendo éxito. Gorka Sánchez jugaba en casa y hacía gala de una seguridad a prueba de balas, escondida bajo la sonrisa perfecta.

—Nos escondemos, es cierto —convino Gorka Sánchez—. Mantenernos alejados del mundanal ruido es muy importante para crear el ambiente de trabajo idóneo. Pero no se trata solo de ocultarse. Miren a su alrededor. Este lugar es perfecto para entrenar. Reúne todas las condiciones: altitud, clima, entorno natural...

—Por mi experiencia, dos ya son muchos para guardar un

secreto —reflexionó incrédula la agente Palacios—. ¿Cuántos son aquí?

—Ciento cuarenta —intervino Gemma Díaz, como si la pregunta de alguien de escala inferior no fuese lo bastante digna para que la respondiera su marido—: setenta deportistas, veinte personas en el área de tecnificación, otras veinte en el área de medicina e I+D+I, quince trabajadores del departamento de infraestructuras y quince personas del equipo de administración.

—Las cláusulas de confidencialidad han sido vitales, no lo voy a negar. Quien quiera estar aquí debe comprometerse al cien por cien. Pero créanme: una semana entrenando con nosotros es suficiente para entender la magnitud de lo que estamos haciendo —añadió el director Sánchez.

—Bueno, una cosa es lo que uno quiera —consideró el inspector Otamendi— y otra, el carácter público de la institución, que le obliga a rendir cuentas ante la sociedad que paga el chiringuito.

Gorka Sánchez miró a su pareja, la subdirectora. Entonces esta accionó un mando de una botonera instalada en la mesa y los estores de las cristaleras bajaron hasta sumir la sala de reuniones en la penumbra. Acto seguido, encendió la pantalla de ochenta y cinco pulgadas que colgaba de la pared.

—Lo de permanecer ocultos se acabó —dijo Gorka Sánchez con el pecho inflado—. Van a ser ustedes las primeras personas en ver nuestra promo, recién salida del departamento de *marketing.*

El CEO le hizo un gesto a su mujer y esta pulsó el botón de *play.*

Se trataba de un vídeo promocional. La voz en *off* hablaba de una revolución en el campo del deporte. Estaba plagado de planos a vista de dron, de imágenes de jóvenes deportistas entrenando a cámara lenta, músculos tensados, saltos imposibles, gotas de sudor deslizándose por pieles tonificadas, tomas en primera persona de corredores por el monte, sonidos *in situ*, gemidos, gruñidos, golpes... Parecía un anuncio de Nike, solo que en lugar de «*Just do it*», el comercial acababa con un rótulo que anunciaba un lugar y una fecha: «Palacio Kursaal, sábado 22 de febrero de 2020. San Sebastián».

«Un anuncio cojonudo —pensó Aitor—. Hecho con mucho gusto y con bien de dinero». Estaba impresionado y, a juzgar por la cara del resto de sus compañeros, ellos también. Todos salvo Jaime Otamendi, que asistía a la proyección como un espectador al que la obra le aburre, haciendo dibujitos en su bloc.

—Quiero que entiendan que vamos a crear un nuevo sector económico en Euskadi —dijo el director Sánchez, ajustándose el jersey—: la industria de la salud deportiva.

El CEO quiso decirlo sin darse importancia, pero exudaba orgullo por cada poro de su discurso.

—La esperanza de vida en Euskadi es una de las más altas del mundo, estamos cerca de los ochenta y cinco años —intervino la subdirectora, Gemma Díaz—. Tenemos el clima, los alimentos y las condiciones socioculturales perfectas para diseñar el escaparate ganador. Pero nos faltaba una cosa.

—Nos faltaba profesionalizarnos —concluyó Gorka Sánchez, poniendo las dos manos sobre la mesa—. Hacemos de todo: bicicleta, maratones, escalada, atletismo. Estamos entre los mejores montañeros del mundo... Fíjense en nuestros deportes rurales: los *harri jasotzailes*, *segalariak*, remo... Siempre hemos tenido grandes deportistas, pero muy pocos se dedican profesionalmente a ello.

—Había que compilar toda esa información, analizarla y usarla —concluyó Gemma Díaz abriendo mucho los ojos, como si esa idea fuese lo más obvio.

Aunque Aitor podía reconocerles que se complementaban bien y que su discurso estaba muy trabajado, a él no dejaban de sonarle a dos comerciales vendiendo su tarifa plana de móvil más conexión a internet más teléfono fijo.

—Exportaremos metodologías de entrenamiento, aplicaciones, productos de medicina deportiva, técnicas de prevención de lesiones, ropa técnica... En cuanto la prensa especializada vea los datos que hemos recogido los últimos tres años, situaremos a Euskadi en la vanguardia de la industria del deporte —concluyó Gorka Sánchez como colofón.

—Vamos, que usarán a esos chicos y chicas como conejillos de Indias —dijo Laia Palacios, señalando en dirección al polideportivo.

—Como embajadores —puntualizó el director Gorka Sánchez—. Señores, tenemos el producto, lo que vamos a vender es el *know-how*.

—¿El qué? —preguntó la agente foral.

—El saber hacer, Palacios. Lo que pasa es que aquí en lugar de *magdalenas* y *café con leche* dicen *muffin* y *frappuccino* —la iluminó el inspector Otamendi—. Muy bonito el tráiler ese, ya me dirá cuándo sale la peli. Dígame: ¿alguna vez ha llegado hasta aquí algún montañero extraviado, alguien que se haya perdido...?

—No —negó el director Sánchez con seguridad. Era la primera vez que se mostraba mínimamente molesto—. Y si hubiera llegado, no le quepa duda de que hubiese recibido toda nuestra ayuda.

El inspector Otamendi sacó su móvil y, tras rebuscar en la galería de fotos, le tendió el aparato con la foto de Izaro Arakama en la pantalla.

—¿La conoce? —preguntó el ertzaina.

—No.

—¿Está seguro? —insistió el inspector—. Mírela de nuevo.

—No hace falta, inspector. Lo que le sucedió es una tragedia y lo lamentamos mucho, pero no la he visto nunca.

—Necesitaremos los datos personales de todas y cada una de las personas que viven aquí, tanto atletas como trabajadores.

Gorka Sánchez y la subdirectora permanecieron en silencio, ambos con cara de póker.

—¿Tienen una orden judicial? —preguntó el director finalmente.

«Jaque mate», se dijo Aitor. No la tenían, Gorka Sánchez lo sabía e iba a usar eso como el martillo de Thor contra ellos. A partir de ahí, la conversación quedaba pervertida, supeditada a la voluntad del CEO. «Nos tiene agarrados por los huevos».

—No —respondió Jaime Otamendi—. Pero puedo conseguirla.

—En ese caso me temo que no vamos a poder satisfacer su petición, inspector —se disculpó Gorka Sánchez—. Si les damos nuestros datos, podrían filtrarse y eso desvelaría una información preciosa a nuestros rivales.

—Le garantizo que esa información no irá a ninguna parte.

—Esto es embarazoso... Me temo que no puedo confiar en ustedes —dijo Gorka Sánchez.

—¿Perdón? —Jaime Otamendi se puso en guardia, echándose hacia atrás en la silla.

—Sé quién es, inspector Otamendi —dijo el director—. Y también le conozco a usted, doctor Intxaurraga. Sus hazañas de hace seis meses, durante la noche de la galerna en San Sebastián, no han pasado precisamente desapercibidas para nadie. Me temo que la guerra civil en la que sumieron al cuerpo de la Ertzaintza me genera dudas sobre su capacidad para gestionar la confidencialidad de datos.

Aitor aquello no se lo vio venir. Intuía que aquel hombre

tenía ojos y oídos por toda la meseta, lo que no esperaba es que los tuviese controlados a ellos también. ¿Cuándo había accedido a la información sobre ellos? ¿Cómo se habían enterado de que eran Jaime y él quienes estaban investigando la muerte de Izaro Arakama?

—Con el debido respeto, director Sánchez. —El tono del inspector era frío y contenido. Aitor lo conocía lo suficiente para saber que se estaba mordiendo la lengua—. Nosotros no nos debemos al ruido mediático. Me da igual dónde haya leído qué. Una mujer ha muerto y su familia merece saber cómo.

—Y los entiendo. Por eso mismo estamos dispuestos a colaborar. —El tono del director Sánchez se tornó más suave, conciliador—. Les propongo lo siguiente: vengan ustedes aquí, sean nuestros invitados, con acceso total a nuestros ficheros personales, cámaras de seguridad, archivos, instalaciones..., lo que quieran. Instálense en nuestro centro y pasen un par de días investigando lo que consideren necesario. Sean nuestros invitados y cierren el caso. Lo dicho, con acceso total. Pero bajo nuestra supervisión.

El inspector Otamendi no estaba dispuesto a regatear.

—Jueza Arregui, sí, hola. Soy Otamendi —dijo el inspector con el teléfono en la mano y hablando bien alto para que el director Sánchez lo oyera—. Me gustaría pedirle una orden de registro. Sí, sí, señora. Le cuento.

El policía abandonó la sala, dejando la situación en espera. No parecía Gorka Sánchez muy impresionado por la llamada, y sonreía amigablemente en el silencio reinante.

La oferta los había pillado desprevenidos. Gómez, Llarena y Palacios se miraban entre sí, desconcertados, ante lo insólito de la situación. Aitor estaba confuso: si, como acababa de decir el director del centro, el acceso a los ficheros era total, venía a decir que no tenían nada que ocultar. O era un farol, o estaban perdiendo el tiempo. De cualquier manera, la mera insinuación de que habían obrado con poca profesionalidad durante el caso de la galerna había provocado en el forense una animadversión infinita hacia aquel hombre de vanidad mal disimulada.

Cinco minutos de incómodo silencio después, Jaime Otamendi volvió a la sala de reuniones.

—Gracias, jueza. Sí, señora. —El inspector Otamendi colgó el teléfono. Aitor le miró y este negó con la cabeza. La jueza Arregui no les iba a dar permiso para un registro—. Nos vamos.

Estaban bien jodidos.

Los despidieron desde la puerta como el matrimonio perfecto que aparentaban ser: sin atisbo de mal rollo, saludando con la mano desde la escalinata de la entrada, mientras el equipo se alejaba por la explanada cubierta de nieve con el rabo entre las piernas. Jaime Otamendi tragaba veneno y masticaba rabia, jurando en arameo para sus adentros. Eran las cuatro de la tarde y al menos tenían, a buen ritmo, tres horas de descenso hasta Guardetxe, donde los aguardaban sus coches para bajar hasta Lekunberri. Aitor conocía lo suficiente al inspector para saber que no iba a dejar correr aquello. Él decidía cuándo se cerraba una investigación, no un CEO hipermusculado, por muy impresionante que fuera el garito que gestionaba. Y eso lo ponía a él, el forense a cargo del cadáver, en una situación comprometida. Bastante desconfianza generaba ya en el Instituto de Medicina Legal como para meterse en medio de una lucha de egos.

Y pese a todo, estaba convencido de que había una conexión entre Izaro Arakama y el Centro de Alto Rendimiento Euskadi.

Giraron a la derecha en cuanto rebasaron el portón de entrada, siguiendo la alambrada en paralelo.

—Silvia —dijo el inspector Otamendi nada más rebasar el

perímetro, teléfono en mano—. Reunión a las ocho vía Zoom; avisa también a Eva San Pedro.

«Silvia» era la subinspectora Irurtzun, antigua compañera de patrulla de Otamendi que fue ascendida a suboficial, en gran parte por los hechos acaecidos la noche de galerna, donde puso en juego su integridad física y su carrera, pues incluso llegó a encañonar a dos compañeros con su arma reglamentaria. A juicio de Aitor, Silvia Irurtzun era la eficacia personificada, un perro de presa que no pasaba un detalle por alto.

—Haz lo que te digo. —Era habitual que Otamendi e Irurtzun discutieran—. Pero antes llama a Lupiola, necesito un informe exhaustivo de un tipo y de un lugar. Apunta: Gorka Sánchez, Centro de Alto Rendimiento Euskadi. Me da igual que no te dé tiempo. Hazlo.

Asier Lupiola era miembro del SCDTI o, lo que es lo mismo, la Sección Central de Delitos en Tecnologías de la Información. Un friki, un *hacker*, un informático, cada uno le ponía el nombre que consideraba apropiado. Jaime Otamendi colgó y miró a Aitor de manera indescifrable. ¿Estaba enfadado con él?

Debían apresurarse. El frío empezó a sentirse insoportable y el cielo se encapotó para dar comienzo a la nevada, una precipitación de copos gráciles y menudos que caían balanceándose suavemente sobre ellos.

Así, en silencio y meditabundos, bajo un leve telón jaspeado, recorrieron esquiando las tres horas de camino hasta el aparcamiento de Guardetxe. A Aitor no le gustaba el velado «ya hablaremos» de Jaime Otamendi cerniéndose sobre su cabeza, pero así parecía que iba a quedarse de momento, porque no hubo charla alguna durante la ardua vuelta.

Estaba agotado. La noche sin dormir, los kilómetros recorridos... Anochecía a marchas forzadas y el azul se degradaba a negro sobre ellos, hasta dejar una tenue franja anaranjada en el horizonte. Sintió a Gómez vigilándolo de reojo, cerciorándose de que no se quedaba atrás. Más le valía no hacerlo porque los bordes empezaban a difuminarse y el espectro de lo visible era cada vez menor. Pronto los envolvería la noche.

Como si Cordelia hubiese querido concederles un margen de cortesía, fue meterse en los vehículos y desatarse la tormenta en toda su plenitud. El viento arreció, la nieve empezó a caer a cañón y se hizo la oscuridad. Aitor se desplomó en el asiento del copiloto del Toyota Land Cruiser de la policía foral de Navarra conducido por la agente Palacios y fue alejándose del enfado del inspector Otamendi. Descendieron por la angosta carretera agarrándose a las ruedas de invierno del vehículo, que se tambaleaba en cada boquete que se abría en el medio metro de manto blanco superpuesto sobre el asfalto.

A las siete de la tarde, las luces naranjas de Lekunberri empezaron a brillar en la lejanía. Volvían a la civilización. Pararon frente al agroturismo que habían reservado para pasar la noche y descargaron sus bártulos, agotados.

—Palas, luego te paso el enlace de la reunión. A los demás: nos juntamos en media hora —les gritó Jaime Otamendi por encima de la ventisca, cerrando de un portazo su coche.

CAPÍTULO VII

Lunes, 17 de febrero de 2020
Lekunberri, Navarra
19:30

Lekunberri permanecía agazapado bajo el temporal. Trapeaba copiosamente y tan solo la hilera de luces anaranjadas de las farolas, sumadas a aquellas que se intuían dentro de los hogares, ejercían como señales de presencia humana. El equipo había elegido para alojarse, vía Laia Palacios, paisana de la localidad, un *baserri* de tres plantas rehabilitado como agroturismo y situado al final de la calle principal, de nombre, cómo no, Aralar. Más allá de los extremos de la villa se abría un velo blanco brumoso que se degradaba hasta la oscuridad absoluta de la noche.

La sensación tras ducharse y ponerse un chándal una talla más grande y unas chancletas resultó impagable para Aitor. El alojamiento lo regentaba un matrimonio formado por Gurutze, una mujer seria de pelo gris, y su marido Younes, un hombre de origen magrebí que se ocupaba de la cocina y ponía la nota cálida en el trato. Aitor llegó el último a la buhardilla del tercer piso que habían elegido como base de operaciones. Era una estancia diseñada para reuniones familiares, con sofás a los lados y una mesa redonda en el centro. Pegada a la pared había una chimenea con llamas falsas pero que igualmente calefactaba. Les habían contado que, en teoría, desde las dos claraboyas situadas a ambos lados del techo abuhardillado se veía la sierra de Aralar en la lejanía si el tiempo era bueno. No era el caso, ni de cerca.

Habían cenado como si no hubiera un mañana mientras el inspector Otamendi mantenía una tensa discusión fuera del comedor, en el pasillo. Hablaba con el comisario Ramírez. Más bien le gritaba a su superior.

Aitor jamás en la vida había visto nevar de esa manera. Los grumos de nieve impactaban en el cristal uno tras otro, para luego deslizarse poco a poco hasta apelotonarse en el marco de las ventanas instaladas en el tejado. Se oía ulular el viento en la calle. Recordaba un enero en el que cayeron unos tímidos copos en la Concha, hasta cubrirla superficialmente de un blanco que dio como para sacar unas fotos y subirlas a las redes sociales, pero no tenía nada que ver con aquello. Cordelia era otra liga, una fuerza de la naturaleza cruda y despiadada, desatada. Sus pensamientos volvían de manera recurrente a Izaro Arakama vagando sola, congelada en medio de la noche. El inspector Otamendi fue el último en entrar en el desván, con la frente sudorosa y visiblemente sulfurado.

—Quiero que tú te sientes allí, en ese rincón —le dijo el policía con sequedad, café solo en mano, señalando una butaca acompañada de una mesita y una lámpara en el recoveco que había junto a la chimenea—. Llarena, Gómez, vosotros dos ahí, en un extremo de la mesa. Y yo me pondré en el otro. De lo contrario no entraremos todos en el mismo plano.

A las ocho en punto, todos pulsaron el *link* que les había llegado al *e-mail*, y la aplicación empezó a mostrar a los invitados: allí estaban, por supuesto, el inspector Otamendi en un recuadro; los agentes Llarena y Gómez en otro; Aitor, pese a estar a dos metros de ellos y en la misma habitación, aparecía en otra ventana; la subinspectora Silvia Irurtzun fue la siguiente en conectarse. Aún se encontraba en su oficina, en la comisaría de la Ertzaintza del Antiguo, en San Sebastián. Instantes después emergió Eva en otro marco. Ella también se encontraba en su puesto de trabajo, el laboratorio del Aquarium, junto al mar, en plena bahía de la Concha.

—Hola a todos —saludó la bióloga, sonriente—. Me alegro de veros.

—Hola, Eva. —Jaime Otamendi se vio obligado a medio sonreír—. ¿Nieva en Donosti?

—Ya lo creo que sí. Mirad.

Eva San Pedro alzó su portátil y lo llevó hasta el ventanal de su laboratorio. La imagen no daba para mucho, pero se podía vislumbrar un mar embravecido en la oscuridad, con el faro de la isla de Santa Clara al fondo, y copos de nieve cruzando furtivamente en el plano. En ese momento, una sexta ventana emergió en la pantalla; se trataba de la agente Laia Palacios, que se conectaba desde el salón de su casa.

—Ahí estás, Palas. Bien, comencemos. —El inspector Otamendi ejercía de maestro de ceremonias—. Os presento: ella es la agente foral Laia Palacios, de la división medioambiental y de rescate de montaña, y ellas son la subinspectora de la Ertzaintza Silvia Irurtzun y Eva San Pedro, bióloga marina e investigadora de la UPV. La señorita San Pedro figura aquí en calidad de colaboradora experta. No es necesario recordarle que todo lo que se vaya a comentar aquí tiene carácter de máxima confidencialidad.

La agente Palacios saludó con la mano y Eva devolvió el gesto con una sonrisa.

—Tras recibir la negativa de la jueza Arregui, he acudido al comisario Ramírez —prosiguió el inspector— y hemos recibido la misma respuesta: ambos consideran que la escena en la que se encontró el cadáver de Izaro Arakama fue contaminada y que eso invalida cualquier evidencia extraída de la misma. Y como sabéis, un domicilio o, en este caso, el Centro de Alto Rendimiento ese, es inviolable a menos que haya evidencias de un delito flagrante, que no es el caso. —El inspector se frotó la cara en señal de desespero—. La oferta que nos han hecho es la siguiente: nos dejan ir allí, pasar un día y su respectiva noche, y nos permiten acceder a sus datos. Siempre, eso sí, bajo su supervisión.

—Pero ¿no es eso un registro, al fin y al cabo? —preguntó Aitor, desde su desconocimiento.

—No —respondió con rotundidad el inspector—. En un registro tú accedes a todo lo que creas conveniente: si tienes que ponerlo todo patas arriba, lo pones. Esto va a ser lo contrario. Ellos van a controlar la información que nos llega.

—Espero que les hayas dicho que no —dijo la subinspectora Irurtzun.

Una nueva ventana partió la pantalla en una nueva porción. Se trataba de Asier Lupiola, el agente de la sección de delitos informáticos, un chico joven de pelo enmarañado y ojeras infinitas que ya les había ayudado a hackear un ordenador meses antes, durante la maldita noche de la galerna.

—Justo a tiempo, Asier —dijo el inspector.

El joven estaba sentado en un sillón que lo abrazaba de arriba abajo, de aspecto totalmente ergonómico, mullido y diseñado para pasar horas delante de una pantalla. La calidad de imagen de su señal, así como la iluminación de su plano, eran de otro nivel.

—Tienes la mala manía de pensar que yo no trabajo o que debo de dejar lo que estoy haciendo para atender tus urgencias, Jaime —le recriminó Asier Lupiola—. Hola a todos los demás, por cierto.

El resto le saludó con la mano.

—Al lío —dijo el inspector—. ¿Qué me dices del Centro de Alto Rendimiento?

A Asier Lupiola se le vio seleccionando algo en el escritorio de su ordenador mientras hablaba.

—Si os parece, a partir de ahora lo llamaremos CAR —propuso el informático—. La verdad es que me ha gustado. Mirad.

Un alud de archivos en formato PDF empezó a saltar en cascada en la sala de reuniones virtual: documentos oficiales, facturas, presupuestos, planos, extractos del BOE...

—Os explico. —Asier Lupiola seleccionó un archivo JPG. Se trataba de una toma vía satélite en blanco y negro con un amplio recuadro delimitado en rojo—. Este es el terreno que ocupa ahora el CAR, que antes era propiedad del Gobierno Central. En realidad, era propiedad del ejército. Llevaba más de cuarenta años en desuso, y en su momento se utilizó para maniobras y ejercicios militares. Como podéis ver, apenas había una serie de barracones muy elementales y un par de casetas para almacenar material, pero lo importante es que las infraestructuras básicas estaban hechas: tenían acceso al tendido eléctrico y todo el sistema de desagües y cañerías montado.

—De eso a lo que hemos visto hay un mundo —apreció el agente Llarena.

—Cierto. Todo cambia hace cinco años. —Asier Lupiola retomó la explicación—. Con la negociación de los Presupuestos Generales del Estado.

La pantalla mostró una portada del diario *El País*. «Habrá presupuestos», decía el titular. La entradilla resumía en tres líneas el grueso de la noticia: «El Gobierno Central acuerda con nacionalistas vascos y catalanes un pacto de mínimos para aprobar unos presupuestos de marcado carácter social. La transferencia de trenes de cercanías y el doblaje de productos audiovisuales, claves en el convenio».

—¿Qué tiene que ver esto con el CAR Euskadi? —preguntó impaciente el inspector Otamendi.

—Fijaos aquí, en el último párrafo del acuerdo.

El informático seleccionó una serie de documentos gubernamentales en los que había subrayado en color verde una serie de cláusulas; el último renglón era del BOE.

—Ahí.

El texto mencionaba la venta de otro terreno más, uno perdido entre las montañas, en la sierra de Aralar, por diez millones de euros. De esa manera, y guiados por las explicaciones de Asier Lupiola, observaron cómo ese terreno otrora militar se había transferido a la propiedad de la Universidad del País Vasco, como una extensión de la facultad de las Ciencias de la Actividad Física y del Deporte, que albergaba a su vez una sección de la facultad de Fisioterapia y Medicina Deportiva.

—Por eso no os van a dejar hacer un registro así como así, Jaime —dijo Asier Lupiola ratificando lo que todos pensaban—. Les queda una semana para mostrar su criatura al mundo y lo van a hacer por todo lo alto: en San Sebastián, en el Kursaal. A lo Festival de Cine, con alfombra roja incluida y a bombo y platillo. No van a permitir que saquéis nada de allí antes de tiempo y por eso creo que la oferta que os han hecho es una trampa. Os darán lo que ellos quieren que veáis.

—Ya —dijo el inspector Otamendi en un tono que dejaba claro que él no compartía ese entusiasmo—. Silvia, ¿qué me dices de Míster Perfecto?

Era el turno de la subinspectora Irurtzun.

—Gorka Sánchez —dijo esta calándose las gafas—. Nacido en el hospital de Cruces, Barakaldo, el pueblo de más población de Vizcaya, tras la capital, Bilbao. Pasó su infancia en el barrio de Burceña, en la zona sur del municipio. Vamos, en la Margen Izquierda de la ría del Nervión.

Silvia Irurtzun compartió un perfil de LinkedIn y una serie de extractos de noticias periodísticas en los que se mostraba la trayectoria profesional del director: graduado en Ciencias de la Actividad Física y del Deporte, máster en Dirección y Gestión Deportiva, secretario en la Federación Alavesa de Atletismo, subdirector del Bat Basque Team, miembro de la dirección de la Actividad Física y del Deporte del Gobierno Vasco y director del CPT, el Centro de Perfeccionamiento Técnico de Fadura, en Getxo... Parecía que Gorka Sánchez había ido ascendiendo paulatinamente en el escalafón de la administración deportiva. No estaba nada mal para alguien salido de un humilde barrio industrial de la Margen Izquierda.

—No me ha parecido una persona que viniese de un barrio obrero. —Aitor no se resistió a decir aquello en voz alta.

—No sabía que fueses tan clasista —dijo el inspector Otamendi—. ¿Y cómo se supone que es una persona que viene de una zona industrial, pues?

—No sé —dudó el forense—. Es que este tío parecía venir de buena cuna: ese cutis, esa manera de llevar la ropa, sus formas... Yo qué sé.

—En fin —zanjó el inspector Otamendi, que no tenía tiempo para aquello—. Silvia, vamos a lo mollar: ¿qué has encontrado en su ficha?

—Esto.

La subinspectora les dio paso a la plataforma CISC de la Ertzaintza, una base de datos de diseño rudimentario, pero que tenía registrado todo tipo de información de la persona que requiriera: permisos, expediciones, sanciones, domicilios y, lo más importante, un listado de incidentes y la relación del individuo con ellos. Gorka Sánchez tenía dos entradas: una de 1983 y otra del año 2019. Silvia Irurtzun clicó sobre la segunda y accedieron a una carpeta que Aitor reconoció de inmediato.

Se trataba de un atestado de suicidio que había ocurrido en el Centro de Alto Rendimiento un año atrás. Al parecer, uno de los deportistas se había ahorcado del techo de su habitación, asfixiándose hasta la muerte. El informe mencionaba la ausencia de cualquier otra lesión que pudiese denotar coacción o signo de homicidio. Asimismo se hacía referencia a un perfil psicológico que aludía al cuadro depresivo de la víctima, con posibles tendencias suicidas.

Aitor se dio cuenta de que llevaba diez minutos desconectado de la explicación de la subinspectora Irurtzun.

—Aitor, ¡Aitor! —le reclamó el inspector Otamendi—. ¿Qué me dices de esto?

—El informe es claro —respondió el forense—: se trata de un caso de suicidio.

—No hubo reclamación alguna por parte de la familia —añadió la subinspectora—: ni de una segunda autopsia ni tampoco de la apertura de diligencias más allá de las ya ejecutadas...

—Entiendo que Gorka Sánchez figura como director del centro y poco más —dijo el inspector Otamendi sin mucha esperanza.

—Exacto. «Testigo»: registra nuestra plataforma —dijo la subinspectora, acomodándose en su silla—. La madre me ha dicho que se lo temía. Que su hijo, Kepa Solozabal, siempre había sido bueno en los deportes, que era un nadador brillante, pero que se sometía a un nivel de autoexigencia excesivo. Me dijo que lamentaba haberlo llevado a aquel lugar. No los culpa, pero cree que su hijo no estaba hecho para aquello.

—Gorka Sánchez figura como testigo porque es el director del CAR, aunque ni siquiera estaba el día que Kepa Solozabal se suicidó —dijo Aitor revisando el dictamen forense.

—Hay una cosa más sobre él —apuntó la subinspectora Irurtzun.

Las caras de las otras cinco ventanas volvieron a poner los cinco sentidos en el recuadro donde aparecía la suboficial, ataviada con unas gafas de montura negra grandes y redondas y con el pelo recogido en una coleta.

—Se remonta a las inundaciones de Bilbao de agosto de 1983.

—¿Hace casi cuarenta años? —calculó el agente Llarena, con los ojos entornados hacia arriba.

Por lo que les contó la subinspectora, Gorka Sánchez volvía a ser mencionado en el caso por ahogamiento de una joven baracaldesa de quince años llamada Ainara Madrazo.

—Pero a ver... —El inspector Otamendi estaba empezando a perder la paciencia—. ¿En calidad de qué aparece el maldito Gorka Sánchez en el atestado?

—«Interrogado». La cuestión es que, en un anexo de ese informe, un testigo ocular afirma haber visto a la chica huyendo de alguien —explicó la subinspectora Irurtzun—, y ese alguien coincide vagamente, y el «vagamente» lo voy a explicar, con Gorka Sánchez: altura, constitución física y un chándal del Athletic que, por lo visto, solía llevar con frecuencia el ahora director del CAR.

—Me temo que ahora es cuando viene un *pero*. —Jaime Otamendi sabía, por la falta de entusiasmo de su compañera, que nada bueno venía de aquello.

—Pues que el testigo en cuestión era un yonqui —respondió Silvia Irurtzun con escepticismo—. De ahí que el anexo ni siquiera figura en el informe. Solo se menciona.

—¿Y por qué no aparece, maldita sea? —preguntó el inspector Otamendi, palmeando su muslo con fuerza.

—Lupiola puede darte más información sobre la digitalización de archivos —respondió la subinspectora Irurtzun.

—Así es —respondió el informático—. Cuando se hizo el

trasvase de todos los archivos, se consideró que aquellos casos que llevaban anexos adjuntos a los casos que no habían sido determinantes en la investigación, no se escanearían ni se subirían a las bases de datos. Se tomó esa decisión dada la cantidad de informes que constaban en formato físico.

—¿Eso quiere decir que se ha destruido esa declaración del yonqui? No me jodas. —El inspector Otamendi se puso de pie con los brazos en jarras.

—Destruida, no. Otra cosa es que se la hayan comido las polillas o la humedad —respondió Asier Lupiola—. Hay que tener en cuenta que la primera comisaría de la Ertzaintza en la Margen Izquierda se construyó en Sestao en 1993, lo que quiere decir que los informes que se generaron hasta entonces se guardaron en las comisarías centrales de Durango o de Arrasate. Vete tú a saber lo que quedó de esos atestados durante el traslado de vuelta a su hábitat natural.

—¿Y el yonqui? —preguntó el inspector.

—Juan Antonio Mabe —respondió la subinspectora—. Murió un par de años después.

El inspector Otamendi emitió un largo murmullo de decepción esperada y encontrada. Volvió a sentarse.

—Bueno, pero ¿qué dice el informe que sí tenemos? ¿El oficial?

—Que Ainara Madrazo murió arrastrada por la subida del caudal del río Cadagua, en Burceña, justo antes de confluir con el Nervión. Nada más, porque no hay cuerpo.

—No jodas —dijo el agente Llarena.

—No se encontró, pero eso no es extraño —añadió la subinspectora Irurtzun quitándose las gafas y frotándose los ojos—. En aquellas inundaciones murieron treinta y cuatro personas y hubo seis desaparecidos cuyos cuerpos nunca se hallaron. Mirad.

La ertzaina subió una serie de viejos y amarillentos recortes de prensa a su perfil.

«Euzkadi es un lodazal».

«Los muertos ascienden a treinta».

«Ni rastro de Ainara Madrazo».

«El Cadagua arrasa Burceña».

Las imágenes de devastación eran impresionantes: barro, edificios derribados, miles de troncos, ramas y cascotes anegando ríos y puentes, coches flotando en aguas marrones, calles anegadas por el agua... Aitor observaba fascinado el aspecto de los voluntarios, el color de las fotos, los edificios grises, los cortes de pelo, las botas altas, los Seat Ibiza, los Fiat Panda de la época, las caras más rudas y curtidas, las expresiones de desesperación, las palas enormes con las que retiraban toneladas de fango... Una imagen aérea del barrio de Burceña mostraba el Cadagua al máximo de capacidad, con los polígonos industriales inundados, de acceso imposible.

Como para encontrar un cuerpo allí.

—Eva —habló el inspector Otamendi.

—¿Sí? —respondió esta, levantando la vista hacia su cámara.

—¿Qué probabilidades existen de que Aitor metiese la pata y la lectura que obtuvo anoche fuese errónea?

—Ninguna. Hemos analizado las muestras que nos habéis mandado y las lecturas son correctas.

Eva San Pedro compartió con el resto los resultados de un análisis químico hecho a las placas de hielo retiradas de la ropa de Izaro Arakama y coincidían con las cifras obtenidas por Aitor la noche anterior en el santuario de San Miguel de Aralar. Incluso habían obtenido las lecturas del nitrógeno amoniacal, que no pasaba de 0,15 por litro, lo que, como había predicho la bióloga marina, era una lectura de concentración baja y normal. Lo que cantaba era el fósforo.

Aitor sintió un alivio inmenso al ver que sus procedimientos habían sido acertados. «Toma esa».

—¿Y sabemos a qué producto obedece esa concentración de fósforo? —preguntó el inspector.

—No —respondió Eva, con cierto pesar—. Naiara, mi compañera de turno, y yo estamos descomponiendo las muestras, pero llevará tiempo.

—¿Cuánto?

—No lo sé, una semana. Tal vez algo menos.

—Pregunta —dijo el inspector Otamendi, tras gruñir debido a la respuesta de Eva—: ¿qué posibilidades hay de que Izaro Arakama hubiese estado en otro lugar que no fuera la estación de lectura que se encuentra junto al CAR?

Eva se frotó la cara antes de responder. Luego se pasó la mano desde la frente hasta los labios.

—No hay ninguna otra lectura en cincuenta kilómetros a la redonda que se asemeje ni remotamente a los datos extraídos —dijo al fin.

Era el momento de callar. Y de pensar. Aitor se levantó y se llevó las manos a los riñones. Sabía lo que sucedería si volvían por la mañana a Donosti. El Instituto de Medicina Legal no tenía tiempo para aquello, más que nada porque «aquello» era una endeble combinación de casualidades. «¿Acaso estoy empezando a ver las cosas como los burócratas?». Su mirada se posó sobre Jaime Otamendi. Aquel hombre de nariz chata, hoyuelo en el mentón, patillas y cejas frondosas estaba ensimismado en sus cábalas.

—Os voy a decir qué es lo que pienso —dijo el inspector, al

cabo de un buen rato de mucho meditar—: no puede ser una casualidad que el cuerpo de Izaro Arakama aparezca a una distancia insalvable de donde estuvo sumergida; no puede ser una casualidad que, justo en ese lugar y en ese momento, hubiese un vertido de alguna sustancia química desconocida; no puede ser una casualidad que justo en ese lugar se encuentre un centro de alto rendimiento. Yo no sé si han asesinado a Izaro Arakama o no, si alguien la encontró, le entró el canguelo y movió el cadáver... No lo sé. Lo que sí tengo claro es que esto hay que investigarlo.

Acababa de verbalizar lo que todos se temían: meterse en un marrón. Aitor sintió un vértigo erizándole la nuca. Él había empezado aquello que iba a involucrar a todas esas personas en el caso. Y tenía muy presentes los recuerdos de la última vez que había sucedido algo parecido. Se llevó la mano a las cicatrices que le recorrían la sien, y jugó con las yemas de los dedos entre las zonas en las que había pelo y las que no. Vio anticipadamente la cara de sus superiores del Instituto de Medicina Legal: Rosa Pardo y Enrique Álvarez le mostraban una mueca de decepción. «Aquí no se hacen las cosas así», le dirían.

«Que se jodan».

—Mañana, Aitor, Llarena, Gómez y yo iremos al CAR —explicó el inspector Otamendi—. Aitor buscará el producto que disparó los índices de fósforo en el riachuelo, a fin de conectar ese compuesto con la presencia allí de Izaro Arakama. Para eso, Eva, necesitamos que os deis prisa, no tenemos tiempo.

La bióloga asintió, resignada.

—Silvia —prosiguió el inspector Otamendi—, tú vas a ir a la comisaría de Sestao a echarle un vistazo a ese anexo del informe en el que se menciona a Gorka Sánchez.

—Perdona, no te he entendido.

Claro que le había entendido, pero era la manera de mostrar su más absoluta disconformidad.

—Te voy a pasar un contacto —le dijo el inspector Otamendi cogiendo su teléfono móvil—. Se trata de Juantxu Zabala. Fuimos compañeros cuando estuvimos destinados en Vizcaya en los ochenta.

—¿Estuviste en Bizkaia? —preguntó Aitor, sorprendido.

Antes de que el inspector Otamendi pudiese responder, la subinspectora Irurtzun interrumpió la conversación en un tono alto:

—¿Me estás diciendo que pretendes que me cruce la A-8 para revisar un testimonio de hace cuarenta años realizado por un adicto a la heroína?

—Será cuestión de una mañana, no es para tanto —respondió el inspector Otamendi—. Juantxu Zabala os ayudará en lo que haga falta. Se conoce la Margen Izquierda de arriba abajo.

Todos los presentes sabían que la subinspectora no podía negarse, dado que era una orden directa, pero también que Silvia Irurtzun no era de las que se quedaban calladas. Sin embargo, la intervención de Eva San Pedro cortó el alud de protestas que se avecinaba.

—¿Puedo ir contigo?

—¿Qué? —saltó Aitor sin querer.

—¿Cómo? —preguntó el inspector Otamendi.

—Conmigo, ¿por qué? —dijo la subinspectora.

—Me siento enjaulada y aquí tenemos poco que hacer —respondió Eva.

—Tú ocúpate de extraer el análisis del compuesto que os hemos mandado —le espetó el inspector Otamendi.

—De eso se encargan nuestros aparatos y mi compañera Naiara Soldevilla, que está más desquiciada que yo —objetó Eva—. Si obtenemos alguna lectura, ella nos avisará sin demora. Mientras tanto, no quiero estar aquí oyendo zumbar un espectrofotómetro y repasando mi tesis en busca de errores que me amarguen la existencia hasta el día de su defensa. No, gracias.

—Pues mira qué bien —le dijo el inspector Otamendi a la subinspectora Irurtzun—. ¿Ves? Ya tienes compañía. Hazle un certificado de colaboradora a Eva y mañana a primera hora salís para Barakaldo. Laia.

La agente foral permanecía atenta al espectáculo.

—Laia, tú no puedes venir dado que el CAR está fuera de tu jurisdicción, pero ¿puedes preguntar sobre Ángel Ruiz y su equipo ciclista? —le pidió el inspector Otamendi—. A ver si hay algo que no cuadra.

—A mi cuenta.

—Y pregunta en el pueblo sobre Izaro Arakama —añadió el inspector Otamendi—, alguien habrá con quien tuviese un trato más cercano.

—Se me ocurren un par de nombres. Si encuentro algo relevante, os informo —dijo la agente foral, levantándose de su asiento—. Ahora os tengo que dejar. *Agur*.

La agente foral se despidió con la mano y su señal desapareció del portal de Zoom. Las ventanas del resto se agrandaron para ocupar el hueco dejado. Quedaban seis. Aitor sentía que la reunión llegaba a su fin.

—Bueno, pues esto es todo por el momento. Asier, gracias por tu tiempo —dijo el inspector Otamendi—. ¿Ves como si valoro tu dedicación?

El informático dibujó una lacónica sonrisa y cortó su señal. Cinco.

—Silvia, tú mañana...

La subinspectora no esperó a que Jaime Otamendi acabase la frase y desapareció con cara de pocos amigos. Cuatro ventanas.

—Y el resto, a dormir —les dijo el inspector a Aitor, Llarena y Gómez, con quienes compartía buhardilla—. Mañana va a ser un día duro.

«Otro más», pensó Aitor, que dudó entre quedarse o no. Otamendi abandonó la buhardilla haciendo crujir los escalones de madera con su cabreo sempiterno, mientras Llarena y Gómez recogían sus bártulos con parsimonia, comentando la jugada. Aitor procrastinaba disimuladamente, a la espera de poder quedarse a solas con Eva. Entonces se sintió ridículo y le entraron las dudas. La bióloga seguía conectada, pero Aitor ya no sabía qué hacer ni de qué hablar, por lo que, en un arrebato, dijo «*agur*» y cortó la conexión. Nada más cerrar el Mac, se arrepintió de haberlo hecho.

Bajó a su habitación, cogió el móvil y escribió un wasap: «Buena suerte mañana». Después incluyó un emoticono de beso. Lo borró. Lo volvió a poner. Lo borró de nuevo. Al final mandó el mensaje, sin adornos. El doble *check* se quedó ahí, sin volverse azul. Miró por la ventana una vez más. Aralar estaba allí, en algún lugar de aquel negro infinito, esperándole.

CAPÍTULO VIII

Martes, 18 de febrero de 2020
Comisaría de la Ertzaintza de Barakaldo
10:30

FALTAN CUATRO DÍAS PARA LA GALA

La subinspectora Irurtzun se mostró inquieta e introspectiva al volante, por lo que pudo apreciar Eva desde el asiento contiguo del coche patrulla. La autopista A-8 dirección Bilbao era una vieja conocida para la bióloga, ya que la había cruzado en autobús en numerosas ocasiones, camino del campus de la UPV en Leioa. Las interminables obras, los tramos cortados por la nieve y el tráfico desde primera hora de la mañana solo empeoraron el humor de la agente de la Ertzaintza, hasta sumir el vehículo en un silencio meditabundo. De no ser porque se conocían y se caían bien, Eva se hubiese sentido incómoda, pero no era el caso, en absoluto. La bióloga analizó el salpicadero del coche patrulla al completo desde su posición, deteniéndose en todos los dispositivos que resultaban anómalos en comparación con un coche civil: una botonera digital para rotativos del techo, una radio con petaca, un segundo transmisor para el altavoz del coche, un botón para liberar la escopeta del maletero y el control de cierre de puertas para que los detenidos que iban atrás no pudiesen escapar.

La autopista trazaba su recorrido cerca de la costa: Orio, Zarautz hasta Deba, donde giraba hacia el sur, un recorrido entre montañas empantanado por la nieve. Para conducir, no, pero para ver era precioso, y en ese idílico paisaje bucólico pastoril se le fueron cayendo los párpados a Eva, hasta que se quedó plácidamente dormida en el asiento del copiloto.

Abrió un ojo mientras cruzaban el puente de Róntegui. Un viaducto de cuarenta y dos metros que conectaba ambas márgenes de la ría. El tráfico era muy denso con vehículos de todo tipo entrando y saliendo de cada ramal. Obedecieron a las indicaciones de la aplicación del móvil, obviaron la salida frente al centro comercial Max Center y siguieron hasta la bifurcación número 126, la que indicaba «Portugalete-Sestao», no sin antes recibir una reprimenda en forma de pitada por parte de una furgoneta de reparto, inmune a los distintivos de la Ertzaintza. Aquello acabó de despertar a Eva.

—¿Por qué te pita? —preguntó, volviendo del reino de los sueños.

—¿Y por qué lo llaman Bilbao Exhibition Centre si está en Barakaldo? —añadió la subinspectora, lanzándole una mirada amenazadora a la Renault Trafic destartalada—. ¿Y por qué le tienen que añadir a todo un maldito nombre en inglés? *Egun on*, por cierto.

Acostumbradas a la afrancesada Donosti, les pareció que los mejores momentos de aquel barrio donde se ubicaba la comisaría formaban parte del pasado. La zona se llamaba Galindo y no pasaba de ser una explanada dedicada a la actividad industrial en el extrarradio del pueblo. También había un campo de fútbol, ladera abajo.

Dejaron el coche en la avenida arbolada, frente al edificio de la Ertzaintza. La nieve se apelotonaba en los bordillos de las aceras, licuándose ennegrecida por las alcantarillas. La comisaría se componía por un bloque de ladrillo rojo coronado por una torre cuadrada y con la fachada pintada de un rosa-salmón inclasificable.

Pasaron por el mostrador de recepción, tan solo por protocolo. Dado el lío que Cordelia estaba causando, no parecía que nadie fuese a hacerles la acogida, hecho que alegró a ambas; menos explicaciones que dar. Las enviaron directamente al archivo, en la entreplanta. Se trataba de una larga sala de techos bajos compuesta por estanterías de aluminio repletas de cajas numeradas. Había al fondo una mesa larga, dos sillas y una fotocopiadora con escáner, donde se instalaron. Silvia Irurtzun no tuvo ni medio problema en entender el ordenamiento de los archivos, y fue eliminando pasillos hasta llegar al del año 1983. Ocupaba las dos filas de estanterías, la de la izquierda y la de la derecha, desde el suelo hasta el techo; cajas de cartón llenas de carpeta con hojas sueltas, pósits, fotografías arrugadas...

—¿Por qué no traes café mientras yo localizo el informe? —le dijo la subinspectora a Eva—. Ni se te ocurra coger el de máquina del primer piso.

—Al café de máquina se le coge cariño —dijo la bióloga enfilando la portezuela de salida del archivo.

—Te juro que te arresto. Yo quiero dos, ambos con leche.

Eva tuvo que subir una buena cuesta para llegar a la plaza del Kasko, donde encontró bares por doquier. Los vecinos de Sestao habían salido a la calle tras dos días replegados en sus casas, y aprovechaban para hacer acopio de víveres en las tiendas y en los supermercados.

Para cuando Eva volvió con los vasos de cartón, la subinspectora se había hecho con una caja cuyos documentos se hallaban desperdigados a lo largo de toda la superficie. A la bióloga le sorprendió encontrar dos lentes de aumento atadas con un cordel junto a la mesa. Un elemento tan rudimentario como útil.

—Mira: es este —le dijo la subinspectora Irurtzun pasándole una serie de folios unidos por una grapa oxidada a cambio de uno de sus dos cafés.

Eva cogió el dosier y se tomó su tiempo para entenderlo. El lenguaje era extraño. Se trataba de un texto escrito a máquina con un estilo entre pretenciosamente artificial, técnico y lleno de errores ortográficos.

Todo había sucedido a las dos de la tarde del 26 de agosto de 1983. Ainara Madrazo, de quince años, se había acercado hasta la ría a ver los efectos de las inundaciones y fue arrastrada por estas mismas. Un operario de grúa la vio braceando en el agua, pidió ayuda y unos amarradores se acercaron con un remolcador hasta la zona, pero resultó ser demasiado tarde. Nunca se pudo recuperar su cadáver.

La subinspectora Irurtzun valoró que, al menos, el contenido del informe era completo, e incluso incorporaba fotografías de la chica y de la zona en la que se la vio por última vez. Fueron escaneándolo todo con el fin de tener los archivos en formato digital. En la quinta página llegaron al apartado de testigos. El testimonio del gruista incluía la descripción de la ropa que llevaba la joven cuando la vieron por última vez. Se trataba del uniforme del equipo de baloncesto del centro en el que estudiaba: el colegio Nuestra Señora del Rosario. También recogía la declaración de los operarios que trataron de acercarse con el bote en busca del cuerpo, a quienes les resultó imposible permanecer en el lugar, dado el estado de desbordamiento del río.

—Mira ahí, en las dos últimas páginas —le indicó la subinspectora.

Por lo que recogía el atestado, Ainara Madrazo estaba apuntada ese verano a un voluntariado que se realizaba en el colegio, en él las alumnas llevaban a cabo tareas básicas de limpieza y mantenimiento, a cambio de una reducción de la cuota. Según el testimonio de la monja encargada del proyecto, la hermana Yolanda Ateca, Ainara Madrazo había faltado a su cita la mañana de aquel 26 de agosto. La policía no le dio mayor importancia a ese detalle, debido al mal tiempo y a que no había sido la única voluntaria en ausentarse de sus quehaceres.

La subinspectora se levantó de su silla y miró alrededor.

—¿Qué buscas? —preguntó Eva.

—El anexo —respondió la subinspectora—. El famoso anexo que no fue escaneado.

Eva se levantó y empezó a rebuscar entre los documentos de la mesa. Había fichas, copias de DNI, fotografías ajadas... Luego rebuscó en el resto de las carpetas, por si se había traspapelado. Nada. Se sentó, cogió la caja de cartón y la sacudió boca abajo.

—Pues parece que no está —dijo la bióloga.

—¿Qué es eso? —La subinspectora señaló la caja que Eva sostenía en el aire.

La bióloga cogió el contenedor y lo puso sobre la mesa. Ambas se levantaron para ver la caja desde arriba. En uno de los dos pliegues de la base había quedado atrapado un papel amarillo.

—Cuidado —le dijo Eva, emocionada—. Separa el cartón, no tires del documento.

El impreso era tan fino y tenía un aspecto tan frágil que daba la impresión de que se iba a romper con solo tocarlo. Parecía una de esas copias que quedaban transferidas en un albarán, calcadas de una hoja a otra.

La subinspectora despegó el ala de la caja y cogió el folio. Estaba escrito a mano y se leía con dificultad:

—«Se recoge testimonio de Juan Antonio Mabe Bustos, de veintitrés años y residente en Burceña, en el que el testigo afirma que la fallecida, Ainara Madrazo, de quince años y residente en Burceña, fue vista corriendo y con rostro de preocupada a la altura de las cocheras de Bizkaibus. Según el testigo, la perseguía un hombre que llevaba un chándal del Athletic. El testigo asegura que el aspecto y la vestidura coincide con la del entrenador del equipo, Gorka Sánchez Pinedo».

En el siguiente párrafo se mencionaba una conversación con el ahora director del CAR Euskadi, pero ni siquiera aparecía la transcripción de esta. Tan solo decía que Gorka Sánchez no estaba en Burceña el día de autos, por lo que el agente al cargo de la investigación no daba credibilidad al testimonio de Juanan Mabe. Añadía que el testigo era un conocido politoxicómano del barrio y que durante la declaración había incurrido en numerosas contradicciones, mezclando días y horas.

Eva cogió una de las fotografías hechas en el lugar. En una de ellas se veía una explanada y la pared principal de un pabellón industrial; en otra, un muelle que daba a la ría, con un par de grúas y un embarcadero a lo lejos. En la tercera fotografía se veían las escaleras del embarcadero, que el nivel del agua cubría casi por completo. El agua era marrón y parecía espesa, llena de ramas y escombros.

Poco más había. El número del carnet de identidad de Juan Antonio Mabe, una dirección y una mención de cómo el testigo había sido quien se había puesto en contacto con la Ertzaintza dos días después de la desaparición de Ainara.

La subinspectora se metió en el registro de la Ertzaintza e introdujo los datos del tal Juanan Mabe en el CISC. En su perfil aparecía una ficha policial, una pequeña colección de hurtos menores y detenciones por posesión de heroína. También la fecha de su muerte, en octubre de 1985. Escanearon todo y lo metieron en un *pendrive*.

—¿Qué piensas? —le preguntó Eva tras darle un sorbo al café.

—Creo que hemos encontrado lo que esperábamos: la crónica de una desgracia. Las inundaciones del 83 fueron terribles, la subida del río debió de llevarse todo por delante. —La subinspectora dejó caer su peso en el respaldo de la silla—. Y tú, ¿cómo lo ves?

La bióloga marina cogió una de las fotografías panorámicas del lugar en la que se veía la ría de Bilbao y reflexionó en voz alta:

—Este tipo de caudales son complejísimos. Han sido horadados, manipulados, dragados y alterados por la actividad industrial hasta la saciedad. —Había en ella cierta fascinación por el entorno fluvial que mostraba la instantánea.

—Por la tarde hemos quedado con el excompañero de Jaime, Juantxu Zabala —respondió la subinspectora—. ¿Qué te parece si nos dividimos? Tú vas con él y yo voy a hacerle algunas preguntas a la madre de Ainara Madrazo.

Eva cogió la última fotografía. Era una foto de carnet de Ainara Madrazo: melena negra y flequillo. Sonreía con timidez y tenía las paletas un poco separadas. Tan joven, tan inocente. Algo bonito para unas aguas tan sucias.

—Sí, vamos.

CAPÍTULO IX

Martes, 18 de febrero de 2020
Centro de Alto Rendimiento Euskadi, sierra de Aralar
14:00

Laia Palacios condujo al equipo de vuelta al CAR a través de la sierra tan pronto como Cordelia escampó. El trayecto resultó pesado para Aitor, pero, al menos, su experiencia previa con los esquís y el hecho de haber podido dormir en un colchón decente ayudaron a hacerlo algo más llevadero. Pudieron comprobar que el coche de Izaro Arakama seguía en Igaratza, sepultado bajo la nieve, y así estaba previsto que permaneciese por lo menos otros cuatro o cinco días, hasta que la borrasca se desplazase y dejase de nevar.

Al llegar los recibió la subdirectora Gemma Díaz, quien los guio a sus respectivas habitaciones, en el ala oeste del complejo. Una vez que dejaron las mochilas, cada uno se dedicó a lo suyo: Llarena y Gómez tenían la orden de interrogar a los atletas, el inspector Otamendi se ocuparía de las cámaras de seguridad y Aitor debía seguir el rastro del fósforo, por lo que lo llevaron al ala contraria del complejo, la este, donde se encontraban las divisiones médicas, de fisioterapia y de investigación y desarrollo.

El forense pasó la mañana de visita en compañía del doctor Sabino Mendiluze, un hombre alto y delgado que rondaría los sesenta años, con una amplia experiencia en el campo de la medicina deportiva y que era tanto el responsable de los servicios médicos del CAR como el director del departamento de I+D+I. Empezaron el *tour* de arriba abajo del bloque. Para empezar, el tercer piso estaba destinado al área de tecnificación: salas de vídeo, aulas con pantallas interactivas y espacios habilitados para charlas. La segunda planta era un espacio diáfano tan solo dividido por una pared de vidrio en la que se encontraban el laboratorio y la clínica.

El primer piso fue el último que visitaron. El doctor Mendiluze le tenía preparada una sorpresa a Aitor.

—No lo estará diciendo en serio —dijo el forense, señalando a la cámara frigorífica que se presentaba ante él.

—Ya verá, después de esto se va usted a sentir como nuevo —replicó el doctor, con una sonrisa pícara en la cara.

Estaban ante la sala CRIO-BAT, un espacio de crioterapia multihabitáculo que se usaba para la recuperación tras la práctica de un ejercicio de alta intensidad.

—No existe en el mundo una temperatura tan baja como la que va a experimentar usted aquí —le explicó el doctor Mendiluze—. La menor jamás registrada en el planeta ha sido de ochenta y nueve bajo cero. Pues bien, ahí dentro va a estar expuesto a ciento diez grados bajo cero.

—Pues si le digo la verdad, no me atrae mucho la idea.

—Por favor, doctor Intxaurraga, concédanos el beneficio de la duda, le aseguro que no se arrepentirá —le rogó Sabino Mendiluze, señalándole el cambiador.

Sin mucha capacidad para negarse, Aitor se quedó en calzoncillos; luego le pusieron un gorro, un par de guantes y una mascarilla quirúrgica, y lo plantaron delante de la primera puerta de un espacio dividido en tres salas: la primera de diez grados bajo cero, la segunda, de sesenta bajo cero, y la tercera, de ciento diez bajo cero.

Fue la primera habitación la que más impresión le causó al forense. El choque comparado con la temperatura exterior era brutal. El doctor Mendiluze supervisaba la escena desde el ojo de buey incrustado en la puerta.

—Veinte segundos, ya puede pasar usted a la sala contigua —le dijo el médico.

Aitor obedeció y cruzó la puerta. El contraste no le pareció tan extremo como en la anterior estancia y, sin embargo, estaba a otros cincuenta grados menos de temperatura. Tras veinte segundos más, el doctor Mendiluze lo invitó a pasar a la última sala, la de los ciento diez grados bajo cero.

—Como máximo, tres minutos —le indicó el hombre desde el ventanuco—. Hay gente que no aguanta ni uno.

La piel se le endureció, el vello del cuerpo se le escarchó y la respiración se le tornó dificultosa. Su sistema nervioso se puso en guardia, pero Aitor se obligó a aguantar, centrándose en detalles banales para aplacar la mente, como los dedos de los pies o el revestimiento de las paredes.

—Camine, doctor Intxaurraga, no piense —le sugirió Sabino Mendiluze con un gesto circular de la mano.

Aitor cruzó los brazos alrededor del pecho y anduvo por la sala. El ambiente era gélido pero seco, homogéneo, constante y lineal. Era una sensación muy extraña, como si la capa exterior de su cuerpo no le perteneciese.

—¡Bravo! —Le aplaudió el doctor—. Ya puede usted salir.

La recuperación fue inmediata. El calor volvió a su cuerpo mientras le tomaban la tensión, que había subido, por lo que esperaron unos minutos a que se restableciese. Aitor notó la mejoría en el acto. La inflamación de los músculos le había bajado y sentía que su cuerpo se había reiniciado.

—Piense que el oxígeno está condensado ahí dentro —le

explicó el doctor Mendiluze—: por cada respiración que ejecutaba recibía el doble de dosis en los pulmones.

—Es cierto, notaba que me costaba respirar, como si tuviese la nariz taponada.

—Antes se usaba una especie de sarcófago donde no se metía todo el cuerpo, pero aquí —dijo señalando a las cabinas— tenemos la posibilidad de caminar por la estancia. Y las enfriamos metiendo gases de hidrógeno helado, lo que nos evita las corrientes de aire.

Era un buen anfitrión y compartía sus conocimientos de medicina deportiva con entusiasmo. Una vez que estuvo de nuevo vestido, lo pasearon por las salas de fisioterapia.

—Usamos todo tipo de mediciones: de potencia, de oxígeno en sangre, de bioimpedanciometría...

Aitor conocía el término. La bioimpedanciometría eléctrica era un método para obtener lecturas de la hidratación de los tejidos y los índices de masa corporal.

—Pase usted —le dijo Sabino Mendiluze.

Aitor entró en la sala de fisioterapia 1 y se dio de bruces con una joven tan solo vestida con la ropa interior de cintura para abajo. El forense se quedó más helado que en la sala criogénica, mientras la muchacha, con toda parsimonia, se ponía un sujetador deportivo y el pantalón del chándal.

—Oh, perdón —alcanzó a decir Aitor.

El doctor Mendiluze pasó tras él como si nada.

—Hola, Sara, ¿qué tal todo?

—Bien, llevo una semana entrenando sin molestias, así que contenta.

—Doctor Intxaurraga, le presento a Sara Aguirre, campeona de España de salto de pértiga —dijo el médico jefe.

—Perdona la intromisión —se excusó Aitor.

—Culpa mía, me daba pereza usar el cambiador. *Agur*.

La atleta cogió su mochila y se dirigió a la puerta, pasando por delante del forense. Olía bien, a un gel de ducha con extracto de cítricos.

—En el caso de nuestras deportistas, marcamos rutinas de entrenamientos según sus ciclos menstruales —le dijo el jefe de los servicios médicos del CAR.

—¿Cómo es eso?

—Según la fase del ciclo, folicular, ovulación o fase lútea, conviene desarrollar ejercicios anaeróbicos, de alta intensidad o aeróbicos, respectivamente.

Aitor calculó que estaba relacionado con la carga de estrógenos y progesterona. «Fascinante», pensó, el nivel de minuciosidad era abrumador.

—Y dígame, doctor Intxaurraga, ¿qué le llevó a estudiar medicina? —le preguntó el doctor Mendiluze mientras le mostraba los diferentes boxes.

Sin saber muy bien qué responder, Aitor giró el rostro y levantó los ojos, mostrándole el surco de cicatrices que le recorría la sien izquierda.

—Mis padres murieron en el accidente y yo me salvé. Así que empecé a desarrollar curiosidad por el funcionamiento del cuerpo humano. O más bien por cuando deja de funcionar.

—Vaya, hombre, lo siento —dijo el doctor, cambiando el rictus.

—No pasa nada, la cosa es que cuando no entiendo por qué un cuerpo perece, me obsesiono con ello —explicó Aitor.

—¿Y? ¿Lo está disfrutando?

—¿Lo de obsesionarme? —respondió Aitor.

—No, lo de ser médico.

—¿Sinceramente?

—Con los testículos congelados —bromeó el doctor—. Sinceramente.

—Siento que lo he perseguido más que lo he disfrutado —dijo Aitor.

El doctor carraspeó en señal de aprobación.

—Déjeme adivinar —se aventuró el galeno—. En cierto modo, uno nunca llega a descubrir toda la verdad, ¿verdad?

Aitor arqueó las cejas. «Bingo».

—Pues le voy a contar un secreto —susurró Sabino Mendiluze—: nunca se llega.

Aitor no quería hablar más del tema, por lo que decidió cambiar el sentido de la conversación.

—¿Y qué me dice de usted, doctor?

—En mi caso es sencillo: lo hago por la pasta.

—No le creo. —Aitor sonrió, divertido ante el alarde de sinceridad.

—No, de verdad. —El doctor rio—. Bueno, sí. Es un campo en el que se mueven presupuestos importantes, no le voy a mentir. Pero lo que realmente me trajo hasta aquí fue la posibilidad de llevar los límites un poco más allá. La dirección es valiente y tenemos carta blanca. Coger a un atleta que piensa que ya ha tocado techo y ayudarle a que su rendimiento aumente es... muy satisfactorio.

—¿Incluye eso el dopaje? —disparó Aitor sin pensar.

La reacción de Sabino Mendiluze fue como la de un padre condescendiente con el desliz de un hijo al tuviera que aleccionar.

—Dígame, doctor Intxaurraga ¿para usted qué es el dopaje? —le preguntó el jefe de los servicios médicos del CAR.

—No lo sé, ¿hacer trampas? —respondió Aitor.

—Humm, puede. Pero entonces todo depende de dónde trazamos la línea, ¿no cree? —Sabino Mendiluze balanceó la cabeza—. Si tenemos un producto que no figura en la lista de la WADA, la Agencia Mundial Antidopaje, ¿estaríamos haciendo trampas?

—¿Me habla usted de fabricar nuevos compuestos?

Sabino Mendiluze se encogió de hombros.

—Solo digo que es una línea temporal la que delimita lo que es dopaje o deja de serlo, no su salubridad —se explicó el médico— ¿Sabía usted que, tras Miguel Indurain, los cinco siguientes ganadores del Tour dieron positivo por consumo de sustancias prohibidas?

—No le entiendo, ¿quiere decir que Miguel Indurain se dopó?

El doctor se echó hacia atrás y le mostró las palmas de las manos en una actitud teatralizada de defensa.

—Miguel Indurain era el mejor de todos, con diferencia —dijo con rotundidad—. Lo que sugiero es que hay productos que, en un momento dado, son admitidos como legales y en otra época se consideran productos dopantes.

—Vale, doctor. Le voy a dar otra respuesta. —Aitor reconfiguró su estrategia—. Dopaje es el uso de sustancias perjudiciales para la salud de los atletas.

—En ese caso, lo primero que deberíamos hacer es prohibir el deporte de élite —respondió el doctor con severidad—. No hay nada más nocivo que la práctica profesional del deporte. Cualquier estudio científico relativo al tema así lo demuestra.

Aitor entendió de inmediato que su interlocutor era mucho más avezado que él en el tema de discusión.

—Nuestras líneas de investigación son dos —dijo el doctor Mendiluze—: la primera, impulsar la recuperación creando productos que ayuden a nuestros atletas a minimizar el desgaste, algo importantísimo en un calendario saturado; la segunda, producir compuestos, siempre legales, que mejoren su rendimiento.

—¿Y cómo se hace lo segundo? —preguntó Aitor.

—Nos inspiramos en las sustancias que no están permitidas por la WADA y las tomamos como punto de partida —explicó el doctor.

—No sé si le entiendo.

—Buscamos ingredientes permitidos que ejerzan los mismos beneficios —dijo el doctor haciendo el gesto de entrecomillado en la palabra «permitidos»—. Pero sigamos charlando mientras tomamos un café antes de que el departamento de nutrición lo sustituya por un batido detox de algas.

—Si no le importa, me gustaría ir al laboratorio —dijo Aitor—. Tengo que, bueno, comprobar algunas cosas.

—Oh, por supuesto, la llamada del deber —le dijo Sabino Mendiluze guiándole hacia la segunda planta—. En el laboratorio ya están avisados de su llegada. Allí le ofrecerán cualquier ayuda que necesite, pero, recuerde, hay algunas... digamos, algunos archivos a los que no tendrá acceso. Espero que lo entienda.

Instalaron al inspector Otamendi en un lujoso despacho anexo de Gorka Sánchez. A través de la pared de vidrio el ertzaina podía ver al CEO pasear por su oficina embutido en una impecable camisa entallada con el manos libres conectado a una oreja, lo que le otorgaba libertad de movimientos y la posibilidad de que cualquiera que estuviera a cien metros a la redonda escuchase sus flamantes conversaciones. Jaime Otamendi atesoraba la experiencia suficiente para saber que nada de aquello era casual, que el director del CAR lo quería allí, siendo testigo de todas y cada una de las charlas que mantenía con los altos cargos del Gobierno Vasco y con los no menos importantes patrocinadores, recordándole dónde quedaba cada uno en la pirámide alimenticia.

Pese a las carcajadas y el compadreo constante, el inspector trató de concentrarse en su labor. Le habían dotado de un ordenador portátil conectado a un disco duro que contenía horas y horas de grabación de todas las cámaras de seguridad del complejo.

En esas estaba, viendo una pantalla partida en seis, con un sinfín de planos vacíos en blanco y negro de accesos y nevados y vallados, cuando Gemma Díaz irrumpió en el despacho acompañada de otras tres personas. Como si hubieran ensayado la coreografía, los asistentes dejaron caer sobre la mesa una montaña de carpetas clasificadoras, para volver al pasillo y cargar con más archivadores e informes, que fueron apelotonando alrededor del inspector. En el despacho de al lado, Gorka Sánchez hablaba del menú que iban a servir la noche de la gala.

—¿Pero cómo que esencia de chipirones en su tinta? —vociferaba desde la estancia contigua—. ¡A ver si nos van a acusar de vender humo!

Las risas del director hacían que el volcán a la altura del ombligo de Jaime Otamendi produjese lava a chorro.

—Estos son los informes del laboratorio. —Gemma Díaz señalaba las montañas de documentos que se apilaban alrededor del inspector—. Estos otros, los expedientes de los deportistas, aquellos, los balances económicos de los dos últimos años, esos de allí...

Jaime Otamendi dejó de escucharla. Sabía perfectamente lo que estaban haciendo, sepultarlo bajo un alud de papeleo. Se trataba de que nadie les pudiese acusar de no colaborar con la justicia. Lo que no tenía claro era si realmente pensaban que era tonto o si les daba igual.

—Tiene que ser complicado gestionar un grupo humano en su ámbito laboral —le dejó caer la subdirectora.

—Como en cualquier otro campo, ¿no?

Gemma Díaz torció la cabeza, mostrando cierto desacuerdo.

—En su caso, con su bagaje profesional, le tocará hacer de padre en más de una ocasión.

Jaime Otamendi la observó detenidamente. Gemma Díaz sabía de sobra que había sido degradado por un intento fallido de gestación subrogada. Oyó a Gorka Sánchez al otro lado de la pared de cristal.

—Bueno, Arturo —dijo el director—, lo dejo en tus manos. A ver si cerramos el acuerdo con el IMQ y podemos anunciarlo en la gala. Sí..., sí..., claro, claro. Nos vemos. *Agur, agur.*

«Arturo», se repitió Jaime Otamendi. Estaba seguro de que se trataba de Arturo Garcés, el consejero de Sanidad, un pez gordo del partido y padre de la ex teniente de alcalde Sandra Garcés, cuyo destino se había cruzado con el del inspector durante la noche de galerna; el ertzaina había arruinado los planes de la heredera del imperio, por lo que papá se la tenía jurada. Y hete aquí que el susodicho era súper amigo de Gorka Sánchez.

Otamendi volvió su atención a Gemma Díaz, que esperaba una respuesta en la puerta. Deseaba con todas sus fuerzas cerrarle la bocaza a aquella psicóloga de aspecto geométrico e impoluto, pero, para su decepción, su cerebro solo alcanzó a decir:

—Si me disculpa, tengo mucho trabajo.

Aitor pasó lo que quedaba de mañana inmerso en la tediosa labor de cotejar los productos que manejaban en el laboratorio. Le facilitaron una lista. Más bien un dosier infinito: complejos vitamínicos, recuperadores, proteínas, esteroides anabolizantes, hormonas de crecimiento, suplementos alimenticios e incluso cremas hidratantes. La primera criba se centrarían en aquellos productos que contuvieran fosfatos, a la espera de que la compañera de laboratorio de Eva le pasase el análisis completo de las muestras que habían hallado en la ropa de Izaro Arakama, y poder así cotejarlas en busca de coincidencias.

El comedor estaba casi vacío a las tres de la tarde y, tal y como habían quedado previamente, los agentes Llarena y Gómez y el inspector Otamendi se sentaron en la mesa más apartada, junto a la pared de cristal con vistas al bosque. Este último traía cara de muy pocos amigos. Los cabos, en cambio, estaban radiantes. Sus bandejas estaban repletas de pollo a la plancha y de cosas verdes y, para sorpresa de su superior, comían con palillos chinos en lugar de usar cubiertos.

—¿Sabes que el brócoli es uno de los denominados *superalimentos*? —le dijo el agente Llarena a Aitor, mostrándole una porción que sostenía con los bastoncitos de madera—. Tiene vitaminas C, E y K y fortalece el sistema inmune.

—Joder, Llarena, pareces un gurú de las verduras —dijo Aitor asombrado—. ¿Y eso qué son, Gómez, arándanos?

—Se llama *açai*, es una baya brasileña —respondió el ertzaina barbudo, cogiendo uno con los dedos.

—Hemos estado en una clase de nutrición con Ryan Cisneros, el boxeador —dijo Llarena sin ocultar su admiración—. Hasta nos han enseñado a usar los cubiertos de manera adecuada.

—Dicen que así almuerzas activamente —apuntó Gómez chocando los palillos.

—¿Sabes que Ryan Cisneros no desayuna? —le dijo el agente Llarena—. Casi nadie lo hace aquí, se llama *ayuno intermitente*.

—Fomenta la autofagia —completó Gómez—. Células que se comen a células: es una manera de eliminar toxinas.

A Aitor le resultó divertido imaginarlos sentados y cogiendo apuntes sobre las virtudes del aguacate. Al inspector Otamendi, en cambio, no parecía hacerle tanta gracia.

—¿Y?—preguntó Aitor—. ¿Habéis hecho algo más?

—Escalada —respondió Llarena—. Con el subcampeón de España de escalada libre. Acojonante, es como Spiderman.

—Y un taller de agarre de calistenia —añadió Gómez mostrándole las manos: las tenía llenas de rozaduras y ampollas.

—Flipas —le dijo el otro cabo—. Nos hemos dado cuenta de que lo hacíamos todo mal.

—Bueno, tú lo hacías todo mal —le corrigió Gómez, orgulloso.

Los dos ertzainas rieron con complicidad. Aitor sonrió al verlos, parecía que estaban de campamento de verano.

—¿Y vuestro trabajo? —intervino el inspector Otamendi, mirando al infinito.

—¿Qué? —Al agente Llarena se le borró la sonrisa de la cara.

—Sí, ya sabéis. —El inspector forzó entonces una sonrisa falsa—. Hacer preguntas, interrogar a sospechosos, investigar, comprobar coartadas... Esas mierdas que hacemos los policías.

Ambos agentes dejaron de masticar y las miradas bajaron al plato. Aitor observó a Jaime Otamendi. Estaba esperando a que alguien dijese algo para saltarle al cuello.

—Ciento cuarenta personas —espetó el inspector—. Ciento cuarenta sospechosos, una madre muerta... Os acordáis, ¿no?

Jaime Otamendi se levantó de la silla desplazándola y haciendo mucho ruido. Los pocos deportistas sueltos que quedaban en el comedor giraron la cabeza a causa del chirrido.

—¿Sabéis lo que es un invento cojonudo? —les dijo a sus subalternos—. Los tenedores. ¿Y queréis saber otra cosa más?

Ni Llarena ni Gómez levantaron la vista.

—El brócoli es una mierda —les dijo, señalando sus platos—. Solo es comestible si lo rodeas de bacon frito, ajos o lo bañas en besamel.

Dicho lo cual, el inspector cruzó el comedor de muy mala hostia.

El agente Llarena se limpió los labios con una servilleta y recogió su bandeja.

—Voy a hacer una lista y nos la repartimos. —No quedaba un atisbo de alegría en su rostro.

Aitor y Gómez se quedaron solos. El forense vio al ertzaina mirando su vaso de agua, pensativo; la luz le daba en su cara barbuda, obligándole a entornar los ojos.

—¿Sabes? —dijo Gómez, haciendo visera con la mano—. Después del caso de la galerna hubo mucha división en el cuerpo.

El ertzaina pinchó con uno de sus palillos un taco de salmón, como si fuese una flecha, y se quedó observándolo.

—Hubo compañeros que nos felicitaron, pero otros muchos nos consideraron unos traidores. Y para mí, que soy, ¿cómo se dice?, un *outsider*, aquello no era especialmente importante. Pero para Llarena sí que lo era.

Gómez se metió en la boca la porción naranja de pescado.

—Lander es de Donosti. Él pidió destino en su ciudad. —Esta vez el agente miró a Aitor—. Para él, el hecho de que su comunidad le dé la espalda es duro.

—Lo siento, Gómez —dijo el forense.

—Pues no deberías, Aitor —repuso con seguridad—. Hicimos lo correcto.

Estuvieron el resto del almuerzo en silencio, mirando las montañas nevadas que asomaban sobre el pinar, degustando una comida sin gusto.

CAPÍTULO X

Martes, 18 de febrero de 2020
Barrio de Burceña, Barakaldo
16:00

El barrio de Burceña era un conglomerado de bloques de viviendas de hormigón, de tres o cuatro plantas de altura, que acababa junto a unos pabellones industriales, los cuales, a su vez, bordeaban el río Cadagua. Pese a las viviendas de protección oficial de nueva construcción y algún que otro edificio reformado, el lugar tenía un imborrable tinte industrial: las grúas inactivas, las vías del tren a ninguna parte... Todo se alejaba radicalmente de la estética afrancesada de San Sebastián, lo que provocaba que la curiosidad de Silvia Irurtzun aumentase a cada paso. Siguiendo las indicaciones del teléfono móvil, la subinspectora llegó hasta una plazoleta de dos bancos y un solo árbol. El portal era de aluminio. Llamó al timbre, se presentó y, sin más preámbulo, la voz al otro lado del portero automático le abrió la puerta. Subió hasta el tercer piso, donde una señora de unos sesenta y muchos la esperaba para darle paso al interior de la casa. El matrimonio Madrazo-Medina tenía otras dos hijas y la vivienda estaba repleta de fotos de nietos. Irurtzun supuso que aquello compensaba de alguna manera la desgracia de haber perdido a Ainara, la hija menor.

—¿A qué se habría dedicado Ainara? —formuló la madre

en voz alta, una mujer con ojos bonitos pese a las bolsas circundantes—. A saber.

—Ella decía que iba a ser médico —dijo el padre, un hombre de hombros caídos—, y que viviría en la Margen Derecha.

—Sí, que allí hace mejor tiempo.

Ambos rieron al pensar en su hija tomando el sol en su jardín imaginario. Aquellas personas parecían estar bien, dentro de lo que cabía, e Irurtzun se alegró por ellos.

—Sé que les extraña que venga a preguntar por Ainara ahora —dijo la subinspectora, tratando de justificar los motivos de su presencia allí—, pero estamos investigando a una persona con la que ella tuvo contacto hace muchos años.

—No nos dice gran cosa, subinspectora —confesó el padre, de nombre José—. Le seré sincero: suena raro.

—Lo sé, y lo siento. Verán: creemos que conocer a las personas con las que el investigado en cuestión tuvo contacto nos podría ayudar a entenderlo mejor.

La ertzaina trataba de no entrar en detalles. ¿Qué les iba a decir, sino? Ni siquiera ella sabía muy bien qué estaba haciendo allí.

—¿Me podrían contar algo sobre Ainara en su último año?

La madre, de nombre María Ángeles, sonrió de nuevo, con resignación.

—Estaba en una época muy rebelde. Pero, como ya lo habíamos vivido con sus hermanas mayores, sabíamos que se le pasaría.

—En el fondo, Ainara era sensata —matizó el padre—. Aquel año 83 lo más importante para ella era salir de fiesta, estar con las amigas y los chicos.

—¿Y qué me dicen del colegio? Las notas, el comportamiento...

—Era buena estudiante y las monjas la adoraban. Iba voluntaria a limpiar y esas cosas.

—¿Nunca tuvo ningún conflicto con alguien? ¿Algo llamativo? —preguntó Irurtzun.

Los padres de Ainara Madrazo se miraron tratando de recordar, pero se encogieron de hombros y no dijeron nada.

—¿Qué pasa, subinspectora? ¿Por qué tantas preguntas? —se animó el padre.

—Créanme: como les he dicho, esto tiene que ver con otra persona, no con su hija —repitió. Decidió redirigir el interrogatorio—. Díganme, ¿Ainara hacía algún deporte?

—Sí, baloncesto, como sus dos hermanas —respondió el padre, cuya desconfianza iba en aumento—. Nos gustaba que formase parte de un equipo, de un grupo. La verdad es que le encantaba.

—Bueno —matizó la madre—, ya aquel último año fue perdiendo el interés, la verdad. Les suele pasar. Al final, el deporte requiere un grado de compromiso alto y las chicas estaban a otras cosas. Eso de tener todos los fines de semana ocupados dejó de hacerles gracia.

—¿Tienen fotos o algo parecido? ¿Podría verlas? —preguntó la subinspectora.

—Uy, fotos —respondió la madre—. Cientos, miles. Este no tira nada.

—Lo mejor será que me acompañe al «camarote» —dijo el padre—. Desde que nacieron mis nietas acondicionamos las habitaciones para ellas y subimos todas las pertenencias de Ainara allí. Creo que le van a interesar más esas cosas que las fotos de su comunión, ¿no es así?

—Sí, creo que sí. Gracias.

El hombre cogió un llavero coronado por una minúscula pelota de tenis y condujo a la subinspectora escaleras arriba, hasta una puerta de metal. La habían puesto hacía años, le contó a la ertzaina, cuando los yonquis y los vagabundos se colaban a dormir en el descansillo del último piso. «Ya no es necesaria», añadió. Caminaron a través de un pasillo estrecho hasta una puerta aún más estrecha y entraron en un trastero abuhardillado. José Madrazo le dijo a Irurtzun que tuviese cuidado con la cabeza, pero el que en realidad tenía que ir encorvado era él. En el fondo izquierdo del desván estaban las cosas de su hija.

—¿Seguro que esto no tiene nada que ver con Ainara? —le preguntó el padre, con un tono de ruego.

—En estos momentos no puedo entrar en detalles, señor Madrazo —se disculpó Irurtzun de nuevo—, pero le prometo que en cuanto me lo permitan, ustedes serán los primeros en conocer los pormenores de la investigación.

—Hurgue usted todo lo que quiera, nosotros la esperamos abajo —la invitó el hombre, resignado, encendiendo una bombilla sin tulipa antes de salir—. Cualquier cosa que necesite, nos dice.

La subinspectora le dio las gracias y se quedó sola en el «camarote». Allí estaban las cosas de la chica: cuadernos de notas, clasificadores, radiocasetes... Era como viajar en el tiempo a través de pequeños objetos. O como meter las narices en la vida de alguien. «Ese es mi trabajo», se dijo Irurtzun. Y se puso a ello.

En efecto, Ainara Madrazo era una buena estudiante. Así lo decían sus notas. En las secciones de un clasificador de tapas negras se congregaba una mezcla absolutamente ecléctica de gustos musicales, mostrada a través de pegatinas y *collages*: Cyndi Lauper, Loquillo, Itoiz... De la misma manera, cada página estaba regada por poemas, dedicatorias y declaraciones de amistad eterna. Todo muy adolescente: «Naranjas, naranjas, limones, limones, yo tengo una amiga que vale millones» y «De mí para ti por ser tú». Silvia Irurtzun rio con cierta envidia.

Ella no había sido la alumna más popular de la clase. Era como si la vida de aquella chica se hubiese congelado allí y, como lo único que quedaba de ella era aquello, el recuerdo de Ainara perduraría como el de una adolescente con ganas de devorar la vida. La mayoría de las dedicatorias estaban firmadas por las mismas personas: Lauri y Marti, L y M.

Cerró el clasificador y cogió un cuaderno de hojas cuadriculadas. Era de matemáticas y estaba pulcramente ordenado con sus ejercicios y correcciones. Las páginas de atrás, sin embargo, las habían utilizado como cuaderno de dibujo. Había de todo: flores, retratos y caricaturas, corazones...

Cogió otro bloc, uno más pequeño, de tamaño DIN-A5, con espiral, más cuco: tapa dura, pegatinas de esas que venían con las chuches con forma de nube o mariposas... Lo abrió. Estaba escrito de arriba abajo con bolígrafo azul y solo contenía filas eternas de números: doce, uno, veintiuno, diez y nueve, uno...

Silvia Irurtzun sabía lo que era. Sonrió de oreja a oreja. Ainara Madrazo había cambiado las letras del abecedario por números y escribía en código. Una clave muy sencilla de descifrar, pero que requería tiempo. Un sistema antimadres cotillas. La subinspectora lo conocía porque ella hacía lo mismo de niña. Y lo dominaba tan bien que no le costó nada descifrar el código: «Laura me ha respondido borde y me ha sentado mal, pero no se lo he dicho. Mañana no le voy a pasar el balón en el entreno». Y seguido: «Ya nos hemos hecho amigas. Es la mejor».

Y todo así. Irurtzun sintió ternura al leer aquellos pasajes. Era bonito. No supo por qué, pero decidió que se llevaría el cuaderno consigo. También había fotos: retratos borrosos de carnavales, con dedos en el objetivo; imágenes desenfocadas de excursiones, con orbes de luz causados por el sol, sobreexpuestas o desencuadradas. Las ropas eran anchas, los pantalones por encima de la cintura, las chaquetas grises y marrones, el pelo al principio cortado en melena con flequillo y, después, más largo y recogido con coleta. Irurtzun sacó su linterna. Por fin había llegado a las fotos del equipo. Había dos, iguales. La foto era de poca calidad, pero allí estaba Ainara, de pie, junto a otras cuatro chicas. En la formación de abajo, cinco jugadoras más, rodilla en el suelo. Había dos chicos jóvenes a los lados. Uno, de aspecto impoluto y atractivo, y el otro un poco menos... menos todo: orejas prominentes, poco pelo, más kilos, chándal más ajado. Le dio la vuelta a la foto y vio los nombres de todos y todas apuntados a bolígrafo. Entre las Oihanes, Lucías y Mireias encontró a una Laura y una Marta, las que supuso que eran las amigas íntimas de Ainara. El hombre de la izquierda, el deslavazado, era «Koldo». El de la derecha, «Gorka». Ahí estaba: Gorka Sánchez. Costaba reconocerle entre tanta falta de definición. Su imagen personal era buena, eso estaba claro. Sonrisa perfecta, peinado con flequillo hacia atrás..., un guaperas en toda regla. Les sacó unas fotos a las instantáneas con su móvil y guardó el resto de las cosas tal como las había encontrado.

—Vale, Otamendi —dijo Irurtzun en voz alta, invocando a su superior, sola como estaba en aquel cuarto—. ¿Y ahora qué?

Bajó las escaleras y volvió al tercer piso.

—Disculpen. —Los padres de Ainara Madrazo estaban en la sala—. Ya está. Ya he terminado.

—¿Ha encontrado lo que buscaba? —preguntó el padre.

—He visto esto y me ha entrado mucha nostalgia. —Irurtzun mostró el cuaderno en clave de Ainara.

La madre lo miró, a punto de romper a llorar.

—Su diario escrito en código —dijo María Ángeles, con dulzura.

—Yo tenía uno igual —apuntó la subinspectora—. ¿Lo ha leído?

—No sé si llegué a leerlo entero —respondió la madre—, pero, de todas formas, Ainara me lo contaba todo, era un libro abierto. De vez en cuando, si no lo tenía en el colegio, se lo cogía y lo leía, pero me llevaba su tiempo, no se crea.

—¿Le importa si se lo tomo prestado solo por un par de días?

La madre observó el diario con reparo, pero acabó accediendo con un gesto afirmativo de la cabeza.

—¿Puedo hacerles una última pregunta?

—Claro.

—¿Qué me dicen de la declaración de Juanan Mabe?

El rictus de los progenitores cambió. Parecía que les costaba mostrarse en desacuerdo.

—Juanan era un yonqui que se las hizo pasar a su familia de a kilo —respondió el padre con severidad—. La policía interrogó a Gorka, que coincidía con la descripción, pero es que el chaval estaba en Vitoria el día de las inundaciones.

—Hablamos con el gruista y con los prácticos que vieron a Ainara ahogarse —explicó la madre—. Era ella. Todos nos lo confirmaron: la cara, la ropa... Era ella. No hubo duda de que se ahogó. Ninguno de ellos vio a nadie persiguiendo a Ainara. Ninguno.

—Juanan estaba muy mal —resumió el padre—. Mezclaba días y gente.

—Sé que es un tema delicado, pero siento que se lo puedo preguntar. —Irurtzun no encontraba las palabras adecuadas—. ¿Qué pueden decirme de la búsqueda del cuerpo?

Padre y madre se miraron. No se esperaban la pregunta.

—Lo intentaron después de las inundaciones y, hace diez años, lo volvieron a probar: trajeron una draga y horadaron todos los bajos. Recuerdo a aquel hombre, el agente Zabala. Iba y venía con su bote —dijo el padre con tristeza—. Fue duro volver a pasar por aquello. Las inundaciones se lo llevaron todo. No..., no hay nada que hacer, agente.

Silvia Irurtzun permaneció en silencio. Ni siquiera sabía por qué había sacado el tema, por qué había abierto esa puerta.

—A veces las cosas hay que dejarlas estar, subinspectora. Seguir adelante. Bastantes desgracias hemos tenido ya en el barrio —dijo la madre.

—¿A qué se refiere, señora?

—A lo de Laura Cardoso y Marta Basabe —respondió la madre, volviendo la vista a su marido.

La subinspectora Irurtzun se puso en guardia. La desagradable sensación de que algo se le había escapado le recorrió la espalda.

—¿Qué pasa con ellas? —preguntó Silvia Irurtzun, abrazando la incertidumbre de no saber qué estaba pasando.

El marido se tomó un instante para responder, como si decirlo en voz alta fuera a convocar a los espíritus.

—Laura y Marta murieron, subinspectora, ¿no lo sabía?

CAPÍTULO XI

1982

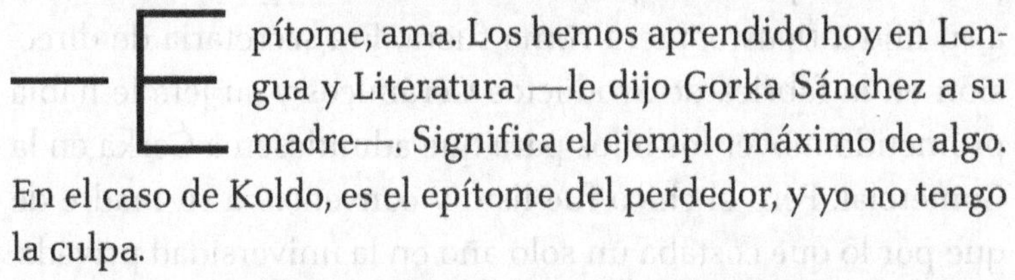

—Epítome, ama. Los hemos aprendido hoy en Lengua y Literatura —le dijo Gorka Sánchez a su madre—. Significa el ejemplo máximo de algo. En el caso de Koldo, es el epítome del perdedor, y yo no tengo la culpa.

—Hijo, échale una mano —le pidió su madre.

—¿Más, ama? —respondió el joven—. Ya le metí conmigo a entrenar el equipo de baloncesto de las chicas.

—Me da lástima. Al padre le han echado del trabajo y el niño está muy solo.

—Al padre le han echado del trabajo porque se pasa el día privando y el niño tiene mi edad.

«Y es un pringao de manual», pensó. Koldo había dejado el instituto hacía dos años, víctima de todo tipo de burlas y vejaciones. Y es que el instituto era un lugar salvaje, no apto para los débiles. Claro, es que para empezar, aquellas pintas andrajosas que llevaba siempre...

María Concepción Pinedo, «ama» para su hijo y «Conchi» para el resto, descolgaba la ropa del tendedero que daba al patio interior, en el dormitorio de Gorka. Este hacía los deberes en el escritorio que habían colocado junto a la puerta. La primera evaluación estaba a la vuelta de la esquina y el joven sabía que no tenía un minuto que perder. Si quería entrar en IVEF, necesitaba hacer dos cosas: la primera, tenía que cursar un buen COU y sacar una buena nota en la selectividad y, la segunda, superar las pruebas físicas. El 83 iba a ser el primer año en el que la UPV ofertaría la carrera de IVEF en el campus de Vitoria y solo unos pocos elegidos podrían acceder a ella. Y él iba a ser uno de ellos, lo tenía claro. Tras convencer a su madre de que aquella era una carrera llena de posibilidades y de futuro, la decisión estaba tomada. Porque, al principio, Conchi quería Empresariales. Estaba dispuesta a mandar a su hijo a Deusto, fuera como fuera. Era secretaria de dirección en la fábrica de Productos Cerámicos y su jefe le había prometido mover los hilos para que admitiesen a Gorka en la Comercial. Pero el chico fue listo y convenció a su madre de que por lo que costaba un solo año en la universidad privada, podía costearse toda la carrera en Vitoria.

—Ama, en el futuro todos los equipos de fútbol van a tener un preparador físico, la asignatura de gimnasia pasará a ser obligatoria en el sistema educativo, todos los pueblos tendrán polideportivo... Me sobrará el trabajo. Voy a tener que elegir.

Conchi Pinedo no lo veía tan claro. Había puesto todos los huevos de su felicidad en el éxito de su único hijo y hubiera preferido algo más seguro. Conchi era gallega, había salido de una aldea llamada Nespereira, prendada de un buscavidas extremeño que iba de paso por allí camino del País Vasco, donde los cantos de sirena decían que había buen jornal para todo aquel con voluntad de trabajar duro. «Allí trabajan el metal», le dijo el hombre del que se había enamorado, sin duda el más guapo y con mejor planta que había visto en su vida. El padre de Conchi, sin embargo, un hombre autoritario y con otros planes para su hija, se opuso frontalmente a aquella relación y a la idea de ir a un lugar del que solo se oía hablar por los atentados y por su creciente antiespañolismo, y nunca le perdonó la afrenta, rompiendo el contacto para siempre. A Conchi, entre la tiranía de su padre, sus vacas y vivir de lavar la ropa del cuartel militar en las afueras de la aldea o el amor, la decisión le resultó sencilla de tomar.

Pese a que la familia de ella le había dado la espalda, los primeros años fueron felices para la joven pareja. Llegaron a Barakaldo con una mano delante y otra detrás, como muchos otros paisanos. Y no fue el metal el que les proporcionó un salario, sino los ladrillos refractarios. La fábrica les ofreció un piso junto a los pabellones, frente al río, y allí se instalaron. Pronto nació Gorka, con los mismos ojos azules de su padre. Pasaron de vivir en el primer piso al último, todo un logro. Pocos años después llegaron la tos recurrente, la sangre en los esputos, la fiebre y, por último, la muerte y la viudedad. Conchi recordó la amenaza de su padre y creyó que Dios la había castigado, por lo que se dispuso a recuperar el control de su destino.

No iba a volver a Galicia, eso lo tenía claro. Solicitó trabajo en la fábrica y el gerente, encaprichado con ella, la colocó de secretaria comercial para realizar tareas básicas. Dispuesta a hacer penitencia y liberar a su hijo de sus pecados, la viuda se convirtió en una trabajadora incansable y, en un par de años la ascendieron a secretaria de dirección, lo que alimentó todo tipo de rumorologías que a Conchi le daban igual. Ella quería que Gorka creciese en un mundo lleno de oportunidades, y le apretaba tanto o más que a ella misma. No tardaron en sobresalir en aquel barrio de gente humilde y trabajadora que se conformaba con una vida digna y un jornal. No, no, no. Conchi tenía claro que no podían quedar a merced de voluntades ajenas, que su futuro y el de su vástago lo manejaría ella. Eran mejores que los demás. Mejores pero caritativos. Dar y recibir. Debía inculcarle a su hijo valores de humildad y caridad.

Aquello no era señal de debilidad, sino la indicación de que sabían de dónde provenía su verdadera fortaleza. Por si acaso.

—Hijo, se puede ser caritativo y...

—Y audaz y valiente, lo sé.

Gorka no compartía el espíritu altruista de su madre, pero le había prometido que entrenaría al equipo de chicas del colegio Nuestra Señora del Rosario. Había descubierto que le gustaba aquello. Más que enseñar baloncesto, lo que hacía era gestionar un grupo, y se le daba bien. Mantenía a las chicas motivadas, sacaba lo mejor de cada una y ganaban partidos. Miró el trofeo que habían obtenido la temporada pasada, reluciendo en la balda, sobre la cama.

—No sé, hijo, mira cómo va el pobre —le dijo la madre, refiriéndose a Koldo—. Con esas pintas no le van a dar trabajo en ningún lado. Si sigue así, va a acabar como Juanan.

Juanan Mabe era uno de los yonquis del barrio. Uno de tantos muertos vivientes que vagaban por los polígonos en busca de su dosis de heroína.

—Mira esto. —Gorka le mostró a su madre un documento con un listado de ejercicios—: Te leo: cincuenta metros lisos, dominadas, balón medicinal de cinco kilos, natación, salto vertical y el test de Course-Navette.

—¿Qué es eso? —le preguntó Conchi a su hijo mirando la hoja por encima de su hombro.

—Estas son las pruebas que van a valer el cincuenta por ciento de la admisión en IVEF —dijo Gorka, visiblemente contrariado—. Las notas solo van a pesar la mitad, ama. Tengo que prepararme a conciencia.

—Hijo, pues dile a Koldo que te eche una mano, llévatelo.

—Eso haré, lo que no sé es si me puede ayudar en algo —dijo posando el bolígrafo en la mesa—. Me voy a correr, que he quedado con él. ¿Ves?

Gorka abrió los cajones del armario de la ropa en busca de una cosa.

—Espera, tengo que contarte algo —le dijo la ama, sentándose en la cama.

—¿Qué?

—Ven, siéntate aquí conmigo.

Gorka se situó junto a su madre.

—Le he dicho al gerente que me busque una sustituta para septiembre del año que viene —dijo Conchi—. He pensado dejarlo en julio y durante las vacaciones de agosto buscar un piso de alquiler en Vitoria, para ti y para mí.

—Pero, ama...

—Si no quieres, no —le dijo la mujer—. Pero, hijo, a mí aquí no se me ha perdido nada ya y en Vitoria hay trabajo para una secretaria de dirección como yo. Además, ¿qué vas a hacer? ¿Ir y venir todos los días en autobús? No nos va a salir tan mal de precio. Yo te puedo cuidar mientras tú te dedicas a estudiar. Sería empezar de cero para mí. Es que este sitio me recuerda a tu padre y me pone triste.

—En Vitoria hace mucho frío, ama.

—Y aquí no para de llover, hijo. Tengo el sirimiri metido en los huesos.

—Habló la gallega —dijo Gorka, con sorna.

—¿Qué me dices? Escucha, es decisión tuya, yo no quiero ser un obstáculo.

—Pues claro que sí, ama. Yo te quiero lo más cerca posible. Si tú quieres venir, a mí me parece bien.

Madre e hijo se abrazaron un instante.

—Bueno, me voy.

Gorka salió al descansillo y llamó al timbre de la puerta de enfrente. Abrió Koldo. Tenía un ojo morado.

—¿Qué te ha pasado?

—Nada.

—¿Ha sido Richard, a que sí?

El chico no respondió. Sin saber qué decir, Gorka le ofreció el chándal.

—Toma, es para ti.

—¿Qué es?

—Un chándal del Athletic. Yo no me lo pongo.

Koldo observó la prenda de los vigentes campeones de liga como si estuviese bañada en oro.

—Venga, pruébatelo.

Koldo miró hacia dentro del piso, de idéntica distribución al de Gorka pero lleno de suciedad y desorden. Se desvistió en el descansillo y se puso el chándal regalado. Le quedaba un poco corto y un poco prieto, pero estaba radiante. Miró a Gorka.

—Te queda bien —mintió este—. Venga, vamos.

CAPÍTULO XII

Martes, 18 de febrero de 2020
Portugalete, Vizcaya
16:00

Eva viajó en metro hasta la localidad de Portugalete. Según su último censo, un pueblo de poco más de tres kilómetros cuadrados y cuarenta y siete mil habitantes. Recorrió la avenida principal, Carlos VII, y bajó por Casilda Iturrizar, más conocida como la Cuesta de las Maderas. Era un pueblo repleto de desniveles, hasta tal punto que muchas de las pendientes estaban compensadas por rampas mecánicas. Llegó al muelle, la zona más bonita de la villa, donde se encontraba el Puente Colgante, un puente transbordador que por su estructura de hierro le recordó a la torre Eiffel.

—¿Eva? ¿Eva San Pedro? —dijo una voz.

Era un hombre de cara afable mal afeitada, coronilla despejada, curva de la felicidad pugnando por asomar del jersey y manos grandes.

—Sí, soy yo —dijo Eva respondiendo al saludo.

—Jaime me ha dicho que buscase a una chica que no pareciese de aquí y me da que he acertado —reconoció el hombre.

Eva pensó en su aspecto. El chubasquero verde con motas blancas y las katiuskas amarillas la delataban.

—Jaime es muy gracioso —respondió Eva con acidez—. Gracias por llevarme a la ría, señor Zabala.

—Llámame Juantxu, por favor. Y el placer es todo mío. Llevo mucho tiempo queriendo compartir mis inquietudes con una bióloga marina. Ven por aquí.

Caminaron por el muelle, donde desfilaban decenas de paseantes a pesar del día plomizo que hacía.

—¿Es habitual que un cadáver quede sin ser recuperado, sumergido en la ría? —empezó Eva directamente.

—Buena pregunta —reflexionó el hombre sin perder la media sonrisa. De cerca parecía mayor. Rondaría los setenta, tenía manchas rojizas en el rostro y caminaba marcando los apoyos a un lado y al otro—. Dicen que hay más de un cadáver sepultado en el lodo del fondo. A saber. Lo cierto es que en total hay unas cincuenta personas desaparecidas a lo largo de este último medio siglo, lo que ni mucho menos quiere decir que estén todas muertas o en la ría.

Llegaron a un pequeño embarcadero junto al Museo de la Industria, un tosco edificio de ladrillo rojo con torre incorporada. Juantxu Zabala saludó a dos hombres con buzo azul en un remolcador y condujo a Eva hasta un gasolino en el pantalán. Era una embarcación verde con el timón cubierto por una mampara y unos cinco metros de eslora. Llevaba en la proa el nombre MATRAKA pintado a mano. Nada más pisar la cubierta, Eva se sintió reconfortada por el balanceo. Con una maniobra sencilla, salieron de la dársena, pusieron proa hacia el Nervión y le dieron la espalda a la bahía, hacia el mar abierto. Ellos iban a remontar el río, dirección Bilbao. El motor hacía blop, blop, blop.

A Eva aquello la fascinaba. Ver la Margen Izquierda desde la ría, de hecho, cualquier población desde el mar, proporcionaba una perspectiva mucho más amplia que hacerlo a pie.

No tenía nada que ver con San Sebastián y alrededores. Tal vez había alguna similitud con Pasajes: el puerto, los pabellones, la manera en la que Pasai Ancho se levantaba sobre el mar, cuesta arriba... Allí, en la Margen Izquierda, la presencia de la industria lo marcaba todo. La industria que quedaba y la que se había ido. A ras del río, los pabellones y las fábricas en funcionamiento se solapaban con grúas inertes y silos derruidos, cargaderos arrodillados y comidos por la herrumbre, y contenedores apilados a la espera de que los transportaran a alguna parte. Y, por encima de todo eso, los pueblos que se levantaban sobre terreno industrial, mirándolo con la nostalgia de tiempos mejores.

—Eso es Sestao —gritó Juantxu Zabala para hacerse oír por encima del ruido del motor—. Allí llegaron a vivir hasta cuarenta mil personas, ahora andarán por los veinticinco mil. Y es el pueblo con la mayor tasa de paro de Euskadi, más del veinte por ciento.

Eva detectó cierta amargura en su voz. El exertzaina se manejaba con pericia al timón, sin apenas hacer nada, y dejaba que el gasolino fluyera ría arriba. Una trainera se cruzó con ellos y Juantxu Zabala saludó al timonel. Era de color verde intenso y ponía KAIKU en el casco. Giraron hacia la derecha, donde desembocaba el río Galindo, y llegaron a terrenos de la localidad de Barakaldo.

—¿Qué me dice de la extracción de residuos? —preguntó Eva al ver una draga fondeada en el lado derecho del Nervión.

Juantxu Zabala asintió.

—Es complicado. Aquí se vertía cualquier mierda y los estudios que se hicieron determinaron que el fondo podría contener grandes dosis de productos tóxicos: sílice, amonio... Remover esas sustancias sedimentadas podría resultar dañino para un ecosistema en recuperación.

—Pero la ría se draga, ¿no? —insistió Eva, señalando la embarcación.

—Sobre todo el caudal en la parte central, las riberas ni se tocan. —El hombre trazó un surco imaginario en la parte interior del río—. No se puede recoger tanto lodo sin levantar los productos tóxicos adheridos.

Eva observó el agua. Estaba sucia. Tenía un color verdoso y un fuerte olor a gasoil.

—Esto, como ves, está bastante limpio ahora mismo. Antes era un vertedero, hasta el punto de que en Bilbao se plantearon soterrar la ría a su paso por la ciudad —le dijo Juantxu Zabala—. Desde que instalaron la depuradora de Galindo, ha ido mejorando poco a poco.

A Eva no le costó ponerse en situación. Eran otros tiempos, decía todo el mundo; por aquel entonces, *desarrollo sostenible* o *gestión de residuos* no eran conceptos ni siquiera a valorar. «Como si lo fueran ahora», ironizó la bióloga para sus adentros. El viento soplaba frío contra el rostro y los labios se le habían empezado a agrietar, pero sentía que estaba conociendo una nueva realidad, además de conseguir olvidarse de su tesis, lo cual agradecía de manera especial. Los edificios parecían de nueva construcción en aquella zona de Barakaldo: había más parques y paseos, más amplitud. Sus pensamientos se fueron hacia Ainara Madrazo. Solo había visto una foto de ella. Posiblemente sus restos yacían lejos, en algún sitio en el Abra, la bahía. La ría seguía siendo amplia, demasiado amplia como para encontrar un cadáver en ella. También era densa. Y oscura. Eva solo vio su reflejo al mirar por la borda del bote.

—Mira, es allí —dijo Juantxu Zabala.

Habían pasado el grueso de Barakaldo y orillaron hacia estribor, desviándose del Nervión y cogiendo otro afluente, el Cadagua. Nada más salirse, Juantxu Zabala aminoró la velocidad para amarrar el bote. Subieron por un cargadero semiderruido.

—Esto es Burceña. —Señaló con un gesto amplio Juantxu Zabala—. Este río es el Cadagua, que como puedes comprobar confluye ahí mismo con el Nervión. Por lo que leí en el atestado, vieron a Ainara desde una grúa que estaba más o menos... por allí.

Eva calculaba que, para que vieran a Ainara desde donde se juntaban ambos ríos, tenía que haber caído en esa zona del muelle de carga.

—Todo esto —Juantxu Zabala abría las manos tratando de abarcar todo aquel espacio—, y digo todo este muelle hasta aquellos pabellones, quedó anegado por el agua. Por aquí bajaba de todo: troncos, contenedores, hasta coches. Era tierra precipitándose río abajo, a toda velocidad. Mira.

El exagente de la Ertzaintza sacó su móvil y le enseñó a Eva una serie de fotografías de la época. Pese a que no eran las primeras que veía de aquella catástrofe, seguían causándole impresión. El desastre había sido mayúsculo. Las fotos de un Bilbao inundado por una marea de barro marrón mostraban una imagen de destrucción total.

—Treinta y seis muertos, cinco desaparecidos y la declaración de zona catastrófica —dijo Juantxu Zabala mientras pasaba las imágenes con el pulgar.

—¿Cómo les pudo pillar desprevenidos? —preguntó Eva hipnotizada por las fotografías del desastre.

—Porque se pasó todo agosto lloviendo —respondió Juantxu Zabala—. Un sirimiri persistente, continuo. No fue una tormenta puntual, un aviso amarillo. No. Aquello fue un proceso de llenado. Los ríos se fueron cargando, cargando, cargando..., hasta que se desbordaron.

Eva miró alrededor. La explanada del muelle era amplia. Si

la riada la sorprendiera allí, pocos lugares de escape podrían encontrarse. Sintió que la recorría un escalofrío. Toneladas de escombros y lodo arrastrándote consigo. Era una mala manera de morir. Se obligó a centrarse.

—Vale, digamos que Ainara bajó de su casa a ver las inundaciones y el agua la arrastró de improviso —señaló la bióloga—. Desde aquí braceó, trató de mantenerse a flote, fue vista a esa altura y luego se hundió.

—Conseguí que dragasen desde esa zona hasta el puente de Róntegui en busca del cuerpo, pero nada —explicó Juantxu Zabala.

—¿Y tú qué piensas? —preguntó Eva.

Antes de que el expolicía pudiese responder, el móvil de la bióloga empezó a vibrarle en el bolsillo del anorak. Se trataba de la subinspectora Irurtzun.

—Eva, ¿dónde estás? —preguntó la ertzaina.

—Cerca de ti, supongo —respondió Eva—. He remontado el río con Juantxu Zabala. Estamos en Burceña y...

—Vamos a visitar el colegio de Ainara Madrazo. Te mando la localización y te veo allí.

Eva fue a decir algo, pero la señal se cortó.

Muy típico de Irurtzun.

CAPÍTULO XIII

Martes, 18 de febrero de 2020
Centro de Alto Rendimiento Euskadi, sierra de Aralar
16:00

A las cuatro de la tarde, Aitor se encaminó a la habitación 85 con el portátil bajo el brazo. Estaba vacía. No quedaba ni un atisbo de su antiguo inquilino, ni ropa, ni libros ni ningún objeto personal que hablase de quién habitó aquella estancia. Recorrió el espacio, aquellos veinte metros cuadrados iluminados por una ventana saliente. Afuera el sol brillaba chocando contra densas nubes de algodón sobre un manto blanco. Los colores eran tan vívidos que el paisaje parecía un fondo de pantalla.

Aitor desplegó el ordenador y pinchó sobre la carpeta «KS». Seleccionó todas las fotografías y ejecutó el comando de abrir. Las imágenes se dispusieron en cascada.

La mayoría de las fotografías, que Aitor pasaba una a una, eran primeros planos del cuerpo de un chico joven y espigado, tras las cuales aparecieron una serie de planos detalle del cuello. El forense abrió el informe en PDF y leyó, tal y como esperaba, que el lazo de la cuerda se había deslizado hacia la parte superior del tronco, provocando la retropulsión del hioides y de la base de la lengua, adhiriéndose a la cara posterior de la laringe y bloqueando así el paso del aire. Básicamente se trataba de que el propio peso del cuerpo, atrapado por la presa de la cuerda, había ejercido una presión que retrajo toda la zona inferior de la cara y el cuello, desplazando la lengua hacia atrás, cerrando la garganta, hasta asfixiarla.

Otra opción era la muerte por inhibición, causada por la afectación vertebral o del bulbo raquídeo, pero esta quedaba descartada, pues para que, hablando mal y pronto, se produjese una rotura de cuello, se requería que el cuerpo se precipitase desde una altura mucho mayor que la que había en esa habitación. Había incluso unos pocos casos en los que la caída había sido de tal magnitud que había llegado a producirse la decapitación. Pero esto no había sucedido aquí; a juicio de Aitor no había duda al respecto: la disección de la cara anterior del cuello ofrecía una línea blanca (también conocida como *argentina* o *línea de plata*) que mostraba claramente un resquebrajamiento del tejido celular subcutáneo. Otra evidencia era el signo de Amussat, consistente en un desgarro transversal de la carótida causado por una elongación extrema.

En este caso, la línea principal de investigación por parte del forense se basaba en demostrar lesiones propias de la ahorcadura, descartando cualquier otra lesión que pudiera llevar a pensar que la víctima fue coaccionada o asesinada de otro modo, y el formato de suicidio se tratase tan solo de una trampa encubridora. El informe mencionaba la ausencia de cualquier otra lesión que pudiese denotar coacción o signo de homicidio. Asimismo se hacía mención a un informe psicológico que aludía a un cuadro depresivo de la víctima, que tenía antecedentes de autolesión y tendencias suicidas.

Aitor observó la silla frente a él. Kepa Solozabal la había usado para descolgarse de ella con la soga atada al cuello y, para hacerlo, se había llevado una cuerda de nailon del gimnasio que se utilizaba para ejercicios de fuerza. Luego la había enganchado a una argolla que, según el informe forense, el propio atleta había instalado en su habitación con la intención de suspender allí una hamaca colgante para hacer meditación. Habían retirado la argolla, y la superficie, pintada de nuevo en blanco crudo, le hacía sentir que tenía un problema de visión.

Pasó las imágenes hasta llegar a unas del techo de la habitación. Se trataba de unos textos hechos en la piedra con un objeto puntiagudo. Amplió la toma para poder verla desde lejos y se subió a la silla. Buscó aquellas palabras, acariciando la superficie con las yemas de los dedos, y, pese a la nueva capa de pintura, allí estaban. La luz diurna favorecía su relieve. La primera rezaba: NIRE BURUA LEKU ILUN BAT DA, que en euskera significaba «Mi mente es un lugar oscuro» y la segunda, al lado de la argolla: SINK OR SWIM, es decir, «Nada o ahógate», pero en este caso SWIM estaba tachado y se repetía el segundo verbo, por lo que al final quedaba SINK OR SINK («Ahógate o ahógate»). Y luego CMR por toda la sección de la pared. «CMR» repetido decenas de veces. Pero ¿qué significaba CMR? Aitor observó el mundo desde allí, imaginando que aquello había sido lo último que había visto Kepa Solozabal antes de morir. Apostada en la puerta, mirándole fijamente, estaba la saltadora de pértiga Sara Aguirre, a quien había conocido en la sala de fisioterapia por la mañana. Aitor se bajó de la silla, negándose a sentirse incómodo. Solo estaba haciendo su trabajo.

—Hola —acertó a decir Aitor.

—¿Apreciando el arte urbano de Kepa? —dijo la saltadora, señalando el techo.

—¿Le conocías?

—Sí, éramos buenos amigos —respondió ella, entrando en la habitación y, sin pudor alguno, echando un vistazo al portátil de Aitor. Este lo cerró de golpe.

—¿Puedo hacerte algunas preguntas sobre él?

—Sí, pero aquí no, me trae recuerdos tristes. Coge la chamarra, hace frío. ¿Un café?

Aitor se quedó solo en la habitación, escuchando cómo Sara Aguirre bajaba las escaleras a saltos. ¿Qué podía hacer? ¿Bajar a hablar con una desconocida? Miró el techo, donde los surcos escritos por Kepa Solozabal se ocultaban bajo la mano extra de pintura.

Metió sus cosas en la mochila y salió a la carrera tras ella.

Previo paso por la cantina, y tras haber hecho acopio de dos cafés con leche para llevar, Sara Aguirre condujo a Aitor hasta una salida lateral de la pista multiusos, hacia un mirador natural, una zona habilitada con bancos que daba al oeste, donde un frío sol de invierno iba cayendo mientras adquiría un tono cada vez más anaranjado. Se veía la arboleda desde arriba y su posición les permitía intuir la forma del valle en una mezcla de verdes, blancos y violetas. La pertiguista y el forense se sentaron en uno de los bancos. Aitor pensó que era un sitio en el que se podía dejar transcurrir el tiempo a gusto, y echó de menos hacerlo de vez en cuando. Además, no sabía por qué, pero Sara Aguirre no le provocaba desconfianza.

—Creo que no había visto tantos árboles juntos en mi vida —observó Aitor.

—¿De dónde eres? —preguntó Sara Aguirre.

—De Donosti, un urbanita. Creo que la última vez que vi un cielo estrellado fue hace quince años, cuando mis padres me mandaron de campamento —Aitor mintió a medias. Fue su tía quien le apuntó a la excursión, para entonces sus padres ya habían muerto, pero no le apetecía dar todas esas explicaciones.

—Curioso, a mí se me ha olvidado cómo es Gasteiz. Echo de menos Cuchillería los jueves —añadió la pertiguista con nostalgia.

—¿Cómo es eso de saltar con pértiga? —preguntó Aitor. Le salió sin pensar.

La atleta le miró con extrañeza, pero también con curiosidad.

—¿Qué tipo de pregunta es esa? ¿Es para la investigación?

—La gente quiere meter goles, ganar un Grand Slam de tenis o ser el más rápido... —dijo Aitor, con sinceridad—. Pero ¿quién salta con pértiga? ¿En qué momento decide uno coger un palo largo y pasar por encima de un listón?

Sara Aguirre no pudo contener una risa floja. La pertiguista, con las mejillas enrojecidas por el entrenamiento, se inclinó hacia delante, agarró el vaso con las dos manos y lo frotó.

—Mi abuelo saltaba —dijo—. Y le enseñó a mi madre. Fue campeona de Euskadi, ¿sabes? Y ella hizo lo mismo conmigo.

—¿Y? ¿Qué opciones tienes de cara a los Juegos?

—Ninguna.

—¿Ninguna? —preguntó Aitor sorprendido ante la celeridad en la respuesta.

—Qué va —respondió Sara Aguirre con seguridad—. En mi disciplina no hay milagros. Yo sé lo que puedo saltar y sé las marcas de mis rivales. Eso es lo curioso: en este lugar usan las matemáticas para todo. Miden nuestra zancada, los vatios que movemos, nuestra velocidad, hacen simulaciones... Es espectacular. Pero a los deportistas nos gusta pensar que, más allá de los números, existe el afán de superación, cómo decirlo, nuestro espíritu.

—¿Y? ¿Existe?

—Sí, pero da igual —respondió Sara Aguirre—. Al final las matemáticas se imponen de nuevo. Mi mejor marca, que es récord de España, está en cuatro metros con cincuenta y siete centímetros. El récord mundial está por encima de los cinco metros. Ahora mismo hay en el mundo al menos veinte mujeres que saltan más que yo.

—Vaya —repuso Aitor, un tanto chafado.

—Y entonces, ¿qué estoy haciendo aquí? Pregúntalo —dijo la pertiguista.

—Y entonces, ¿qué estás haciendo aquí? —obedeció Aitor.

—«Asombrar al mundo», como dice el director, Gorka Sánchez —respondió Sara Aguirre con un toque de amargura—. No, en serio. Formamos parte de un plan mayor. Todos tenemos que mejorar nuestros resultados y demostrar así que este método funciona. Y si lo hace, la idea es venderlo.

—Y así, deduzco, surgirían posibilidades para vosotros —interpretó Aitor.

—Yo quiero ir a una universidad norteamericana a hacer el doctorado. Pero para eso tienes que resultarles útil. Si me gradúo y consigo una buena marca en, por ejemplo, unas Olimpiadas... Quién sabe.

—Tal vez te ofrezcan una beca.

—Ese es mi plan —le dijo Sara Aguirre mirándolo fijamente a la cara—. No se trata tanto de cuánto saltas, sino de lo que has mejorado.

—¿Dirías que Gorka Sánchez es una persona querida aquí? —Aitor condujo el tema de conversación hacia la dirección del centro.

—Querida, no —respondió la atleta, tajante—. Respetada, sí. Mira, te voy a contar una anécdota: ¿sabes que en los campeonatos que se celebraron en Sevilla, los mismos en los que me proclamé campeona de España, estuve a punto de no participar? Tal cual lo oyes. Resulta que yo pertenezco a la Federación Alavesa de Atletismo, ¿no?, y eran ellos quienes debían tramitar mi participación: ficha federativa, informe médico, seguro... Pues bien, la documentación llegó fuera de plazo. Vamos, que me planté en Sevilla y me dijeron que no podía participar. El director Sánchez había venido con nosotros, yo ya estaba aquí, en el CAR, y se enteró. No sé qué hizo, pero finalmente pude saltar. Y gané.

Sara Aguirre levantó el vaso en señal de brindis, pero sin un atisbo de felicidad.

—Dos meses después me enteré de que habían despedido a la administrativa que envió tarde mi solicitud de participación —dijo la atleta para sorpresa de Aitor—. O sea, que si la CMR es nuestra religión, Gorka Sánchez es su mesías.

La sigla CMR puso al forense en alerta y con ganas de preguntar, pero si algo había aprendido de Jaime Otamendi era a esperar el momento adecuado. No tenía la impresión de que Sara Aguirre se estuviera guardando nada. La deportista se giró hacia el bloque central del CAR, mirando al último piso. Aitor observó las ventanas opacas, tras las cuales, en alguno de esos despachos, se encontraba el director moviendo los hilos.

—Si algún día me encuentro a Gorka Sánchez trabajando para otra federación, me preocuparé. ¿Sabes por qué? —Sara Aguirre levantó la mano y empezó a contarse los dedos—. Porque sé que esos deportistas, mi competencia, tendrán los mejores fisios, los mejores entrenadores, las mejores instalaciones y los mejores médicos. ¿Que es un hijo de puta? Seguro, pero lo prefiero en mi equipo.

Al fondo de donde abarcaba la vista, Aitor vio una fina línea negra aproximándose lentamente hacia ellos. Se trataba de Cordelia y su patrón de devastación: daba algo de tregua durante las horas centrales del día y, en cuanto se retirase el viento sur, invadiría el litoral con todo su arsenal. Así que la ventisca llegaría pronto hasta su ubicación.

—¿Creéis que Kepa no se suicidó?, ¿es por eso por lo que estáis aquí?

Sara Aguirre hizo la pregunta que quería formular desde el primer momento en que vio a Aitor. Este optó por la sinceridad.

—No —respondió—. Lo cierto es que no hay nada en el atestado que nos haga pensar lo contrario. Hemos venido por la montañera.

Sara Aguirre echó la barbilla hacia atrás en señal de haber entendido y dio un sorbo a través de la hendidura de la tapa de su recipiente.

—Kepa era una persona hipersensible —dijo la atleta sin que la interpelaran—. Era permeable a todo lo que le rodeaba. Y también muy exigente consigo mismo.

—La pregunta que voy a hacerte ahora..., por favor, no pretendo juzgar —anticipó Aitor—. ¿Lo viste venir? Quiero decir, ¿notaste un empeoramiento en su estado de ánimo, no sé, días, semanas antes de su muerte?

—Kepa no tenía que haber venido. Este lugar te obliga a olvidarte de todo y a centrarte solo en el entrenamiento, la alimentación, el descanso... No hay tiempo para más, y si traes una mochila de antes, es mucho con lo que cargar. Pero de ahí a que pensase que se podría colgar en su habitación, no.

Aitor decidió que era el momento.

—¿Qué significa «CMR»?

Sara Aguirre empezó a balancearse hasta que se volvió para mirar a Aitor de frente.

—«Curva de Mejora de Rendimiento» —respondió la chica dibujando un letrero imaginario con las manos—. Nuestro dogma.

CMR significaba, según Sara Aguirre, que todo miembro del CAR estaba obligado a mejorar sus resultados. Por medio de un análisis exhaustivo de entrenamientos, pruebas, competiciones, etcétera, el departamento de tecnificación establecía una gráfica que determinaba si el atleta evolucionaba en sus prestaciones.

—Créeme: he visto a compañeros que entraron aquí con resultados impresionantes, campeones de Euskadi, largarse a los dos meses porque no fueron capaces de levantar la condenada curva —le dijo la saltadora.

—Y, para Kepa, ¿qué significaba aquello? —preguntó Aitor.

—Una losa. Para alguien con tanta tendencia a la obsesión, la CMR supone una gota malaya que no te deja dormir. Un elemento de presión que no supo gestionar. —Sara Aguirre agarró el vaso con las dos manos, como si buscase un calor que no sentía—. Kepa era una persona que se hacía querer, era megasensible al sufrimiento ajeno. En eso, en pasarlo mal, era todo un experto: sufrió *bullying* en el colegio, era hiperactivo, tenía mucha exigencia en casa, mucho machaque personal... Y, para colmo, le sobrevino una lesión en un momento clave de la temporada. Aquello acabó por hundirlo. Y yo no supe ayudarlo.

—¿Y qué me dices de la subdirectora, Gemma Díaz? Se supone que el gabinete psicológico sirve para asesoraros en la gestión de la presión.

Sara Aguirre lo negó con la cabeza, sin dar crédito a la opinión de Aitor.

—Qué va. Ella no es más que la línea editorial de su marido —opinó, mirándolo de reojo—. Ese departamento de *coaching* solo sirve para meter mierda entre nosotros. Lo sé porque lo hemos hablado mucho entre compañeros.

—¿Se fomenta la rivalidad entre vosotros?

Sara Aguirre sonrió.

—Aquí quieren máquinas de matar —dijo con toda tranquilidad—, quieren que salgas al tartán a pisarle el cuello al de al lado. Pero ¿sabes lo más gracioso? ¿Sabes lo que de verdad les interesa?

La saltadora le hizo un gesto atrayente con los dedos a Aitor. Dubitativo, el forense se acercó y la chica le susurró al oído:

—¿Sabes que no hay medidas anticonceptivas en el CAR? No encontrarás ni un solo preservativo.

Aitor se quedó a cuadros. Al volverse, tenía la cara de Sara Aguirre a pocos centímetros de la suya.

—Pero ¿qué quieres decir? ¿Que os obligan a...?

—Nooo —respondió la atleta alargando la «o» y volviendo a su sitio—. Pero te dan a entender que no lo ven con malos ojos. No te lo dicen, ni te prohíben que uses medidas de prevención, porque sonaría un poco nazi. Pero te informan de que si te quedas embarazada, recibes todo tipo de ayudas: piso de VPO, guardería gratis, cheque bebé...

—Me dejas loco con eso. —Aitor no sabía si le sorprendía más el hecho de que se fomentase la procreación entre los miembros del CAR de manera tan explícita, o que Sara Aguirre hablase de ello con total naturalidad.

—Es una cuestión de *merchandising,* doctor. Quieren una estirpe de superatletas, nuestra versión 2.0 —explicó la saltadora—. Nosotros somos el producto que hay que vender: ya sea nuestra CMR, nuestros métodos de entrenamiento o nuestra genética.

Aitor se recostó en el banco con la impresión de que empezaba a entender la naturaleza de aquel lugar. «La endogamia como primer paso a la eugenesia; nosotros suponemos una amenaza externa para este experimento». Tal vez aquella era la única manera de obtener resultados: a aquellos jóvenes se les garantizaba un futuro en el mundo del deporte a cambio de vampirizarlos durante lo mejor de su carrera. En teoría, ambas partes ganaban, pero lo que no tenía tan claro era el precio que se debía pagar. Y si no, que se lo dijeran a Kepa Solozabal.

Estuvieron un rato así, viendo las nubes aterrizar desmenuzándose en el bosque mientras todo se volvía cada vez más negro en el horizonte. Finalmente, Sara Aguirre se despidió para volver a su rutina de entrenamiento y Aitor decidió volver al laboratorio, a la búsqueda imposible de fosfatos. De camino al ala este, el móvil vibró. Lo miró: era un *e-mail* de Jaime Otamendi. Al abrirlo, Aitor no pudo evitar el exabrupto.

—¿Qué hostias...?

Capítulo XIV

1996

Gorka Sánchez vivía en Zabalgana, un barrio nuevo y joven repleto de viviendas de protección oficial que se abría al oeste de Vitoria, ampliando la ciudad tanto urbanística como poblacionalmente.

Había tenido la suerte de que le tocase la azotea en el sorteo, por lo que su apartamento gozaba de una terraza de cuarenta metros cuadrados, tres habitaciones, un baño, salón, cocina, trastero y garaje, donde guardaba su coche y su motocicleta. Su madre, que en paz descanse, estaría orgullosa de él.

Había habilitado una de las habitaciones como despacho, donde había instalado un ordenador de sobremesa. Un IBM con procesador Pentium 75 que iba como un tiro y le daba el tiempo justo a prepararse un té. Cuando volvió de la cocina, el escritorio del sistema operativo Windows 95 ya estaba listo.

Abrió su cuenta de correo y le echó un vistazo. Aparte de las comunicaciones habituales que mantenía con el resto de los departamentos de la federación, encontró el siguiente *e-mail*:

Mensaje
De: kourol@hotmail.com
Para: gorsan65@hotmail.com
Asunto: Amigos para siempre
Viejos tiempos no molestan. Seguimos.
OK
Cancel

Había un archivo adjunto. Al descargarlo, la fotografía de una fotografía fue componiéndose en pantalla línea de píxel a línea de píxel. La imagen había sido obtenida con una Polaroid y en ella parecía asomar una cesta de mimbre que recordaba a la que llevaba Caperucita en el cuento.

CAPÍTULO XV

Martes, 18 de febrero de 2020
Colegio Nuestra Señora del Rosario, barrio de Burceña, Barakaldo
19:30

Eva y la subinspectora Irurtzun se encontraron en la gasolinera de Repsol, al comienzo de la calle Zumalakarregi. Los vecinos del barrio volvían a sus casas con bolsas de la compra, en lo que parecía un acopio de provisiones para afrontar las inclemencias de Cordelia. El cielo sobre sus cabezas evolucionaba en un cúmulo de manchas grises, muy oscuras. Avanzaron dejando la estación de servicio a un lado y una plaza renovada con frontón incluido al otro, hasta llegar al colegio, a mano izquierda, separado tan solo de la carretera por una escueta acera acompañada de una barandilla alta.

La fachada del colegio Nuestra Señora del Rosario había sido renovada y lucía elegante y coqueta en colores naranjas y marrones, mezcla de hormigón y madera. La parte trasera, en cambio, donde se ubicaban el patio, las aulas y demás servicios, permanecía funcional y austera. Era ya tarde, por lo que todo permanecía en silencio. Llamaron al timbre y una monja que se movía a pasitos cortos les abrió la puerta. Sin decir nada, las condujo al despacho de la directora por un pasillo repleto de dibujos y cartulinas hechas por el alumnado. Todas hablaban de amor, de Dios, de niños jugando... Parecía un sitio alegre y, sin embargo, a Eva y a la subinspectora Irurtzun les despertó recuerdos no del todo felices.

—Yo fui altas capacidades en el cole —se sinceró Eva, hablando en voz baja—. Estuve más tiempo intentando pasar desapercibida que jugando con niños.

—Yo tampoco fui la chica más popular de mi clase, la verdad —replicó Irurtzun—. No sabía callarme la boca.

—Bueno, menos mal que ambas hemos aprendido de aquello y ahora somos las reinas de la fiesta —dijo la bióloga.

El despacho era una sala ovalada de techos altos y paredes blancas, donde la atención de quien entrase se iba, inevitablemente, hacia una fotografía de gran tamaño enmarcada: un mar de azul intenso salpicado de arrecifes.

—La Gran Barrera de Coral —admiró Eva San Pedro.

—¿Bucea usted?

Una joven vestida con un hábito le hablaba desde la puerta.

—Sí. —Eva señaló el póster—. Y ese es un viaje que tengo pendiente.

—No lo posponga. Soy Daniela Henao, la directora del colegio. —La monja tenía acento colombiano y se mostraba segura de sí misma.

—Gracias por recibirnos, hermana. —Silvia Irurtzun le tendió la mano—. Soy la subinspectora Irurtzun; ella es Eva San Pedro, bióloga marina. Está colaborando con nosotros en una investigación.

La mujer les estrechó la mano y se detuvo en Eva.

—¿Bióloga? —le preguntó con genuina curiosidad.

Eva asintió, un poco avergonzada.

—¿Sabe lo que les digo a nuestros alumnos? —le preguntó la hermana Henao de manera retórica—. Que si el reino de

Jesús no está en el cielo, está bajo las aguas. ¿No le parece que cuando una se sumerge todo es armonía?

Eva rio, sin saber qué responder. Ella no creía en Dios, pero tampoco quería contradecir a la monja.

—Sí, es cierto que ahí abajo —dijo la bióloga señalando al cuadro— todo encaja.

Daniela Henao sonrió por un segundo para, acto seguido, ponerse seria.

—Sor Ateca las recibirá en unos instantes, la estamos poniendo guapa para la ocasión. Sin embargo, me gustaría que la tratasen con cariño, su estado físico es delicado.

Aquella mujer usaba palabras amables, pero su manera de fijar la mirada denotaba rigurosidad y así, sin pestañear, se las quedó mirando a la espera de una respuesta.

—Les agradecemos mucho que nos hayan atendido —la subinspectora Irurtzun trataba de ser lo más amistosa posible—, seremos breves.

Dándose por satisfecha, la directora las guio por unas escaleras; doblaron a la derecha, cruzaron otro pasillo más y volvieron a subir por una escalinata más estrecha. A medida que avanzaban, el edificio se tornaba más y más viejo: las paredes tenían más humedades; el suelo, menos barniz, los rodapiés parecían más descascarillados...

—Esperen aquí.

Era un *hall* diminuto que daba a una puerta de madera que en algún momento de su existencia fue blanca. Era frío y olía a lejía. Podían oír una conversación en la que la directora hablaba con alguien de forma muy pausada, haciéndose entender. Por lo poco que alcanzaban a escuchar, la monja insistía en que no tenía por qué recibir a las invitadas en caso de no encontrarse bien.

—Tengo que contarte algo —le susurró la subinspectora a Eva.

—¿Qué?

—He estado rebuscando entre las cosas de Ainara Madrazo y he llegado a la conclusión de que tenía dos mejores amigas: Laura Cardoso y Marta Basabe.

—¿Y? —preguntó Eva, sin saber adónde iba la subinspectora.

—Ambas están muertas.

—¿¿Qué?? —Eva no daba crédito a aquella información.

—Chissst. Luego te cuento.

Tras unos instantes, la puerta se abrió y Daniela Henao las hizo pasar.

—Tú déjame hablar a mí —le musitó la subinspectora a Eva.

La salita tenía forma pentagonal y en el centro había un viejo sofá verde, de espalda de camello, frente a una televisión de tubo, todo sobre una alfombra turca cuyo color granate se había quedado anclado en el pasado. La luz de las farolas entraba por una logia, un balcón cerrado con vistas al patio del colegio, velado por unas cortinas raídas.

Frente al balcón, postrada en una butaca y tapada por una manta, se encontraba Yolanda Ateca. La directora se acercó a ella y le susurró unas palabras al oído. La anciana pestañeó, volviendo de donde quiera que estuviese.

—Subinspectora, ¿me ha dicho antes que le gustaría ver lo que tuviésemos sobre Ainara Madrazo en lo relativo al equipo de baloncesto? —le preguntó la directora antes de dejarlas.

—Sí, cualquier tipo de documento gráfico, ficha federativa... Lo que tengan.

—Voy a buscar en el archivo del gimnasio, ahora vuelvo.

Se quedaron a solas con la mujer. La subinspectora se situó frente a ella y le tendió la mano. El repiqueteo en los cristales anunciaba la llegada de la lluvia. Anochecía a una velocidad de vértigo.

—Sor Ateca, soy Silvia Irurtzun, de la Ertzaintza; ella es la bióloga marina Eva San Pedro.

La mujer alzó la vista hacia Eva, que estaba junto a ella. Parecía tratar de reconocerla. La subinspectora Irurtzun acarició la mano de la anciana.

—Hermana, me gustaría preguntarle por una alumna del colegio. Fue ya hace mucho, en 1983. Se trata de Ainara Madrazo, ¿se acuerda de ella?

La cara de Yolanda Ateca se formaba a base de los surcos de las arrugas, y los pómulos se le acentuaban para dejar los ojos, velados por las cataratas, hundidos en las cuencas; los labios apenas eran una fina línea de carne. La mano huesuda se posó sobre la de la subinspectora.

—Ainara Madrazo murió en las inundaciones —dijo con un hililllo de voz.

—Exacto, eso es —respondió la ertzaina—. ¿Recuerda al entrenador del equipo, Gorka Sánchez? Mire, le he traído una foto.

La subinspectora sacó una carpeta de su bandolera, y de esta, una fotografía del equipo de baloncesto.

—Es este. —Lo señaló con el dedo índice, antes de poner el retrato sobre su regazo.

—No veo nada ya, agente —dijo la monja tocando la superficie de la fotografía—. Pero recuerdo a Gorka Sánchez. Era muy guapo.

—¿Qué más recuerda de él?

—Una joya. —Sonrió Yolanda Ateca—. Un chico que se veía que iba a llegar lejos. Su madre tuvo mucho que ver en ello. Era viuda, ¿sabe?, tenía mucho fundamento, trabajaban duro.

—¿Qué relación tenía con Ainara?

La monja se quedó en blanco mirando sin ver la fotografía de aquellas chicas formando en dos filas. Ya no estaba con ellas, se percató Eva. Se había ido cuarenta años atrás, evocando tiempos mejores.

—Hermana Yolanda —la reclamó la subinspectora, arrodillándose frente a ella, tratando de captar su atención.

La monja volvió en sí, mirando de hito en hito a la policía. Sonrió.

—¿Qué relación tenían Ainara Madrazo y Gorka Sánchez? —repitió la ertzaina.

—Todas estaban enamoradas de él. Un poco yo también. —La monja dijo esto como una niña traviesa, riéndose cómplice—. Pero Ainara era su favorita. Ella tenía una fuerza especial, no se conformaba con nada.

Una voz reclamó su atención desde la puerta de la salita. Era la directora.

—Subinspectora, ¿tiene un momento? Quiero que vea una cosa —dijo Daniela Henao.

—Sí, claro. Eva, quédate con sor Ateca, por favor. —La subinspectora le pasó la fotografía a la bióloga.

Silvia Irurtzun abandonó la estancia y dejó a Eva a solas con la monja. La bióloga fue a buscar una silla y volvió a sentarse junto a la nonagenaria. Había oscurecido del todo afuera, y los rayos y los truenos le daban al lugar un tono tenebroso, dado que la luz de la lámpara con tulipas macilentas que colgaba del techo apenas daba lumbre. Las sombras se abatían a cada relámpago, iluminando el rostro de la anciana como si de un espectro se tratase. Eva no podía parar de pensar en Laura Cardoso y Marta Basabe, las amigas de Ainara. Ambas estaban muertas. Buscó los dos nombres en el listado redactado a mano en el dorso de la fotografía y las localizó: Marta era una chica bajita, arrodillada junto a Ainara, y Laura, más alta, estaba de pie, en el centro. Observó sus rostros: allí, desenfocados en el papel fotográfico, parecían espíritus del pasado, vestigios de una adolescencia no vivida. Decidió tentar a la suerte y puso la instantánea sobre el regazo de sor Ateca.

—Hermana, ¿recuerda a Laura, a Marta y a Ainara?

La anciana posó los dedos sobre la superficie de la foto y, como si de una güija se tratara, deslizó las yemas por aquellos rostros, acariciándolos; después dibujó una sonrisa traviesa con sus delgadísimos labios.

—Las tres...

Yolanda Ateca sacudió la mano en señal de lo que Eva interpretó como «menudas eran».

—Buenas amigas, ¿verdad? —preguntó la bióloga—. ¿Estaban unidas?

La anciana asintió, convencida. Eva volvió a echarle un vistazo a la fotografía, paneando por los semblantes ocupados por una franja sombría a la altura de los ojos, hasta llegar al chico en el lado derecho de la formación.

—¿Y qué me dice del otro hombre, hermana? Este.

Cogió la mano de la monja y la trasladó hasta el rostro del joven, pero sor Ateca ya no estaba allí. Miraba por la ventana, ida. Un hilillo de baba le caía por la comisura de los labios. Un hálito de crema corporal y polvos de talco se coló en las fosas nasales de Eva, que sacó un clínex y le limpió la saliva a la anciana mientras recuperaba la fotografía.

—Koldo, se llamaba —leyó la bióloga en la parte de atrás de la instantánea.

Sin verlo venir, la mano de la monja, convertida en garra, apresó su muñeca, clavándole las uñas. Eva se puso en guardia, agarrando el brazo de la monja. El dolor incrustado en sus tendones fue en aumento. La bióloga no esperaba que la anciana tuviese tanta fuerza.

—Mala gente —dijo Yolanda Ateca echándose sobre la bióloga—. Esos eran mala gente.

La voz de la monja había cambiado: ahora era susurrante y gutural. El dolor se volvió insoportable y Eva sintió que le iba a atravesar el brazo.

—¡Suélteme! —Asustada, hizo un último intento y, con todas sus fuerzas, estrujó los nudillos de la anciana hasta sentir que la presión se liberaba.

Yolanda Ateca soltó a Eva y su mano quedó suspendida en el aire, con los dedos abiertos, a medio recoger. Seguía hablando, susurrando incongruencias, sonidos incomprensibles. Eva solo oía los latidos de su corazón palpitando en la sien. Se echó hacia atrás hasta ganar un metro de distancia. La fotografía del equipo yacía ahora en el suelo. La cogió y observó la figura del chico que posaba a un lado. La falta de definición hacía difícil determinar con precisión su aspecto. «Mala gente». Las palabras de la monja resonaban en la estancia. Se acercó un poco más. Koldo sonreía en la foto, pero Eva, pese a ser consciente de que estaba del todo sugestionada por lo que acababa de pasar, solo veía maldad en aquel gesto. Le dolía mucho el antebrazo. Bajó la instantánea y le echó un vistazo a la monja. Los vellos de la nuca se le erizaron.

La butaca estaba vacía.

Un siseo la sorprendió tras ella. Aterrada, se dio la vuelta despacio. Yolanda Ateca estaba de pie, pegada a ella. Las palabras que repetía empezaron a cobrar sentido.

—Encuéntrala.

La monja posó la mano sobre el rostro de Eva. Despacio, dulcemente, la acarició. La voz se tornó un ruego.

—Encuentra a Ainara —dijo—. Sálvala de ese demonio.

La mujer pareció desfallecer y Eva la acompañó de vuelta hasta la butaca. Oyó unos pasos y de inmediato hicieron acto de presencia la subinspectora Irurtzun y la directora del colegio.

—Nos vamos. —La ertzaina parecía preocupada, expresión que también detectó en la bióloga—. Oye, ¿estás bien?

Eva no dijo nada, pero no hizo falta. Silvia Irurtzun veía en su rostro que algo había sucedido.

Cinco minutos después, Eva e Irurtzun se encontraban en el coche, con mucho que decirse. Había empezado a granizar; el ruido de los proyectiles en el techo del coche patrulla era ensordecedor. Empezó la subinspectora.

—La directora me ha llevado al polideportivo, donde tienen un despacho desde el que gestionan el deporte escolar. Bien, pues en las carpetas del 82 y 83 no había nada —dijo la ertzaina, levantando la voz para hacerse oír.

—¿Nada?

—Lo que oyes. Ni una ficha, fotografía o documento. Nada.

—¿Y eso qué significa? —preguntó Eva. Le estaba costando concentrarse después de su encuentro con sor Ateca.

—Que alguien las ha vaciado.

—¿Por qué?

—No lo sé.

—Irurtzun, ¿qué es eso de que Laura Cardoso y Marta Basabe están muertas? —preguntó Eva.

La subinspectora metió la llave en el contacto, sin accionarla.

—Marta murió hace más de veinte años y Laura hace diez. En ambos casos, las investigaciones se saldaron con que fueron muertes accidentales. No sé más por ahora —respondió mientras rascaba la superficie del salpicadero con la uña.

—¿Y tú te lo crees?

Silvia Irurtzun levantó la vista hacia Eva.

—Mira, creo que vinimos aquí solamente para que Otamendi tuviese algo con lo que poner nervioso al tal Gorka Sánchez —respondió la subinspectora—, y yo ya no sé qué pensar sobre que tres chavalas que jugaban juntas al básquet hayan muerto a lo largo de cuarenta años. ¿Puede pasar? Sí, la gente se muere. ¿Es normal? ¿Es una casualidad que alguien se haya llevado las fotos del equipo? ¿Tiene todo eso algo que ver con Gorka Sánchez? Yo qué sé.

Se quedaron en silencio esperando a que las respuestas a sus dudas llegasen solas.

—Bueno, ¿y tú qué? —le preguntó la subinspectora.

—Yo casi me muero del susto.

Eva le contó a Irurtzun lo acontecido con la monja y como esta le había insistido en que tenían que encontrar a Ainara.

—¿«Sálvala»? —repitió la subinspectora.

—Creo que hablaba en términos religiosos —reflexionó Eva—. Ya sabes, un cuerpo no enterrado cuya alma no descansa..., pero sobre todo lo del tal Koldo, Silvia: «Esos eran mala gente», me ha dicho. «Esos». ¿Qué sabemos de ese Koldo?

—Urzelai se apellida y es otra movida. Una más. No sabemos nada.

—¿Nada?

—El CISC no tiene ni un solo registro suyo desde 1980. Otro fantasma. Le he pedido a la directora Henao que pregunte entre las monjas sobre él y voy a llamar a los padres de Ainara Madrazo, a ver qué me cuentan —respondió la subinspectora, mirándola de reojo—. Pero mientras tanto propongo que le hagamos una visita al padre de Koldo Urzelai. Está vivo y vive aquí al lado.

Eva se quedó patidifusa, sin saber qué decir una vez más. Había demasiadas cosas extrañas alrededor de ese equipo de baloncesto. Miró por la ventanilla mientras recorrían el barrio: la ría era una masa de agua marrón que fluía desbocada hacia el mar. Su caudal estaba hasta los topes y arrastraba suciedad en la superficie. Resultaba imposible siquiera contemplar la posibilidad de hallar allí, en aquellas aguas turbias, el cadáver de una joven ahogada hace cuarenta años y, sin embargo, Eva sentía en su interior el ansia por intentarlo, por escarbar en el lodo en busca de Ainara.

CAPÍTULO XVI

Martes, 18 de febrero de 2020
Barrio de la Chantrea, Pamplona
18:00

La sede de *El Periódico de Navarra* estaba situada en la avenida Villava, la arteria principal del barrio de la Chantrea. Sus oficinas ocupaban los bajos de un edificio de siete plantas de nueva construcción, mayormente ocupado por familias jóvenes con hijos.

Aunque a Laia Palacios le daba pereza salir de Lekunberri para ir a la capital, tenía que reconocer que el espíritu obrero del barrio le gustaba, además agradecía que el acceso fuese asequible, evitando el tráfico del centro de Pamplona. Si por ella hubiese sido, habría efectuado la investigación por teléfono, pero sabía que la única manera de hablar con José María Camaño era personarse en la redacción del diario.

Txema Camaño era un reputado periodista deportivo, un tipo más vieja escuela que la propia escuela y enciclopedia viviente del deporte navarro. El periodista era una leyenda del gremio ya al borde de la retirada que, en sus buenos tiempos, había sido capaz de provocar el cese de más de un entrenador y cuyos enfrentamientos con directivas anteriores fueron sonados. Si algo odiaba Txema era a los que él denominaba «panenkitas»: supuestos expertos en fútbol internacional, jóvenes en su mayoría, adalides de un tiquitaca estéril que conducía a equipos carentes de virtuosos directos a segunda división y cuyo líder supremo era Pep Guardiola.

En cambio, si había algo que enternecía el corazón oxidado del veterano redactor, era el ciclismo. Txema Camaño había escrito dos libros sobre el tema y siempre que podía dedicaba su talento a cubrir el deporte de las dos ruedas. Por eso lo necesitaba Laia.

Osasuna jugaba contra el Atlético de Madrid en una jornada de entre semana y Laia sabía que, como siempre, Camaño lo vería en la redacción, al tiempo que escribía la crónica del partido.

Había bastante movimiento en las oficinas del periódico. Cordelia estaba generando mucha más actualidad de la que el noticiario era capaz de abarcar. Vestida de civil, la agente foral pasó de largo por la recepción y recorrió la redacción entre idas y venidas de periodistas estresados hasta llegar a la sección de deportes, un aparte en aquel conglomerado de mesas separadas por mamparas. De espaldas a la vida en general, Txema Camaño aporreaba su teclado con los dedos índices, mientras la pantalla sobre el escritorio mostraba el 0-1 del marcador en el descanso. El Sadar aparecía en el plano máster con toneladas de nieve apiladas en las bandas.

—Es un milagro que se esté jugando el partido —observó Laia, sentándose junto al plumilla.

—El calendario está tan apretado que no tienen fechas para aplazar más partidos —le dijo el periodista, echándole un vistazo de reojo—. Pero mira a quién tenemos aquí: ¿has venido a detenerme? Te juro que no fui yo quien le pinchó la rueda al presidente.

Llevaba un cigarro sin encender en la comisura de los labios.

—Necesito tu ayuda, Txema.

—Esa es buena.

—Es sobre ciclismo.

—Entonces lo que quieras. Vamos fuera, quiero fumar.

—¿Y el partido?

—Ya lo he visto, hoy Osasuna palma sin remisión. Se han empeñado en presionar en el área contraria. ¿Cómo lo llaman ahora? —Trató de recordar el término, en tono de burla—. Ah, sí, «bloque alto». Osasuna está jugando en bloque alto. Hay que joderse.

Cinco minutos después, ya en la calle, Txema Camaño inhalaba el humo de su cigarrillo mientras se subía el cuello del abrigo. El viento del norte volvía a soplar con fuerza.

—Tú dirás.

—Txema, ¿qué sabes del Eguzkiplak?

—¿El equipo ciclista? —El periodista se mostró sorprendido—. ¿Y eso?

—Ángel Ruiz, el director del equipo, es el marido de Izaro Arakama, la montañera muerta.

—No jodas.

—¿Podrías hablarme de la situación profesional de Ángel Ruiz?—insistió Laia.

Txema Camaño emitió un «huuum» alargado, como si sopesase la información acumulada en su oxidada base de datos.

—Delicada —dijo el redactor, finalmente—, pero eso tampoco es tan extraño en esa profesión.

—¿Por qué?

De no ser porque ambos eran viejos conocidos, Txema Camaño se habría negado en redondo a una clase exprés de ciclismo profesional. El periodista echó el humo por la nariz.

—Verás, el Eguzkiplak se encuentra en la categoría Continental, que dentro del ciclismo profesional vendría a ser el equivalente a la tercera división del fútbol —explicó Txema

Camaño, mostrando tres dedos de la mano—. Tenemos la primera división, que es la UCI World Team; la segunda división es la UCI Pro Team y luego viene la Continental, que es donde se ubica el Eguzkiplak.

—Entonces, ¿es profesional? —preguntó Laia.

—Sí —respondió Txema, no sin reparos—, estos equipos tienen unos condicionantes y unas características específicos: solo corren en el continente al que están adscritos, suelen estar formados por ciclistas jóvenes, que deben ser como mínimo ocho y como máximo dieciséis corredores. Pero, para que te hagas una idea, el presupuesto del Eguzkiplak rondará el millón de euros.

—Guau.

—Sí, sí. Es un proyecto ambicioso con la obligación de ascender de categoría.

—¿Y cómo les va?

—El primer año les fue mal —Txema Camaño torció el gesto—, aunque han ido remontando. Pero a ti lo que te interesa es la figura de Ángel Ruiz, ¿cierto?

Laia afirmó con la cabeza.

—Bien. Ángel Ruiz tiene fama de buen director, pero sin colmillo. —El veterano redactor se aclaró la garganta—. Se dice que en el ciclismo hay directores y taxistas.

—¿Qué significa eso?

—Pues que a veces hay que improvisar en carrera, adaptarte. Al Eguzkiplak de Ángel Ruiz se lo veía venir desde el kilómetro uno. Y, aparte de eso, hay que ser un poco hijo de puta y exprimir al personal y Ángel Ruiz no es... un asesino.

—¿Qué nivel de exigencia tiene esa categoría? —preguntó Laia Palacios—. ¿A qué presión se exponen los directores?

—Tienes que entender que solo hay dos formas de ascender de categoría: la primera, por méritos deportivos, y la segunda, comprando la plaza. Y esto, a partir del año que viene, solo sucederá en ventanas de tres años —explicó el periodista.

—¿Por qué? —Laia no entendía nada.

—Por negocio. Quieren empoderar todas las pruebas, que la gente se juegue algo siempre... —explicó Txema—. Da igual, la cuestión es que me consta que el año que viene nadie va a vender su plaza en la segunda división, la UCI Pro Team, por lo que el Eguzkiplak está obligado a quedar entre los tres primeros de la categoría Continental.

—¿Cómo van ahora?

—Cuartos —Txema Camaño levantó el pulgar—, en clara trayectoria ascendente, eso sí.

—Si no lo consiguen, el puesto de Ángel Ruiz quedará en el alambre, ¿no?

—En el alambre, no. Si no ascienden a Pro Team, a Ángel Ruiz lo cesan seguro. A eso me refería cuando has preguntado sobre la presión.

La agente foral se quedó pensativa durante unos instantes. No sabía hasta qué punto había supuesto esa exigencia un problema para la familia Ruiz-Arakama.

—Te voy a contar una cosa, Laia —le dijo Txema al percibir cierto desconcierto en la agente—. Pero quiero que lo cojas con pinzas, ¿de acuerdo? Lo siguiente contiene más de opinión que de información.

La policía foral asintió con curiosidad.

—Se dice en los mentideros del gremio que el Eguzkiplak ha encontrado la poción mágica de Astérix.

—Me he perdido.

—Pues que el rendimiento de los chavales, ya desde finales de la temporada anterior en adelante, ha resultado sospechosamente, cómo decirlo, «explosivo».

—¿Me hablas de dopaje?

—Solo te digo que, en cuanto la carretera pica para arriba, los chicos del Eguzkiplak tienen una marcha más.

—¿Tienes alguna prueba? —le preguntó Laia, sintiendo un brote de ansiedad en el pecho—. ¿O alguien con quien podría hablar?

El periodista apuró su pitillo, dudando.

—¡Txema!

—Hicimos una cena del periódico estas Navidades —le contó finalmente el redactor—. Cenamos en el casco y fuimos a tomar una copa. Los chavales de la redacción nos llevaron a un garito infernal donde yo juraría que nos pusieron garrafón. La cosa es que vi a uno de mis compañeros hablando con un chico; su cara me sonaba, así que me acerqué. Se trataba de un excorredor, uno que había sido una promesa del ciclismo navarro, pero tenía... No sé, un estilo Mikel Goñi: mucho talento, mala cabeza. Bueno, la cosa es que estuvimos hablando un rato con él, hasta que llegamos al tema del Eguzkiplak y su mejoría.

—Y él os mencionó lo del dopaje —entendió Laia.

Txema Camaño arqueó las cejas.

—«Gasolina súper», nos dijo —recordó el periodista—. «Ahora tienen gasolina súper con sabor a piruleta».

—¿Y tú le creíste?

El hombre balanceó la cabeza de lado a lado, dudando.

—Mi opinión es que el equipo, en cuanto a toma de decisiones, no ha mejorado —respondió Txema Camaño—, pero es cierto que ahora, si la etapa acaba en alto, se la lleva el Eguzkiplak.

—¿Tienes su contacto? Quiero hablar con él —le pidió la agente foral.

—No.

—¿No? ¿Cómo que no?

—No voy a colaborar con que la bici sea la pagana de toda

la hipocresía que corre en el deporte profesional. Como si esos no se dopasen —dijo el periodista, señalando la pantalla que mostraba el partido de El Sadar, al otro lado de la pared de cristal velado, en el interior de la redacción.

—Txema...

—Ya te he contado todo lo que podía. Y ahora, si me disculpas, tengo que escribir la crónica de una derrota —le dijo el veterano periodista—. Gracias por la visita.

Laia se quedó sola en la puerta del periódico, con más dudas que nunca.

CAPÍTULO XVII

1983

Las cosas no iban bien, el equipo no hacía más que perder partidos. La culpa era de las chicas que no le hacían caso. No lo respetaban. Las veía reírse de él, cuchichear entre ellas, mirándole. «Niñatas de mierda...».

Gorka lo había dejado tirado y apenas aparecía por los entrenamientos. Hacía meses que no quedaban para ejercitarse y cada vez que se cruzaban en la escalera se mostraba esquivo.

De vuelta a casa se encontró con un grupo de chicos. Los conocía de cuando estuvo en el instituto, donde le habían hecho la vida imposible, y todavía lo usaban como el muñeco de las hostias. Cambió de acera, pero demasiado tarde. Le dieron caza. Richard se llamaba el que mandaba.

—*Agarrarle* bien, que con esas orejas puede salir volando —les dijo el líder a sus esbirros.

Estos obedecieron, inmovilizando a Koldo.

—*Abrirle* las piernas —les dijo Richard a los otros tres.

—¡No, ahí no! —suplicó Koldo—. ¡Ahí, no, por favor!

La patada le hizo añicos los testículos. Los escupitajos de después ni los sintió. Volvió a casa casi sin poder andar.

Cuando abrió la puerta, no percibió el olor a sudor que había quedado impregnado en el papel de las paredes ni el hedor a humedad que emanaba de la moqueta. No lo distinguía porque su sentido del olfato estaba más que acostumbrado a la fetidez de su casa. La habitación contigua a la sala estaba repleta de sacos y botes de pintura: CEMENTO DE PÓRTLAND, ARENA CALIZA, PINTURA A LA CAL, rezaban las pegatinas. A su padre lo habían despedido, no sin que antes robara del almacén todo lo que había podido. «Los caravisteros tenemos curro donde queramos», se jactaba entre copa y copa. Pero lo cierto es que tanto él como aquel material se habían quedado obsoletos.

Los gritos que provenían de la cocina también le resultaban familiares.

Cuando llegó allí, su padre no le miró, indiferente a su llegada. Estaba concentrado en la Juani. La prostituta tenía el labio abierto y la barbilla manchada de sangre. Más que asustada, la mujer tenía una mirada de perro apaleado que esperaba a que pasase el vendaval de golpes para poder volver a su chabola.

—Que le debo dinero, dice. —El hombre gruñía encolerizado.

Había una botella de cazalla sobre la mesa, junto a un cuchillo, una ristra de chorizo y media barra de pan.

—Me he equivocado, no te pongas así —tartamudeó la Juani.

Javier Urzelai, mandíbula apretada, fue hasta la mujer y la cogió del pelo. Le extendió el brazo, donde, a la altura del codo, una colección de moratones oscurecía la piel de color pergamino.

—¿Y esto? Eres una puta yonqui. ¡Seguro que me has pegado alguna mierda! —gritó el hombre sacudiendo a aquel saco de huesos.

Koldo pasó por delante de ellos, casi sin poder andar.

—¿Y a ti qué te pasa? —le preguntó su padre al verlo arrastrándose.

—Nada.

—¿Te han vuelto a pegar?

—No.

—*Mecagüen* Dios... —Javier Urzelai cerró el puño, blandiéndolo en el aire—. Enséñamelo —le ordenó, señalando hacia la entrepierna.

—No.

—¡Que me lo enseñes, joder! —El puñetazo hizo saltar todos los objetos de la mesa por los aires.

Koldo se bajó los pantalones y los calzoncillos. Una mancha de sangre le goteaba del prepucio.

—¿Ves? —le dijo a la Juani, señalando el miembro de Koldo—. Es maricón. Mi hijo es un marica al que le chulean las niñas del colegio de monjas y cualquier subnormal del barrio le da una somanta de hostias. Es igualito que la puta de su madre.

Javier Urzelai se acercó a su hijo con el brazo recogido, dispuesto a golpear. El instinto de supervivencia de Koldo le sacó las palabras de la boca.

—Me han dicho que mi madre era una zorra y que el borracho de mi padre es un cornudo. —El chico se sorprendió por su creatividad.

Javier Urzelai se quedó congelado durante unos segundos y se le despertó la curiosidad.

—¿Quién te ha dicho eso?

—Richard, el del barrio.

—¿El hijo del charcutero?

—Me ha dicho que su padre se folló a mamá todas las veces que quiso. —Koldo iba añadiendo capas a su mentira sobre la marcha.

—¿Qué...? —Javier Urzelai se mordió la lengua—. Súbete los pantalones, vamos. Y tú, espera aquí hasta que volvamos —le dijo a la Juani.

—¿Adónde vamos?

Al caer la noche, subieron al barrio de Cruces y merodearon hasta dar con el grupo de chicos que lo había atacado por la tarde. Los encontraron sentados en el parque, comiendo pipas, charlando animadamente. Koldo señaló a Richard. Lo esperaron junto al portal. Javier Urzelai había elegido una barra de hierro. Cuando fue a abrir, el hombre lo atacó por la espalda y lo golpeó en la cabeza. El chico cayó al suelo, aturdido.

—Toma. —Javier Urzelai le tendió la barra y señaló a Richard.

Koldo dudó. Javier Urzelai abofeteó a su hijo con la mano abierta, eliminando así cualquier opción de negarse. El chico cogió la barra y la descargó contra el chaval tendido en el suelo. Aún le dolían los genitales. Todas esas vejaciones fueron adoptando forma de ira y Koldo golpeó las piernas de Richard hasta que parecieron las de un muñeco de trapo.

De repente, le entró el miedo de que los pillaran. No así a su padre, que se tomó su tiempo para ver la obra de su hijo. Satisfecho, orinó sobre Richard.

Tiraron la barra a un contenedor de obra y volvieron a casa, donde les esperaba la Juani dormida en la sala, junto a un cenicero lleno de colillas.

—Ahora te vas a follar a esta puta —le dijo el padre.

—No quiero —respondió el hijo.

No vio venir el golpe. Salió de dentro afuera, con el dorso de la mano. Le dolió: su padre era muy fuerte.

—Te vas a follar a la puta y te va a gustar —ordenó la mole, echándole un aliento alcohólico a Koldo—. Y si no, te romperé la crisma.

Koldo miró a la mujer, o lo que quedaba de ella. Su padre lo agarró por la nuca.

—A las zorras hay que quebrarlas hasta que pierden la voluntad. Hasta que se les quitan las ganas de morder —le susurró el hombre al oído—. Tu madre se me escapó, pero esa fue la última, ¿lo entiendes?

Koldo maldijo la memoria de aquella mujer ausente, a la que apenas recordaba. Aquella mierda de vida era culpa de ella.

Su padre levantó a la Juani, que acababa de despertarse y no entendía nada de lo que estaba sucediendo, le subió la falda y le bajó las bragas. Unos glúteos pequeños y flácidos asomaron pálidos bajo la ropa.

—Abre las piernas —ordenó el hombre.

—Javi, perdóname...

—¡Abre las piernas! —rugió la bestia.

La Juani obedeció, sumisa.

Javier Urzelai se volvió hacia su hijo.

—Vamos.

Koldo era lo bastante lúcido para saber que era él o la Juani y, ante esa tesitura, no tuvo dudas. El problema era la aversión que sentía hacia la prostituta. Entonces lo vio claro. Se transportó a los vestuarios del equipo de baloncesto de Nuestra Señora del Rosario, específicamente a las duchas. Allí vio los cuerpos desnudos de Ainara Madrazo y de Laura Cardoso. Se cogió el miembro y empezó a sacudírselo con fuerza, ajeno al dolor que sentía en él y a aquel salón mugriento. Recordó los pechos de Laura agitándose en carrera, el culo de Ainara prieto bajo el pantalón, las bragas de... El cuerpo le empezó a reaccionar. Su padre le apremiaba, amenazándole con golpearle de nuevo. Él permaneció allí, masturbándose, en el vestuario. Penetró a la Juani con el cuerpo, pero en su cabeza montaba con violencia a Ainara. Agarró los pequeños pechos de la prostituta, empujando. No eran muy satisfactorios, pero la fricción de su pene en la vagina resultaba suficiente. Recordó las miradas de desprecio de Laura, su risa impertinente. Agarró del cuello a la puta, recordando, apretando. Su padre se sacó el miembro erecto y lo introdujo en la boca de la Juani, la cual, sin poder respirar, estuvo a punto de colapsar. La mujer se liberó lo justo para poder aspirar una bocanada de aire. Koldo, imaginando que era Laura Cardoso la que estaba en aquella situación, experimentó un placer inmenso y eyaculó dentro. A su padre le costó más, por lo que cogió la cabeza de la Juani y la zarandeó a su gusto, hasta que, entre gruñidos, acabó en la boca de la prostituta. Aprovechando la tregua posterior, la Juani se subió lo justo las bragas para poder salir corriendo de la casa. Javi Urzelai, satisfecho, guardó su flácido pene, sacó un vaso y se sirvió un trago de cazalla.

Era la primera vez en la vida de Koldo que había experimentado poder sobre alguien y con un chute le bastó para volverse un yonqui. Quería más. Quería que su fantasía se tornase real, por lo que fue al armario de la entrada y rebuscó entre las herramientas de su padre. Seleccionó un taladro, cincel, destornillador y martillo, los metió en una bolsa de deporte y salió de casa.

Diez minutos después se encontraba en el cuarto del material del colegio Nuestra Señora del Rosario. Una especie de almacén donde guardaban cuatro bancos de madera, una jaula con balones y algunos enseres para los partidos y los entrenamientos como actas, silbatos y conos. Estaba solo; las monjas dormían en los pisos superiores y no quedaba nadie por allí. Subido en una silla, examinó la rejilla de ventilación que unía aquel cuartucho con los vestuarios. Desatornilló el marco y retiró la malla de su lado. No iba a necesitar el taladro para nada. Mejor, menos ruido haría. Haciendo palanca con el cincel, dobló las láminas de hierro del lado del vestuario. La vista era privilegiada. El deseo lo invadió de nuevo. Se masturbó de pie en la silla, mirando un vestuario vacío. Cuando acabó, colocó la malla de su lado dejando los tornillos a medio sacar, lo justo para que no se desprendiese. Dio la vuelta y entró en el vestuario. El recuadro de ventilación, en la parte superior del cuarto, pasaba totalmente desapercibido; era imposible que nadie le viese desde allí.

No veía el momento de reanudar los entrenamientos.

CAPÍTULO XVIII

Martes, 18 de febrero de 2020
Barrio de Burceña, Barakaldo
20:15

Silvia Irurtzun y Eva San Pedro llegaron con el Seat León de la Ertzaintza hasta una explanada que hacía las veces de aparcamiento. Frente a él había un vallado corredero acompañado de un letrero, REFRACTARIOS BURCEÑA, que se anteponía a un entramado de construcciones bajas, largas y salpicadas de hornos altos. Sin embargo, la subinspectora se detuvo ante un edificio que colindaba con la parcela industrial: un bloque de viviendas de cinco plantas con ventanas desiguales y de fachada de hormigón, claramente construido al albor de un florecimiento fabril que databa de más de un siglo de antigüedad.

Tocaron el timbre, quinto izquierda, sin resultado. Una señora mayor, de etnia gitana, apareció con unas bolsas, llave en mano y mirada inquisitoria.

—¿Adónde vais? —les preguntó la mujer.

—Buscamos a Javier Urzelai, ¿lo conoce? —respondió la subinspectora Irurtzun.

La mujer volvió la cabeza sin responder y abrió el portal, alejándose hacia su domicilio, en la planta baja. Antes de meterse en casa, las miró y dijo:

—Mejor si dejáis la puerta abierta, niñas.

Al llegar al rellano del quinto y último piso vieron la vivienda de la mano derecha. Varias pegatinas de la plataforma Stop Desahucios se repartían alrededor del marco.

—Mira, ahí vivía Gorka Sánchez —le indicó la subinspectora Irurtzun a Eva.

La bióloga observó la entrada. La madera estaba destrozada, sacada de la jamba. Las paredes del descansillo albergaban humedades y el suelo estaba lleno de polvo. La luz no funcionaba, o por lo menos no había ni bombilla en la tulipa cascada que colgaba del cable.

Llamaron al timbre de la puerta de la izquierda, la de Koldo Urzelai. Una vez, dos. «No es un lugar agradable», pensó Eva.

—Señor Urzelai, somos de la Ertzaintza —dijo Irurtzun con energía, hablándole a la nada desde el descansillo—. Abra.

La subinspectora decidió aplastar el timbre de manera continuada siendo voluntariamente molesta.

La puerta se abrió. Un hombre gordo ataviado con un albornoz, con una nariz llena de pequeñas venas, la cara picada y los ojos vidriosos asomó por la rendija. Tendría unos ochenta años y su respiración lo ocupaba todo.

—Hola, soy la subinspectora Irurtzun de la Ertzaintza y ella es la bióloga marina Eva San Pedro. Estamos realizando una investigación sobre la desaparición de Ainara Madrazo en 1983. ¿Podemos pasar?

Los ojos del hombre se movieron de arriba abajo, examinándolas. Eva se sintió incómoda al detectar que el escrutinio se detenía especialmente en ella, en sus piernas y en su busto. No había nada más que ver que un jersey a rayas bajo su anorak y una falda hasta las rodillas con katiuskas. «Maldita sea, ¿qué miras?», pensó la bióloga.

Javier Urzelai abrió la puerta y les dio la espalda, perdiéndose más allá del recibidor, doblando hacia la izquierda. La subinspectora entró sin dudarlo. Eva la siguió, dejando instintivamente la puerta de la entrada entornada, sin cerrar. Pasaron delante de un salón a oscuras con las persianas bajadas y de un cuarto lleno de lo que parecía material de albañilería caduco, y avanzaron siguiendo a aquella mole por un pasillo enmoquetado. El olor de la casa era ácido y se metía por las fosas nasales de manera invasiva. El hombre se acomodó en la cocina, en un taburete junto a la pared. La pila estaba llena de platos sin fregar y en los fuegos había una sartén llena de aceite y una cazuela con restos de fabada cuyo bote de conserva yacía al lado. Los electrodomésticos se habían quedado anclados en los ochenta, así como el hule de la mesa, el cual Eva hubiese apostado que tenía más de cincuenta años. La estancia apestaba a alcohol, como bien indicaban las botellas de coñac esparcidas por todas partes. Lo único armonioso de aquel caos era el baile de cuatro moscas a pocos centímetros de un fluorescente apagado y anclado al techo.

La presión de la barriga de Javier Urzelai provocó que el albornoz se le abriese y dejase a la vista la ausencia de pantalones. El hombre estaba en calzoncillos blancos con un pentágono en el paquete, un espectáculo que tanto Irurtzun como Eva hubiesen preferido ahorrarse. Él parecía encantado y, abriendo las piernas de par en par, decidió rascarse los genitales, para disfrutar del estupor de sus visitantes.

—Venimos a preguntarle por su hijo Koldo —dijo la subinspectora Irurtzun, sacando su bloc de notas—. ¿Sabe algo de él?

Javier Urzelai no respondió. Tanteó las botellas sobre la mesa hasta que encontró una con una mínima cantidad de licor, que vertió en una taza. Dio un trago e hizo un sonido de satisfacción con la garganta.

—No me haga perder el tiempo, señor Urzelai —le advirtió la subinspectora.

—Se fue —respondió el hombre mirando al fondo del recipiente.

—¿Y por qué se fue?

Sin respuesta. Mirada burlona.

—¿Cuándo se fue? —preguntó la subinspectora.

Javier Urzelai señaló la ventana, hacia el piso de enfrente.

—Cuando su amigo del alma partió a estudiar.

—¿Desapareció sin más?

El hombre se encogió de hombros y se levantó en dirección al baño. Eva trató de mantener una distancia de al menos dos metros, pero Javier Urzelai se cuidó muy mucho de pasar lo más cerca posible de ella. Un aliento pestilente la envolvió; sin embargo, Eva se mantuvo firme, sin dar una sola muestra de rechazo.

El ruido de un irregular chorro reverberó desde el baño.

—¿Qué pasó enfrente, señor Urzelai? Está precintado.

—Yonquis, moros... —enumeró el hombre desde el baño, desganado—. Una plaga, hasta que los fumigaron. Las peores son las gitanas, ¿sabéis que muerden? Igual que las ratas. Son ratas.

Irurtzun y Eva se miraron: ambas estaban asqueadas. El teléfono de la subinspectora hizo bip en su bolsillo. La bióloga la miró temiendo quedarse sola, pero la ertzaina lo revisó y permaneció en su lugar mientras Javier Urzelai y su pesada respiración volvían a escena y luego dejaba caer toda su obesidad sobre el taburete. Eva pensó que era un milagro que aquel hombre siguiera vivo.

Silvia Irurtzun hizo caso omiso mientras seguía leyendo el mensaje que acababa de recibir. Cuando hubo terminado, se lo mostró a Eva.

«Koldo Urzelai fue cesado como entrenador del equipo por espiar a las chicas mientras se duchaban», leyó para sí la bióloga. El titular del mensaje era «Daniela Henao, directora», la monja al cargo del colegio Nuestra Señora del Rosario.

La subinspectora Irurtzun intercambió una mirada con Eva y fue a por la persiana. La subió hasta arriba y abrió la ventana de par en par. El aire frío inundó la estancia. Fue como golpear a la oscuridad con un directo. La subinspectora cogió un taburete y se sentó frente al hombre. Ahora mostraba otra actitud.

—Me estás ocultando cosas, Javi —le dijo la subinspectora—. Resulta que me han contado que a tu hijo Koldo lo echaron del equipo aquel verano porque le gustaba espiar a las chicas mientras se cambiaban.

—No sabía nada.

El tono del hombre había variado: era más grave, más despierto.

—Sí que lo sabías —le contradijo la policía.

Javier Urzelai se sorbió los mocos.

—Puedo ponerte un parte por obstaculizar una investigación en curso y hacer que te caiga una sanción administrativa de trescientos euros. —Silvia Irurtzun hablaba de la manera más académica posible—. Que se deducen directamente a cuenta, es decir, que te los van a quitar de la pensión.

La subinspectora señaló las botellas encima de la mesa haciéndoles un gesto de despedida con las manos.

—Solo quiero saber qué pasó y nos vamos —dijo la subinspectora.

—Ya os lo han dicho —dijo Javier Urzelai—. Encontraron un agujero hecho en el cuarto del material que colindaba con el vestuario de las chicas.

—¿Algo más?

El anciano fingió un bostezo aburrido.

—Y una cámara de fotos sin carrete —leyó la subinspectora en su teléfono.

—¡Estaba haciéndose sus propias revistas, el muy desgraciado! —Javier Urzelai estuvo a punto de ahogarse en sus carcajadas.

—¿Y el carrete? —le cortó la subinspectora.

—No sé de qué me hablas. —El viejo ni siquiera trató de fingir en su desganada respuesta, sosteniendo media sonrisa en la boca.

«Sí que lo sabe», advirtió Eva de inmediato. Koldo Urzelai llevaría tiempo sacando fotos a las chicas y llevándoselas a casa y, a juzgar por los valores morales que mostraba su progenitor, compartiéndolas con él.

—Las tienes aquí, cabrón —le susurró Irurtzun—. ¿A que sí? ¿Dónde están?

El viejo gordo sonrió, divertido. Una prolongada ventosidad emergió bajo el taburete. Acto seguido, un hedor putrefacto.

—Vámonos, Eva.

Recorrieron el apartamento de vuelta y salieron dando un portazo. En el rellano, ambas trataron de respirar aire no viciado.

—Joder —exhaló Eva con los brazos en jarras. Sentía una presión brutal en el pecho.

—Qué hijo de puta.

—¿Cuándo echaron a Koldo? —preguntó la bióloga.

—Agosto de 1983, el mismo día en el que murió Ainara Madrazo —verificó la subinspectora, móvil en mano.

Eva e Irurtzun estaban en una fiesta de disfraces y no se habían enterado. Habían pasado demasiadas cosas que no entendían, elementos inconexos que, claramente, estaban vinculados entre sí: las muertes de Ainara Madrazo, Laura Cardoso y Marta Basabe no podían ser aleatorias; era imposible que la desaparición de Koldo Urzelai fuese casual.

Silvia Irurtzun se acercó al precinto del quinto derecha. La subinspectora pasó agachada por debajo de él y empujó la puerta, que crujió sin ofrecer mucha resistencia. Eva la siguió.

La vivienda era un solar. Parecía muy similar al domicilio contiguo, el de los Urzelai, si bien la sala de estar estaba partida por la mitad por un tabique cuyo papel roído dejaba entrever un color verde pastel de dudoso gusto estético. De esa manera se ganaba una habitación extra en el salón.

—Habrá sido un piso patera —supuso Irurtzun.

Había manchas en el suelo, rodapiés levantados, agujeros en las paredes... El apartamento estaba hecho una ruina. A Eva le costaba mucho imaginar un pasado feliz allí, una familia con proyectos y aspiraciones, trabajando duro para buscarse la vida. Empezó a sentir cierta simpatía por el tal Gorka Sánchez. Sus orígenes habían sido humildes y había conseguido un cargo muy relevante a base de trabajo duro. Se preguntó qué sentiría aquel hombre si viera lo que fue su hogar en aquel estado.

CAPÍTULO XIX

2010

La mediocridad de la que hacía gala su jefe lo dejaba estupefacto. Sus frases más repetidas eran «Da igual», «No importa» y «Qué más da». Pero Gorka Sánchez sabía que los detalles lo eran todo. El último ejemplo era sangrante: la ubicación del gimnasio en la sede del equipo. No era lo mismo construirlo pegado al campo de entrenamiento que entre el vestuario y la pista. En la segunda opción, los atletas estarían obligados a calentar y estirar antes de salir a entrenar, lo que suponía ahorrarse un montón de tiempo en lesiones. Tiempo y dinero.

Su jefe estaba casado con la hija de un importante diputado del Parlamento Vasco y, claro, así les iba. El tipo provenía del mundo de la banca y de gestión deportiva sabía lo mismo que Gorka sobre la pesca de la trucha en Alaska.

Hastiado, se sentó en su despacho y revisó su Gmail:

Mensaje

De: kourol@hotmail.com

Para: gorsan65@gmail.com

Asunto: Amigos para siempre

Viejos tiempos no molestan. Seguimos.

ENVIAR CANCELAR

Al clicar sobre el icono con forma de clip, se abrió la fotografía de lo que parecía una bodega: unos enormes depósitos de acero se alzaban hasta el techo; a su alrededor reposaban ordenadamente una docena de barricas de madera.

CAPÍTULO XX

Martes, 18 de febrero de 2020
Centro de Alto Rendimiento Euskadi, sierra de Aralar
18:00

Aitor se había pasado la tarde enclaustrado en la biblioteca, revisando los atestados de las muertes de Laura Cardoso y Marta Basabe. A falta de sospechas previas, ambos trámites se habían saldado con el veredicto de muerte accidental; había revisado exhaustivamente los archivos digitales de ambos casos y nada sugería lo contrario.

La muerte de Marta Basabe se remontaba a 1996. La mujer y su pareja, ambos de treinta años por aquel entonces, habían sufrido una intoxicación por ingesta de setas. Habían comido por error un hongo denominado *Amanita phalloides,* y para cuando los médicos se dieron cuenta, ya era demasiado tarde.

A Aitor el cuadro no le resultaba desconocido, lo había estudiado en las oposiciones a forense y conocía ese tipo de episodios: la *Amanita phalloides* se confundía con facilidad con la *Russula virescens,* comúnmente conocida en euskera como *gibelurdina.* El problema de un síndrome faloidiano es, por un lado, que contiene hemotoxinas que dañan los hepatocitos, es decir, el hígado y, por otro, que su historia clínica es en extremo engañosa.

La intoxicación por ingesta de una *Amanita phalloides* cursaba de una manera muy tramposa, en una suerte de tobogán; al principio, el cuerpo reacciona contra estas toxinas tratando de expulsarlas, provocando vómitos y diarreas que remiten en un día o dos; el paciente se rehidrata y parece estar bien, pero mientras tanto las hemotoxinas atacan las células del hígado y producen daños renales... con resultado fatal; para cuando los médicos encajan las piezas los daños son irreversibles.

El caso de Laura Cardoso era muy diferente. La mujer había muerto hacía ya diez años en una bodega vitícola, en La Rioja al precipitarse accidentalmente en un depósito de uvas. Laura, de profesión enóloga, había perdido la vida al inhalar el dióxido de carbono que emana del mosto durante la fermentación. A ese proceso de fermentación que sufre la uva se le denomina *tufo del vino*, y produce gran cantidad de dióxido de carbono, un gas muy dañino para el ser humano. Aitor recordó un luctuoso pasaje muy comentado en el gremio forense, sucedido en Italia, en Calabria, donde cuatro hombres murieron durante la producción de vino casero. Lo más trágico es que fallecieron mientras intentaban ayudarse los unos a los otros. No fue el caso de Laura Cardoso, que murió sola, inconsciente, ahogada en una gran cuba de mosto. No hubo ni un solo testigo: encontraron el cuerpo a la mañana siguiente en un avanzado estado de descomposición.

Aitor recogió sus cosas y se encaminó escaleras arriba por el bloque central. El entramado de oficinas acristaladas mostraba al equipo de gestión de las diferentes divisiones del CAR (*marketing*, finanzas, internacionalización...) ensimismado en tareas administrativas. Al cruzar la segunda planta en dirección a la tercera, donde le había convocado el inspector Otamendi, atravesó el gabinete de psicología. Una voz le reclamó desde el interior de un despacho. Se trataba de Gemma Díaz.

Al pasar encontró un suelo enmoquetado en un tono verde botella y en perfecto estado de revista. A la izquierda, presidiendo la consulta, se encontraba una imponente mesa de despacho con tablero de madera de mango con vetas a la vista y patas de hierro barnizado en negro; un mural sobrevolaba toda la pared tras él: un tiburón blanco saltaba en la superficie del mar con lo que parecía una foca en la boca, bajo un mensaje que flotaba en el horizonte: «*Sink or swim*».

Nada o ahógate. Recordó la habitación de Kepa Solozabal, donde, acuchillada en el techo, la versión destructiva del lema rezaba «Ahógate o ahógate». Al otro lado de la sala, en un ambiente distinto, había un diván tapizado en polipiel, una mesita de cristal y una silla de aspecto retro-nórdico y, tras ellos, un armario de nogal repleto de libros y carpetas archivadoras. Gemma Díaz lo observaba sentada en la silla.

—Y dígame, doctor Intxaurraga, ¿le está resultando provechosa su estancia aquí? —le preguntó la psicóloga—. Me interesa su opinión, ¿qué le parece nuestra residencia?

«No tengo tiempo para esta mierda», pensó Aitor.

—Oh, la verdad es que es impresionante —respondió el forense.

—Humm... —Gemma Díaz entornó los ojos y oteó el horizonte como si pensase en cosas muy profundas—. ¿Qué tal gestiona la presión, doctor Intxaurraga?

—¿La presión? —repitió Aitor—. Mal, supongo. Pero ¿quién la soporta bien?

—Aquí les enseñamos a abrazarla —dijo la psicóloga, mirándole a los ojos—. A disfrutar de ella.

—¿Le puedo preguntar por Kepa Solozabal? —Aitor aprovechó la coyuntura—. ¿Qué tal le ayudaron a gestionar la presión?

—¿Cree que tiene algo que ver con la muerte de Izaro

Arakama? —preguntó la mujer, retirándose el flequillo rubio platino de la frente con un dedo.

Aitor tenía experiencia con los psicólogos y, en ese caso concreto, sentía que aquella mujer era capaz de coger cualquier cosa que él dijese, desmontarla, fabricar un cuchillo con ella y clavársela en la sien. Como Aitor sabía que era muy malo mintiendo, optó por decir la verdad.

—No tengo ni idea —respondió—. Por eso pregunto. Es mi trabajo.

—¿No le parece llevar las cosas demasiado lejos por una montañera, por muy trágica que resulte su muerte?

Como era habitual en el gremio, las respuestas volvían en forma de preguntas.

—¿Perdón?

—Usted es huérfano, ¿no es así? —le disparó la psicóloga a bocajarro.

—¿Y eso qué tiene que ver?

—Me preguntaba si todo este despliegue obedece a la necesidad de contarles a esos niños que su madre no murió por accidente. Como le sucedió a usted —dijo Gemma Díaz, impostando un tono comprensivo—. Porque lo contrario sería demasiado duro de asumir. Que la muerte es aleatoria, me refiero.

—¿Eso fue lo que le pasó a Kepa Solozabal? ¿Algo, casual, fortuito?

—No —respondió la subdirectora—. Kepa tenía muchos problemas antes de venir aquí y no pudimos ayudarle. Su muerte fue devastadora y dejó profundas...

Aitor se dio la vuelta y se fue, dejando a la psicóloga con la palabra en la boca. No tenía ningún interés en lo que le podía contar aquella gurú, *coach*, consultora o lo que ella se considerase. Subió las escaleras y llegó al despacho que el CAR le había prestado al inspector Otamendi para que realizase su trabajo.

Allí estaba él, como un pitbull enjaulado, moviéndose incómodo en la silla de oficina.

—¿Has visto lo que te he mandado? —le preguntó a Aitor, con la urgencia adherida al tono de voz.

—Sí —respondió el forense, tratando de olvidar su encuentro con Gemma Díaz.

—¿Y? ¿Has encontrado algo?

—¿Qué voy a encontrar, Jaime? Ambos informes cuentan lo que cuentan, yo ahí no puedo hacer nada.

El inspector Otamendi, con ambos brazos apoyados en la mesa de madera maciza con revestimientos de hierro negro, se ciscó en todo.

—Es que estoy perdiendo la perspectiva, ya no sé qué pensar —se sinceró Aitor—. ¿Son esas muertes normales? Estadísticamente es así. En Guipúzcoa, por ejemplo, mueren trece personas al día. ¿Pueden haber muerto tres chicas de la misma generación en un lapso de cuarenta años? Pues sí.

—Ya. Y si a eso le añadimos lo de Izaro Arakama, ¿qué? —repuso el inspector Otamendi.

—Tú sabes tan bien como yo que no tenemos nada que vincule esos sucesos.

Otamendi se dio la vuelta hacia el ventanal, con los brazos en jarras. La noche se presentaba cruda, a tenor del volumen y el color de la nubosidad circundante. Los primeros copos de nieve habían empezado a caer, meciéndose en el aire como bolitas de corcho de un regalo recién abierto. Aitor volvió la vista a través de las paredes de cristal del entramado de oficinas, hacia el despacho principal, el de Gorka Sánchez. Estaba vacío.

—¿Dónde está el CEO?

—¿El jodido máster del universo? —El inspector Otamendi levantó su hoyuelo en dirección a su despacho—. Se ha marchado a Gasteiz antes de que Cordelia explote de nuevo, a un... ¿Cómo lo llamaba? ¿*Brafting*? ¿*Brofin*?

—*Briefing* —le corrigió Aitor.

—¿Sabes con quién? Con el puto lehendakari. Algo sobre la gala de dentro de un par de días. —El inspector se atusó el pelo—. ¡Ja! Pero mira lo que tengo.

Jaime Otamendi fue al escritorio y sacó una bolsa de plástico. Dentro había una taza.

—¿Qué es eso? —preguntó Aitor.

—Es el ADN de Gorka Sánchez —respondió el inspector, como si fuese lo más obvio del mundo.

—¿Se lo has robado?

El policía levantó las manos, como si le estuviesen atracando.

—De eso nada, me la he encontrado y he decidido guardarla, por si acaso.

«¿Se nos está yendo la olla?», se preguntó Aitor, viendo la fijación del ertzaina con el director del CAR. No tenían ni una sola muestra de ADN en ninguno de los cadáveres, por lo que aquello era inútil.

—Me acaba de llamar Laia Palacios —añadió el inspector, guardando la prueba.

—¿Qué te ha contado?

—Dos cosas —el inspector volvió a sentarse en la silla de oficina, al otro lado de la mesa—: la primera es que yo tenía razón.

—¿Respecto a...?

—A lo de que Izaro Arakama no estaba con Ángel Ruiz por amor.

Por lo que le había dicho Laia Palacios al inspector, una de sus amigas le había relatado que, en unas fiestas del pueblo, Izaro Arakama, con un par de *katxis* de más, se había abierto acerca de su pasado. Por lo visto, la difunta no se veía como una persona con buen ojo para los hombres, había reconocido todo tipo de relaciones fallidas y tóxicas y, en sus propias palabras, encontraba en Ángel Ruiz algo «seguro y estable».

—Eso no es tener razón, Jaime —lo contradijo Aitor.

—La segunda cosa es sobre el equipo ciclista. —Otamendi obvió el comentario del forense—. Laia tiene fuentes que le han hablado de dopaje. «Gasolina súper con sabor a piruleta», ¿qué te parece?

—¿Y son fiables? —preguntó Aitor.

—Ella dice que bastante, y yo afirmo que Izaro Arakama es el nexo entre el Eguzkiplak y el CAR —aventuró el inspector.

—Vale, tomo nota —dijo el forense—, pero sin saber la composición de la muestra que encontramos, me resultará muy difícil averiguar para qué se usa.

Vieron un rayo destellar a pocos kilómetros de distancia; el trueno retumbó a continuación. Pronto les tocaría a ellos.

—¿Sabemos algo de Irurtzun y Eva? —preguntó Aitor.

—Están investigando a un tipo que compartió aquellos años con las chicas, un tal Koldo Urzelai, pero tampoco es que les haya ido especialmente bien —respondió el inspector Otamendi—. Está desaparecido, se temen que muerto.

—Vale, me voy al laboratorio.

—Aitor, espera —lo detuvo el inspector—. Mañana al mediodía tenemos que marcharnos de aquí, la jueza Arregui no nos da más margen.

—Lo sé.

—Hay que encontrar algo o van a cerrar el caso.

«Hay que encontrar algo... Si es que lo hay, joder». Como si no lo supiese. No lo iba a pintar.

—Vale. —Antes de salir, Aitor se acordó de la charla con Gómez durante la comida—. ¿Te puedo decir una cosa?

El inspector levantó la vista hacia él.

—Afloja con Llarena.

—Ya. —Tal vez, por su reacción, era lo último que Jaime Otamendi quería escuchar en ese momento de estrés—. ¿Sabes lo peor que le puedes decir a alguien que está desarrollando una investigación como la nuestra? «Buen trabajo». Las palmaditas en la espalda ya vendrán después.

El inspector acompañó la frase con un gesto de continuidad con la mano, para acabar poniéndose en pie.

—Y si vosotros —le señaló a Aitor, cada vez más encendido— dejaseis de comportaros como unos niñatos quejicas e hicieses vuestro trabajo, yo no tendría que ir detrás todo el rato llamándoos la atención.

Todo salió de la boca de Jaime Otamendi muy rápido. Demasiado rápido, automático, como para que Aitor Intxaurraga no sintiese que era algo que el inspector llevaba tiempo pensando.

—Eh, yo soy el médico forense de este caso, no tu hijo —le respondió Aitor—. Tú y yo no somos nada. Si quieres una familia, te la compras, pero nadie te ha pedido que ejerzas de padre.

Aitor se dio la vuelta y enfiló el pasillo con un nudo en el pecho que le apretaba cada vez más. Nunca olvidaría la cara de Jaime Otamendi, la expresión de alguien a quien has hecho daño pero que te lo permite porque es lo que necesitas en ese momento.

CAPÍTULO XXI

Martes, 18 de febrero de 2020
Sede de los amarradores del puerto de Bilbao, Portugalete
22:00

Juantxu Zabala había llevado a Eva y a Irurtzun a un restaurante, El Hule, en la calle Víctor Chávarri, conocida por todos los portugalujos como la Calle del Medio. Fue una cena que transcurrió en silencio, gobernada por el mar de dudas que se había levantado tras los últimos acontecimientos. El cansancio reinante dificultaba pensar con claridad y la sensación de que la verdad se les escapaba por los flancos era atosigante.

Tras la cena recorrieron el desierto paseo de la Canilla hasta llegar a la sede de los amarradores del puerto, el segundo hogar de Juantxu Zabala. Hasta tal punto lo era que le habían permitido ocupar una oficina para él solo. Los amarradores le habían instalado una placa en la puerta que decía: LAS COSAS DE JUANTXU.

Como les explicó el expolicía, la operación de atraque de un navío corría a cargo de tres agentes: los prácticos, los remolcadores y los amarradores. Los primeros eran capitanes de la marina mercante con experiencia que buscaban un destino más tranquilo y con menos trote. Los remolcadores asistían a la nave, empujándola y manteniéndola alejada de los diques.

Los amarradores, como su nombre indicaba, se ocupaban de fondear el barco mediante cabos de manera que quedase perfectamente atracado.

Juantxu Zabala estaba entusiasmado y atorado a partes iguales ante la presencia de la bióloga y la subinspectora, como el alumno que va a hacer la presentación de su proyecto. Lo que sucedía en su caso era que se trataba del trabajo de toda una vida. Primero sirvió café de cápsulas que ambas invitadas agradecieron efusivamente y acto seguido fue abriendo cajones, sacando carpetas y extendiendo mapas. Encendió el ordenador, abrió un archivo de nombre «Ainara» y situó dos sillas frente a la mesa circular donde había dispuesto todo el material físico. Eva permaneció de pie frente a un enorme plano enmarcado de la ría, desde su desembocadura en El Abra hasta Bilbao, cortando en Basauri.

—No os voy a aburrir con las historias de un viejo carcamal —les dijo con tono tranquilizador—. Pero sí me parece interesante que le echemos una ojeada a lo que le pasó a Ainara Madrazo.

A medida que hablaba, Juantxu Zabala iba sacando documentos relacionados con los ítems que mencionaba: partes meteorológicos de la época, fotografías de ríos anegados, planos de calles y pabellones industriales y fotografías de personas desaparecidas.

—Me gustaría que nos detuviéramos un instante en el anexo del atestado policial sobre la muerte de Ainara —le dijo la subinspectora Irurtzun—. En él se menciona a un hombre, Juanan Mabe, de veinticinco años, como testigo desestimado de los hechos.

—Mirad, ahí está el lugar donde Juanan dijo que vio a Ainara pasar corriendo —señaló Juantxu—, que no deja de ser un *pikaleku*, es decir, que el yonqui se estaba drogando en ese mismo instante.

—La cuestión es que tanto el gruista como el operario del embarcadero vieron el cuerpo de Ainara hundirse en la ría —señaló Irurtzun.

—De eso no hay duda. —El ertzaina jubilado les pasó una serie de folios grapados con los testimonios de ambos trabajadores—. Es ahí donde yo quería llegar: al paradero del cuerpo de Ainara Madrazo. Veréis...

Juantxu Zabala indagó en un paragüero destinado al almacenaje de rollos de papel.

—En las inundaciones de Bilbao murieron treinta personas y hubo diez desaparecidos —dijo Juantxu Zabala—. A lo largo de los meses, incluso años, los cuerpos fueron apareciendo, hasta sumar un total de treinta y cuatro fallecidos y seis desaparecidos.

El ertzaina jubilado extrajo uno de los rollos, le retiró la goma y lo extendió sobre la mesa. Lo mantuvo abierto con cuatro tazas que cogió al lado de la cafetera. Se trataba de una transparencia sobre papel cebolla, con diferentes marcas y sus respectivas fechas, hechas con rotulador permanente.

—En azul, el lugar y la fecha donde se vio a los desaparecidos por última vez.

El hombre fue explicando, señalando los puntos en el mapa. Se giró y seleccionó otro rollo de papel cebolla, para superponerlo sobre el anterior. De esta forma tenían el mapa, una capa de papel vegetal marcada en azul y otra en verde.

—En verde, los lugares donde aparecieron los cuerpos. Si os fijáis, existen dos patrones bien diferenciados.

Era cierto, advirtió Eva. Los cuerpos de las personas a las que habían visto por última vez en el centro del caudal del río los habían encontrado a kilómetros de distancia de la marca azul, algunos incluso en el Abra, casi en pleno mar Cantábrico. Sin embargo, había dos marcadores que apenas se habían desplazado desde el lugar de su desaparición: un anciano de ochenta años y un operario de la compañía eléctrica, que habían encontrado meses después prácticamente en el mismo lugar en el que los engulló la riada.

—Lo que yo digo, bueno, no es que lo diga yo, es que la configuración de las corrientes en la ría es así, laminar —dijo el expolicía—. El núcleo central de la ría forma un túnel que va prácticamente hasta el Abra, la desembocadura.

—Y aparte —Eva no pudo contenerse—, hay otras dos corrientes a los lados, que arrastran lo que pillan hacia fuera, en dirección a los muelles, bajos y embarcaderos.

—Hasta el punto —metió baza de nuevo Juantxu Zabala— de que las regatas, como la de El Corte Inglés, se hacen en modalidad contrarreloj. Ya no bogan las cuatro traineras a la vez porque se demostró que aquellas que, por sorteo, reman en las calles uno o cuatro no tienen ninguna posibilidad de ganar. Las corrientes las llevan hacia fuera.

Inmediatamente, Juantxu Zabala sacó un pliegue más del legajo de documentos. Este estaba marcado en verde.

—Este es el lugar donde Ainara Madrazo fue vista por última vez.

El hombre movió el brazo articulado del flexo y colocó con cuidado el papel transparente sobre el mapa, hasta que quedó perfectamente alineado con los trazos de la Margen Izquierda. La X verde se situaba sobre la conjunción del río Cadagua y el Nervión, a la orilla de los pabellones del barrio de Burceña.

La oficina del ertzaina retirado rezumaba olor a café y el calefactor eléctrico había empezado a hacer su labor. Eva y Silvia se inclinaron sobre el mapa y analizaron la ubicación. Habían estado allí, conocían el lugar.

—«El caudal medio del Nervión, a su paso por Lutxana, es de veintinueve metros cúbicos por segundo» —Juantxu Zabala leía desde el puente de las gafas sus apuntes en un cuaderno de hojas cuadriculadas—. Bien, ese día, cayeron del cielo seiscientos litros por metro cuadrado, que convirtieron la ría en un monstruo de tres mil metros cúbicos por segundo. Para que os hagáis una idea.

El jubilado abrió uno de los vídeos guardados en la carpeta que les había enseñado y pulsó el *play* del reproductor. Las imágenes de la devastación se hicieron presentes en la retina de Eva e Irurtzun. Lo primero que vieron en el documental fueron ramas, troncos y árboles apiñados formando masas informes sobre las cunetas de carreteras. Después, coches y vehículos cuyas chapas parecían de papel, volcados, incrustados y destrozados en lugares impropios, colgando de barandillas a punto de quebrar, boca abajo en medio de la nada. Lo siguiente, personas, gente del Casco Viejo asomada al balcón de un primer piso con el nivel del agua a poco menos de un metro de distancia, calles anegadas por encima de los comercios de las Siete Calles, brigadas de rescate y voluntarios, ataviados precariamente con katiuskas, remando en botes precarios por en medio de las calles. Mari Jaia, el símbolo de la Aste Nagusia, la semana grande de Bilbao, empotrada contra el quiosco del Arenal entre un lodazal, resumía lo vivido aquel aciago 26 de agosto de 1983.

—Imaginad una catarata de escombros, lodo y piedras bajando por aquí —Juantxu Zabala señaló la ría a su paso por Bilbao—, deja atrás San Ignacio, pasa Zorroza y, en este meandro, se topa con el Cadagua. ¿Qué sucede?

—Lo embiste —respondió Eva, aún impresionada por las imágenes de las inundaciones—. El caudal de uno no puede resistir el empuje del otro.

—Y entonces, ¿qué pasa? —preguntó el hombre de forma retórica—. Que todo lo que pilla a su paso lo arrastra a la orilla oeste, izquierda, a los bajos del muelle de carga.

El silencio se hizo presente en la oficina.

—Yo estaba seguro de que el cuerpo de Ainara Madrazo iba a encontrarse aquí.

Juantxu Zabala señaló un círculo hecho a compás justo en la confluencia de los ríos Cadagua y Nervión, a la altura del atracadero.

—Insistí e insistí en que dragasen la zona, desde este punto en adelante. Y al final, no sé si por pesado o porque me jubilaba, accedieron —dijo el policía retirado, sin levantar el dedo del centro del círculo—. Y me equivoqué.

La subinspectora había tenido suficiente de ríos. Estaba convencida de que del cuerpo de Ainara Madrazo, dondequiera que estuviese, no quedarían más que unos pocos restos óseos, y salvo una evidencia obscena (una perforación por disparo de bala o la fractura inequívoca de una puñalada), no les servirían para nada. Se dio la vuelta y volvió a su portátil, a la búsqueda de algún tipo de información sobre Koldo Urzelai. Le había pedido a Asier Lupiola, el informático, que accediese a la base de datos de la Policía Nacional en busca de algún tipo de actualización de la documentación del individuo, pero había sido en vano. También introdujo sus datos en la DGT y en la Hacienda Foral, con idénticos resultados.

Koldo Urzelai no existía.

Buscó la ficha de Javier Urzelai en la base de datos: denuncias de maltrato por parte de su exmujer, agresiones en un bar de alterne, partes de lesiones, detención por sustracción de material de obra... El tipo era un mal bicho, pero no había nada que lo relacionase directamente con los hechos que investigaban. Rebuscó en su bandolera, sacó el diario de Ainara Madrazo y se sumergió en su lectura.

Eva San Pedro y Juantxu Zabala se situaron frente a la pantalla del viejo ordenador. El policía retirado le mostró a la bióloga las imágenes recogidas durante la búsqueda del cuerpo de Ainara Madrazo, hacía ya diez años.

Eva vio fotos de un barco plano, lleno de aristas y estéticamente feo. Se trataba de una draga. La cubierta era llana y, a través de un brazo mecánico que funcionaba con un sistema de poleas, una excavadora («cuchara», matizó Juantxu) se sumergía en el agua para extraer légamo, un lodo arenoso y oscuro.

—Estos fueron algunos de los objetos que encontraron —dijo el jubilado, pasando una serie de diapositivas con el cursor, una colección de imágenes de objetos mutilados envueltos en barro, piezas destartaladas y cacharros oxidados, y repasó de carrerilla—: un cuadro de una BH California, el parachoques de un Seat 127, la puerta de una lavadora Fagor, el esqueleto de una televisión Telefunken y el casco de una botella Pitusa. Todos, elementos de principios de los ochenta.

Lo último lo dijo con el pesar de quien se siente con la razón, aunque las evidencias le digan lo contrario, como un niño enfurruñado. Eva observaba todos los elementos dispuestos ante ella con admiración científica. El trabajo de Juantxu Zabala era sobresaliente, minucioso y apasionado. Si fuese la presentación de una tesis, no se le ocurriría dónde poner una objeción. Estaba de acuerdo con sus conclusiones: el Nervión tuvo que embestir al Cadagua con la superioridad de su caudal y empujó a los bajos del muelle toda la masa de escombros, incluida Ainara Madrazo. Así lo delataban los objetos encontrados en la draga. Otra cuestión era que al cadáver lo hubiesen arrastrado mar adentro las corrientes.

La puerta del despacho de Juantxu Zabala se abrió. Un hombre, enfundado en un mono impermeable y con un chaleco fluorescente, irrumpió con estrépito. Estaba calado, parecía enfadado y buscaba algo. Vio la cafetera y se encaminó hacia ella, gruñendo.

—Juantxu, ¿te puedo robar un café? —dijo el hombre ocupando la oficina con su aparatosidad—. Se nos ha jodido la cafetera.

—Claro, Tito, sírvete. ¿Os ha tocado salir? —preguntó Juantxu Zabala, despreocupado ante la aparición del amarrador.

—Hemos sacado un gasero de doscientos metros fuera del superpuerto —dijo el operario, introduciendo una cápsula en la máquina.

Juantxu Zabala se volvió hacia sus invitadas.

—Por chocante que pueda parecer, con el tiempo *destrozado,* como dicen ellos —el expolicía señaló al amarrador—, los grandes navíos son enviados a mar abierto. Es por motivos de seguridad.

La subinspectora y Eva enarcaron las cejas, sorprendidas.

—Llevamos a los grandes buques fuera de la zona industrial a que se peleen con el temporal —explicó Tito—. Dentro hay más riesgo de que se *rompan.*

—¿Has acabado el turno?

—Qué cojones. Acabo de empezar —respondió, mientras buscaba el botón de encendido de la cafetera—. Pero ya te digo que no va a venir nadie a atracar esta noche. De eso pueden estar seguros los del puerto. ¿Qué hacéis? —preguntó acercándose a la mesa.

—Buscamos algo que cayó a la ría durante las inundaciones del 83 —respondió Juantxu Zabala, tratando de no entrar en detalles luctuosos.

—Burceña —afirmó el amarrador hurgando en las fotografías—. Ya veo.

—¿Crees que es posible que un bulto hubiese quedado atrapado en el fondo de la ría durante las inundaciones del 83? —preguntó Eva, tentada a agarrarse a la opinión de un experto para seguir su huida hacia delante.

Tito curvó los labios hacia abajo, como si dijese «¿Por qué no?». La cafetera pitó, y el amarrador cogió su taza de café y volvió a la mesa repleta de archivos. Una vez allí, se puso a removerlo todo sin decoro alguno. Entonces encontró un retrato de Ainara Madrazo.

—Un cuerpo —dijo el amarrador—. Pero, joder, ¿cuántos años tiene esta criatura?

Eva y Juantxu Zabala se giraron hacia la subinspectora Irurtzun. Esta había dejado el diario de Ainara Madrazo y se mostraba atenta a la situación. En teoría no podían desvelar los entresijos de la investigación a personas ajenas a esta, pero la ertzaina hizo un gesto aprobatorio y permitió que el operario examinase los archivos.

—Quince —respondió Juantxu Zabala.

Tito tenía grandes ojeras y era un hombre espigado, de hombros huesudos. Echó un vistazo a la pantalla del ordenador, donde se veían los escombros encontrados durante la draga.

—Cualquier cosa puede quedarse atrapada en la ría, y más en los ochenta, cuando era un vertedero —dijo el trabajador portuario, aún con la fotografía de Ainara Madrazo frente a él—. Pero con la fuerza que cogió la ría aquel día... No lo creo, todo acabaría mar adentro.

Eva sintió un bajón recorriéndola de arriba abajo. Ya estaba. Jamás encontrarían el cuerpo de Ainara Madrazo. Juantxu Zabala la miraba. Vio en sus ojos la misma expresión de derrota. Habían estado haciendo el canelo.

—Hemos dragado toda la zona, desde aquí hasta aquí —le dijo el ertzaina retirado, mostrándole un mapa con la ribera acotada en rotulador rojo.

Tito dejó el retrato de Ainara sobre la mesa y dio un sorbo al café sin apartar la vista de la foto. Entonces posó el dedo índice sobre la «X» donde comenzaba el perímetro de la draga.

Después cogió una de las fotografías del día de las inundaciones. Repitió la acción colocando planos antiguos junto a los nuevos, emparejando imágenes de hacía cuarenta años con otras actuales. Algunas se estaban mojando con las gotas que se precipitaban de su mono de trabajo, pero a Eva y a Juantxu les daba igual.

Algo estaba pasando.

Eva no sabía qué era, pero, al comparar las fotografías con los mapas, algo no encajaba. Habían conseguido captar la atención de la subinspectora Irurtzun, quien se había unido a ellos alrededor del haz de luz que circunvalaba la mesa redonda.

Tito empezó a asentir para sí mismo.

—Eso está mal —dijo finalmente.

En ese mismo instante, el teléfono de Eva San Pedro empezó a sonar.

CAPÍTULO XXII

Miércoles, 19 de febrero de 2020
Centro de Alto Rendimiento Euskadi, sierra de Aralar
0:05

FALTAN TRES DÍAS PARA LA GALA

Aitor entró en su habitación y fue hasta la ventana. Cordelia sacudía fuerte en el exterior. En su interior chocaban dos emociones. La primera era la ira: una mezcla de frustración, impotencia y odio irracional hacia todo aquel al que en teoría le debía una explicación, como Jaime Otamendi, sus jefes del Instituto de Medicina Legal, la jueza Arregui... Y la segunda, la amargura: la obligación para con los hijos de Izaro Arakama y la propia víctima le provocaban una sensación de deuda desbordada que le resultaba insoportable. Había pasado las dos últimas horas tratando de encontrar el maldito compuesto en el interminable listado que le habían facilitado, pero era imposible. Sin saber el resto de los ingredientes, era como si manejara el brazo mecánico de una de esas máquinas con peluches dentro, pero como si todos estuviesen untados en aceite.

—Qué lástima. —La voz de Sara Aguirre resonó en un susurro desde el umbral de su puerta—. Y yo que quería llevarte a ver las estrellas... Conozco un sitio cerca de aquí, una charca, donde el cielo se refleja de tal manera que parece una postal.

—No, no tiene pinta de que esta noche vayamos a ver muchas estrellas —respondió Aitor, por decir algo.

—¿Estás bien?

—La verdad es que estoy enfadado. —Aitor se quitó el plumífero y lo dejó en la silla.

—Entiendo. —Sara entró en la habitación de puntillas, tratando de no hacer ruido—. ¿Con alguien en particular?

—Con unos cuantos. —Aitor se apoyó en la mesa y puso las manos sobre las rodillas—. Pero el primero de la lista soy yo mismo.

—¿Sabes lo que me ayuda a mí? —le dijo la saltadora—. Pensar que las cosas son finitas. ¿Un gran campeonato? Finito, el lunes a entrenar. ¿Una lesión? Finita, en un mes de vuelta a la pista. ¿Una buena semana de entrenos? Finita, la siguiente puede ser una mierda.

«Es una manera de verlo», pensó Aitor. Compartimentar el sufrimiento y la alegría. Aún no se veía en esa fase, para él todo era una misma cosa, un caos volando a su alrededor.

—Pero así te pierdes todas las cosas buenas del presente —objetó Aitor.

Sara Aguirre llevaba unas mallas y una camiseta gris dos tallas más grandes. Se acercó a su altura. A Aitor le vino el pensamiento fugaz de meter las manos por debajo de la camiseta y comprobar si había ropa o piel allí debajo. Empezó a ponerse nervioso al ver como Sara Aguirre iba estrechando el espacio entre ellos.

—Pues si no podemos salir fuera —dijo la saltadora—, a ver qué hacemos.

Aitor levantó la vista y vio los ojos marrones de la chica mirándole fijamente, aguardando. De manera inexplicable, Aitor empezó a pensar en Eva San Pedro.

El bolsillo pequeño de su mochila empezó a vibrar: era su teléfono.

La pantalla de su móvil mostraba un nombre saltando: Eva SP.

—Perdona, Sara, tengo que cogerlo.

—Si te apetece hablar más tarde, estaré en mi cuarto.

Nada más abandonar la atleta el cuarto, Aitor cerró la puerta y se dio un cabezazo contra ella.

—Hola, Eva.

—Hola, Aitor. —La voz de la bióloga sonaba emocionada—. Tengo información sobre el producto que encontramos en las muestras que mandaste.

—Ah, genial.

Aitor lo expresó sin atisbo de entusiasmo, pero de inmediato una corriente eléctrica le subió por el estómago. Tenía que combatir su pesimismo: aquello podía cambiar el curso de la investigación.

—¿Estás bien?

—Eh, sí, sí. —Aitor se frotó el puente de la nariz—. Perdona, Eva. He discutido con Jaime. Perdona, dime.

—Oh, vaya, ¿qué ha pasado?

—Nada, nada, chorradas —dijo Aitor tratando de minimizar la cuestión—. Vamos a lo importante. ¿Qué me cuentas de las muestras?

—Bueno, me ha llamado Naiara, del laboratorio —dijo Eva, cogiendo carrerilla—. Se trata de un compuesto sintético que contiene fósforo, no como principio activo, sino como excipiente. Su composición es muy similar a la de algunos medicamentos usados para fomentar la producción de la hormona del crecimiento.

—Sigue. —Aitor sentía que se le aceleraba la respiración. Era como si tras haber pinchado una rueda, estuviese de vuelta en carrera.

—La cuestión es —estaba claro que Eva también compartía su entusiasmo— que esa hormona del crecimiento incrementa la...

—... la masa muscular del organismo —acabó el forense.

—Sí, y el compuesto tiene como principio activo la testosterona, de esa manera se complementan: la hormona del crecimiento crea las células y la testosterona...

—... aumenta su tamaño —interrumpió Aitor, como un alumno ávido de mostrar sus conocimientos—: hipertrofia.

—Exacto —añadió Eva—. El producto favorece la eliminación de grasas y lípidos, y regula el metabolismo de carbohidratos, convirtiéndolos en energía.

La versión humana del cerebro de Aitor se convirtió en la versión médica del cerebro de Aitor, y empezó a imaginar una hipófisis en tres dimensiones, una pequeña glándula situada en la parte inferior del cerebro, la fábrica de la hormona GH. Conocía la importancia de la secreción, sobre todo en la infancia, ya que era la impulsora del desarrollo. Sin embargo, los fosfatos como estimulantes para su producción conllevaban grandes riesgos para la salud. Así lo expresó:

—Sí, pero el uso descontrolado del fósforo para la producción de la hormona GH puede causar graves daños renales, resistencia a la insulina... y no solo eso, sino que es fácilmente detectable en un control antidopaje.

—No este producto, Aitor —dijo Eva—. Este producto se diluye con rapidez.

—¿Cómo es eso?

—A ver cómo lo explico —respondió la bióloga, tratando de encontrar las palabras—. Para disolver la testosterona y el fósforo, el compuesto usa un recubrimiento hecho con un plasma de células renales que no se libera hasta que llega al riñón. —Eva se detuvo en busca de algo—. Lo tenía apuntado en algún lado... Aquí está, células...

—... de Polkissen.

—Eso es. ¿Cómo lo sabes?

—No, ni idea de cómo me acuerdo, pero son células que están situadas fuera del glomérulo renal, justo en la antesala de la diálisis. Encaja.

—Resumo —recapituló Eva—: tenemos los dos productos que mejoran el rendimiento deportivo, la testosterona y el fósforo, camuflados por un recubrimiento, un plasma que se disuelve al llegar al riñón. ¿Y qué hormona segregan los riñones?

—La eritropoyetina. —A Aitor la respuesta le salió sola.

—EPO —renombró Eva.

El forense abrió los ojos de par en par. La eritropoyetina se producía en los riñones y había adquirido muchísima popularidad años atrás con el nombre de su sigla: la EPO, una hormona que activaba la producción de glóbulos rojos, lo que a su vez suponía un aumento de oxígeno en la sangre y que significaba una mejora sustancial en el rendimiento.

—Pero hay otra cosa que no entiendo —dijo Aitor—. Semejante pico de glóbulos rojos en sangre debería dar el cantazo en un control antidopaje.

—La mezcla se diluye en tiempo extra gracias a las proteasas que producen los riñones —explicó Eva sin ocultar su admiración—. Es como si llevasen la capa de Harry Potter.

—Conozco las proteasas, proteínas solubles que deshacen los enlaces de los aminoácidos, es decir, que disuelven las hormonas.

—Eso es, Aitor, se trata de una pieza de ingeniería biomédica. Y estoy segura, pero muy segura, de que consiguieron fabricar este producto de atrás adelante.

—No te entiendo.

—Partieron del final, de la EPO. Entonces buscaron algo que activase y desactivase su producción, y ahí encontraron el plasma de células renales —elucubró la bióloga—. Una vez hallado este, probaron a incluirle proteasas, que disuelven proteínas, es decir, la capa de invisibilidad; y una vez que la tenían, dijeron: ¿por qué no le metemos esteroides a la mezcla? Tampoco los van a detectar.

Aitor no paraba de coger apuntes en su cuaderno.

—Increíble. ¿Y cuánto dices que dura todo el proceso de asimilación?

—Naiara ha hecho algunas simulaciones activando las células de Polkissen —dijo Eva, dudando—, y calcula la metabolización entre media hora y cincuenta minutos. Un rendimiento bastante explosivo, vaya.

—¿Sabes lo que quiere decir todo esto, Eva? —Aitor se sentó en la cama—. Que teníamos razón, que Izaro Arakama estuvo allí, en esa charca, inmersa junto a ese producto fabricado aquí.

—Sí, y además —añadió Eva—, el compuesto no se diluyó en la charca porque no fue ingerido, sino vertido. De haber entrado en contacto con un aparato digestivo, jamás lo hubiésemos encontrado. ¿Crees que Izaro lo llevaba encima?

—Es una posibilidad.

—Tienes que hablar con Jaime, Aitor —dijo Eva—. Tenéis que encontrar el vínculo entre Izaro y ese sintético. ¿Por qué estuvieron en contacto?

—Creo que tiene que ver con el equipo ciclista que dirige su marido. Pero primero necesito saber quién usaba esa sustancia aquí, en el CAR —dijo Aitor.

—¿Y cómo lo vas a hacer?

—Ahora que sé su composición, puedo ir al registro general y mirar qué personas han tenido acceso a él —dijo Aitor, describiendo su próximo movimiento.

—Vale, te lo mando todo por *e-mail.* Pero avisa a Jaime, no vayas solo.

—Descuida. ¿Qué tal os ha ido a vosotras?

—Eh..., estamos barajando una opción un poco descabellada —dijo Eva.

—¿En relación con...?

—Con un cuerpo sumergido... —Eva San Pedro medía sus palabras al otro lado de la línea—. Mejor te lo cuento mañana.

—Eva.

—¿Sí?

Silencio.

—Nada, mañana hablamos.

—OK.

Era como si su vida se dividiese en dos: el modo problemas, véanse su relación con el trabajo, con Otamendi, con Eva... Y el modo caso. Y en este último, en cuanto aparecía cualquier nueva información, quedaba hechizado por ella. Envuelto en esa dicotomía, Aitor se sentó en la cama, móvil en mano, digiriendo los datos de última hora. Muy a su pesar, y repitiéndose que debía ser profesional, pinchó en su agenda el número del inspector Otamendi. Comunicaba. Casi se sintió aliviado. Probó con el agente Llarena, quien sí lo cogió.

—Llarena, ¿dónde estáis?

—En la sala común, tomando un mate —respondió el agente.

Se imaginaba a la perfección a los dos policías cebando la infusión torpemente y disfrutando de ello como si llevasen toda la vida haciéndolo.

—¿Estáis solos? Tengo que hablar con vosotros —preguntó Aitor.

—No, espera.

Un minuto después, Lander le dio el OK al forense.

—Pon el altavoz —le ordenó Aitor.

—Ya.

—¿Habéis leído el informe de Laia Palacios? —preguntó el forense.

—Sí.

—Vale, entonces sabéis que estamos hablando de un compuesto que da un chute de energía extra durante, más o menos, media hora o cuarenta minutos —resumió Aitor a grandes rasgos.

—Sí, lo de la gasolina súper —respondió el agente Llarena.

—Aparte de eso, imaginad una sustancia que ayuda en la recuperación y convierte la grasa en masa muscular —añadió Aitor.

—Yo quiero un poco de eso —bromeó Llarena.

—Mi pregunta es la siguiente: ¿qué deporte podría ser análogo a esas características? ¿Para qué práctica sería ideal un compuesto así?

Tras un silencio prolongado, fue el agente Gómez el que habló.

—Yo eliminaría de la lista las pruebas de larga duración —dijo el policía, con su característica voz aguda—: maratón, diez mil metros, mil quinientos metros de natación...

—Y añadiría las cortas igualmente, las explosivas —intervino Llarena—: cien metros lisos, escalada, contrarreloj...

«Son unas cuantas que hay que quitar de la lista», pensó Aitor. Se puso de pie en la habitación. Se pasó las dos manos por la cabeza toqueteando los surcos de sus cicatrices al tiempo que barruntaba entre murmullos. Debía ir al ala este del CAR.

—Muy bien, os dejo ahí pensando, yo voy al laboratorio —dijo el forense, al cabo de unos segundos.

—¿Ahora? —se sorprendió Llarena—. Te acompañamos.

—No —negó Aitor tajantemente—, no os quiero revoloteando a mi alrededor. Solo vais a ponerme más nervioso. Si os necesito, os llamo.

—Vale, vale.

Aitor colgó el teléfono. Estaban cerca. Tenía la certeza de que lo que él había encontrado en la ropa de Izaro Arakama lo habían fabricado allí, en el ala opuesta a donde se encontraba en aquel instante. Sí, eso era lo que tenía que hacer ahora. Encontrar ese medicamento físicamente y descubrir quién lo usaba. Se puso una sudadera, las Martens sin atar, cogió su mochila y salió al pasillo. La habitación de Sara Aguirre estaba ahí, a tres puertas de la suya, pero enfiló las escaleras. Mientras bajaba al trote se preguntó qué sería eso que estaban tramando Eva y la subinspectora Irurtzun a cien kilómetros de distancia.

CAPÍTULO XXIII

Miércoles, 19 de febrero de 2020
Barrio de Burceña, Barakaldo
1:00

La explanada de los pabellones, junto al río, se presentaba desierta. No era para menos, la noche era desapacible, lluviosa y fría. A unos metros del embarcadero, en un punto minuciosamente calculado, se encontraban Silvia Irurtzun, Eva San Pedro y Juantxu Zabala, iluminados por los faros del Seat León de la subinspectora. El resto del espacio quedaba en la penumbra ante la falta de potencia de las anticuadas farolas que asomaban entre los pabellones, por cuyos techos de uralita chorreaba el agua, mientras el moho reptaba por las desconchadas paredes de los bloques de hormigón.

Juantxu Zabala cerró la cremallera del neopreno que llevaba puesto Eva San Pedro. La bióloga lo miró primero a él y después su vista fue más allá, a la embarcación que oscilaba frente a ellos.

Los copos de agua nieve cruzaban delante del potente faro de la lancha de los amarradores, cuyo casco de hierro se encontraba frente al muro de hormigón del espigón que separaba el Nervión del Cadagua. El reflector, de nombre *pirata*, se usaba para labores de búsqueda y como dispositivo de señalización, y formaba parte del eficaz dispositivo lumínico con el que contaba la embarcación, al margen de la luz verde de estribor, la roja de babor y la luz blanca de tope a popa. Tito había incorporado un segundo proyector de veinticuatro voltios sobre la cabina que en ese momento les venía que ni pintado, dada la ausencia de luz diurna. El amarrador, que asomaba desde la cabina blanca y negra con distintivos fluorescentes, controlaba la embarcación con pericia, situando babor a barlovento, con la popa apuntando hacia el muelle.

Entonces Eva miró desconfiada hacia el agua, una masa negra que se agitaba furiosa contra los bajos del muelle de carga.

Lo que iban a hacer era una locura.

La cuestión era que Tito les había corregido un concepto sumamente importante para sus cálculos. Las inundaciones del 83 se habían llevado por delante gran parte de Punta Zorroza, el final de la península que se interponía entre el río Cadagua y el río Nervión, así como el embarcadero del lado de Burceña. Aquello había derivado en que, durante las obras de reconstrucción posinundaciones, se le habían ganado varios metros de terreno a la península, lo que a su vez había desplazado otros tantos la reconstrucción del embarcadero. Eso quería decir que los cálculos de Juantxu Zabala, basados en planos actuales y no en los de la fecha de las inundaciones, eran erróneos: el lugar donde confluían los dos ríos hace casi cuarenta años quedaba diez metros atrás y las operaciones de draga ni se habían acercado.

Tras recalcular las distancias, Eva y Juantxu señalaron con certeza el lugar donde tenía que descansar el cuerpo de Ainara Madrazo: si el río Nervión había chocado contra la corriente del Cadagua y lo había desplazado todo contra el lateral del muelle, era posible que el cadáver de la joven hubiese quedado allí atrapado, bajo las aguas, durante cuarenta años.

Necesitaban a alguien que supiese bucear, y tenían a Eva y su certificación PADI Master Scuba Diver. También requerían de un equipo de inmersión técnico y, sobre todo, de mucha luz. Tito, fascinado por la leyenda de Ainara Madrazo, ofreció el práctico, con sus potentes focos, y el equipo de buceo de los amarradores.

Tras cerrar el apartado de la infraestructura, siguió lo más difícil: convencer a la subinspectora de ir a buscarlo. Eva conocía a Silvia Irurtzun lo suficiente para saber que acabaría cediendo; la agente había sido capaz, seis meses atrás, de encañonar a sus propios compañeros por fidelidad a sus principios. Lo más probable era que los restos de Ainara (si es que daban con ellos) no arrojasen luz sobre las causas de su muerte, pero el mero descarte de esa posibilidad, por pequeña que fuera, supondría una losa en la conciencia de la subinspectora Irurtzun. Las órdenes eran claras: debían volver a San Sebastián al día siguiente. Esperar a la mañana para realizar la inmersión supondría exponerse en exceso; si algún vecino los veía allí y se corría la voz, los Madrazo empezarían a hacer preguntas y se meterían en un problema. A ver cómo explicaban aquel operativo con el agravante de que la jueza Arregui ya había consentido una draga previa infructuosa, dispendio de efectivos mediante. Peor sería si algo le sucedía a Eva. Entre la espada y la pared, aceptó la propuesta a regañadientes, consciente de que se trataba de un ahora o nunca con nocturnidad y alevosía.

El viento que venía del Abra soplaba con fuerza y agitaba el remolcador, fondeado de espaldas a Punta Zorroza y con toda su batería lumínica apuntando al lugar exacto donde esperaban encontrar los restos mortales de Ainara Madrazo. La oscuridad de la noche arrojaba sobre ellos una advertencia de peligro. Eva San Pedro sintió un tirón a la altura del cuello; Juantxu Zabala se cercioraba de que el aire quedaba estanco en su interior para que el agua no pudiese pasar, y accionaba con todas sus fuerzas cada cierre y cremallera del traje una y otra vez, una y otra vez. Pese a que la bióloga estaba a punto de sumergirse en aquella oscuridad líquida, y los nervios le arañaban el estómago, ella parecía la más tranquila de los presentes. La agente Irurtzun iba de un lado a otro de la dársena, agitada y malhumorada, vigilando sin cesar el lugar en el que Eva se iba a sumergir.

—Escucha —dijo Juantxu Zabala mientras introducía dentro de la capucha integrada en el neopreno el último tirabuzón de pelo de Eva—. Ahí abajo puede haber de todo: hierros, ramas, fango... A la menor sensación de que te puedes quedar enganchada, lo dejas.

—Tranquilo —respondió Eva.

—No, tranquilo no —protestó la subinspectora Irurtzun—. Esto no me gusta nada. Nosotros desde arriba vamos a intentar darte toda la luz posible, pero vas a ir a ciegas.

Juantxu Zabala le puso en los pies unos escarpines de suela dura por encima de los finos y le cerró los guantes de tres milímetros de grosor con manguitos a la altura de las muñecas.

—No me parece adecuado usar el umbilical. —Juantxu Zabala cogió el chaleco de flotabilidad del maletero del coche patrulla—. Creo que podría ser más peligroso que beneficioso.

—Estoy de acuerdo —dijo Eva asintiendo—. Si me quedo enganchada y tiráis de mí, puedo quedarme sin oxígeno.

La petaca que colgaba del pecho de la subinspectora crujió.

—La noche va a empeorar y el agua se va a enfriar aún más —les dijo Tito entre zumbidos, desde la cabina del práctico—. O lo hacemos ya, o nos vamos a casa.

Juantxu Zabala le colocó la botella a la espalda y le ofreció dos juegos de aletas. Eva optó por las cortas. Una vez puestas, se ajustó la máscara de buceo y encendió la antorcha led de batería de litio instalada en su parte superior. Juantxu Zabala se sacó un plano plastificado del bolsillo y se lo puso delante.

—¡Recuerda, el cuerpo tiene que estar aquí! ¡Bajo una capa de limo de medio metro por lo menos! —dijo el exertzaina alzando la voz—. Toma este bastón, es una baliza. Si encuentras algo, húndelo ahí, en el fondo. Y si no está, sal. No hagas tonterías. Y aquí, en el cinturón, tienes una boya inflable de seguridad. Si te ves en apuros, tira del asa.

Eva guiñó un ojo y mordió la boquilla. Ayudada por Juantxu, se situó en el comienzo de la oxidada escala de gato. Tito, desde el foco principal situado en la proa, iluminó con precisión la posición de Eva, siguiéndola mientras descendía al agua. La subinspectora Irurtzun corrió a coger su linterna e hizo lo mismo, tratando de anticiparse a la trayectoria de la bióloga y marcándole el camino. Cualquier iluminación era poca, por lo que Juantxu Zabala cogió el cañón portátil que tenían enchufado al coche patrulla y apuntó al agua. Pese a todo el despliegue lumínico, Eva desapareció de su vista: en cuestión de segundos no quedaba ni rastro de ella.

La ría la había engullido.

CAPÍTULO XXIV

Miércoles, 19 de febrero de 2020
Centro de Alto Rendimiento Euskadi, sierra de Aralar
1:00

Aitor cruzó el ahora silencioso bloque central del CAR, dejando atrás oficinas vacías. Causaba impresión caminar con unas cristaleras enormes a ambos lados, ya que era como vivir la tormenta desde dentro, metido en una urna. Llegó al ala este y descendió un piso, hasta el laboratorio del departamento de I+D+I. Este ocupaba media planta, en un espacio diáfano, sin columnas. Se trataba de un centro de investigación repleto de mesas corridas dotadas con maquinaria, microscopios, ordenadores, neveras y vitrinas. Recorrió la mitad del espacio hasta el PC que le había habilitado el doctor Sabino Mendiluze. Las copas de los pinos bailaban en una danza oscilante, como zombis que nunca llegaban a avanzar hasta las fachadas con forma de espiga del CAR.

Aitor se sentía en ebullición. Era tal el cúmulo de emociones dentro de él que no se veía capaz de separarlas. De todas formas, todas confluían en forma de una excitación previa a algo trascendental. Tenían los resultados del análisis de la sustancia encontrada en la ropa de Izaro Arakama, lo que no hacía más que confirmar que estaba en lo cierto, que lo que sea que fuera aquella sustancia era de origen sintético y la habían fabricado con toda probabilidad en aquel laboratorio. A esa ecuación le faltaba una incógnita: la persona que le había dado el compuesto a Izaro Arakama.

El laboratorio estaba a oscuras, iluminado por pequeños puntos de luz que manaban de las diferentes máquinas y aparatos apostados sobre las mesas. Era suficiente para Aitor, quien llegó al ordenador central sin esfuerzo. Lo encendió, se sentó, introdujo su usuario y contraseña, y se metió en la base de datos. Sacó de su bolsillo el cuaderno donde había anotado el resultado del análisis hecho en el Aquarium: testosterona, fósforo, proteasas, plasma de células de Polkissen... El buscador reaccionó de inmediato.

CHOP 34

Verlo con nombre y apellidos le erizó el vello de la nuca. C, H y O eran las siglas de la fórmula de la testosterona, P era el símbolo químico del fósforo y 34 hacía una referencia numérica tanto a las proteasas como a las células de Polkissen.

—CHOP 34 —repitió Aitor en alto, solo en el laboratorio.

Un nombre ridículo para una sustancia de una relevancia capital.

Seleccionó el desplegable «Usuarios» y un listado de nombres se extendió ante él. Rápidamente se dio cuenta de que uno se repetía más que el resto: Ryan Cisneros.

Gómez tenía razón. Las cualidades del CHOP 34 eran idóneas tanto para la práctica del boxeo como para el ciclismo. Los elementos empezaban a conectarse como si fuesen impulsados por imanes. Izaro Arakama, esposa de un director de ciclismo en apuros, entra en contacto con un deportista que tiene acceso a una sustancia que puede cambiar el devenir del equipo. Algo sale mal y la mujer acaba en una charca congelada. Tenía que comprobar el almacén. Si faltaban suministros de CHOP 34, la teoría tendría una base irrefutable. Otra cosa es que pudiesen vincular al púgil con la montañera, pero desde luego que la investigación daría un salto cualitativo trascendental. Aitor comprobó el remanente que debería quedar en la cámara frigorífica: noventa y seis viales. Apuntó el dato y se levantó de la silla.

¿Debía llamar a Otamendi? «Que espere», pensó.

Fue hasta el extremo este de la planta, el que albergaba las cámaras frigoríficas. Abrió la gruesa puerta de acero inoxidable y caminó por los estantes entre los vapores de los gases refrigerantes. Allí dentro todo estaba bañado en el azul de las luces fluorescentes instaladas en el techo. Había bolsas de plasma, ampollas, probetas, monodosis de medicamentos... Todo debidamente etiquetado y compartimentado. Al fondo, a la derecha de la cámara, metido en un armario, encontró lo que buscaba: una parrilla de viales de color rosa.

—Gasolina súper con sabor a piruleta —dijo en voz alta.

Los contó: sesenta y seis. Faltaban treinta, lo cual era un desfase considerable respecto a las cifras oficiales. Decidió coger cuatro frascos y llevárselos consigo.

De vuelta en el ordenador central, Aitor comprobó las fechas en las que Ryan Cisneros había hecho acopio del CHOP 34. El número subía exponencialmente a finales de agosto, bajaba en octubre y volvía a aumentar a finales de enero.

Miró por la ventana pensando en Izaro Arakama, cómo en una noche muy parecida a aquella había perdido la vida y cómo estaba cerca de entender el porqué.

Sin embargo, lo que le llamó la atención fue su propio reflejo en el cristal.

No estaba solo.

Tenía una silueta a su espalda. La vio reflejada en el blanco de los copos que caían frente a la ventana. En un movimiento que la convirtió en real, la sombra apagó el flexo que aportaba el mínimo de luz a su alrededor, acompañada de una respiración profunda, como quien se prepara para realizar el ejercicio de una competición.

Se quedaron a oscuras, Aitor ya no veía a su acechador. Se le cerró la garganta y empezó a respirar agitadamente. Por instinto agarró el microscopio que tenía junto a él. Un sonido de algo parecido a una herramienta desplegándose rajó el silencio. Aitor conocía ese desgarro en el aire porque ya se había enfrentado a él con anterioridad: se trataba de una porra metálica. Iba a por él. El forense sabía que un golpe de esa arma y perdería el conocimiento.

En menos de un segundo, Aitor se dio la vuelta blandiendo en el aire el pesado microscopio que tenía asido en la mano. El cable arrastró todo el instrumental consigo, desperdigando probetas y matraces por los aires.

A la vez, una vara metálica lo golpeó en la cabeza y le provocó un cortocircuito en el cerebro, acompañado de un ardor insoportable en el lado izquierdo del cráneo. Sintió el microscopio impactar en la sombra, a la altura del pecho. Tal vez habría ganado un metro o dos de distancia respecto a su atacante.

La sangre caliente empezó a caerle por la oreja. Aitor retrocedió a trompicones, tratando de mantener la verticalidad. La porra metálica volvió a silbar en el aire. Su atacante avanzaba golpeando a diestro y siniestro. La punta del bastón le alcanzó en el brazo izquierdo, abrasándole. Aitor, desesperado, tanteó alrededor hasta que encontró una pata de madera; cogió el taburete con la mano derecha y lo levantó delante de él mientras retrocedía, interponiéndolo entre él y su depredador. Pronto chocaría con la ventana. De repente dejó de sentir la presencia frente a él.

¿Dónde estaba la sombra?

Lo atacaría desde un flanco, fuera del alcance de su ridícula protección: aquel taburete que se sacudía en el aire. Si se quedaba allí, moriría. Si salía corriendo a ciegas, moriría. Se le agotaba el tiempo. La única posibilidad era desaparecer de ese lugar.

Aitor se dio la vuelta y corrió, taburete en alto, hacia el ventanal. Lo arrojó con todas sus fuerzas contra el cristal y acto seguido saltó él, hecho un ovillo. La banqueta resquebrajó la ventana, abollándola, los ochenta kilos del forense hicieron el resto y Aitor se precipitó al vacío.

El estruendo de la rotura le perforó los oídos y los ásperos cristales le arañaron la cara. Aitor caía, envuelto en la oscuridad. ¿Cuántos metros había hasta el suelo? ¿Y nieve? ¿Habría nieve abajo? Mucho antes de lo previsto impactó de frente contra el tronco del pino que se alzaba más cercano frente al edificio. Rebotó, se precipitó hacia el suelo, aterrizó con el hombro y sintió el golpe sordo del crujido de su clavícula. No le dolió. O sí, pero era tal el pánico que sentía que no le importó. Aitor se incorporó, totalmente desorientado. Estaba vivo. Era capaz de respirar y de pensar. Corrió a trompicones a lo largo de la pared del bloque este, tratando de encontrar un lugar, puerta o ventana, por el que entrar de nuevo en el edificio, sin quitarse de la cabeza a su agresor y aquella dolorosa porra metálica.

El dolor, contenido por la adrenalina, empezó a abrirse hueco. Primero, la cabeza; después, la nariz; por último, toda la zona del hombro izquierdo. Avanzó hacia el final del muro sin encontrar un acceso.

—¡Socorro! ¡Ayuda!

Los copos de nieve se le colaban en la boca. El frío le irritaba los pulmones. Cuanto más alto gritaba, más fuerte rugía el viento. Debía bordear el edificio y meterse en el patio central, por donde podría acceder al interior del CAR y buscar ayuda. Estaba cerca, a unos pocos metros de doblar la esquina; la nieve no era muy densa y podía avanzar.

Entonces se detuvo en seco.

En la última puerta, la de la salida de emergencia, la luz se encendió desde dentro.

«Hijo de puta», maldijo Aitor con las piernas flaqueando, al borde del llanto. La puerta empezó a abrirse. Pensó en la porra y volvió el dolor. Allí, a la lumbre de los focos, era una presa visible. Tenía que desaparecer.

Solo le quedaba una vía de escape. Una escapatoria que era a su vez su condena. Con los ojos nublados por la nieve y las lágrimas, Aitor se adentró en el bosque.

Capítulo XXV

Miércoles, 19 de febrero de 2020
Barrio de Burceña, Barakaldo
1:30

Eva llevaba sumergida quince minutos y la única señal de que seguía con vida era un chorro de burbujas que borboteaba incesante en la superficie a través de una aureola luminosa de color verde que subía desde el fondo de la ría. El viento proveniente del Abra hacía que Silvia Irurtzun tuviera que entornar los ojos para poder ver algo. Juantxu Zabala no se había movido ni un milímetro de su posición inicial, a medio colgar de la escala de gato, como si fuese a saltar al agua en cualquier momento.

—¿Dónde está? —gritó la subinspectora, con preocupación.

—Sigue ahí —dijo Juantxu Zabala.

El exertzaina sabía que, por mucha lumbre que arrojasen, iba a ser difícil que Eva pudiese ver nada ahí abajo. La bióloga se movía a ciegas en un laberinto de hierro y ramas dispuesto a atraparla. La subinspectora Irurtzun ya se había arrepentido del todo de haber permitido realizar una idea tan descabellada. ¿Para qué? ¿Para recuperar un cráneo y una tibia? Pensó en la familia. ¿Era mejor enterrar eso que un recuerdo?

—¡No me gusta! —dijo la agente—. ¡No la veo y no me gusta!

—Esperad un poco, joder —intervino Tito a través de la radio—. Le quedan quince minutos de oxígeno.

El amarrador, nieto, sobrino e hijo de marinos, había crecido viendo botaduras de navíos en los astilleros de La Naval como quien ve a niños jugar a la pelota. Para alguien acostumbrado a atracar petroleros de más de trescientos metros de eslora, mantener la templanza se antojaba indispensable. El mar se embraveció, sacudiendo la lancha. No le preocupaba la embarcación, cuya estructura de hierro estaba diseñada para resistir impactos. Era el agua lo que lo inquietaba, tenía que estar muy fría. Los copos de agua nieve se derretían a su contacto con la superficie del Cadagua, pero no era obstáculo para que siguiese cayendo incesantemente, cada vez en mayor proporción.

—¿Qué puede encontrarse ahí abajo? —preguntó la subinspectora, sin perder de vista el burbujeo en la superficie.

—Cualquier cosa, ya has visto lo que sacó la draga: electrodomésticos, troncos..., sobre todo un lodazal —respondió Juantxu Zabala.

—El problema no son los objetos grandes —bramó la voz de Tito desde la radio, entrecortada—. Lo feo sería trabarse con una maraña de hierros, ramas o cables, algo en lo que puedas quedarte enganchado.

—No sé para qué pregunto —renegó la subinspectora.

—En teoría ya debería haber superado esa primera barrera de escombros para alcanzar una segunda capa de lodo espeso y, por último, queda el grueso de tierra sedimentada, donde debería reposar el cuerpo de Ainara.

—Esto es absurdo. El cadáver puede estar en cualquier lugar de la ría. Me he dejado arrastrar por un deseo más que por una realidad —reconoció la subinspectora.

Transcurrieron cinco tensos y silenciosos minutos más. El tiempo pasaba demasiado despacio. No saber, no ver, los carcomía. El volumen del chorro de burbujas descendió paulatinamente.

—Voy a sacarla —dijo resuelto Juantxu Zabala, bajando un peldaño de la escala.

—Si llego a saber que os ibais a rajar a las primeras de cambio, no os traigo —intervino Tito desde la cubierta, en tono de reprimenda—. ¿Qué esperabais?

—Ya lo hemos intentado, es suficiente —dijo el exertzaina, arrepentido.

Durante un instante, los tres, los dos en tierra y el del barco, permanecieron en silencio con sus respectivos haces de luz apuntando hacia las negras aguas del río Cadagua. El chapoteo contra el casco del práctico era lo único que se oía en la dársena. La subinspectora Irurtzun sintió el frío colándose por el cuello de su chamarra. Habían pasado..., ¿cuánto? ¿Veinte minutos? La sensación era horrible: era de noche, todo estaba oscuro, la humedad se arrastraba por el muelle... Todo eran señales para que se fuesen a su casa. Y ella había sumergido a una bióloga, ni siquiera policía, en una trampa de ramas putrefactas.

—Voy a meterme —dijo la subinspectora, desabrochándose el anorak—. Me meto y la saco.

—Voy yo —se adelantó Juantxu Zabala en dirección a la escalinata.

—¡Parad, hostia! Usad la cabeza. Ponte un traje, que te vas a congelar —gritó Tito por la radio de la subinspectora Irurtzun—. Que se ponga un puto neopreno, de lo contrario no va a aguantar ni dos minutos.

La subinspectora dejó fija la linterna y salió corriendo en dirección al baúl que descansaba en el maletero del Seat León, donde se encontraba el equipamiento de buceo. Sacó un neopreno mientras Juantxu Zabala se descalzaba y se quitaba los pantalones. La sensación reinante era que cada segundo contaba.

—Dame eso —dijo el exertzaina indicando los pasos que debían seguirse—. Coge una botella; esa, sí. Pásame unas gafas. Busca unas aletas. No. Más cortas. Tampoco. Esas, sí.

En cinco minutos que se les hicieron eternos, Juantxu Zabala estaba listo para sumergirse. Aún no había ni rastro de Eva. La sensación de agobio de Silvia Irurtzun se le había trasladado a la boca del estómago. Un nubarrón en forma de gran cagada sobrevolaba su cabeza. No podría superar el hecho de que a Eva le pasase algo, ni laboral ni personalmente. Su vida tal como la conocía tocaría a su fin. ¿Por qué no había pensado un poco más en lo que estaban a punto de hacer? Se había dejado llevar por el entusiasmo de la bióloga y del exertzaina, y se había confiado. Error. Ella no era así, ella pensaba las cosas dos veces antes de hacerlas. Tres veces incluso. Ella hacía listas y después las comprobaba antes de dar el siguiente paso. Había bajado la guardia. Había confiado en los demás y así les iba. Si Eva se quedaba enganchada con algo y perdía el conducto del oxígeno, adiós.

—Átame el cabo al traje —dijo Juantxu Zabala tendiéndole un mosquetón—. Si tiro dos veces, recoges. Da igual lo que te cueste. Tira.

El hombre señaló una bobina donde reposaba el umbilical que llevaba atado al neopreno. La idea era encontrar a Eva y sacarla como fuese, arrastrando consigo lo que fuera necesario. Era una medida arriesgada y desesperada, ya que se exponían a privar a la bióloga de aire o a causarle daño físico, pero a esas alturas la prioridad era tenerla de vuelta en cubierta. La subinspectora se fue hasta el enrollador de cable automático y con la mano izquierda asió con fuerza el mando que accionaba la recogida. Con la derecha sostenía el tubo que Juantxu Zabala llevaba consigo. El exertzaina se deslizó escaleras abajo hacia el agua.

—¡Mirad, mirad, mirad, mirad! —dijo Tito con una sonrisa en la boca, señalando hacia el núcleo iluminado del río.

Silvia Irurtzun, al ver una constelación de burbujas aflorar en la superficie del agua, sintió un alivio como el que no había experimentado en su vida. Era un espectáculo hermoso. Los tonos verdosos confluían con las burbujas que explotaban en la capa superior del agua mientras los copos de nieve se derretían alrededor. Entonces Eva emergió del vacío. No se podía leer su expresión, dada las gafas y el respirador, pero nadaba hacia ellos con calma. Juantxu Zabala se despojó de las aletas, de las gafas y de la botella de oxígeno, y ayudó a la bióloga a subir a tierra firme.

—Madre mía —dijo Eva al quitarse el respirador y las gafas.

Juantxu Zabala le puso una manta por encima. Todo su cuerpo emanaba vaho al entrar en contacto con el frío de la superficie.

—¿Qué ha pasado? Estábamos asustados —dijo la subinspectora Irurtzun, de cuclillas frente a ella.

—Nada —respondió Eva, que parecía contenta, emocionada—. Las condiciones son malas ahí abajo. No veía nada. He recorrido la zona buscando con el bastón, tratando de acercarme lo más posible. ¿Y eso? —preguntó la bióloga al ver a Juantxu Zabala enfundado en el traje de buceo.

—Estábamos a punto de bajar a buscarte —respondió el exertzaina.

—No es peligroso —negó Eva—. Hay una valla de hierro que pesa lo suyo, y después fango y más fango.

Entonces la bióloga se detuvo y miró a los presentes, uno a uno. Asentía para sí con la cabeza. Tenía algo que decir. Silvia Irurtzun fue la primera en entender la expresión triunfante de Eva. No llevaba la baliza consigo, la había dejado anclada en el fondo de la ría.

—La has encontrado —dijo la subinspectora, sintiendo una euforia incontenible.

CAPÍTULO XXVI

Miércoles, 19 de febrero de 2020
Sierra de Aralar
2:00

«Salta, levanta los pies. Camina, corre».

Rodó cuesta abajo hasta chocar contra el tronco de un árbol. No se detuvo y siguió bajando, corriendo, rodando. Sabía que el asesino iría tras él. Cuanto más se alejaba del edificio, más se adentraba en la oscuridad. Una negrura salvaje que lo envolvía a cada paso. Cuanto más se alejaba de la luz, más posibilidades tenía de sobrevivir a su atacante y, a su vez, más cerca se encontraba de una muerte segura por congelación. Porque a cada paso que daba le acompañaba el recuerdo de Izaro Arakama.

¿Y su móvil? No lo llevaba encima. Le dolía mucho el hombro. A cada sacudida, cada tropiezo, toda la parte izquierda del cuerpo le lanzaba cuchilladas de dolor. La sangre que le caía por la nariz se le colaba en la boca, mezclada con lágrimas, lo que le dificultaba la respiración. Mejor: cuanto más tragase, menos caería en la nieve y menos rastro dejaría. Que sería demasiado, pese a todo. Se hundía en el manto blanco e iba haciendo socavones demasiado fáciles de encontrar. Estaba construyendo una autopista directa hacia él. Tenía que evitar seguir haciendo ruido.

«Piensa, joder, piensa».

El miedo lo ocupaba todo en su mente. El corazón le latía desbocado, el aire no le entraba en los pulmones y le temblaban las extremidades. Tenía los ojos llorosos y el oído izquierdo taponado.

«No te pares. No quiero morir, así no». Algo dentro de él, nacido bajo el esternón, en la boca del estómago, le arrojó un rayo de lucidez. O transformaba el miedo en algo diferente, o moriría.

Rabia.

Necesitaba convertir el pánico en ira, en odio, en rencor, en asco. Todos aquellos sentimientos los provocaba el ser que le había hecho tanto daño. Aitor quería devolver aquel dolor y lo vio claro.

«Te voy a joder. Voy a sobrevivir a esto».

Apretó los dientes. «Ubícate. ¿Dónde estás? Ni puta idea. ¿Dónde estás?». No veía nada. «Imagina el edificio. ¿Desde dónde has caído? ¿Hacia dónde has salido corriendo?».

Trató de dibujar un mapa en su mente mientras corría. El haz de luz de una linterna rebotó en los pinos circundantes. El depredador estaba cerca, había encontrado su rastro en la nieve.

Aitor tropezó y cayó de bruces sobre la superficie helada. Durante una fracción de segundo, su mente le dijo que se quedase ahí, que se rindiese. Entre sollozos, el forense hincó las rodillas para coger impulso y siguió corriendo, esperando que de un momento a otro un nuevo golpe de la porra extensible le abriese la cabeza.

«El río. Pasa el río y tus huellas desaparecerán».

El débil sonido del agua manando le llegó por el lado malo, el izquierdo. Aitor tuvo que girar la cabeza para ubicarse y enfocó su oído bueno, el derecho, a la corriente. Estaba llegando al riachuelo.

«Corre hacia abajo, sigue el arroyo. Despista al asesino». La luz de la linterna venía de allí, se metería en la trayectoria, se haría visible. «No, espera. Hacia arriba, ve hacia arriba».

Cada vez le costaba más, el terreno picaba hacia lo alto y sus muslos ardían. El brazo izquierdo, inerte, pegado al cuerpo, le impedía mantener el equilibrio. Aitor estuvo a punto de trastabillar y caer al agua. No parecía cubrir mucho, pero estaría helada. Su cuerpo ardía, sudaba.

Chocó contra una rama, que le impactó en la cara, otra vez en la nariz. Golpe sobre golpe, herida sobre herida. Tenía que ralentizar la respiración, estaba haciendo mucho ruido.

El río pareció estrecharse, perder profundidad. Sus ojos empezaban a hacerse a la noche.

Era el momento de cruzar.

Sin detenerse, saltó sobre una roca plana. Resbaló y cayó golpeándose con la rodilla: sintió como si le golpeasen la articulación con un martillo. Un grito ahogado le desgarró la garganta.

«Levántate, cabrón. No puedo. Levántate».

Temblando sobre la roca, tanteó con la mano derecha la siguiente plataforma en la que saltar. Encontró lo que parecía el comienzo de un tronco abatido. Si saltaba y tenía suerte, el tronco soportaría su peso y estaría más cerca de la otra orilla.

Una rama crujió a unos metros de él. La bestia estaba ahí. Aitor cerró los ojos instintivamente, haciéndose invisible, como un niño pequeño. «Si yo no te veo, tú no me verás». Se quedó quieto, tratando de no perder el equilibrio. El monstruo tampoco se movía. Estaba esperando una señal.

El odio recorrió a Aitor de arriba abajo. «Hijo de puta. Hijo de puta».

La silueta se puso en marcha pasando por detrás de Aitor, peinando la orilla del riachuelo. Estaba asegurándose de que el forense no había ido más arriba. Después volvería.

«Salta al tronco, Aitor. Salta. Ahora».

Repleto de musgo como estaba, la superficie repelió la pisada y Aitor se precipitó contra el suelo. Fue un instante de ruido brusco, una discontinuidad en el rugido de la tormenta que no podía haber pasado desapercibida. Aitor se quedó quieto, agudizando los sentidos. Entonces las pisadas sobre la nieve se aceleraron.

Lo había detectado.

Se levantó al galope y sacudió las piernas entre la nieve, agitándose desesperado. El haz de la linterna parpadeaba a su alrededor. El monstruo aún debía de estar al otro lado de la orilla, a punto de cruzarla. Veinte metros, treinta a lo sumo. Necesitaba guarecerse en lo más oscuro del pinar. Corrió en diagonal, a tientas, hasta que chocó con un tronco. El hombro le explotó de dolor y todas las terminaciones nerviosas se contrajeron en descargas eléctricas sacudiéndole el cuerpo. Se metió el puño en la boca y lo mordió, ahogando el grito. Aterrado ante la posibilidad de haberse delatado, miró hacia atrás. No había rastro de su perseguidor. «Qué cabrón». Había apagado la linterna. Estaba esperando la siguiente señal. Aitor siguió avanzando, agachado.

Hasta que se dio de bruces con el vallado que delimitaba el CAR.

Viéndose atrapado, lo único que le salió fue llorar aferrado a las tramas que dibujaban la alambrada. Recorrió, pegado a la estructura metálica, varios metros del cercado en busca de una brecha. La luz de la linterna se encendió de nuevo. Pronto encontraría, fuera de la arboleda, los rastros que él había dejado en la nieve, apenas veinte pasos atrás. Estaba a punto de ser descubierto. El dolor volvía en su búsqueda.

«Piensa, joder. Piensa».

Escarbó levantando nieve. Tiró del alambre hacia arriba,

en vano. La verja se hundía en las profundidades de la tierra. Luego miró hacia lo alto. La valla mediría tres metros, era imposible superarla. La rama del pino acariciaba la parte superior de la verja. Si conseguía escalar por el tronco, podría...

«Hazlo».

Con el brazo derecho enganchado a la rama más baja en forma de soporte, Aitor cruzó las piernas alrededor del tronco. Aquello era suficiente para quedarse allí suspendido, no para ascender. Necesitaba usar el brazo izquierdo. Se obligó a levantar la extremidad entre mil dolores y agarró la rama. Se impulsó con las piernas y ganó unos centímetros hacia arriba. La luz de la linterna iba en su dirección. ¿Lo había visto? Las huellas lo delatarían. Sin aire, sintió que la fuerza de los brazos lo abandonaba. Un vahído le hizo aflojar y estuvo a punto de caer. Desesperado, alargó el pie hacia el hueco en «V» que formaban la salida de dos ramas en el tronco y lo encajó ahí. Seguido, giró su cuerpo y se quedó apostado en la rama. Las acículas del pino se le clavaban en la piel, invitándole a salir de allí. Se puso de rodillas, se agarró al tallo que le crecía sobre la cabeza y, dándose impulso con las piernas una vez más, subió hasta el siguiente nivel. Reptó por la corteza, con las puntiagudas hojas clavándosele en el cuero cabelludo, hasta quedar prácticamente por encima de la valla. No iba a poder estar apoyado, de pie, en una superficie tan estrecha como la que le ofrecía el pino. Debía hacerlo deprisa, sin dudar. Temía que, de un momento a otro, una mano tirase de él hacia abajo y lo arrojase al suelo, para molerlo a palos hasta la muerte. Se preguntó si tardaría mucho en perder el conocimiento.

«Cállate. Cállate y salta, joder. Salta. Salta de una puta vez».

Aitor se puso en cuclillas y saltó. El impulso fue muy limitado, pero suficiente para sobrepasar el vallado. Aterrizó de frente sobre el mullido manto y hundió la cara en la nieve.

«Levántate. Corre, corre».

Salió a la carrera, dejando atrás la poca luz que manaba en algún punto del CAR. Cordelia se ensañó con él, arrojándole nieve a la cara y sacudiéndole con un viento norte furibundo. Cuando hubo ganado unos metros de distancia, Aitor sintió que se le pausaba la respiración. Lo había conseguido. Si daba un gran rodeo, podría encontrar la manera de volver al edificio sin que lo vieran. Le ardía el cuerpo, pero pronto quedaría congelado envuelto como estaba en aquellas temperaturas gélidas.

Entonces, entre la oscuridad de la ventisca, en el mismo lugar donde se encontraba el pino por el que había saltado la valla, se iluminó un punto de luz. Aitor sintió un vértigo nauseabundo en el estómago. Su propia sangre, que había ingerido, le subió hasta la garganta. La linterna inspeccionaba la zona. De repente, ese punto de luz, dotado de una gracilidad sobrehumana, ascendió por la valla para caer al otro lado. A su lado. El monstruo había trepado por la verja sin dificultad.

Aitor empezó a llorar, consciente de que o moría en brazos de la violencia, o moría en brazos de Cordelia.

Se dio la vuelta y, tambaleándose, corrió hacia la oscuridad.

CAPÍTULO XXVII

Miércoles, 19 de febrero de 2020
Centro de Alto Rendimiento Euskadi, sierra de Aralar
3:00

El teléfono de Jaime Otamendi empezó a vibrar sobre la mesilla, desplazándose a saltitos. El inspector lo cogió enseguida, ya que de un tiempo a esta parte gozaba de un sueño ligero que apenas le permitía dormir. «Irurtzun», decía la pantalla.

—Silvia —emitió con voz ronca.

—Jaime. Hemos encontrado el cuerpo de Ainara Madrazo.

—¿Qué? Pero ¿cómo?

El ertzaina se sentó en la cama, tratando de que la sangre le llegase al cerebro y poder así filtrar la información.

—A ver, espera, Silvia.

La subinspectora, con su gran capacidad de síntesis, le explicó a su superior que Tito, el amarrador, les había desvelado que la búsqueda de los buzos de la Ertzaintza se había planteado mal desde el principio y que el lugar donde tenían que buscar era otro, varios metros hacia arriba, en el Cadagua.

—Pero ¿cuándo habéis ido al río? —preguntó el inspector Otamendi.

—Como a medianoche. Nos ha acompañado Juantxu.

—¿A media...? ¿Y quién se ha metido en el agua?

—Eva. Ella ha encontrado el cuerpo bajo una tonelada de légamo radiactivo.

—¿Cómo se os ocurre? —El inspector aún estaba decidiendo si debía felicitar a Irurtzun o montarle un pollo—. ¡Eso ha tenido que ser muy peligroso!

—Lo era —admitió la ertzaina—. Jaime, lo hecho, hecho está. La hemos encontrado, que es lo que importa. ¿Has hablado con Aitor?

—¿De qué?

—De los resultados de los análisis del agua que nos envió.

—Pues no. ¿Hay algo interesante?

La subinspectora le hizo un resumen de los componentes de la sustancia y sus posibles usos derivados en el ámbito deportivo.

—Eso me encaja con lo que ha descubierto Laia Palacios —dijo el inspector, pensando en voz alta—. Parece la «gasolina súper» de la que hablan en los mentideros.

—Eva me ha dicho que Aitor iba al laboratorio a mirar en las bases de datos quién podía estar usando ese compuesto. ¿No sabes nada de él?

—Nada. Ahora lo despierto. O lo voy a buscar, igual sigue allí.

—Creo que estaría bien que viniese a la autopsia —propuso Irurtzun—. Estoy segura de que le gustaría estar presente.

—Sí, estoy de acuerdo. Bueno, vamos a ver. —El inspector trató de reordenar prioridades—: Silvia, habla con la jueza Arregui, pide las cuentas bancarias del equipo Eguzkiplak, las de Izaro Arakama y las de su marido, Ángel Ruiz. Si han estado sacando sustancias de aquí, habrán tenido que pagarlas.

—¿Y Gorka Sánchez?

—Esperemos. De momento no hay nada contra él —reflexionó el inspector—. Pero no me digas; todo el que anda cerca de ese tipo acaba muerto, así que no me creo que no tenga nada que ver con todo esto. Bueno, tú llama a la jueza e iros a dormir, que os lo habéis ganado. Y, Silvia...

—¿Sí?

—Buen trabajo.

La subinspectora se despidió y cortó la comunicación. De inmediato, Jaime Otamendi llamó a Aitor. Dio línea, pero no contestó. El policía insistió dos veces más, pensando que el forense estaría dormido, pero no respondió. Revisó su teléfono y vio que tenía una llamada perdida suya. Malditas notificaciones silenciadas. Miró el reloj: eran las cuatro menos cuarto de la mañana. A la mierda. Se vistió, salió al pasillo y llamó a la puerta contigua, la de Aitor. Al no recibir respuesta, la abrió directamente y entró en la habitación. La cama estaba hecha. Volvió a telefonearle. Nada. Se dio la vuelta y llamó a la puerta de enfrente, la de Llarena.

—¿Sí?

—Llarena, soy yo, abre.

El agente, con un ojo cerrado y el otro a medio abrir, se presentó en el umbral en chándal.

—¿Sabes algo de Aitor?

El ertzaina necesitó unos instantes para situarse.

—Lo último que sé es que nos llamó para hacernos una consulta sobre una sustancia.

—¿Qué clase de consulta?

—Sobre cuál sería la disciplina deportiva más adecuada para una sustancia dopante de ciertas características.

La puerta de al lado se abrió y Gómez apareció en el pasillo.

—¿Sabes algo de Aitor? —le preguntó el inspector.

—Nos dijo que se iba al laboratorio —respondió el agente barbudo.

—Y que te informaría a ti —añadió Llarena—. ¿No te ha llamado?

—Vamos —les ordenó el inspector—. Coged vuestras cosas.

Dos minutos después, los tres ertzainas recorrían el ala central del CAR a paso ligero. El inspector les comunicó el hallazgo del cuerpo de Ainara, y los agentes le contaron que habían pensado que el boxeo era la disciplina idónea para la sustancia que había recalado en la ropa de Izaro Arakama. Volvieron a llamar a Aitor, pero, de nuevo, nadie lo cogió.

El inspector sentía una preocupación creciente en el cuerpo. Seguramente, como era habitual en él, el forense estaría enfrascado en sus cosas, tendría el teléfono en silencio y por eso no lo cogía. Sin embargo, los últimos descubrimientos apuntaban a que alguien del CAR habría estado presuntamente contrabandeando con Izaro Arakama. De salir a la luz esa información, esto podría poner nervioso a cualquiera.

Bajaron al segundo piso y, nada más acceder al laboratorio, Jaime Otamendi supo que algo iba mal. Había corriente. Desenfundó su pistola reglamentaria. No hizo falta que les dijera nada a Llarena y a Gómez: ambos se situaron a sus flancos, en guardia, y avanzaron sigilosamente, en formación, hasta que el inspector sintió bajo sus pies el crujir de unos vidrios. Una bocanada de aire gélido los sacudió. La ventana que había a su izquierda estaba hecha trizas.

A Jaime Otamendi se le cortó la respiración. Llarena fue presa del pánico y se puso a gritar. Gómez se asomó a la ventana y desapareció a la carrera, en dirección a la salida de emergencia. La voz de Llarena percutía en sus tímpanos.

—¿Qué hacemos, jefe? ¿Qué hacemos?

—Llama.

—¿A quién?

Un abismo se abrió bajo los pies de Jaime Otamendi.

—A todo el puto mundo.

CAPÍTULO XXVIII

Miércoles, 19 de febrero de 2020
Sierra de Aralar
4:00

Aitor se había perdido. Vagaba al trote, sin dirección, tratando de sacar las piernas de la nieve. Había encontrado el surco de lo que parecía una pista, adonde había llegado tras caerse en ella por un terraplén. La profundidad de la nieve alcanzaría el metro y la precipitación venía de manera lateral, del norte, regando toda la ropa de una pasta blanca y pegadiza que se filtraba en forma de agua por la tela. Se había cubierto con la capucha de la sudadera, pero la tenía mojada por la nieve y se le pegaba a la cabeza. El corazón le bombeaba sangre con pesadez. Bum, bum... Aitor sabía que tenía que moverse por dos motivos: primero, para huir de la persona que quería matarlo y, segundo, para mantener el calor en el cuerpo. Empero, ambas posibilidades le conducían irremediablemente a la muerte. Había pasado tiempo, creía que el suficiente, desde la última vez que Aitor había visto titilar la linterna en la oscuridad. Ya daba igual. Una vez adentrado en la montaña, su acechador sabía que el forense era hombre muerto. Las temperaturas rondarían los diez grados bajo cero y, en cuanto se detuviese, el frío se lo comería vivo. Aitor Intxaurraga era un caminante muerto y lo sabía. Su cuerpo, agotado y herido, se detendría y su temperatura corporal bajaría de los treinta grados en cuestión de segundos.

No veía nada. La oscuridad lo rodeaba y lo dejaba a merced de cualquier desnivel en la nieve, de cualquier roca o sacudida del viento. Los pulmones le ardían, no sentía el hombro izquierdo, la nariz no filtraba aire, taponada por la sangre coagulada, y solo oía por el oído derecho.

El cuerpo le empezó a tiritar: primero la espalda, después las piernas. La sangre empezaba a retirarse a sus órganos vitales, lo cual, si bien suponía activar los últimos mecanismos de supervivencia, conllevaría un resultado fatal, ya que las piernas pronto le dejarían de funcionar. Se le agotaba el tiempo. Tenía que salir de la senda y buscar un refugio. El riesgo era máximo: podía despeñarse por un acantilado o precipitarse por una sima. Agotado, se arrastró por el costado izquierdo de la pista y salió a lo que supuso sería un bosque de hayas desnudas. El viento que se filtraba le congelaba la piel. El terreno se abatía ligeramente. No había nada, solo negritud. Un vacío eterno de chillidos ululantes a su alrededor.

«Sigue. Camina. Sigue».

Como un zombi, avanzó a tientas sin rumbo fijo, chocando con troncos y pedruscos sepultados bajo la nieve. Su respiración iba bajando de frecuencia y se volvía cada vez más superficial. Empezaba a tener sueño. Tal vez si se parara un instante y se acurrucara en algún sitio...

«No te duermas. Sigue».

Se le cerraron los ojos un microsegundo y cayó de rodillas.

«¡Levántate!».

Se obligó a incorporarse, ya sin andar. No sabía si estaba despierto. No había nada alrededor. Había parado de nevar. Trató de cerrar las manos, pero no pudo. Tenía los dedos agarrotados. Algo estaba cambiando. Miró al cielo. Allí, entre las nubes, asomaba algo. Era la luna tratando de aparecer. Los cumulonimbos se resistían, espesos y tercos, obcecados en obedecer a Cordelia.

Fue un instante: la luna afloró unos pocos segundos. Aitor analizó su entorno con la brizna de lucidez que le permitió su cerebro aletargado. Se le había acostumbrado la vista a tanta oscuridad y la mínima claridad le facilitaba formas, siluetas. Estaba en la falda de una colina, rodeado de hayas. El terreno era abrupto. A unos cien metros de él, un gran tronco dormía abatido, arrancado de la faz de la tierra, apoyado como un ciempiés en sus ramas, tratando de no tocar el suelo.

La luna desapareció, la oscuridad volvió.

Aitor caminó en dirección al tronco. Recordó las palabras de Gómez: «Busca un árbol grande, un tocón, una piedra, algo que haya estado enraizado en las entrañas de la tierra; encuentra una hendidura, un hueco, escarba, ponte a cubierto del viento y acurrúcate».

Contó sus pasos. Cuando hubo recorrido cien, se detuvo y tanteó con las manos. Maldita sea, el tronco no estaba allí. No había nada. Exhausto, decidió moverse dos pasos a un lado y volver a tentar. Nada. Retrocedió y avanzó de nuevo en otra dirección. Nada. Retrocedió otra vez. Nada. La desesperación se adueñó de su cuerpo.

«No, no, no».

Al quinto intento, el tronco emergió en su inmensidad. Aferrado a él, Aitor alcanzó el tallo, donde las raíces se levantaban como las de una medusa petrificada. Se agachó y escarbó. Los dedos no le respondían, pero sacudió las manos como si fuesen un muñón, horadando primero la nieve, después la tierra dura y congelada.

Aitor empezó a gritar, consciente de que si allí no había un agujero, una cavidad en la que meterse, moriría en el acto.

—¡Vamos, joder! —suplicó agonizando—. ¡Por favor, por favor!

Como un animal salvaje, Aitor empezó a arrancar piedras y raíces de la tierra, gruñendo, gimiendo. Entonces el suelo dejó de oponer resistencia, y se mostró una abertura ante él.

Sin pensarlo, metió la cabeza dentro. Había un sinfín de hojas de haya, capas y capas acumuladas a lo largo de todo el otoño, que se habían ido deslizando unas tras otras hasta formar un manto marrón y crujiente.

El hombro le hizo emitir un chillido de dolor al tratar de deslizarse dentro del agujero, por lo que tuvo que cambiar de postura, orientándose al lado contrario. La cabeza se le llenó de una mezcla de tierra y nieve, y tragó piedrecillas y musgo a medida que se introducía en la hendidura.

Tenía la sudadera mojada por completo y, al mínimo soplo de viento, esa humedad le traspasaba hasta los huesos. Decidió quitársela, lo que le costó un mundo y mucho dolor. Tapó la entrada al agujero con la prenda y, acto seguido, empezó a empujar hojas de haya para obturar cualquier hueco que pudiese quedar. A oscuras, Aitor se aovilló cogiéndose de las rodillas, temblando de frío.

Estaba solo con su respiración. Le dolía el pecho y sentía que la frecuencia cardíaca iba en descenso. El cansancio le invadía por momentos. Sufría calambres incontrolados en la espalda y los muslos, y la mandíbula se le mecía de un lado a otro sin que pudiese hacer nada para evitarlo. Se adormiló, sin ofrecer oposición.

—Es lo mejor, es lo mejor —se dijo.

El microsueño fue interrumpido por un bufido gutural.

Había algo ahí fuera. Aitor abrió los ojos, pero estaba a oscuras. El sentido del oído, solamente habilitado en el lado derecho, se le aguzó. Algo estaba escarbando cerca del tocón. Se trataba de un animal salvaje. Unas zarpas arañaban la madera. El aire expulsado de un hocico sonó a pocos centímetros de su cabeza.

Aitor rompió una raíz con su brazo bueno y la acercó al lugar del que provenían los sonidos. Sintió tierra cayendo sobre la cabeza. Con todas sus fuerzas, lanceó con la vara hacia el exterior y el animal reaccionó al instante con un gañido de sorpresa, reculando. Aitor aprovechó para acumular piedras y barro en el hueco que se había formado.

Transcurrieron unos instantes que Aitor no supo si eran segundos, minutos u horas. Oyó al animal merodear en el exterior, primero más lejos, luego más cerca. Agotado, el forense empezó a cabecear.

Estaba perdiendo el conocimiento. Su mente empezó a volar en imágenes: Otamendi, Eva, Izaro Arakama, Sara Aguirre..., sus padres. Abrió la boca al sentir que el aire ya no pasaba hasta los pulmones. Recordó San Sebastián, la Concha, el mar...

Tocó el bolsillo del chándal con la mano buena. Allí había un objeto.

El vial de CHOP 34. Uno de ellos había sobrevivido al ataque.

«Bébetelo, Aitor».

Se lo dijo una voz, pero ya no sabía si era la suya. Soñó que lo sacaba del bolsillo y se lo bebía, pero se despertó y seguía allí, hecho una bola, en un agujero en la tierra.

«Sácalo del bolsillo, Aitor».

No podía moverse, era incapaz. Tenía el cuerpo congelado. Levantó el brazo derecho sin sentirlo y lo llevó hasta el bolsillo izquierdo del pantalón del chándal.

«Cuidado, no lo rompas».

El vial cayó en algún lado, entre la hojarasca. Aitor palmeó el suelo, sin suerte.

«¡Busca! Otra vez. Aquí. No. Aquí. No».

La inconsciencia fue barriéndolo todo, pero finalmente Aitor encontró el vial. Ahora tenía que quitarle el tapón. Lo mordió y lo escupió. Tragó el líquido. Era espeso y sabía a golosina de fresa. A piruleta. No lo sintió caer por la garganta. Tal vez su mente se lo había inventado.

Todo se apagó.

CAPÍTULO XXIX

Miércoles, 19 de febrero de 2020
Centro de Alto Rendimiento Euskadi, sierra de Aralar
6:30

John Ranieri tenía cincuenta años y era el *nagusi* (jefe de grupo) de la UVR, la Unidad de Vigilancia y Rescate de la Ertzaintza. Nacido en Missoula, Montana, Estados Unidos, John se acostumbró a salir a correr por los parajes montañosos de Whitefish con un espray antiosos, dado que en primavera los *grizzlies* se despertaban hambrientos tras la hibernación. Cuando sus padres se mudaron a Bilbao por motivos laborales, John tuvo claro enseguida que quería ingresar en la Ertzaintza y pertenecer a lo que entonces se denominaba URATP, Unidad de Rescate y Apoyo Táctico Policial, por lo que, tras licenciarse en la academia de Arkaute y pasar cuatro años en Seguridad Ciudadana, John Ranieri accedió como agente primero a la Sección de Montaña.

Las cosas habían cambiado mucho en la división y, aunque nunca lo fuese a reconocer, la transformación se debía en gran parte a él. Fue John quien se empeñó en descartar aquellas arcaicas pruebas físicas para la admisión de nuevos agentes por verdaderos y exigentes test: mil quinientos metros de desnivel, escalada de una vía 5+ en las canteras de Atxarte, una ruta espeleológica, una prueba técnica, examen teórico y un circuito de natación. De la misma forma se empecinó en que el cuerpo sufragase cursos de reciclaje impartidos por agentes de los equipos de rescate de la comisaría de Chamonix (los franceses eran los mejores, en su opinión), y la exigencia de que cualquier miembro de su equipo tuviese al menos la titulación de técnico deportivo de media montaña y de espeleología, así como se incentivase la obtención del título de enfermería; cambió los turnos de nueve horas y media por los de doce horas, puso a dos agentes de retén y firmó un convenio con la empresa Ternua para la provisión de material.

En su dilatada carrera jamás se había enfrentado a una situación semejante. Tenían a un médico forense que había sido atacado y andaba perdido por la sierra de Aralar. Había sido el propio Otamendi quien se puso en contacto con él. Ambos eran viejos conocidos y la llamada del inspector le resultó del todo desesperada.

Había preparado el rescate en el cuatro por cuatro, en la hora que tardaron en cubrir el trayecto Iurreta-Aralar. Nada más llegar al centro, Ranieri hizo una demarcación del terreno y desplegó a sus ocho agentes en binomios indivisibles, hasta ocupar un perímetro de kilómetro y medio. Todos iban pertrechados por completo contra el frío y provistos de equipos luminotécnicos y conexión por radio de baja frecuencia, avanzaron partiendo del vallado del ala este del edificio en dirección sureste. Se habían visto obligados a descartar la zona norte, de mayor cresterío, dada la dificultad del terreno y la nula visibilidad. Debían avanzar por zonas muy precisas, ya que solo iban a abarcar lo que el haz de luz de sus frontales PETZL de espeleología les permitiría.

El jefe Ranieri tenía la complexión física de un chimpancé, espalda ancha, brazos largos y manos callosas; un escalador puro. Se encontraba ya en el laboratorio del CAR, junto a un ventanal hecho añicos por donde entraba la ventisca, y donde habían instalado la base de operaciones. Tenía al jefe de equipo apostado en una mesa con un ordenador, un mapa de la zona extendido, un GPS y una estación de radio vía satélite. Había una agente, una operadora de drones, a la espera de que las condiciones mejorasen para hacer volar a su criatura y ofrecer cobertura aérea. Abajo, a ras de suelo, el Toyota Land Cruiser, adaptado al terreno con ruedas de nieve, recorría la pista, al ralentí. Sus agentes, cinco hombres y tres mujeres, avanzaban obligados a mantener contacto por radio cada cinco minutos. En caso de que alguno de ellos no respondiese, la búsqueda se detendría y los ertzainas más cercanos irían a verificar el estado de salud de los compañeros en cuestión. John tenía claro que estaba metiendo a su equipo en la boca de la tormenta, y cualquier precaución era poca.

Jaime Otamendi, colgado al teléfono, recorría el laboratorio a grandes zancadas, dando voces.

—¡Ramírez no me jodas! ¡Estamos ante el intento de homicidio de uno de los nuestros! —gritaba el inspector desde su teléfono móvil—. Bueno, pues déjame a mí hablar con Protección Civil. Pero ¿cómo que no? Mira, necesito esa quitanieves ya, ¿me entiendes? Un minuto perdido es un uno por ciento menos de probabilidad de encontrar a mi chico con vida.

El inspector colgó el teléfono con la cara desencajada. Se acercó al mapa y puso el dedo sobre el otro extremo de la sierra.

—La agente foral Laia Palacios viene con una patrulla desde San Miguel. Pararán en todos los refugios y las bordas que encuentren —dijo Otamendi, mirando su reloj—. Se les han unido dos pastores de los alrededores y sus mastines.

—Cualquier ayuda es bienvenida. Siempre y cuando se puedan cuidar solos —afirmó el agente Ranieri, con su inclasificable acento anglo-vasco-español—. Hablando de perros, he solicitado la presencia de la unidad canina de Berrozi. No tardarán.

—¿Cuánto tiempo tenemos?

John Ranieri se temía la pregunta. Y se la temía porque la respuesta era mala.

—No mucho. Ahora mismo, ahí fuera, estamos a menos ocho grados y con un viento que puede generar una sensación térmica de menos veinte. Depende de dónde esté tu chico: a la intemperie o a cubierto, mojado o seco...

—John, *mecagüen* la puta. ¿Cuánto?

—Si no ha encontrado un refugio, una hora, dos a lo sumo.

El *nagusi* de la UVR nunca había visto a Otamendi así, a punto de derrumbarse.

—¿Cuándo amanece? —preguntó el inspector, levantando la vista al cielo.

—A las ocho, pero hay luna llena y va a escampar. Pronto deberíamos tener algo de visibilidad. El helicóptero está preparado y los pilotos de camino a Iurreta.

Jaime Otamendi se llevó la mano a la frente.

—John, encuéntralo, por tus muertos —le dijo el inspector—. Te lo suplico.

—Disculpen.

Un carraspeo hizo que se volviesen hacia la entrada del laboratorio. Sara Aguirre y otros cuatro miembros del CAR, atletas jóvenes como ella, reclamaban su atención. Iban preparados para la nieve.

—Queremos salir a buscarlo —dijo Sara—. He juntado a veinte alumnos preparados para lo que nos digáis.

John Ranieri se volvió hacia Jaime Otamendi, quien cerró los ojos. Estaba en la disyuntiva de recurrir a un colectivo entre los que se encontraba la persona que había atacado a Aitor, o seguir ellos solos con la búsqueda.

—Nadie conoce el entorno como nosotros —dijo Sara—. Déjanos ayudar.

—Ya sé lo que estás pensando, Jaime —le dijo el ertzaina de origen norteamericano, acercándose a su oído—. Pero lo primero es encontrarlo.

—Sí, ¿y si uno de esos veinte es el hijoputa que le ha hecho eso a mi chico y lo encuentra antes que yo?

«Mi chico», se repitió Otamendi en la cabeza. Su responsabilidad. No, no podía pensar en perder a Aitor. El abismo que se abría ante él era matador. Gómez y Llarena le habían dado cuenta de la conversación que habían mantenido con Aitor acerca de los posibles usos de un compuesto como el que habían encontrado en la ropa de Izaro Arakama. El boxeo cobraba fuerza como posibilidad. Y siguiendo ese hilo, pensar en Ryan Cisneros se antojaba inevitable.

—Los mando acompañados por un agente, en cuadrillas —le prometió John Ranieri antes de dirigirse a los atletas—. ¿Tenéis luces?

La saltadora asintió con la cabeza.

—Sí, hacemos prácticas nocturnas con frecuencia. Estamos preparados.

John Ranieri necesitaba la mano de obra. Cordelia había puesto patas arriba el territorio y no disponía de más recursos. Otamendi lo sabía, por lo que terminó aceptando y el *nagusi* acompañó a Sara y al resto de los atletas hasta la mesa del jefe de operaciones, para repartirse el terreno. El inspector, mientras tanto, se asomó al abismo que era aquel boquete en la ventana. La tormenta le sacudió en la cara, helándole la piel. Pese a todo ese viento, a Jaime Otamendi le faltaba el aire. Había apretado demasiado a Aitor, abriendo una brecha entre ambos. Había sido un mal jefe, un mal líder, un mal amigo. Había cerrado la puerta, provocando que el forense no hubiera querido hablar con él, pedir ayuda. Maldijo sus maneras de hacer las cosas. ¿Qué iba a ser de él si perdía a Aitor?

Entonces el inspector sintió más movimiento en la entrada del laboratorio. Eran Gómez y Llarena, cubiertos de nieve. Llegaban con los rostros enrojecidos y la piel perlada de sudor. John Ranieri dejó de explicarles a Sara y a sus compañeros la ruta que debían seguir, sorprendido por la aparición de los dos agentes.

—¿De dónde demonios venís? —preguntó Otamendi.

A Gómez le caía nieve de la barba y respiraba agitadamente.

—Necesitamos ese dron —respondió Llarena, con su compañero asintiendo junto a él.

—¿Para qué?

—El coche va muy lento, no van a encontrarlo vivo —respondió Gómez—. Con soporte aéreo puedo adelantarme.

John Ranieri miraba primero a Gómez y luego a Otamendi sin atreverse a preguntar quién demonios era aquel oso impregnado en nieve. Llarena se dirigió a la operadora de drones directamente.

—¿Tiene visión nocturna?

La agente, que llevaba el mando de control del dron colgado del cuello, respondió afirmativamente. Tenía a los pies una gran caja blanca de poliespán abierta, con un aparato negro de cuatro patas con hélices esperando a que lo hicieran volar.

—Tiene una cámara RGB, otra de alta definición con un *zoom* a ochocientos metros y una de visión nocturna —respondió la agente. Por la energía con la que había contestado, estaba claro que quería ponerse ya en marcha.

Llarena miró a Otamendi.

—Es muy peligroso, joder, Gómez —protestó Jaime Otamendi—. ¿Es que vas a salir ahí fuera, tú solo?

—Necesito hacerlo —respondió el agente, sin caber en sí mismo.

—Ha sido culpa nuestra —le recordó Llarena—. Dejamos que Aitor viniera solo, jefe.

Abatido, Otamendi no opuso más resistencia.

En veinte minutos, el dron estaba en el aire, los chicos y chicas del CAR se habían unido a la partida de búsqueda y Gómez corría por la pista con una radio colgando de su anorak.

Para ese momento, todo el mundo estaba despierto en el CAR. Dos patrullas más de la división de Seguridad Ciudadana de la Ertzaintza llegaron a la puerta principal del edificio, y el inspector Otamendi los dispuso para asegurarse de que nadie salía del recinto, incluida la subdirectora Gemma Díaz, a quien conminaron a abandonar el ala de I+D+I. No tenían tiempo para ellos. También hizo que precintasen la zona donde habían atacado a Aitor. De la escena se ocuparía más tarde. De eso, y de Ryan Cisneros.

La operadora del dron estaba junto a la ventana, con el mando y el monitor a la altura del pecho. Habían conectado la señal a otra pantalla en la mesa de control de operaciones, junto a un ordenador que tenía abierta una aplicación de mapas, a fin de que pudiesen cuadrar las ubicaciones al instante. Otamendi permanecía de pie junto a John Ranieri, ambos colgados del teléfono y sin poder parar quietos. Llarena se había sentado al lado del jefe de equipo y mantenía contacto por radio con Gómez.

—El helicóptero está a punto de despegar, en veinte minutos estaría aquí —le dijo John Ranieri a Otamendi.

—Palacios ha llegado hasta los refugios de Errenaga, sin suerte —respondió Otamendi con el móvil en la mano—. Les está costando mucho avanzar.

La voz de Gómez crujió a través de la radio.

—He pasado el cuatro por cuatro —dijo el agente.

—Vale, Gómez, ¿y ahora qué? —preguntó Llarena.

—Búscame un hayedo. La zona con densidad forestal más cercana.

Llarena miró a la operadora de dron que asintió, y empezó a manipular el aparato con forma de videoconsola que tenía entre manos. El plano en la pantalla, una toma en verde plagada de grises y negros, se puso en movimiento y ganó altura.

Afuera, Sara Aguirre formaba en fila junto a veinte personas más en la vertiente occidental de la pista. Un zumbido los sobrevoló.

—¿Cuánta autonomía tiene? —preguntó el inspector Otamendi.

—Media hora —respondió la piloto sin mirarlo.

—Eso es terreno escarpado. —John Ranieri lo señaló en el mapa—. Son todo despeñaderos de karst. No merece la pena.

—Gómez, la zona occidental tiene mucha pendiente, deberíamos descartarla.

Alberto Gómez, aún iluminado por la parrilla de focos del techo del cuatro por cuatro de la Ertzaintza, obvió el dolor de las piernas y saltó la pendiente que embalsaba la pista, para adentrarse en la nada.

—Sígueme, Lander —dijo por radio—. Dime lo que tengo delante.

En el laboratorio, ahora centro de mando, el agente Llarena le indicó a la operadora del dron que virase hacia el este y encontrase a su compañero. Un minuto después, Gómez era una mancha negra en la pantalla en modo de visión nocturna, avanzando por aquella especie de estepa siberiana. Mientras tanto, el jefe de equipo seguía verificando la posición de los miembros de la partida de búsqueda.

—Adelántate siguiendo su trayectoria, a ver qué encontramos —ordenó John Ranieri.

Jaime Otamendi hablaba con el servicio de urgencias del hospital Donostia.

—Sí, eso es, prepárense para un caso de hipotermia con varios traumatismos —decía el inspector por teléfono—. No, aún no sé cuándo. Me da igual el cambio de turno, ¿me oyes? Y que lo traten como una agresión a un agente de la autoridad, quiero toda su ropa embolsada.

«¿Qué estoy haciendo? —se preguntó Jaime Otamendi nada más colgar—. Lo que puedo, joder». Buscó una asociación de montaña en Amezketa, tal vez allí conseguiría voluntarios. Llamó, en vano. Fue a la mesa de control. Miró el reloj: siete de la mañana. ¿Cuánto tiempo llevaba Aitor ahí fuera?

Los ladridos de unos perros sonaron en la lejanía.

—La brigada canina —pronunció John Ranieri—. Los pongo en marcha. Pero necesito alguna prenda de tu chico.

Jaime Otamendi se dirigió a uno de los agentes que custodiaban la entrada.

—Habitación 72, en el ala oeste. Deprisa.

El agente salió a la carrera.

—Gómez, tenemos un hayedo. —Llarena lo señaló en pantalla y le preguntó a la operadora—: ¿No puedes descender un poco?

Ella negó con la cabeza.

—En este modo de visión pierdo la profundidad de campo, y el sensor del dron no calcula bien, debido a la tormenta. Podría chocar con la copa de un árbol.

—¿Qué buscamos, Alberto? —preguntó Llarena.

—Un tronco abatido, un tocón, una piedra de gran tamaño. Un desgarro en la tierra. Lo que sea. —La voz del agente sonaba entrecortada por una respiración esforzada.

Gómez no necesitaba mucha visibilidad para avanzar. La que le proporcionaban su frontal y su linterna le eran suficientes. Intuía las primeras luces del alba en el cielo, una gama de naranjas imperceptible para el resto de los mortales pero no para él. Las siluetas, los recortes en la noche empezaban a dibujarse sobre el terreno. Sentía los muslos hinchados y la espalda agarrotada, pero le daba igual. Lo iba a encontrar aunque tuviese que pasar días buscándolo.

—Gómez, un saliente en la tierra, a unos cien metros —le dijo Llarena—. Te guío.

El agente avanzó envuelto en una mezcla de desesperación y ansia, ilusión y miedo, siguiendo las instrucciones de su compañero. Se trataba de una roca de piedra caliza cuya punta asomaba en forma de trampolín. No había nada bajo ella.

—Nada.

—Mierda —maldijo Llarena al otro lado de la línea.

—¡Venga, Lander, hostia! —le gritó Gómez—. Dame más.

El zumbido del dron se hizo presente sobre la cabeza del ertzaina, en dirección sureste.

—Venga, chico. Vamos, Aitor, dime algo —suplicó el agente.

El desnivel no era muy grande, pero sí propicio para que un haya mal enraizada cayera. Avanzó por la ladera, siguiendo el sonido del aparato volador. Pese a ir pertrechado hasta el fin contra la ventisca, podía sentirla plenamente sacudiéndolo todo a su alrededor. Si era necesario, pasaría horas quemando calorías hasta quedar exhausto. Pero aquel frío era demasiado para Aitor. Los rotativos azules y naranjas del coche policial asomaban en la lejanía, el eco de los ladridos de dos perros se oía allá por el CAR; todo el edificio estaba iluminado.

—Gómez, tengo una gran haya abatida en la cuesta, frente a ti. Otros cien metros en dirección noreste —dijo Llarena por radio.

—Voy.

—Y Alberto, nos estamos quedando sin batería en el dron.

El agente salió a la carrera, muy atento a sus pies, tratando de anticipar simas o fallas en el terreno. El frontal le mostró fugazmente un gran tronco gris caído a lo largo de la bajante. La angustia lo recorrió. Tenía la boca seca y le costaba tragar. Al llegar al tronco, recorrió la superficie con la mano, buscando la base.

Había huellas. Era ahí.

Gómez se tiró al suelo, y empezó a escarbar con las manos, poseído. Su parte animal arrancaba la nieve y la tierra, e iba abriéndose hueco.

Encontró una sudadera en la boca del agujero. Aitor apareció tras ella, hecho un ovillo.

—Lander. —Gómez no encontraba las palabras—. ¡Lander, ven! Está aquí. ¡Ven!

—¡Vamos, Gómez! ¡Ya vamos!

La radio quedó abierta y pudo escuchar a Llarena gritándole a todo el mundo, allá en el segundo piso del ala este del CAR. La voz de John Ranieri, firme y segura, le indicaba la posición de Gómez a su unidad.

Había un manto de hojas. Aitor se había quitado la sudadera y la había puesto en la boca del agujero, para tapar la entrada de viento. Se había envuelto entre hojas. Tenía la piel morada. Gómez lo sacó en brazos a tirones y le frotó el cuerpo con las manos. Se quitó su anorak para cubrirlo por todas partes. Sin soltarlo en ningún momento, abrió su mochila y sacó una manta térmica. Lo abrazó con fuerza, y le calentó la espalda con las manos. Le tomó el pulso con mucho temor: nada. Gómez cerró los ojos.

—No te me mueras ahora, amigo. Lo has hecho muy bien, chico. Venga, Aitor, no me jodas, tío. Por favor te lo pido. Respóndeme. Aitor. ¡Aitor! ¡¡Aitor!!

Sintió un latido en el pulgar. Había vida allí dentro, en algún lugar, resistiendo. Algo mínimo, en retirada. Tenían que sacarlo de allí. Ya.

—Gómez, ¿qué pasa?

Era la voz de Jaime Otamendi.

—Tiene un pulso muy débil —respondió el agente—. La cara machacada, la nariz rota y una brecha en la cabeza. El brazo izquierdo está desencajado. Como pille al hijo de puta que le ha hecho esto, lo mato.

—Lo vamos a cazar, te lo juro —respondió Otamendi—. Aguanta, ya llegan.

Gómez se levantó con Aitor en brazos y empezó a subir la cuesta. Había que ganar tiempo.

—Aguanta, chico, aguanta. Yo te llevo.

El esfuerzo era mayúsculo. Si ascender por la ladera resultaba complicado, con una persona a cuestas, era casi imposible. Pero Gómez subió, paso a paso, apretando los dientes, hundiéndose en la nieve, roca a roca. Cuatro personas corrían hacia él. Reconoció al doctor del CAR, Sabino Mendiluze, que se aproximaba con un maletín en la mano. Le seguía una mujer joven, con otro maletín. Detrás, dos agentes de Ranieri.

Con una eficiencia milimétrica montaron una camilla en segundos y tumbaron lo que quedaba de Aitor en ella. El médico apartó a Gómez y auscultó al forense. La chica le puso una mascarilla de oxígeno y empezó a bombear con el ambú. Gómez cayó de rodillas.

El aire se revolvió y el sonido de los dos rotores del helicóptero H135 T1 de la sección aeronáutica de la Ertzaintza levantaron toda la nieve por los aires, hasta provocar una nube de polvo blanco cegador. Los ertzainas levantaron la camilla y avanzaron hacia el punto de extracción, con el doctor Mendiluze y su asistente a los flancos.

—Gómez, ¿estás bien? —le preguntó Llarena por radio—. Gómez, Gómez, ¿me oyes?

—Necesito un instante.

No se permitió más. Se levantó y siguió a los agentes que transportaban a Aitor. Los doce metros de largo de la nave suspendida en el aire opacaban el cielo. Las cuatro aspas giraban a cien revoluciones por minuto, lo que daba la sensación de que el helicóptero tenía un halo sobrevolándolo. El rotor de cola se inclinó unos grados hacia abajo, dándole estabilidad, y el operador de grúa comenzó a descender el cable con los arneses.

—¡Lourdes! ¡Está en parada! —gritó el doctor Mendiluze.

«¿En parada? No. No puede ser». Aitor estaba vivo cuando él lo rescató del agujero. Gómez pensó que la nieve se abría bajo sus pies al ver al médico echarse sobre Aitor para realizarle un masaje cardiopulmonar. La asistente tiró el maletín al suelo y sacó un equipo de RCP. Con determinación, la chica le abrió la camiseta a Aitor con las tijeras de corte de toba, dejando al aire el pecho del forense para, tras retirar los plásticos protectores, pegar de inmediato los dos electrodos: uno sobre el pectoral derecho y el otro en el lado inferior izquierdo del torso.

—Fuera. —Oyó Gómez que decía la asistente.

—¿Qué pasa? —le preguntó Otamendi a través del pinganillo—. Gómez, dime algo: ¿qué demonios está pasando? Aguanta, ya estamos aquí.

El ertzaina balbució, con la petaca en la mano, sin saber qué decir. Sabino Mendiluze reanudó el masaje, contando.

—¡Fuera! —ordenó la sanitaria, soltando otra descarga.

La columna de Aitor se arqueó en un espasmo, sin dar señales de vida.

Los ertzainas de la UVR habían cazado el cable y se afanaban en amarrar la camilla al arnés. Un cuatro por cuatro aparcó en la curva. Otamendi, Llarena y John Ranieri saltaron del vehículo a la carrera del interior.

—¡Sigue tú, Lourdes! —indicó el doctor Mendiluze y empezó a rebuscar en el maletín.

La asistente reanudó el masaje cardíaco, presionando el pecho de Aitor. Uno de los ertzainas hizo gestos hacia arriba. El otro se aproximó a la camilla.

—¡Estamos listos para izarlo! —gritó.

—¡Aún no!

Sabino Mendiluze extrajo una larga jeringuilla de entre sus cosas y la introdujo en una ampolla. John Ranieri, que acababa de llegar, se puso a hablar con su subordinado, apuntando al cielo. El ruido del rotor principal impedía cualquier conversación que no fuese a gritos, por lo que toda comunicación entre ellos era gestual. Llarena se llevó las manos a la cabeza al ver a Aitor inerte, tendido en la camilla. Otamendi abordó al médico, agarrándole por el brazo.

—¿Qué pasa?

—Ahora no. —El doctor Mendiluze se zafó de su presa y se abalanzó sobre Aitor.

La jeringuilla entró en el pecho directamente, atravesando el esternón. Sabino Mendiluze se colocó el estetoscopio y posó la campana sobre el pectoral del forense. Esperó unos segundos mientras Otamendi, Gómez y Llarena creían morir, después se dio la vuelta y se dirigió a Ranieri.

—¡Tienen que llevárselo ya!

John Ranieri le hizo un gesto afirmativo a su subalterno y el agente de la UVR se enganchó por medio de un mosquetón a la camilla. El motor de la grúa, capaz de levantar hasta doscientos setenta kilos, empezó a chirriar y el cable se tensó, alzando la camilla del suelo junto con el ertzaina, hasta suspenderlos en el aire.

—¡Atrás! —gritó Ranieri.

El jefe de la unidad observó el pájaro de aluminio. Esa era su última gran pelea con la administración: que el cuerpo adquiriese nuevos helicópteros. Les habían concedido cien horas más de vuelo, pero los cacharros se estaban quedando obsoletos.

El equipo de Jaime Otamendi vio desde tierra cómo la camilla se convertía en un rectángulo elevándose en las alturas. La hamaca llegó hasta los patines de aterrizaje de la aeronave, tanto el operador de grúa como el agente que había subido con ella se afanaron en subirla a cubierta. Sin que el procedimiento hubiese finalizado del todo, el helicóptero se tumbó hacia un lado y, con la cabina embistiendo contra el viento del norte, aceleró a toda potencia hasta alcanzar los doscientos cincuenta kilómetros por hora.

Pese a estar a más de cincuenta metros de distancia del suelo, todos se agacharon instintivamente. Todos salvo el inspector Otamendi. Ya podían aquellas hélices gigantes arrancarle la cabeza para dejar de sufrir y de pensar. Se dio la vuelta, de cara al edificio del CAR. Maldijo aquel lugar. A lo lejos, un vehículo ascendió la rampa que daba al patio principal. Lo reconoció de inmediato, era el coche de Gorka Sánchez. Ese cabrón llevaba mintiéndole desde que se habían conocido y, por activa o por pasiva, era responsable de lo que le había pasado a su chico. El director le había quitado a uno de los suyos, él haría lo propio. Metería en un agujero a la joya de su corona, Ryan Cisneros. Con la mente nublada por el odio, Jaime Otamendi se desabrochó el cinturón donde llevaba su arma reglamentaria, las esposas y la linterna, y se lo lanzó a John Ranieri, quien se quedó atónito. Llarena y Gómez miraron a su superior y entendieron sus intenciones. Los tres marcharon por la pista de vuelta al CAR.

Solo querían devolver el golpe.

CAPÍTULO XXX

Miércoles, 19 de febrero de 2020
Centro de Alto Rendimiento Euskadi, sierra de Aralar
8:00

Jaime Otamendi caminaba en dirección al CAR atravesando el despliegue policial que regaba todo el paisaje. La tierra titilaba en los azules y naranjas de los múltiples rotativos de la policía. Contó tres todoterrenos y otros tantos coches patrulla; medio centenar de personas, tanto ertzainas como deportistas, desperdigadas por aquí y por allá; dos perros, un dron sin apenas batería sobrevolando de vuelta al laboratorio y un helicóptero que no era más que un punto en el horizonte. Toda la superficie estaba llena de huellas, surcos y pisadas, como si un niño hubiese cogido un palo y hubiese dibujado en ella trazos que solo él entendía. Cordelia, satisfecha tras una noche salvaje, dejaba paso a un sol naranja que, al chocar con los aerosoles de la estratosfera, rompía el cielo en colores violetas.

«Hemos movilizado a medio cuerpo de la Ertzaintza», pensó Jaime Otamendi. Lo que no sabía era si habían llegado a tiempo para salvar a Aitor. Dudó sobre si podía encajar la muerte del forense bajo su mando. Era algo que no podía ni siquiera imaginar. Miró el cielo: la borrasca se retiraba, al fin. «Una noche tarde», maldijo.

El trío formado por Otamendi, Llarena y Gómez, estos dos últimos flanqueando al primero, ascendió la pendiente sin prestar atención a los requerimientos de nadie. Desde lo alto, ya en el portón principal, vieron que una furgoneta de ETB trataba de remontar la escarpada cuesta. Alguien había filtrado a los medios la batida de búsqueda de Aitor. «Sobrevive, chaval, no les dejes un titular a esas hienas», murmuró con la bilis subiéndole por el esófago. Aquello tampoco iba a ser bueno para el CAR, pensó. Así saldría a la luz. ¿Sería capaz Gorka Sánchez de mantenerlo oculto dos días más, hasta su flamante inauguración? Ojalá no. Ojalá todo su trabajo se fuese a la mierda, deseó el inspector desde el rencor más irracional. «Que se joda. Que se jodan todos».

Cruzaron el patio frontal, donde dos agentes que controlaban la entrada les saludaron sin recibir respuesta a cambio. A medida que se acercaban, la respiración de Gómez fue acelerándose hasta convertirse en un gruñido. Llarena aprovechó el trayecto para quitarse los guantes y el reloj.

—Nadie va a hacer nada hasta que yo lo diga —ordenó el inspector Otamendi, tratando de recobrar el sentido común.

Gómez y Llarena siguieron adelante, sin inmutarse.

En la entrada del CAR había movimiento. Estaban cargando de equipaje dos monovolúmenes. Se trataba del equipo de Ryan Cisneros: la fisioterapeuta y el entrenador personal se afanaban en cargar los maleteros. El boxeador permanecía en la puerta en segundo plano, junto a uno de sus amiguitos. Supervisando la partida, en el mismo lugar en el que los habían recibido hacía dos días, se encontraban Gorka Sánchez y Gemma Díaz.

No hacía falta ser un lince para darse cuenta de que estaban quitando de en medio al boxeador. El teléfono móvil del inspector empezó a sonarle en la mano: era el comisario Ramírez.

—Me pillas en mal momento —murmuró el inspector Otamendi.

—Jaime, te llamo para informarte de que la fiscalía ha llegado a un acuerdo con Ryan Cisneros por medio de su abogado —dijo el comisario.

—De eso nada —respondió el inspector sin detenerse—. El señor Cisneros tiene que aclararnos un par de cosas.

—Escúchame: Ryan Cisneros se ha declarado culpable de un cargo de hurto menor y le caerá la sanción correspondiente —le informó su superior.

—Y una mierda —negó el inspector, cuya presencia había llamado la atención del equipo del boxeador—. ¿Y qué pasa con Izaro Arakama?

—Tenemos motivos para pensar que fue cosa de su marido, Ángel Ruiz —dijo el comisario.

—¿Y Aitor?

—No lo sabemos, habrá que investigarlo.

Todo aquello no le valía.

—¡Otamendi, escúchame, ni se te ocurra acercarte a Ryan Cisneros! ¿Me oyes? ¡Es una...!

Jaime Otamendi cortó la comunicación mientras el comisario le ordenaba a gritos que no hiciese nada. Llegaron a los pies de la escalera, junto a los vehículos. La acción se había detenido; el equipo del boxeador aguardaba con la guardia en alto.

—Hemos venido a hacerle unas preguntas al señor Cisneros —dijo el inspector, en voz alta.

Gorka Sánchez dio un paso al frente.

—Me temo que eso no va a ser necesario, inspector —dijo el director del CAR—. Nuestro departamento jurídico ya ha acordado con la fiscalía que Ryan acudirá cuando y donde sea requerido. Lamentamos profundamente lo que le ha pasado al doctor Intxaurraga, pero nuestro deportista no ha tenido nada que ver con ello, y además —Gorka Sánchez fingió mirar su caro reloj de muñeca—, se tiene que ir.

—Aquí no hay nadie por encima de la ley. —Las palabras brotaron de su boca, incontenibles—. Ni usted, aunque crea que sí.

—Les recuerdo —Gorka Sánchez hablaba en un tono severo, con la barbilla apuntando hacia el cielo— que cualquier intento de impedir que nuestro deportista abandone nuestras instalaciones de forma segura será tomado como una agresión.

El inspector se llevó las manos a los lados de la cabeza y empezó a moverlas en círculos.

—Creo que se le ha subido el cargo a la cabeza —dijo—. Aquí la policía somos nosotros.

Gorka Sánchez dibujó media sonrisa en la cara.

—Por mucho que esté usted acostumbrado a hacer lo que le dé la gana, tenemos el beneplácito de la fiscalía para que el señor Cisneros se marche.

El inspector observó el panorama. Tenían todas las de perder. Sabía que si daba el paso, Llarena y Gómez saltarían al precipicio con él, sin pensarlo. No podía hacerles eso, por mucho que le profesase un asco infinito a Gorka Sánchez, por mucho que se empeñase en insultar a su inteligencia.

O no.

Jaime Otamendi se giró hacia Ryan Cisneros. La expresión del boxeador nada tenía que ver con la de Gorka Sánchez. Ni transmitía altivez, ni parecía contento. Más bien al contrario.

—Tú —dijo el inspector, subiendo el primer escalón.

La campana tañó y empezó el combate.

Automáticamente, el entrenador y la fisioterapeuta de Ryan Cisneros le cerraron el paso, ocasión que Gómez aprovechó para cargar contra ellos. El ertzaina le dio al hombre una patada en la espinilla, doblegándolo. Cuando la mujer lo agarró por el brazo, Gómez retorció su muñeca, poniéndola de rodillas. Los dos amigos de Ryan Cisneros bajaron los escalones de dos en dos. Fue Llarena, menos ducho en el cuerpo a cuerpo, quien los enfrentó, enzarzándose en una maraña de agarres, golpes y empujones que siguieron mientras se revolcaban por el suelo nevado-mojado-embarrado.

Era el plan. Ahora Jaime Otamendi disponía de un escueto margen de maniobra. «¿Para qué?», pensó el inspector. Apenas sí gozaría de unos pocos segundos para formularle la pregunta cara a cara: «¿Fuiste tú? ¿Tú mataste a Izaro? ¿Tú le has hecho eso a Aitor?». Y de esa forma, a través de esa mínima abertura a su alma, descubrir la verdad.

Gorka Sánchez invitó a recular a Ryan Cisneros. Jaime Otamendi sabía que disponía de muy poco tiempo antes de que el asalto terminase con un KO técnico, por lo que se fue directo a por el director.

—Aparta —alcanzó a decir.

—Me temo que no puedo hacer eso, inspector.

—Nos has estado ocultando información desde el principio.

—Hemos colaborado en todo lo que nos han pedido.

El corazón le golpeaba desbocado en el pecho a Jaime Otamendi. Tras él, pudo percibir como Gómez recibía un puñetazo en la cara y otro en el costado. Llarena rodaba por el suelo tratando de impedir que el equipo del boxeador acudiese en su ayuda, aferrándose a sus extremidades de forma desesperada.

Entonces, acercándose a un palmo de la cara del inspector, Gorka Sánchez aprovechó la coyuntura para susurrarle unas palabras que solo él pudo oír:

—No pintas nada aquí, Otamendi.

Era una provocación y el inspector lo sabía. Era consciente de que aquello era una batalla perdida, de que tenía que replegarse y comenzar una investigación minuciosa, empezando de cero, para descubrir quién había atacado a su chico. Seguir el cauce oficial, hacer las cosas bien. Pero no podía. No le quedaban fuerzas para obrar con el cerebro. Solo quería que la tierra ardiese, sembrar el caos, hacer daño.

Jaime Otamendi cargó contra el director del CAR. Le lanzó su mejor directo de derechas, para borrar esa sonrisa. Gorka Sánchez lo esperaba y reaccionó como un relámpago, haciendo la ballesta: se inclinó hacia atrás y contraatacó con un golpe seco que impactó en la boca del ertzaina. El inspector sintió una explosión de sangre en el paladar. Para cuando abrió los ojos, un croché de izquierda dirigido a la mandíbula le hizo perder el equilibrio. La sangre salpicó en el suelo nevado y fue rápidamente absorbida hacia las capas interiores de hielo, dejando una mancha carmín en la superficie porosa. El inspector Otamendi, postrado en el suelo, alargó la mano, tratando de agarrar al director, quien sacudió la extremidad con desprecio, como si lo abofetease. Jaime Otamendi miró en ese momento a su alrededor. Dos agentes de la Ertzaintza habían llegado a la entrada, y separaban a los contendientes. Llarena estaba en el suelo, reducido por uno de los jóvenes *sparrings* y a Gómez lo habían placado el entrenador y la fisioterapeuta con la ayuda de un agente. A duras penas podían contenerlo entre los tres. El inspector blasfemó, mostrando los dientes enrojecidos por la sangre.

—Es que ya no sé cómo decírselo, inspector. —Gorka Sánchez se había acuclillado junto a él—. No se meta con nosotros y nosotros no nos meteremos con usted.

El inspector saltó sobre el director del CAR. Fue inútil. Gorka Sánchez retrocedió, dejando que el inspector cayera de bruces contra el suelo embaldosado del porche.

Jaime Otamendi, con la cara hundida contra el suelo, se sintió ridículo, un fracasado. Buceaba hacia la nada, preguntándose cuán hondo puede uno sumergirse en el vacío. Levantó la vista en busca de Ryan Cisneros. Se encontraba junto a Gemma Díaz en la puerta doble de cristal. No alcanzó a descifrar la expresión de su cara, pero juraría que había tristeza en ella.

—¿Fuiste tú? —le gritó—. ¡Dímelo! ¿Fuiste tú?

Por un segundo, el inspector vio en el púgil la intención de abrir la boca, pero la subdirectora Díaz lo metió dentro del edificio y cerró la puerta tras ellos.

John Ranieri llegó el último junto con sus chicos y, estupefacto ante el espectáculo y sin que le quedase más remedio, ordenó que les pusiesen las esposas a Otamendi, Gómez y Llarena. Mientras se llevaban al inspector, este hizo una reflexión en voz alta. Sus palabras resonaron en el pórtico de la entrada, obligando al triunfante Gorka Sánchez a darse la vuelta.

—Piensas que has ganado —dijo el inspector Otamendi con las manos esposadas a la espalda, con un hilo espeso de sangre goteándole por la barbilla—, pero hay una grieta en algún lado, y la voy a encontrar. Lo juro por Aitor Intxaurraga y lo juro por Izaro Arakama.

Una hora después, los vehículos que formaban la comitiva de Ryan Cisneros salían por la puerta del CAR. Habían liberado de sus esposas al inspector Otamendi y a los agentes Llarena y Gómez, que aguardaban en la entrada como perros apaleados.

—¿Sabemos algo de Aitor? —le preguntó el inspector Otamendi al agente Llarena.

—No —respondió el ertzaina, mirando su móvil—. Entró en parada justo antes de que lo subieran al helicóptero y no hemos vuelto a saber más.

El inspector no cabía en sí de inquietud. No saber, la incertidumbre, era algo que lo superaba. John Ranieri salió del interior del CAR acompañado por el jefe de operaciones.

—Menudo espectáculo más lamentable, Otamendi. Lamentable —dijo el *nagusi* de la UVR.

—No, Ranieri, no —repuso el inspector—. Lamentable es que Ryan Cisneros se esté marchando delante de nuestras narices.

—He hablado con Ramírez: Ryan Cisneros no pasó la noche aquí —dijo John Ranieri—. Fue a entrenar a Gasteiz y pernoctó allí. Hay diez personas que lo confirman. Tal vez deberías llamar al comisario.

El mundo cayó sobre el inspector Otamendi. Abrió la boca para replicar algo, pero nada salió de ella.

—Te lo habría dicho si no te hubieras empezado a comportar como un auténtico *hooligan* —le reprochó el *nagusi*—. Pero la verdad, es que te pega bastante, Otamendi. Lo de actuar como un idiota, digo.

—Sí que me pega, sí —balbució el inspector sin entender nada—. Pero...

—Gorka Sánchez no va a interponer denuncia contra vosotros después del numerito que ha montado —le regañó el policía de la UVR.

Eso sí que no se lo esperaba. Jaime Otamendi se volvió hacia John Ranieri.

—¿Cómo lo has conseguido? —le preguntó el inspector.

—Le hemos recordado que conocemos muy bien a la gente de la zona y que tenemos..., cómo decirlo, capacidad para influir en la opinión de las diferentes asociaciones de montaña de los pueblos adyacentes —dejó caer el ertzaina de origen norteamericano—. Podemos crear cierta corriente contraria a su presencia aquí; ya sabes, impacto medioambiental y esas cosas... Si no interpone denuncia contra vosotros, los dejaremos tranquilos.

A Jaime Otamendi, avergonzado por su comportamiento, no le salía dar las gracias en ese momento. Aquella cuerda de salvamento que le proporcionaba la UVR era de las gordas.

—Una última cosa, de parte del comisario. —John Ranieri señaló la puerta del vallado—. Habla con Ryan Cisneros.

Dos monovolúmenes grises estaban aparcados allí, a la espera. El inspector Otamendi quiso protestar, quejarse, pero no encontraba las palabras.

—Hazle a él las preguntas que yo no te puedo responder —le sugirió el *nagusi.*

Saboreando aún el regusto metálico de la sangre en la boca, Jaime Otamendi se encaminó hacia el vehículo, no sin antes preguntarle al agente Llarena una vez más:

—¿Sabemos algo del hospital?

El ertzaina negó con la cabeza.

Jaime Otamendi avanzaba por el patio sintiéndose como una mierda. A cada paso le dolían la espalda y la cara. Ni siquiera había podido vengar a Aitor; le habían dado de hostias. Miró su teléfono: tenía ocho llamadas perdidas de Irurtzun. Un grupo de chicos y chicas caminaba en dirección al CAR. Vio a Sara Aguirre entre ellos. ¿Qué expresión era aquella en su cara? ¿De rencor? ¿De lástima? A la chica le gustaba Aitor, era evidente. Tal vez no volvieran a verse, a bailar esa danza sin palabras de «me gustas, te gusto», hasta que uno de los dos daba el paso y... ¿Cuántas cosas se habría dejado Aitor por vivir? ¿Cuánto de aquello era su maldita responsabilidad?

El inspector llegó a la altura del monovolumen, donde el entrenador de Ryan Cisneros le esperaba para abrir la puerta. Al hombre se le estaba formando un moratón en el ojo, resultado de la trifulca con Gómez. El inspector se alegró de ver aquello. Al mirar en el interior, Otamendi vio que el boxeador se encontraba en el interior del vehículo y, con muchos peros, se acomodó en el asiento contiguo. El chico parecía un héroe de una película de adolescentes, con el flequillo cayéndole sobre la frente, atormentado e intenso.

«Que le follen, a él y a su pose».

—¿Y bien? —preguntó el inspector, con desdén.

—Yo no la maté —respondió el joven, sin atisbo alguno de la seguridad que mostraba sobre el *ring*.

—Ya, ya —dijo el inspector Otamendi—. De eso ya has convencido a mis superiores.

—Yo la quería, señor —repuso Ryan Cisneros, con un suave acento latino.

—Esto es nuevo —se dijo el inspector a sí mismo.

—Conocí a Izaro hace menos un año, al poco de llegar yo al CAR —empezó a rememorar Ryan Cisneros—. Lo recuerdo perfectamente. Yo había salido a correr y ella estaba sentada sobre un tronco. Se había hecho daño en un tobillo.

—Qué romántico —dijo el inspector con cierto retintín—. ¿Y cómo fue el asunto: primero el amor y luego el trapicheo, o al revés?

—No se burle —le cortó Ryan Cisneros, dolido—. Ella se había adentrado más de lo habitual en el bosque y la acompañé hasta la pista forestal. Durante el camino tuvimos mucho tiempo para hablar. Izaro estaba preocupada por su familia. Lo habían dejado todo por el equipo ciclista del marido y, si los resultados no eran los esperados, su proyecto de vida se iba al traste. Yo sé lo que es vivir con esa presión.

El chaval se estaba abriendo en canal, de eso no cabía duda. No parecía esconder nada, pero Jaime Otamendi estaba demasiado herido como para poder sentir empatía por él.

—Lo entiendo, pero durante una de esas charlas vuestras te tropezaste y se la acabaste metiendo hasta...

Ryan Cisneros le devolvió una mirada furibunda. Jaime Otamendi se deslizó en su asiento hasta pegarse a la puerta del vehículo, tratando de ganar espacio en caso de que el boxeador se le echase encima.

—Sé lo que siente, inspector —dijo el joven púgil, recobrando el temple—. Quiere pelea. Está enfadado, quiere que alguien pague por lo de su chico, el forense. Lo entiendo. Yo mataría si alguien le hiciese daño a uno de los míos. Pero créame: si algo he aprendido boxeando desde chico, es que uno no puede subirse al *ring* enfadado. Pierde seguro.

—Ya, pero esto no es un *ring* —respondió el inspector Otamendi, molesto.

—¿Seguro? —replicó Ryan Cisneros, mirándolo a los ojos. Tras unos segundos con la pregunta flotando en el aire, retomó su relato—: Como le he dicho, Izaro y yo conectamos. Nos reímos de su mala suerte. Hablamos de la sensación de estar solos en el bosque, de ser uno mismo...

—¿Cuándo empezasteis a trapichear con la sustancia esa? —preguntó el inspector Otamendi, aún enfadado.

—Volvimos a vernos como al cabo de una semana —respondió Ryan Cisneros, ignorando la pregunta—. En el mismo sitio. Pasaba por mi recorrido habitual. Izaro tenía un paquete en la mano, un regalo para mí, para agradecerme la ayuda. Era un jersey.

El inspector calló, esperando que Ryan Cisneros continuase con su relato. Estaba claro que era el joven púgil quien marcaba el ritmo, por lo que le dejó hacer.

—Seguimos viéndonos, una semana tras otra, cada sábado. Era mi día favorito. Alejados de nuestras vidas, de la presión... Estábamos en nuestra burbuja. Hasta que pasó lo inevitable. Nos..., bueno, ya sabe. Eso. Nos enrollamos. O nos enamoramos. O las dos cosas. No lo sé, nunca antes había sentido eso.

«Yo sí, pero se me ha olvidado», pensó Jaime Otamendi. No dijo nada, continuó escuchando mientras su mirada se adentraba en el bosque.

—Seguimos así unos tres meses, citándonos en el bosque. Ella decía que escondiéndose, se sentía como una adolescente; yo le decía: «Tú lo pareces y yo lo soy». Hasta que un día... —El boxeador torció el gesto—. Vino preocupada. Le pasaba algo.

El inspector dejó de mirar por la ventana y se giró hacia el boxeador.

—El equipo de su marido iba mal —rememoró Ryan Cisneros—. Las previsiones no eran halagüeñas. Se supone que para dar el salto a profesionales necesitaban buenos resultados. Muy buenos. Y los chicos no estaban rindiendo como se esperaba de ellos. Me dijo que ellos dos habían hecho una apuesta muy fuerte por el equipo, que se habían hipotecado hasta las cejas, que habían dejado sus otros trabajos... Necesitaban que el equipo ascendiese de categoría, de lo contrario corrían el riesgo de quedarse en la calle.

Jaime Otamendi ya conocía el resto de la historia. Ryan Cisneros tenía acceso a un compuesto que podía mejorar sus resultados, por lo que se ofreció a ayudar a su amante sacando la sustancia de estraperlo. Así se lo contó el boxeador.

—Yo sé lo que es eso —prosiguió el joven—. Sé lo que es que tu vida dependa de lo que haces en unos pocos días. Por eso la ayudé. El CHOP 34 era perfecto para ellos: controla el peso, ayuda en la recuperación y aporta un chute extra de oxígeno en sangre. Podía serles muy útil.

—¿Y nadie sospechó nada? ¿Qué me dices del director Sánchez? —preguntó el inspector Otamendi.

Ryan Cisneros rio.

—El director Sánchez, mientras yo rinda y le dé brillo a las medallas, no entra en el cómo —dijo con cierto tono burlón—. Lo único que le preocupaba era su gala.

—Pero algo pasó, ¿verdad? Alguien se enfadó con alguien, ella no se separó de él como te había prometido, tú te aburriste de la mujer casada... —insinuó el inspector Otamendi—. El cuento de hadas se rompió.

—¿Cómo lo sabe? —convino Ryan Cisneros con amargura.

—Porque de lo contrario Izaro Arakama no estaría muerta, ¿no crees?

—Un día, como a finales de octubre, al acabar la temporada ciclista, me dijo que se había acabado —dijo el joven con la voz entrecortada—. Me quería, pero estábamos jugando con fuego y tarde o temprano alguien descubriría que faltaban viales. Me dijo que sus hijos lo eran todo para ella.

—¿No te contó nada sobre su marido, o sobre si alguien la había descubierto o algo por el estilo? No lo sé, ¿algún positivo de un ciclista? ¿Algo que la hubiese puesto sobre aviso?

—No, señor —respondió Ryan Cisneros, tajante—. Me dijo que lo hacía por amor. Por amor hacia mí y por amor hacia su familia. Y así desapareció de mi vida.

—A ver si me aclaro —recapituló el inspector Otamendi—: hace un año conociste a Izaro Arakama en el bosque. Dos o tres meses después empezasteis un romance. ¿Hasta aquí correcto?

—Sí, señor.

—Después estuvisteis unos tres meses manteniendo una relación, ¿sí?

Ryan Cisneros asintió.

—Y los últimos tres meses antes de la muerte de Izaro, ¿no os volvisteis a ver? ¿Ni una sola vez? ¿Nunca? —insistió el inspector Otamendi con incredulidad.

—No.

—¿Seguro?

—Sí que la volví a ver.

—Ah.

—En enero. En el bosque, donde siempre —relató Ryan Cisneros con los ojos vidriosos.

—Empezaba la temporada ciclista.

El boxeador asintió.

—Necesitaba una remesa más, la última —explicó el joven—. Quería tener una última bala en la recámara por si la temporada se torcía.

—Y se la diste.

—El día que murió. Quedamos por la mañana.

—¿Me estás diciendo que viste a Izaro con vida el 15 de febrero?

—Sí, le di una remesa de treinta viales y me fui a Gasteiz.

—Y un día después, Izaro aparece muerta en San Miguel de Aralar.

Ryan Cisneros hundió el rostro en las manos.

—Ryan, mírame, Ryan —le ordenó el inspector Otamendi.

El boxeador levantó la cabeza.

—Yo la quería, inspector.

—Mira, si te digo la de veces que he escuchado eso de «yo la quería» y después la mujer ha aparecido muerta, no me creerías —respondió Otamendi—. ¿Le hiciste algo?

—No.

—Ryan.

—¡No!

El boxeador golpeó con fuerza la puerta del coche.

—Le di esa mierda y me fui a Gasteiz. La dejé con vida. ¡Lo juro!

—Vale, Ryan. —El inspector trataba de digerir toda aquella información—. ¿Qué me dices del marido?

—No he parado de pensar en ello. Ella me hablaba de él como de alguien débil, que siempre dudaba de todo, inseguro

—dijo con cierto tono despectivo—. Pero también me dijo que era una buena persona, un buen padre.

—¿Y alguien del CAR? ¿Alguien del laboratorio?

El chico se encogió de hombros. No estaba allí, sino en la sierra, despidiéndose otra vez de Izaro Arakama.

—¿Alguna vez le has contado esto a alguien? —preguntó el inspector Otamendi—. Lo tuyo con Izaro, lo de sacar sustancias del laboratorio...

—No.

—¿Seguro? ¿A nadie de tu equipo?

—Seguro. Inspector, tiene que creerme.

—¿Por qué debería hacerlo, Ryan? Has estado mintiéndonos hasta ahora —le reprochó el inspector Otamendi—. ¿Por qué debería creerte?

—Todos estos días he pensado que Izaro murió por accidente —el chico se frotaba las manos, nervioso—, que cayó en una poza congelada, ¿sabe?, con los viales. Recuerdo que ese día hacía un frío del demonio.

—¿Y?

—Vinieron ustedes y empezaron a hacer preguntas, seguros de que alguien la había matado —recordó Ryan Cisneros, mirándolo con curiosidad—. Y entonces empezó a recorrerme el miedo, la duda. ¿Y si Izaro no hubiese muerto por accidente? ¿Y si yo estaba equivocado? Y entonces hoy atacan a su hombre. ¿Qué significa eso?

—¿Qué significa, Ryan? Dímelo tú.

—Significa que el asesino de la mujer a la que yo amaba sigue libre y que usted lo tiene que atrapar.

Los dos monovolúmenes que formaban la comitiva de Ryan Cisneros se perdieron más allá del portón de hierro del CAR.

El inspector Otamendi se quedó solo en la pista de atletismo. Pese a que el relato del joven boxeador había arrojado algo de luz sobre la historia de Izaro Arakama, todo seguía a oscuras en lo relativo a su muerte. Todos seguían siendo sospechosos, todos tenían coartada. Amanecía. El sol aliviaba la sensación de frío, pero no aligeraba el sentimiento de responsabilidad sobre sus hombros. Le estaba fallando a todo el mundo: a Izaro Arakama, a Aitor y a su mujer. Le estaban dando por todos lados y ya estaban en el decimoprimer asalto. Con la presentación del CAR Euskadi, todo habría acabado: caso cerrado. Ángel Ruiz, el marido de Izaro, se comería el marrón y punto final. Pero necesitaba saber algo de Aitor. Tenía que llamar al hospital. Y después revisaría las coartadas de todos y cada uno de los allí presentes. Revisaría todas las cámaras de seguridad, removería hasta la última piedra... El teléfono empezó a sonar de repente.

—¿Irurtzun? Perdona, no te lo he podido coger antes.

La voz del inspector Otamendi sonaba quebrada.

—¿Sabemos algo de Aitor?

—No. Se lo han llevado en parada... Estaba muy mal.

Jaime Otamendi cayó a la nieve. Se sentía flaquear. No iba a poder con aquello.

—Jefe, jefe, ¿estás bien?

—No, Silvia, no lo estoy.

Se hizo el silencio en la línea.

—Jaime, tengo algo —dijo al fin la subinspectora.

Otamendi no respondió. No sabía si podía asumir más información.

—¿Recuerdas el diario del que te hablé? —le preguntó la subinspectora.

—¿El que estaba como en código? Sí, lo recuerdo. —Empezó a sentir que el frío le congelaba el culo y se levantó.

—Lo he traducido.

—¿Y?

—Ainara Madrazo se lio con Gorka Sánchez pocos días antes de morir ahogada en las inundaciones.

—Otra vez ese hijo de puta. Otra vez, hechos circunstanciales revoloteando a su alrededor —le dijo a Irurtzun.

—Tienes razón —convino la subinspectora—. No es nada, pero hemos encontrado el cuerpo de Ainara Madrazo y vamos a hacerle la autopsia.

—Buen trabajo, Silvia. Mantenme informado.

—Eva va de camino a Donosti. Estaba muy preocupada.

Silencio.

—Jefe.

—¿Sí?

—No es culpa tuya.

Jaime Otamendi colgó. Estaba solo. A su izquierda, el pinar se abría ante él; de frente, todo Urbasa se erguía hasta donde alcanzaba la vista; tras él, el CAR. No tenía a nadie en quien apoyarse. Él era el apoyo de los demás y les había fallado. Respiró hondo hasta llenarse los pulmones de aquel aire frío y doloroso. Un zumbido. El teléfono otra vez: era Llarena. Se le paró el corazón.

—Jefe.

—Lander.

La voz de su agente era inescrutable.

—Tengo malas noticias del hospital.

Parte II

CAPÍTULO XXXI

1983

Ainara pasaba el mocho por el suelo embaldosado del pasillo. Aquello formaba parte del voluntariado que ofrecían las monjas a cambio de una reducción en las cuotas que las familias debían pagar por tener a sus hijas matriculadas en el colegio. Estaban preparando el inminente comienzo del nuevo curso y aquellas estudiantes que lo deseasen podían acudir al centro a ponerlo a punto, ya fuera trasladando mobiliario o realizando tareas de limpieza. Esto último era el caso de Ainara. Pero nunca le había importado menos, porque aquel había sido el verano más feliz de su vida.

Las fiestas del Carmen habían sido inolvidables. Habían puesto las *txosnas* al lado del campo de fútbol de Lasesarre y sus padres la habían dejado ir. Había habido conciertos, pasacalles, cabezudos... Hasta probó el *kalimotxo.*

Nunca olvidaría el 16 de julio pasado. Volvía para casa tras haberse despedido de Laura y Marta, y se encontró con él. Tenía un brillo chispeante en los ojos y las comisuras de los labios un poco moradas. Ella también iba un poco mareada como consecuencia del *katxi* de *kalimotxo* que había compartido con sus amigas.

«¿Te acompaño?».

«Vale».

Hablaron del equipo, de la carrera de IVEF y de sus aspiraciones. Ainara le dijo que ella no pensaba quedarse allí, que Burceña era un lugar triste y que iba a mudarse a Neguri. Él le prestó atención. Luego llegaron al portal.

«Siempre fuiste mi preferida. Eres diferente», dijo Gorka.

Ainara sintió electricidad debajo del ombligo. La besó. Ella lo agarró de la nuca y atrajo su cuerpo hacia el suyo. Estuvieron así, largo y tendido, hasta que unas voces los obligaron a separarse.

«¿Mañana?», preguntó él.

«Me voy al pueblo», respondió ella.

«¿Cuándo vuelves?», él.

«El 20 de agosto», ella.

«Vale», él.

Se despidieron bajo la promesa de volverse a ver.

No veía el momento de reencontrarse. Sabía que él estaba liado haciendo los preparativos para marcharse a Vitoria, por lo que habían quedado el sábado por la mañana en su casa; su madre tenía que ir a Bilbao a hacer unas gestiones. «En su casa, qué fuerte». Que se fuera lejos a estudiar le rompía el corazón, pero lo superarían: viajaría en autobús para verlo, le escribiría y hablarían por teléfono todos los días.

—¡Ainara! —Oyó gritar al fondo del pasillo.

Era la hermana Ateca.

—¿Qué?

—¿Es que no oyes? ¿Dónde tienes la cabeza?

—Perdón.

—Vete para el almacén y comprueba el estado de los balones —le ordenó la monja—. Ínflalos todos para que la semana que viene podamos entrenar.

—Sí, hermana.

Dejó la fregona en el escurridor y cruzó el patio hasta los

vestuarios. Abrió la puerta del almacén y empezó a sacar los balones de la jaula. No quería jugar al baloncesto ese año. No sin Gorka. La temporada había sido mala, sin paliativos. Koldo no sabía entrenar ni tampoco transmitía confianza. Era un chico raro, por decirlo suavemente.

Infló media docena de balones y, al comprobar el séptimo, un detalle le llamó la atención. Ainara permaneció un buen rato mirando las huellas sobre la silla que tenía al lado. Levantó la cabeza y vio la rejilla de ventilación un poco separada de la pared. Se subió a la silla y se percató de que sus zapatillas quedaban dentro de los restos de unas pisadas. Tenían que ser de Koldo. Examinó el conducto: los hierros habían sido claramente forzados para dejar una abertura. Miró en el hueco y vio el interior de su vestuario a la perfección. Sintió que algo le acariciaba el pelo. Al girarse, vio que se trataba de una correa de cuero. Había algo guardado sobre el armario. Al tirar de ella, el cuerpo de una cámara fotográfica apareció ante sus ojos. De inmediato, todo encajó en su mente.

«Oh, Dios».

Saltó de la silla y salió corriendo del almacén en dirección al edificio principal.

—¡Hermana, hermana! —gritó Ainara, reclamando la atención de sor Ateca.

—¿Qué pasa, hija?

—Tiene que ver esto.

CAPÍTULO XXXII

Jueves, 20 de febrero de 2020
Hospital Universitario OSI Donostialdea, San Sebastián
10:00

FALTAN DOS DÍAS PARA LA GALA

La claridad entraba por la ventana de la habitación del hospital. Pese a que la zona de hospitales en San Sebastián era un lugar residencial y tranquilo, el tránsito de autobuses, ambulancias y taxis se hacía notar en forma de ruido desde la habitación 211 de la UCI, en el ala oeste del Hospital Universitario. Entre una cosa y otra, Aitor abrió los ojos. Las líneas empezaron a tomar forma: la ventana, la mesa, la camilla, el gotero de suero caliente, el otro gotero que no sabía qué llevaba, la vía inyectada en la mano... Trató de erguirse, pero al mínimo gesto de incorporarse, todo su cuerpo se quejó dolorido. Gruñó de dolor. Tenía el brazo izquierdo en cabestrillo, totalmente pegado al pecho con un fuerte vendaje. Movió el cuello y los puntos de aproximación en la cabeza le tiraron. En la periferia de su visión, detectó el puente de la nariz inflamado. La visibilidad del ojo izquierdo era deficiente, borrosa, y sentía el oído izquierdo taponado. Abrió y cerró la mano derecha. Era lo único que le funcionaba bien.

Un movimiento en la periferia de su visión le indicó que no estaba solo. En una pequeña butaca, hecha un ovillo imposible y tapada por una manta, se encontraba Eva. Respiraba profundamente dándole la espalda a la ventana, para evitar la luz. Aitor se sintió reconfortado al verla. Estaba bien despertarse con ella al lado, así no se sentía solo. No como en el bosque. Los recuerdos de la noche anterior le treparon por el sistema nervioso y le produjeron náuseas. Cerró la boca, tratando de evitar vomitarse encima. Buscó una palangana con la mirada, algo parecido, pero no había nada. Se dio cuenta entonces de que si estaba allí, en la habitación del hospital, significaba que había sobrevivido. Lo que no sabía era cómo, porque él se había sentido morir. Había estado cerca de la muerte, de eso estaba seguro. La disfunción de su cuerpo había sido total. Pero sobre todo de su voluntad. Recordaba el momento en que se había dejado llevar, en el que se había rendido. Cayó sobre la almohada otra vez. Junto a él, en un cable lleno de rizos en espiral, se hallaba el mando de la cama. Era sencillo, hasta él en su estado podía manejarlo. Pulsó el botón con la flecha hacia arriba y la cama emitió un sonido mecánico para doblarse en esa dirección. Pero, si estaba vivo, ¿por qué se encontraba tan mal? Parecía que estuviese sufriendo la peor resaca de la historia de la humanidad. El chirrido de los hierros del mecanismo despertó a Eva.

—Eh, hola —dijo la bióloga, traspuesta en la butaca—. ¿Cómo estás?

—Mal.

—Tienes un hombro dislocado, una fractura en los huesos propios de la nariz y un traumatismo craneoencefálico. Con el oído no están del todo seguros —explicó Eva, apoyándole la mano sobre la rodilla—. El resto de dolor muscular se debe a estar contraído durante tanto tiempo. Has estado horas tiritando, por lo que es normal que tengas calambres. «Mialgia diferida», lo han llamado.

Aitor respiró hondo, tratando de evaluar el funcionamiento de su cuerpo.

—¿Qué pasó? Quiero decir, ¿cómo me encontraron?

—Otamendi movilizó a todo el mundo: ertzainas, helicópteros... —le contó Eva—. Al final, fue Gómez quien te encontró.

—¿Gómez? —Aitor dudó de si el vago recuerdo de unas manos fornidas arrastrándole fuera del agujero del árbol era real o fabricado.

—Sí, creo que fue bastante épico. Salió acompañado por un dron...

—¿Cuánto llevo aquí dormido? —preguntó Aitor tratando de configurar una línea del tiempo.

—Veinticuatro horas —respondió Eva, mirando su reloj de pulsera—. Pero, Aitor, no has estado dormido. Entraste en parada y te indujeron un coma. Oficialmente has estado muerto un minuto de reloj. El doctor Sabino Mendiluze te reanimó.

Muerto. Era eso. El apagón en su memoria se debía a eso. Esa sensación de ausencia, de una nada irrecordable. Se llevó los dedos al puente de la nariz, pero nada más tocarlo, se arrepintió. Los recuerdos empezaron a volver a su mente.

El laboratorio.

Los viales de CHOP 34.

La sombra atacándole.

La noche.

Apenas entreveía cuatro imágenes borrosas y sonidos sueltos, y dudaba de si eran reales o inventados. Escuchar en boca de Eva lo de la parada cardiorrespiratoria lo asustó sobremanera. Puso toda su atención en los latidos de su corazón que sintió en el pecho, golpeando. Aitor se hundió en la almohada y se giró hacia la bióloga.

—¿Sabes que allí, en el bosque, pensé mucho en ti? —le confesó.

—Ah, ¿sí? —replicó ella con una sonrisa sorprendida—. ¿Y eso?

—No lo sé. Supongo que diseñé un *post* de Instagram que rezaba «Las cosas que te faltan antes de morir».

«¿Qué mierda ha sido esa?», se reprochó a sí mismo.

—O sea, no. —Aitor recogió cable lo más rápido que pudo—. Quiero decir, por conocer. Personas por conocer o por compartir más tiempo de calidad...

Eva levantó la vista, valorando el peso de aquellas palabras. Finalmente alargó la mano y cogió la de Aitor. Cuando parecía que iba a decir algo, tres ruidosas figuras entraron en la habitación, haciéndola empequeñecer. Eran el inspector Otamendi y los agentes Llarena y Gómez, y sus expresiones variaban desde la preocupación del primero, la alegría del segundo y el alivio del tercero.

—¿Qué tal estás? —preguntó el inspector Otamendi con el tono de voz más suave que Aitor le había oído nunca.

—Siento que me he perdido un día. Que llego tarde a algo. —Cada vez que levantaba los hombros, el trapecio amagaba con salírsele de sitio.

La barba frondosa de Gómez y su fornido cuerpo se acuclillaron junto a la cama.

—Gómez, amigo mío. Creo que te debo la vida —le dijo Aitor.

El agente se abalanzó sobre el forense y lo abrazó con fuerza. Era como si le rodease un oso. El suplicio de sus músculos se multiplicó por diez, pero por encima del dolor, Aitor se sintió protegido.

—Pero ¡qué haces! —gritó el agente Llarena, apartando a su compañero—. ¿No ves que está jodido? Déjalo, hombre.

Todos se recompusieron entre sonrisillas incómodas, poco dados como eran a muestras afectivas.

—Bueno —dijo Aitor tomando la iniciativa tras el instante de silencio—, ¿qué sabemos?

El agente Otamendi permaneció unos instantes callado, valorando si hablar del caso o no.

—Eso queríamos preguntarte a ti. ¿Qué nos puedes contar tú?

Aitor, sumido en las dudas, relató lo que recordaba de la noche. Cómo había ido a la cámara frigorífica, cómo le habían atacado con una porra extensible un varón de uno setenta y pico de altura y unos ochenta kilos, y poca más información tenía que aportar al respecto. El inspector se lo temía y no pudo ocultar su decepción, torciendo el gesto.

—Es muy frustrante, lo sé —se disculpó Aitor—. Pero estaba muy oscuro y me atacó por detrás.

La habitación del hospital se sumió en el silencio. El forense miró a Eva.

—¡Venga ya! ¿Es que nadie me va a decir nada? —les apremió Aitor— ¿Tenéis a alguien o no?

—Primero pensamos en el boxeador, Ryan Cisneros —dijo al fin el inspector, metiéndose las manos en los bolsillos.

—¿Pero? —Él también se había imaginado que era el boxeador. La manera en que le atacaron, el físico de su agresor, el uso del CHOP 34... Todo le había llevado a él.

—Tiene coartadas tanto para la noche en la que fuiste atacado como para el día en el que murió Izaro Arakama —explicó el inspector mirando al suelo.

—¿Estáis seguros? —intervino Eva desde la butaca. Estaba descalza y tenía los pies recogidos en ella.

—Ha reconocido el tráfico de sustancias dopantes, se ha declarado culpable y ha firmado un acuerdo con la fiscalía —explicó el inspector, dirigiéndose a la bióloga resignado, sin tono alguno de victoria—. El marrón se lo va a comer el marido de la víctima, Ángel Ruiz.

—¿Ángel Ruiz? ¿Fue él quien me atacó y quien mató a Izaro

Arakama? —preguntó Aitor, incrédulo, mirando primero a Eva y luego a Otamendi—. ¿Por qué?

—No hay duda de que se benefició del uso de la sustancia —respondió el inspector Otamendi.

—No te he preguntado solo eso —insistió Aitor—. ¿Mató él a su mujer?

—Ryan Cisneros e Izaro mantuvieron una relación extramatrimonial. Eso puede ser un móvil.

—¿Y tú qué crees, Jaime? —preguntó Eva detectando que el inspector no se había acabado de pronunciar.

—Eso da igual —respondió este, incómodo.

—He estado a punto de morir, joder. A mí no me da igual —dijo Aitor.

Otamendi y los agentes Llarena y Gómez escaparon al escrutinio del forense mirando cada uno para un lado diferente. Por fin el inspector, al sentir que los ojos del forense se clavaban en él, respondió mientras se ceñía el pantalón a la cintura:

—¿Mi opinión? Está bien. Es posible que Ángel Ruiz matase a su mujer. No lo admite porque sabe que nuestras pruebas son endebles y la diferencia entre la condena por asesinato o por tráfico de sustancias dopantes es abismal. No creo que fuese él quien te atacó: tiene coartada, tendría que haber recorrido Aralar en medio de una noche de tormenta... No lo veo factible.

—Entonces, ¿quién? —preguntó Aitor sintiendo que la frustración y el miedo iban en aumento.

Si no aclaraban quién le había hecho aquello, tal vez nunca volvería a dormir tranquilo.

—Alguien de dentro —reflexionó Eva, viéndolo claro.

—Eso es —secundó el inspector. La bióloga y el veterano policía parecían llegar a las mismas conclusiones de manera habitual—. Alguien que tenga mucho que perder.

—Gorka Sánchez —dijo Aitor en voz alta.

Podía ser. Físicamente encajaba con su descripción.

—Ese hijo de puta está metido en todas —dijo el inspector, apoyándose en la mesita bajo la televisión que había en el centro de la habitación, observando a todos los presentes—. Pero tiene coartada.

—Lo hemos comprobado —intervino el agente Llarena—. Gorka Sánchez estaba en Gasteiz cuando se produjo tu agresión.

—Tenemos una teoría, pero no la podemos demostrar —dijo el inspector Otamendi, dándoles paso a sus subordinados.

—El tema es que hay una ruta, el GR 283 —explicó el agente Llarena mientras Gómez asentía—, que va prácticamente desde el sur de Oñati, de Aizkorri, hasta la sierra de Aralar.

Por lo que explicaron los agentes, ese camino se llamaba *Gaztaren Bidea* (el camino del queso) y se trataba de un gran recorrido en el que podían visitarse diferentes sectores de la producción de queso como caseríos, majadas, hospederías y museos. Según Llarena y Gómez, era posible hacerlo partiendo prácticamente de las inmediaciones del santuario de Arantzazu, cruzando las campas de Urbia y atravesando la calzada de San Adrián hasta conectar las sierras de Aizkorri-Aratz con la de Aralar.

—Eso permitiría a alguien que está en Gasteiz recorrer la distancia hasta el CAR sin que nadie lo viera —concluyó el inspector.

—Pero... a ver. —El dolor en las sienes impedía que Aitor pensase con claridad—. Estamos hablando de recorrer..., ¿cuántos? ¿Setenta kilómetros en medio de una tormenta ártica?

El inspector Otamendi se aclaró la garganta.

—En el examen de las inmediaciones del santuario de San Miguel de Aralar, Gómez encontró lo que parecían unas marcas de moto de nieve —dijo, tratando de sostener el relato—. Si hubiese recorrido el primer tramo, el de Aizkorri, en motocicleta hasta llegar a Aralar y después hubiese tenido una moto de nieve oculta en alguna borda...

Gómez sacó su teléfono móvil y les mostró a Aitor y a Eva las imágenes de un tocón que, ampliadas, mostraban unos arañazos con dibujos simétricos.

—Pero no hay registrada ninguna borda a nombre de Gorka Sánchez ni ninguna moto de nieve en la zona, lo hemos comprobado —intervino el agente Llarena.

—Pero eso no significa que no exista —añadió Otamendi.

Aitor percibió más armonía entre el inspector y su subordinado. El tono ya no era de enfrentamiento: se miraban antes de hablar y asentían con la intervención de cada uno. «Nada como un miembro a punto de morir para unir al equipo de nuevo», pensó.

—Cualquiera puede comprar una en una aplicación de venta de artículos de segunda mano —aclaró Llarena— y no quedaría registrado en ningún lado.

—Ya, joder —protestó Aitor golpeando su mano derecha contra el colchón—. Pero la moto tiene que estar escondida en algún sitio, ¿no?

—Hay decenas de bordas y chabolas a lo largo del camino —respondió el inspector Otamendi—. Muchas de ellas no figuran en ningún registro.

—¿Y un deportista tal vez? ¿Alguien del equipo médico? —preguntó Eva.

—Lo estamos investigando —dijo el inspector Otamendi, tratando de aplacar la ira de Aitor—. Pero te aviso: existe una posibilidad muy real de que el caso se cierre como está.

—Será una broma —replicó Aitor.

—La jueza Arregui tiene más de lo que hubiese podido desear cuando encontramos el cuerpo de una montañera perdida —reflexionó el inspector Otamendi—. Todo el mundo está contento: Ryan Cisneros ha acordado una condena de dos años, por lo que podrá seguir compitiendo, así que Gorka Sánchez y su querido Centro de Alto Rendimiento mantienen a su estrella en el ruedo y la fiscalía y el comisario tienen un caso gordo con el que acaparar titulares.

El inspector Otamendi calló y su silencio, junto al de los agentes Llarena y Gómez, que miraban a Aitor con lástima, hizo que la habitación de hospital se llenara de impotencia. Solo se oía el bip, bip emitido de ciento en viento por la máquina de constantes vitales.

—Nos queda una bala —dijo el inspector, mirando a Eva.

Aitor volvió la vista a la bióloga.

—¿Qué bala?

—Irurtzun y Eva encontraron el cuerpo de Ainara Madrazo en la ría.

El inspector Otamendi dejaba las palabras flotar en el aire, sin acabar de decir lo que realmente quería.

—No jodas. —Aitor sintió un calambre recorriéndole la columna. De inmediato se percató de que era un tirón y se llevó la mano al cuello con un rictus de dolor—. ¿El de la chica ahogada? —Aitor se giró hacia Eva.

—Te habría encantado estar allí —respondió Eva, para sorpresa de los ertzainas. No entendían qué podía tener de apasionante un cuerpo en el fondo del río—. Estaba momificado. El lodo y los productos químicos sellaron un sarcófago alrededor del cadáver. Nos costó más de un susto encontrarlo.

—¿Momificado? —repitió Aitor.

—En un estado de conservación que te dejaría sin aire al verlo —respondió Eva sin poder ocultar su emoción—. Cubierto por una costra negra que la ha mantenido como una momia a lo largo de estos cuarenta años.

—¿Se le ha hecho la autopsia? —preguntó Aitor, estremecido.

—Aún no —respondió el inspector Otamendi.

—¿Quién está con el cadáver? —insistió Aitor.

—Lo tengo apuntado por aquí en algún sitio. La conoces. Y ella a ti. Eh...

Eva buscó a su alrededor hasta encontrar un maletín de cuero gastado color burdeos con dos hebillas doradas en la parte superior. Aitor sonrió al verlo. En San Sebastián se consideraría *vintage* aquel maletín, pero para Eva era un utensilio natural. Podría ser una herencia familiar o tal vez lo había comprado en el lugar más insospechado de la ciudad, de lo que él estaba seguro era que para la bióloga no tenía nada de excepcional. Tras abrirlo, extrajo de él un bloc de notas.

—Irene Echaniz, del Instituto de Medicina Legal de Bilbao —dijo Eva, revisando sus apuntes.

Aitor se sintió aliviado al oír el nombre de la forense. Había sido profesora suya en la facultad y se habían hecho amigos. Era una gran profesional.

—Esa autopsia es nuestra última posibilidad —dijo el inspector echando un vistazo por la ventana—. La jueza ha llamado a Gorka Sánchez como testigo para un interrogatorio mañana por la mañana. Su intención es cerrar el caso con su declaración. A menos que...

—A menos que de la autopsia se extraiga otra conclusión —finalizó Aitor.

Miró a Gómez, quien bajó la mirada, y luego a Llarena, que se encogió de hombros. Eva le sonrió con lástima. De repente, el forense se sintió atrapado en aquella habitación.

Tenía que salir de allí.

—Tienes que descansar y nosotros debemos irnos —dijo el inspector Otamendi, haciendo el ademán de salir—, tenemos que comprobar lo del camino ese que va de Aizkorri a Aralar. Mientras tanto, Irurtzun sigue en Barakaldo con lo del testigo que vio a alguien persiguiendo a Ainara Madrazo. ¿Cómo se llamaba?

—Juan Antonio Mabe —respondió Eva.

—Eso. Bueno, cuídate y descansa. Un agente permanecerá aquí de guardia hasta que el caso quede cerrado del todo —dijo el inspector Otamendi, a modo de despedida.

Los agentes Gómez y Llarena, circunspectos, obedecieron al gesto del inspector y caminaron hacia la salida tras estrechar afectuosamente la mano de Aitor mientras este sentía que la rabia le quemaba hasta las mejillas.

—¿Por qué, Jaime? —gritó el forense—. ¿Sabes por qué me vas a poner escolta? Te lo digo yo. Porque estamos igual que al principio.

El veterano policía le observó desde el umbral de la habitación.

—Eso no es verdad. Vamos a atrapar a quien te atacó —le dijo el inspector con resignación—. Pero por el momento nos toca esperar a la autopsia y rezar. Ahora descansa.

La puerta se cerró y Aitor se tiró en la cama, abatido. Vio como Eva le medio sonreía con lástima y se tapó la cara con la almohada. Allí a oscuras, como un niño pequeño, se enfadó con todo el mundo y quiso mandarlos a todos a la mierda. Sentía el frío; su rastro gélido aún perduraba, anclado en los huesos. Pero lo peor era la sensación de miedo. No la rabia ni el frío. La posibilidad de que alguien lo acechase, lo volviese a atacar y a hacerle daño le causaba pánico. «Morir es una putada —pensó—. Pero te mueres y ya». Haber pasado una noche entera pensando en morir, haciéndolo poco a poco... No hacía falta ser psicólogo para saber que eso deja un trauma y no quería mostrarlo. No quería que le viesen así, aterrorizado. Ángel Ruiz, el marido de Izaro Arakama no le había atacado, de eso estaba seguro.

—¿Qué estás pensando? —preguntó Eva.

—Pienso en la manera en la que me acechó —respondió Aitor, quitándose la almohada de encima.

—¿Y eso adónde te lleva?

—Hay algo en común con la muerte de Izaro Arakama. ¿No crees? —respondió Aitor—. Mientras que a ella la sumergió en aguas heladas y dejó que el tiempo corriese en su contra para que muriese congelada, a mí me acechó en el bosque para provocar que muriese por hipotermia. Le daba igual encontrarme o no, solo quería que el frío acabase conmigo.

Eva se dio la vuelta y entornó los ojos. Pese a que el cielo estaba gris, la claridad le molestaba a la vista.

—Quiero ir a Bilbao —dijo el forense—. Quiero estar presente en la autopsia.

—Aitor —repuso Eva, haciendo una pausa—, no es una buena idea. No estás bien.

—Peor voy a estar si dan el caso por cerrado —repuso él, acercándose al borde de la cama—. Necesitamos encontrar algo que lo mantenga abierto.

—Tienes que confiar en Otamendi —dijo Eva poniéndose de pie, en guardia—. Están atando todos los cabos y si dice que Ángel Ruiz...

—Eva, tengo miedo —la interrumpió Aitor—. Tengo mucho miedo y necesito hacer algo al respecto. No puedo quedarme aquí.

La bióloga suspiró, resignada. Parecía que hacía rato que se estuviese temiendo aquello.

—Hay un ertzaina apostado en la puerta que dudo mucho que te deje salir —dijo ella finalmente.

—Llama a mi tía, ella se ocupará.

CAPÍTULO XXXIII

Jueves, 20 de febrero de 2020
Hospital Universitario OSI Donostialdea, San Sebastián
11:00

La tía María Jesús tenía aspecto de cansada. Además del ataque a su ahijado, el hospital estaba siendo invadido por una ola de enfermos de un nuevo virus altamente contagioso, parecido a la gripe, y las UCI se encontraban a su máxima capacidad.

—Se llama *coronavirus* y viene de China —les dijo a Eva y a Aitor.

Después, al ver a su sobrino vestido y dispuesto a firmar el alta voluntaria, la tía María Jesús solo alcanzó a lamentarse:

—A veces pienso que te hemos inculcado un sentido del deber exacerbado. Espera aquí: yo distraeré al ertzaina de la puerta y, cuando te diga, sales por la escalera de incendios.

La tía María Jesús estrechó a su sobrino entre sus brazos con delicadeza y se dirigió al pasillo. Por lo que pudieron escuchar Aitor y Eva desde el interior de la habitación, la enfermera enredó al agente con unos supuestos papeleos que tenía que cumplimentar en recepción. Diez minutos después se encontraban en el autobús camino de la plaza de Bilbao, donde Aitor tenía su apartamento. El día se dibujaba con un sol plateado escondido tras un manto de nubes en clara retirada y la luz rebotaba en el asfalto mojado.

Al bajarse del autobús, el aire fresco con olor a salitre de la ciudad les dio la bienvenida. San Sebastián parecía volver a la vida tras el paso de Cordelia. Las terrazas de los bares estaban montadas, los operarios del ayuntamiento enderezaban árboles y reparaban farolas... Aitor reconoció los edificios y el asfalto como suyos. Se sintió agradecido de estar lejos del bosque y la naturaleza.

Aitor flaqueó mareado y Eva tuvo que ayudarle para cruzar la plaza. Llegaron junto a su portal, donde Santi, el dueño de la librería Donosti, colocaba estratégicamente las últimas novedades de las editoriales en el expositor exterior, entre el escaparate y el edificio de Aitor. El forense se alegró de ver a su vecino disponiendo los libros con cuidado. Con o sin él, la vida en San Sebastián seguía adelante, la diferencia radicaba en que el asesino de Izaro Arakama continuaba suelto. La ansiedad lo invadió.

Dado que no había ascensor, tuvieron que subir hasta el último piso por las escaleras. Al llegar al apartamento, Aitor se metió en el cuarto de baño para darse una ducha. Eva se quedó en la sala.

Desnudo, bajo el agua que salía del telefonillo de la ducha, Aitor fue consciente de la sensación de temor. Le producía incomodidad, vulnerabilidad. Le resultaba detestable. Ahora le tenía miedo incluso al mando de la ducha. Sabía que si lo giraba hacia la izquierda, el agua caería progresivamente más caliente. En cambio, si lo orientaba mirando hacia el lado derecho, el chorro sería frío. Y Aitor temía la sensación de frío en el cuerpo. El recuerdo de ese dolor en particular, el de su cuerpo agarrotado, endurecido hasta la extenuación, falto de oxígeno, sin sangre circulando en la superficie de su piel, le torturaba, y todo eso junto, convertido en miedo, hacía que se odiase a sí mismo.

Porque Aitor había estudiado Medicina para superar la muerte de sus padres, para entender por qué un cuerpo colapsaba; y de esa manera apaciguar su curiosidad, saciar el desasosiego provocado por el desamparo. El problema era que el frío se le había incrustado debajo de la piel, en los huesos, y ahora no podía sacárselo. No podía enfrentarse a algo que tenía metido dentro.

El agua estaba templada, perfecta. El hombro izquierdo presentaba un moratón gigante, como una galaxia salpicada por gases interestelares en todas las gamas de morado. Resultaba imposible levantarlo. La grieta en el hueso temporal izquierdo del cráneo no era muy grande. Una más para la colección. La nariz, ya recolocada, se le hincharía, y la cara se le pondría como la de un mapache. La memoria lo llevó de nuevo a la oscuridad en Aralar. Cerró los ojos, recordando cómo se hundía en la nieve, sacudido por el viento. Algo de él se había quedado allí, en aquel monte, y no podía permitirlo. Giró el mando de la ducha, paulatinamente, y la temperatura del agua varió. Sintió como el cuerpo se le endurecía, machacado tras toda aquella noche luchando. Estaba allí de nuevo, en mitad de la noche, con el frío. Giró aún más el mando y el agua se volvió helada, golpeando su sistema nervioso. Regresó la desagradable sensación de perder el control. El agua bajando por su cuerpo lo convertía en frágil, endeble. No podía ser débil, pero no tenía fuerzas para resistirse a aquello. Temblando, se dejó caer al plato de la ducha y se puso a llorar desconsoladamente, acurrucado, mientras el agua fría le golpeaba.

Eva llamó a la puerta, preocupada.

—Aitor, ¿estás bien?

Sollozos.

—Aitor, abre la puerta.

Nudillos golpeando.

—Voy a entrar, ¿me oyes?

La puerta se abrió y Eva se encontró a un Aitor tembloroso y gimiente en el suelo de la ducha. Huesos y carne, heridas y cardenales.

—Pero ¿qué...?

Eva abrió la mampara y, nada más hacerlo, sintió el agua fría salpicándola. Dio un respingo. Trató de levantar a Aitor, desnudo, pero le resultó imposible. El forense no reaccionaba y tenía el cuerpo congelado. Giró el mando y empezó a salir agua caliente. Se agachó con él en la ducha, lo abrazó y le acarició la espalda, la nuca. Un hilillo de sangre se filtraba por el desagüe, pero Eva no alcanzó a ver su origen. Alguna de las muchas heridas se habría abierto, supuso. Los sollozos fueron menguando poco a poco y Eva, con la ropa calada, buscó una toalla con la que envolver a Aitor. Despacio, lo sacó del baño y lo llevó hasta la habitación. Cogió otra toalla y le cubrió la cabeza. Luego apoyó su frente contra la de él. Estuvieron así un rato, sentados juntos en la cama, dejando que la luz que entraba por la ventana que daba a la plaza de Bilbao los calentase, hasta que todo se calmó. Los ojos de Aitor volvieron al presente y su respiración se normalizó. Entonces empezó a hablar, a contar lo que le había pasado, el ataque, el salto por la ventana, la huida en mitad de la noche, el frío, la luna, el agujero...

—¿Tuviste miedo? —preguntó Eva.

—Al principio, mientras huía, no. No me daba para pensar más allá del siguiente paso —respondió Aitor, cruzando la toalla sobre las piernas para taparse, avergonzado por su desnudez—. Pero al final sí.

—¿Y cómo fue?

—Solo pensaba que era injusto —reflexionó Aitor.

Miraron por la ventana a la vez. El cielo empezaba a escampar: nubes de algodón y líneas blancas dibujadas por aviones en un cielo azul. Eva exhaló, se estaba quedando helada.

—Perdona —dijo al fin el forense, señalando su ropa empapada.

—No me pidas perdón.

—Estás calada, tienes que ponerte ropa seca.

Eva se levantó. Se quitó el cárdigan largo y gris. Tenía la blusa blanca pegada al cuerpo. El sujetador le transparentaba los pechos, pequeños y redondos. Aitor experimentó una punzada de deseo entre las piernas. La bióloga registró el armario del forense hasta que encontró el cajón de las camisetas. Sacó una blanca de manga corta, XL, y descolgó de una percha un jersey negro talla también extragrande. Se desvistió. Aitor miró al suelo mientras tanto.

—¿Qué te parece?

Eva llevaba ahora una minifalda formada por su camiseta y el jersey por encima. Se había puesto las botas y llevaba las piernas al aire.

—Impresionante.

Aitor lo dijo con sinceridad. Era una visión muy atractiva.

—¿Crees que puedo dejarte solo? —le preguntó la bióloga.

—Sí.

—Aitor.

—De verdad. Necesitaba eso —respondió Aitor señalando el cuarto de baño—. Ahora estoy bien.

—Bien no estás. ¿Sigues queriendo ir a Bilbao?

—Sin duda.

—Entonces vale —dijo Eva, metiendo su ropa mojada en una bolsa—. Voy a casa a cambiarme y en una hora paso con el coche a recogerte.

Una vez que se quedó solo en casa, Aitor se echó en el sofá.

Cerró los ojos, tratando de volver al laboratorio del CAR, rebuscando en su mente algún recuerdo que le dijese algo de su atacante. El cansancio fue invadiéndole, sumiéndole en una ensoñación en los márgenes de estar despierto y dormido. Unas garras arañaban la tierra a su alrededor. Unas fauces gruñían, dispuestas a morderle la cara.

El timbre sonó.

Era la hora de marcharse a Bilbao.

CAPÍTULO XXXIV

Jueves, 20 de febrero de 2020
Instituto Vasco de Medicina Legal, Bilbao
15:00

Entraron a Bilbao por la calle Zabalburu, pasaron por delante de la estación de tren de Abando y giraron a la izquierda antes de llegar al puente del Ayuntamiento. Aparcaron en los Jardines de Albia, en zona OTA de estacionamiento, de color azul. Aitor recordaba el lugar con aprecio: había pasado algún que otro jueves, no muchos (era un estudiante aplicado), en el Café Antzokia. Bilbao era un animal completamente diferente a San Sebastián. El primero era *rock and roll*; la segunda, *indie pop*. Le hacía gracia eso que tenían los bilbaínos con el Athletic, ese orgullo que rozaba el fanatismo, incrustado en el ADN. Le gustaba esa ciudad.

Caminaron por delante de un abarrotado Café Iruñea y doblaron la esquina en la calle Barroeta Aldamar. Irene Echaniz les estaba esperando en la puerta. Casi cincuenta, bata blanca, brazos cruzados, ojos saltones, cara picada y melena. Puro nervio, siempre activa.

Aitor profesaba un respeto reverencial por ella. Había sido su profesora en la universidad y pudo hacer prácticas con ella, de las que tenía un recuerdo inmejorable. Había algo en Irene de resistencia ante el sistema, cierta acidez en su manera de expresarse, un deje callejero *ad hoc* con la ciudad, que conectaba con él. La forense titular del Instituto Vasco de Medicina Legal, el IVML, era capaz de decir cualquier burrada y dar la impresión de que el asunto no iba con ella, pero luego uno se daba cuenta de que acababa de llamarle inútil. Era dura y profesional, y a la vez capaz de ganarte emocionalmente con su implicación, siempre predicando con el ejemplo. Un mito del gremio, hasta el punto de que Aitor se planteó muy en serio elegir Bilbao como destino. Estaba claro que se había equivocado.

—¿Qué pasa, chaval? Te veo fantástico —dijo la médica dándole un inesperado abrazo.

—El tiempo me cuida bien, Irene.

—Déjame que te vea. —La forense lo observó de arriba abajo—. ¿El hombro?

—Desencajado.

—¿Te han hecho un TAC en la cabeza?

—Me han hecho de todo, Irene.

—¿Y? ¿Sabemos algo de quién ha sido? —preguntó la médica, incisiva.

—No.

—Eso no puede ser —reclamó la mujer—. ¿Te cogieron muestras de...?

—Ella es Eva San Pedro, bióloga marina y la persona que encontró el cuerpo de Ainara Madrazo —interrumpió Aitor a su homóloga.

Irene Echaniz captó el mensaje y decidió darle una tregua. Le estrechó la mano a Eva.

—Menudo regalo nos has traído, maja. Pasad.

Entraron en la recepción, una estancia amplia con un suelo de baldosas marrones y relucientes, donde Irene saludó a un guarda que se apresuró a abrir el torno. Bajaron por las escaleras y Aitor tuvo que asirse del pasamanos, ya que le dolía todo el costado izquierdo del cuerpo.

—Que conste que esta deferencia hacia vosotros se debe a que la jueza nos ha pedido la máxima discreción hasta que cierren el expediente del caso —les dijo Irene—, de lo contrario estaría aquí todo el personal del Instituto. Todos querían participar en la autopsia. Nos encontramos ante un hallazgo histórico.

Bajaron hasta el sótano y pasaron delante de un mostrador y una sala de espera amueblada con cómodas butacas y decorada en colores cálidos. Allí era donde aguardaban los parientes para poder identificar a sus seres queridos.

—¿En qué estado se encuentra el cadáver? —preguntó Aitor.

—No lo sé.

La forense le miró esperando una reacción. Este afiló la mirada y ladeó la cara, y la mujer arqueó las cejas.

—El cadáver ha estado sellado en un sarcófago de fango durante los últimos cuarenta años —dijo Irene Echaniz mientras avanzaba por el pasillo encabezando la comitiva—. Está recubierta por una mortaja de lodo. Ya os digo que se trata de algo insólito.

Los condujo hasta una puerta blindada con cierre automático y cerradura electrónica. La forense pasó su tarjeta y la corredera se hizo a un lado. Entraron. La morgue y la sala de autopsias estaban anexas. Nada más entrar, la médica titular abrió un armario y les obligó a ponerse un conjunto compuesto de buzos, calzas, mascarillas y guantes. Antes de colocarse el tapabocas, Aitor se tomó un analgésico, previendo una nueva oleada de dolor. Cruzaron el depósito viendo sus reflejos en el armario frigorífico con puertas selladas y revestimiento de poliuretano. Aitor contó que tenía capacidad para albergar veinte cadáveres. Llegaron a la sala de autopsias: Aitor se sintió como en casa. El color que predominaba era el gris plata, ya que el material principal era el acero inoxidable. Recordaba bastante a una cocina industrial. La de Bilbao era más nueva que la del Instituto de San Sebastián, por lo que tenía un diseño más molón, pero en el fondo venía a ser lo mismo: una camilla con elevación automática, desagüe accesible en el suelo antideslizante, grifos de agua caliente y fría, instrumental y dos mesas de disección, una de ellas vacía. En la otra había una momia de barro junto a un potente brazo con ruedas que sostenía una lámpara cialítica, diseñada para arrojar luz uniforme y minimizar las distorsiones de color. De pie, al lado de la lámpara, se encontraba una chica enfundada, como ellos, en un buzo blanco. Era la más baja de estatura de los cuatro.

—Ella es la MIR, Janire de Marcos. Nos asistirá en la autopsia.

La doctora parecía joven tras la máscara y no disimulaba su emoción. Llevaba una cámara réflex digital colgada del pecho.

Aitor se acercó a la mesa. El cuerpo estaba retorcido y parecía sacado de una película de Guillermo del Toro. Tenía adherida una costra de barro compuesta por ramas podridas, alambres, piedras y moluscos fosilizados. Estaba acostada de lado, con una pierna extendida y la otra doblada. Tenía los brazos recogidos alrededor del pecho, abrazándose a sí misma, y la columna vertebral encorvada hacia dentro.

—Hemos retirado la primera capa de limo y la hemos mantenido a una temperatura de dos grados bajo cero —dijo Irene Echaniz—. El barro, al entrar en contacto con el aire oxigenado del ambiente, ha empezado a deshacerse y emanaba gases tóxicos. Tenemos el sistema de ventilación funcionando a todo trapo.

Eva pudo verla por fin a la luz: una niña que llevaba cuarenta años sumergida en la ría. Se acercó hasta la cara y se agachó frente a ella. Su gesto era indescifrable. Solo se podía intuir el rostro en la forma: carecía de detalle, como una escultura de arcilla en su primer boceto.

—¿Empezamos?

Irene Echaniz bajó la intensidad de la luz del techo y encendió la lámpara cialítica. El cuerpo momificado de Ainara Madrazo cobró intensidad de repente. Acto seguido, la forense activó el sistema de cámaras y audio, y empezó a hablar. Enumeró fecha, hora, lugar, los nombres de los presentes y su cargo; de manera admirablemente precisa detalló los pormenores del hallazgo del cadáver, la identidad de este y su estado preliminar. Una vez que acabó, se giró hacia Aitor.

—Vamos a operar como si se tratase de un cadáver normal —le dijo—. Primero determinaremos la causa de la muerte.

Asintió en conformidad.

—Entonces hay que ir a las vías respiratorias.

—Empezaremos por el rostro, acto seguido el cráneo, y de ahí hacia abajo.

Eligieron el instrumental menos invasivo posible. Usar la sierra de vaivén era tentador por el ahorro de tiempo, pero podría dañar cualquier tejido que se hubiese mantenido encofrado en el interior. Aitor se volvió en dirección a Eva y encontró a la bióloga inclinada hacia delante con las manos apoyadas en las rodillas, sin perder detalle de la escena. No era la primera vez que la veía ante un cadáver, por lo que le sorprendía el embelesamiento que mostraba.

—Toma. —Irene le tendió un bisturí con hoja del diez. Ella tenía unas pinzas de Kelly.

—¿Yo?

—Sigue siendo tu caso.

La forense le señaló la supuesta zona del pómulo izquierdo.

Aitor se inclinó sobre el rostro e introdujo la hoja en la costra. La incisión se produjo sin resistencia y la masa marrón se abrió ante ellos. Irene Echaniz pinzó un lado de la abertura y la peló como la cáscara de un plátano. El barro era una masa semisólida, viscosa en la superficie y más densa en la capa interior. Janire de Marcos, la asistente, revoloteaba de un lado a otro de la cama sacando fotografías. Aitor cogió unas pinzas de diente de ratón y extrajo lo que parecía un gusano disecado de entre el légamo.

—Políqueto —señaló Eva, apresurándose a depositar la muestra en un tarro—. Un gusano.

Irene Echaniz acercó la lámpara para ver a través de la hendidura que acababan de abrir en el rostro de Ainara Madrazo.

—Fíjate en esto, Aitor —le dijo, señalando el interior—. Queda membrana epiterial adherida al hueso. Pero mira su coloración.

Había una mínima lámina de piel prensada en la cara. Tenía un color del todo anómalo, si es que había algo normal en todo aquello.

—Negro metalizado —afirmó Aitor—. Parece que lo han pintado.

—Un forense puede pasarse una vida ejerciendo y jamás encontrarse ante un hecho semejante —dijo la forense titular del IVML, con absoluta admiración—. Se trata de una momia y, para que esto haya sido posible, se han tenido que dar unas condiciones ambientales totalmente excepcionales.

Eva decidió participar.

—Supongo que la primera es la falta de oxígeno, ¿estoy en lo cierto?

—Efectivamente —asintió Aitor—. Es el primer factor de degradación de un cuerpo.

—El Consorcio de Aguas puso en marcha en 1990 la depuradora de Galindo en Sestao —dijo la bióloga—. Si nos remontamos a 1983, la cantidad de oxígeno en la ría era dramáticamente baja. Estoy segura de que este anélido —dijo levantando el tarro con el gusano fosilizado— se filtró entre la capa de lodo mucho después.

La sensación de estar viviendo algo que pasaría a los anales de la medicina forense los invadió de golpe.

—Vale, procedamos con cuidado —advirtió Irene Echaniz—. Vamos a hacer una autopsia canónica. Aitor, sigue retirando la costra.

Aitor cogió las pinzas de Kelly y con su única mano buena, la derecha, fue apartando la capa de lodo del rostro de Ainara Madrazo.

—Fíjate, fíjate. Qué tenemos aquí —señaló Irene Echaniz.

—Es una fractura de los huesos propios de la nariz —dijo Aitor, emocionado—. Fíjate en el puente, está hundido.

—¡No lo toques! —le gritó Irene—. La estructura ósea es lo más parecido al papel que vas a encontrar.

—¿Qué?

—El hombre de Koelbjerg, Aitor. Se trata de los restos humanos más antiguos encontrados en Europa bajo el agua. En Dinamarca, para ser exactos —les contó la responsable del IVML—. Data de 8000 antes de Cristo.

Por lo que les contó la forense, en los países escandinavos era una práctica habitual arrojar cadáveres a lagos y charcas, lugares que favorecían el crecimiento de turba, lo que provocaba unas condiciones de conservación óptimas para los cuerpos, debido a los altos grados de acidez y la nula concentración de oxígeno. Eso, unido a las bajas temperaturas por la cercanía al mar del Norte, ocasionaba diferentes procesos de momificación.

—En la ría, la temperatura del agua no sería muy baja —adujo Aitor, volviéndose hacia Eva.

—Pero la concentración de metales pesados es elevadísima debido a la actividad industrial —intervino la bióloga, tomando una muestra de lodo—. Esos productos pudieron saturar los tejidos y frenar su descomposición. De ahí el color negro.

—¿Por qué me has dicho lo de los huesos? —le preguntó Aitor a Irene Echaniz, señalando la zona nasal.

—Leí que los ácidos de la turba diluyeron el fosfato cálcico de los huesos hasta disolverlos.

—No parece el caso: puede que no haya pasado el tiempo suficiente o que el proceso no haya sido el mismo —elucubró Aitor—, pero tienes razón, vayamos con cuidado. De todas formas, el impacto en la nariz resultó muy violento, la fractura llega hasta el maxilar.

—No es la causa de la muerte —dijo la forense.

—Coincido —secundó Aitor—, y resulta difícil determinar si es anterior o posterior al ahogamiento.

—Pasemos al cráneo: comprobemos si hay algún traumatismo.

Procedieron otra vez a la liturgia de retirar la costra barrosa y alcanzaron una capa de cuero cabelludo igualmente negro y fino. Allí llegaron a encontrar algún vello adherido a la piel, pero no detectaron ninguna fractura que hubiese podido provocar la muerte. Fueron siguiendo y limpiaron la cabeza hasta el cuello.

—Descartamos la autopsia neuropatológica por el momento. —Irene Echaniz se dirigía al micrófono que colgaba del techo de la sala—. Dado que no se aprecian traumas y se trata de un cuerpo hallado en inmersión, vamos a centrarnos en el aparato respiratorio.

Aitor colocó un zócalo en la parte posterior de la cabeza del cadáver para levantar la mandíbula, tras lo cual, Irene Echaniz, con un escalpelo, realizó una incisión frontal a la altura de la clavícula. Después plegó la piel hasta la barbilla, como si de un pergamino se tratase, y dejó a la vista la tráquea y los músculos del cuello, todos en su mínima expresión, deshidratados y faltos de color, de vida.

Eva seguía a lo suyo, analizando las muestras de lodo sedimentado a lo largo de cuarenta años que los forenses iban retirando, en busca de restos de vida orgánica.

—El pH de las capas interiores se asemeja al del vinagre —dijo la bióloga—. Esto aleja a cualquier tipo de carroñero del cuerpo e impide la formación de bacterias.

Irene Echaniz activó el sistema hidráulico de la cama y elevó el cadáver varios centímetros más. Después se giró y fue tanteando con los dedos entre su instrumental. Tras desestimar varias opciones eligió una sierra eléctrica de poco tamaño.

—La uso para niños, pero creo que valdrá —le dijo a Aitor—. Retírame la capa superficial de sedimento, por favor.

Él procedió a despejar la zona del pectoral. Mientras lo hacía, se le nubló la vista y empezó a perder el equilibrio.

—Siéntate allí —le ordenó Irene Echaniz.

—No, tranquila, estoy bien.

—He dicho que te sientes ahí. Lo que nos faltaba era tener que recogerte del suelo. Janire —se dirigió la forense titular a su aprendiz—, deja la cámara y acaba de despejar la zona torácica.

Emocionada, la MIR apoyó la réflex en la encimera y se apresuró a coger las pinzas, no fuera que alguien se arrepintiese. Eva acompañó a Aitor hasta una silla con reposabrazos, situada en la pared de la puerta de entrada.

—¿Cómo vas? —le preguntó Eva.

—El dolor muscular y el del hombro los llevo bien, pero

esto... —Aitor se tocó la sien—. Es como si tuviera un velo en la cabeza. Veo borroso y pienso a cámara lenta.

—Eso —dijo Irene Echaniz sin apartar la vista del cadáver— es porque tu cerebro ha estado funcionando bajo mínimos de riego sanguíneo. Deberías estar en el hospital, descansando.

—No me perdería esto ni borracho. ¿Y tú?

Daba igual que no se le viera la boca, él sabía que Irene Echaniz estaba sonriendo. La sierra empezó a vibrar y Aitor pudo ver la operación a través del monitor situado tras el brazo de la lámpara. Con sumo cuidado, la forense realizó una primera incisión desde el hombro derecho hasta el manubrio esternal, la repitió desde ahí hasta el hombro izquierdo y, acto seguido, practicó un corte vertical hasta el ombligo. «Incisión en Y», apreció Aitor.

—El pubis lo reservamos para más tarde.

El esternón estaba hundido y los pulmones no eran más que dos masas de carne seca con aspecto de higo; habían menguado hasta ocupar la mitad de su espacio natural. Las costillas verdaderas del lado izquierdo estaban quebradas por la mitad y las falsas parecían una hilera hecha con papel de fumar. La forense ejecutó una incisión precisa en la tráquea y la abrió por la mitad.

—Mira, mira, mira. Janire, unas pinzas. Eva, ven. Tienes que ver esto.

La bióloga dejó a Aitor y se acercó hasta la mesa. Irene Echaniz depositó su hallazgo en un bote y se lo tendió a la bióloga.

—Maravilloso —dijo esta.

—¿Qué?

Eva volvió hasta Aitor y le mostró el recipiente. Había un pequeño cangrejo disecado en él.

—Es un cangrejo verde —le dijo la bióloga, emocionada—.

Se trata de una de las pocas especies que sobreviven en aguas con altos índices de contaminación. Lo más probable es que Ainara lo tragase mientras se ahogaba.

—De hecho, las paredes de la tráquea están carcomidas aquí y aquí. —Señaló Irene Echaniz con el meñique.

—Este bicho pudo haber sobrevivido un tiempo dentro del cuerpo de la niña. —Eva fue a la encimera, llenó el bote con formaldehído y lo tapó—. Hasta que se quedó sin oxígeno.

—Mirad esto —dijo Irene.

Aitor se levantó. Al principio, el suelo se movió bajo sus pies, pero consiguió alcanzar la mesa y se apoyó junto a su homóloga. Janire le ofreció unas pinzas, pero Aitor, para felicidad de la MIR, rechazó la oferta, limitándose a observar.

Irene Echaniz extrajo un amasijo de ramas, hojas, piedrecillas... Todo, del aparato respiratorio de Ainara Madrazo.

—Pobre chavala —dijo la forense, tirando del hilo deforme que salía desde los bronquios.

—A la velocidad que bajaba la riada, es como si la hubiese atropellado un camión. —Eva se apresuró a recoger la maraña mugrienta de restos y la depositó en una bolsa.

—Bien, los pulmones presentan graves daños, así como el resto de las vías —señaló Irene Echaniz—. Janire, fotografía, por favor.

Aitor convino en que tanto los pulmones como los bronquios, la tráquea y la faringe presentaban lo que parecían edemas y lesiones graves, incompatibles con la vida. Había poco lugar a dudas, Ainara Madrazo había muerto por sumersión.

—Vamos a comprobar si hay indicios de agresión sexual y paramos —dijo la forense, respirando hondo.

Les llevó veinte minutos retirar la capa de lodo y fibras del cuerpo.

—A primera vista, la zona paragenital presenta arañazos en

el abdomen —dijo Irene, dirigiéndose al micrófono de la grabadora—, pero se antoja imposible determinar si obedecen a la riada o a una agresión. Voy a aventurar que, visto el resto del cuerpo, las lesiones, todas superficiales, obedecen al roce originado por los escombros.

La forense examinó la zona perigenital, es decir, los glúteos y labios mayores, sin detectar nada más anómalo de lo que ya era.

—Voy a proceder en este ángulo sin mover el cuerpo porque no quiero forzar la pelvis. Me da miedo que el fémur se desprenda del ilion.

Janire de Marcos trajo un brazo reticular con una lente de aumento en el extremo, que situó a pocos centímetros de la vulva. Irene Echaniz utilizó un separador y abrió los labios menores.

—Luz —solicitó la forense.

La MIR obedeció y, rauda y veloz, se hizo con otra lámpara que colocó sobre ellos, iluminando la zona. Irene Echaniz murmuró algo incomprensible. Luego se incorporó y buscó entre el material unas gafas binoculares de aumento. Volvió a situarse entre las piernas del cadáver.

—¿Qué?—preguntó Aitor, impaciente.

—No hay himen —dijo la forense—. Pero yo no veo daños. No hay edemas ni desgarros.

—La subinspectora Irurtzun nos contó que en el diario de Ainara ella narraba una relación sexual —intervino Eva.

La doctora Echaniz se incorporó, pensativa.

—¿Qué pasa, Irene? —preguntó Aitor.

Él volvió a sentir el vértigo de quien espera algo que pueda cambiar el sino del caso.

Su homóloga y mentora le tendió las lentes de aumento.

—Mira.

Aitor se las puso y se colocó en el lugar de la médica. Estuvo cinco minutos indagando.

—No veo nada: ni escoriación ni eritema...

—Eso es. A diferencia del resto de los orificios: boca, oídos... No hay restos de suciedad, está bastante limpio.

La forense se rascó detrás de la oreja frotándosela contra el hombro, barajando unas posibilidades que iban levantando cada vez más expectación. Tras un rato se dio la vuelta hacia su instrumental mientras decía:

—Entre la vagina y el útero, existe una cavidad, un fondo, denominado *saco de Douglas* —explicó, abriendo y cerrando cajones—. Está compuesta por una membrana que recubre la pared entre el útero y el recto de las mujeres.

Irene Echaniz eligió una jeringuilla sin aguja con capacidad para cincuenta mililitros y tomó un bote de suero fisiológico. Le dio la vuelta sobre la punta y llenó el depósito con el líquido transparente.

—En dichas bolsas he llegado a encontrar restos de semen hasta tres días después de alojado en el cuerpo de una víctima de agresión sexual. Janire, asísteme. —La médica le tendió un bote de muestras de orina vacío a la MIR.

Ambas se acercaron hasta el cuerpo de Ainara Madrazo, con Aitor y Eva presenciando hipnotizados la operación.

—Atenta —le dijo la doctora a su ayudante—. Eso es, ponlo ahí.

La forense introdujo la jeringa en la vagina del cuerpo, presionó el émbolo y proyectó los cincuenta mililitros de suero fisiológico a chorro contra el útero. Un segundo después, el líquido volvía a caer vulva abajo hasta el bote.

Irene Echaniz cogió el envase, lo tapó y se lo ofreció a Aitor.

—Si hay restos de ADN, los encontraréis aquí.

CAPÍTULO XXXV

Jueves, 20 de febrero de 2020
Autopista A-8, a su paso por Zarautz
22:00

Eva y Aitor llegaron al peaje de Zarautz conscientes de que el tiempo apremiaba. La jueza Arregui iba a cerrar el expediente del caso tras tomarle declaración a Gorka Sánchez, lo que tendría lugar mañana por la tarde. Solo si la muestra de ADN extraída del cadáver de Ainara Madrazo coincidía con la del director del CAR, aplazaría el cierre del caso. Aplazar significaba ganar tiempo, y ganar tiempo significaba poder comprobar coartadas, verificar testimonios y desandar caminos hasta encontrar al culpable del asesinato de Izaro Arakama. El inspector estaba convencido de que todo giraba alrededor de Gorka Sánchez, quien estaba directa o indirectamente involucrado en las muertes de Izaro Arakama, Ainara Madrazo, Laura Cardoso y Marta Basabe. Otra cosa era probarlo.

Había un motivo más por el que el inspector les hacía cruzar de Vizcaya a Guipúzcoa a toda pastilla: la Gala del Deporte Vasco que iba a tener lugar el sábado. Jaime Otamendi tenía claro que si cerraban el caso ahora, el culpable quedaría suelto, lo que implicaría que tendrían a un sinfín de altos cargos, personalidades y deportistas de élite expuestos a la voluntad de un asesino. El equipo temía que el director del CAR estuviese tramando algo de cara a la ceremonia y había demasiadas celebridades y altos cargos invitados como para asumir cualquier riesgo. Si eso salía mal, si Gorka Sánchez atacaba con un tenedor al lehendakari o se inmolaba llevándose consigo el Kursaal y a todos los presentes, sería algo que pesaría sobre ellos para siempre. Pero sobre todo corrían el peligro de que una cantidad abrumadora de muertes quedasen sin resolver, mientras que su presunto autor daba discursos frente a un auditorio entregado.

Había anochecido hacía ya unas horas y todo el paisaje no dejaba de ser una colección de sombras recortadas en el horizonte. Sin embargo, Aitor sabía que a la altura de Durango, allí en la oscuridad, el Anboto estaba por completo cubierto de nieve y fue mientras pasaba ese peaje cuando el forense experimentó un malestar desconocido. Daba la impresión de que su cuerpo reaccionaba de manera negativa ante la simple idea de una cumbre nevada. Su corazón se aceleró y empezó a sudar. Estuvo así, con náuseas, todo el recorrido de la zona interior de Eibar, Elgoibar, Mendaro... Pese a que estéticamente el paisaje pudiese intuirse como propio de una postal, con las ventanas de los *baserris* iluminadas en naranja y rodeados de nieve, la percepción de noche y frío le provocaban a Aitor ganas de vomitar. Y se sintió así hasta que llegaron a la costa, donde la presencia de la nieve retrocedía a pasos agigantados. En el momento en el que el coche de Eva aminoró la velocidad para pasar la barrera del peaje, Aitor se dio cuenta de que tenía un estómago y de que este estaba vacío.

—No hemos comido, Eva —recordó el forense, llevándose la mano a la tripa.

—Ya, me muero de hambre.

—¿Sabes lo que me comería? Un bocata de calamares del Juantxo.

—Ya, yo no sé —dijo ella—, estoy entre un mixto de pechuga o uno de tortilla de *txaka.*

—En ese caso, ni lo dudes: dos *bolintxes*. Uno de cada.

Bolintxe era la denominación del formato pequeño del bocadillo del Juantxo. Eva pareció convencida con la propuesta.

—Propongo que pasemos por la comisaría del Antiguo a recoger las muestras de ADN de Gorka Sánchez, pongamos la maquinaria a trabajar en el Aquarium y vayamos a la Parte Vieja a cenar —añadió Aitor, tamborileando la guantera.

—Es todo un plan. —Eva le miró de reojo—. Casi una cita.

Aitor sonrió y se volvió hacia la ventana. «Una cita». Estaba él para citas. «¿Qué podía ofrecer más que una mente obsesionada con cadáveres?».

Entraron a San Sebastián por el oeste, atravesaron la avenida de Tolosa y, cuando llegaron a la rotonda de la biblioteca, giraron a la izquierda para llegar por detrás de las facultades a la comisaría de la Ertzaintza. Aparcaron en doble fila, donde les esperaban el inspector Otamendi y los agentes Llarena y Gómez.

—¿Cómo estás? —le preguntó el inspector a Aitor, nada más bajarse del coche de Eva.

—Lo del dolor corporal más o menos lo llevo. La cabeza es otra cosa: en cuanto se me pasa el efecto de los analgésicos, me quiero morir.

—Pues ni lo dudes. A tope con las drogas —le recomendó Llarena.

—Sí, pero no quiero estar atontado todo el día —objetó Aitor.

—¿Cómo ha ido la autopsia? —preguntó el inspector.

—Con la sensación de estar presenciando algo extraordinario —respondió Eva—. Creo que de aquí en adelante van a escribirse muchos estudios sobre Ainara Madrazo.

—Irene está bastante segura de que los daños faciales son *pre-mortem* —añadió Aitor—, lo que significa que pudieron agredirla y después arrojarla al río para que se ahogase.

—Tomad. —El inspector Otamendi les tendió un maletín con aspecto de nevera de *camping*—. Aquí tenéis el bastoncillo con la muestra de ADN de Gorka Sánchez.

—¿Os la ha dado voluntariamente? —preguntó Eva con incredulidad.

—Digamos que la hemos tomado prestada de su taza. —El inspector alargó la frase como el alumno que busca una excusa, aunque sea mala, por no haber hecho los deberes.

—Y si coinciden, ¿qué? —preguntó Aitor.

—Si es así, a la jueza no le va a quedar más remedio que prorrogar la investigación, y el comisario tendrá que dotarnos de recursos para cerrar el caso —explicó el inspector—. Como si tenemos que exhumar los cadáveres de Laura y Marta, y revisar las coartadas una a una. Eso supone meterle más presión al culpable.

—¿Cuándo podréis tener la comparativa? —preguntó el agente Llarena, mirando el reloj. Eran las diez y media de la noche.

—Por la mañana —aventuró Eva—. Espero.

—Gorka Sánchez está convocado aquí a las diez. En teoría viene a prestar declaración como responsable subsidiario de Ryan Cisneros —Jaime Otamendi juntó las manos, como si rezase—, pero le vamos a preguntar por todo: Laura Cardoso, Marta Basabe...

—El sábado es la Gala del Deporte Vasco. No veáis cómo están poniendo Donosti. Parece el Zinemaldia —intervino el agente Llarena—. Lo que sea hay que hacerlo antes de que comience la ceremonia.

—No perdamos el tiempo entonces.

Eva cogió la neverita y la metió en el maletero. Mientras, Otamendi cogió a Aitor por el codo.

—¿No quieres que te acompañen Gómez y Llarena?

—No, Jaime, estaremos bien, tranquilo. El Aquarium tiene seguridad propia.

—Vale, pero el teléfono siempre a mano.

Aitor se rio mientras sacudía la cabeza en un largo «que sí», mudo.

Cruzaron por el túnel del Antiguo y, tras recorrer Miraconcha, aparcaron en el puerto gracias a la tarjeta verde de actividades económicas que Eva tenía pegada en la luna. Se intuía vida en Lo Viejo. Era jueves, al fin y al cabo, y Donosti llevaba una semana enclaustrada bajo techo a causa de Cordelia. El restaurante La Rampa, frente a la cuesta desde donde las embarcaciones se echaban a la mar, funcionaba a todo trapo con total normalidad. Santi, el guarda de seguridad del Aquarium, los esperaba en la puerta.

Mientras caminaban en la semioscuridad contra la luz azul de unos hipnóticos acuarios, Aitor recordó la noche en la que conoció a Eva, esa chica misteriosa que parecía ocultar algo y que al mismo tiempo se sumó a la investigación del asesinato del profesor de biología Luis Olmos. Seis meses habían pasado de aquello y el forense sentía que aquel caso pertenecía a otra persona. Llegaron al laboratorio y dejaron sus mochilas en el suelo, los abrigos en uno de los taburetes, desde donde cayeron sin que nadie los recogiera, se pusieron unos guantes y comenzaron el proceso de extracción de ADN. Trabajaron en paralelo bajo las órdenes de Eva. Aitor manipuló la muestra de saliva de Gorka Sánchez y Eva, los restos de semen obtenidos en el cuerpo de Ainara Madrazo. El primer paso fue activar el proceso de lisis celular y para ello hubo que añadirle a la muestra un compuesto denominado SDS: dodecilsulfato sódico, un detergente iónico que desnaturalizaba proteínas, con el fin de liberar el ácido nucleico. Pasaron ambos viales por el agitador vórtex y los metieron en una incubadora a sesenta y cinco grados.

—Hora y media —dijo Eva mirando su reloj—. Vamos al Juantxo antes de que lo cierren.

Salieron por la tienda de suvenires del Aquarium y se despidieron de Santi, acomodado en la taquilla con un libro entre las manos.

La Parte Vieja había vuelto a la vida. La mayoría eran donostiarras, aunque también escucharon algo de francés, de inglés y de alemán.

Eran las once y media de la noche y la barra del Juantxo estaba relativamente tranquila. El barullo de la hora punta había pasado, pero seguían quedando rezagados como ellos. Aitor miró el horario por curiosidad: a las doce cerraba la cocina. El grito de *bat gehiago!* («¡Uno más!») del camarero para añadir tres bocadillos a la comanda le devolvió la vida a Aitor. Le resultaba reconfortante estar de nuevo en la civilización. En *su* civilización. Sintió como los músculos de la espalda se le destensaban y el peso de los hombros se le aligeraba. Pidieron un zurito para la espera y se dedicaron a observar al personal por el mero placer de presenciar una tradición tan viva y tan de Donosti.

Una vez abastecidos y con la idea de estar cerca del laboratorio, cruzaron el corazón de la ciudad por la calle 31 de Agosto, vieron a parejas de guiris tomarse un *gin-tonic* sobrepagado en las escalinatas de la basílica de Santa María, pasaron por detrás de la sociedad Gaztelubide y llegaron al paseo de los Curas, un sendero que recorría las faldas del monte Urgull a lo largo del puerto. Encontraron un banco libre y montaron allí su pícnic particular. Aitor, preso de un hambre voraz, se dio cuenta de inmediato de que un bocata de calamares era una tarea para dos manos: requería pinzar bien las dos rebanadas de pan para que el calamar no se escurriese mientras le daba un mordisco. Gruñó y media tira adobada se le quedó colgando de la boca. Eva lo asistió y cogió la porción sobrante.

—Gracias —dijo el forense, recuperando el trozo de la mano de la bióloga para comérselo suelto—. ¿Sabes? Yo me tenía por una persona racional, pero soy más preso que nunca de mis emociones. Todo me afecta, hasta un bocata de calamares.

Eva había optado primero por el *bolintxe* de tortilla de *txaka.*

—Mi tesis va sobre el fitoplancton del mar Cantábrico y de cómo a partir de su presencia se pueden obtener lecturas acerca del cambio climático, etcétera —dijo la bióloga—. Bien, para conseguir muestras de esos organismos, tuve que diseñar un sistema que pudiese soportar las inclemencias del golfo de Vizcaya; por decirlo de una manera simple: una bolsa sumergida a gran profundidad conectada a una baliza.

Aitor seguía sin pestañear la explicación de Eva, sin entender adónde quería llegar.

—La cuestión es que, para demostrar que el sistema era válido, me exigían que lo sometiese a diferentes test de estrés. Uno de ellos era meterle aire a presión —explicó la bióloga inflando los mofletes—. Porque cuanto más llenas el globo de aire, más se le notan las costuras.

—Los globos no tienen costuras, Eva.

—Ya me entiendes. Pasa igual con los seres humanos. Si nos sometes a presión, tarde o temprano se nos acaban viendo las costuras.

—Es lo que ha dicho Otamendi sobre el caso: que le quiere meter presión.

—Sí, y eso me ha dado que pensar.

—¿Quieres decir que tengo defectos de fabricación? —le preguntó Aitor.

—No. Lo que quiero decir es que hace seis meses estuviste a punto de morir, por no hablar de lo que te sucedió en Aralar hace dos noches. Eso afecta a cualquiera. Si además sientes que nadie valora tu trabajo, que nadie se ha preocupado por ti en este tiempo, es normal que tus emociones se encuentren desbordadas.

—No me gusta esa falta de control —dijo Aitor dando un sorbo a su Coca-Cola sin azúcar, pero con cafeína.

Eva chasqueó la lengua.

—Yo no soy nadie para dar consejos, Aitor, pero igual estás en un momento en el que tienes que abrazar esa frustración. Es normal que estés enfadado, es normal que no sepas digerir lo que te ha pasado.

Aitor encogió el cuerpo dentro de su chaquetón de Carhartt. La noche era fresca, pero él iba preparado contra el frío: llevaba unas botas deportivas con una buena suela, un chándal grueso, un gorro de lana y sobre este la capucha con pelo de foca sintético. Eso, añadido a la nariz hinchada y a toda la cara magullada, le hacía parecer más un rapero que un forense. Eva, en cambio, iba a cara lavada y llevaba un abrigo largo de color naranja que parecía hecho de peluche.

—Y ¿tú, qué? —le preguntó Aitor, levantando la barbilla—. Tú también estuviste allí.

—No me afectó tanto como esperaba. Y, además, lo último que yo deseaba era atención. He vivido los últimos tres años a la contra, escondida, y quería seguir así. —Eva se retiró un poco de *txaka* de la comisura de los labios con el anular—. No, mi problema ahora mismo es que me da un miedo cerval tener que tomar decisiones. Hasta ahora he seguido el sino prefigurado grado-máster-doctorado, con la excusa de que hacía caso a mi vocación y la sensación de que nada era definitivo; todas las puertas seguían abiertas, pero a partir de ahora las decisiones que tome pueden marcar mi futuro a medio plazo. ¿Qué hago? ¿Me dedico a la docencia? ¿Pido una beca de investigación? ¿Me voy fuera?

Aitor giró la cabeza, admitiendo que no era ni mucho menos una decisión fácil. La volvió a mirar y Eva se encogió de hombros, *bolintxe* en una mano, botellín de agua en la otra. El forense levantó las cejas. Tenían bajo ellos los tejados de las casas del puerto. De frente, Miraconcha con el Hotel de Londres, la playa... A la izquierda, la Parte Vieja, con los escalones del bar Akerbeltz llenos de cuadrillas. Y a la derecha, en el centro de la bahía, la isla de Santa Clara, donde ambos habían estado a punto de morir la noche de la galerna. Aitor se dio cuenta de que quería estar allí, en ese momento, sentado en ese banco, comiendo ese bocadillo, viendo a Eva quitarse esa mancha de *txaka* con el dedo, con la belleza de San Sebastián ante ellos, dudando de un futuro incierto. «Maldita sea, nadie se limpia un resto de comida de la comisura de los labios de una manera tan elegante. Solo ella».

—¿Cómo vamos de tiempo? —preguntó el forense.

Eva miró el reloj y se apresuró a sacar el segundo bocadillito con la funda impresa en letras azules del Juantxo.

—Veinte minutos.

Una pareja de guiris pasó tras ellos riéndose. Iban enganchados por la cintura. Aitor pensó que era una manera incómoda de andar, pero estaba claro que a ellos no les molestaba. Envidió su despreocupación mientras sacaba otro analgésico y lo engullía acompañado de un trago de su refresco. Le gustaba aquella quietud tan llena de vida que destilaba su ciudad. San Sebastián era una urbe tranquila y bonita de ver, pero a la vez bonita de vivir. Había allí, entre calles, en plazas, en Lo Viejo, en Reyes, en Egia, en Gros, un plan en ebullición, un concierto, un restaurante, una plaza o un malecón, lo que fuera que te decía que no estabas solo. Porque él en ese momento se sentía muy solo. «Tienes que levantarte tú», le decía su padre cuando se caía en el parque. Luego sí, luego ya le abrazaba y le mimaba, pero del suelo, con las rodillas rozadas, tenía que incorporarse él. Tal vez no le vendría mal que esta vez le echasen una mano.

Volvieron al laboratorio (Santi estaba cenando mientras veía algo en la tableta) y encontraron la luz roja de la incubadora parpadeando.

—Bien, esto ya está.

—¿Y ahora qué? ¿Centrifugamos? —preguntó Aitor, poniéndose unos guantes.

—A cinco mil revoluciones por minuto, cinco minutos.

Introdujeron ambos viales en la centrifugadora, una máquina con aspecto de cápsula espacial en miniatura, y se quedaron frente a ella escuchando el sonido que emitía. Cinco minutos después, Eva preparó una solución de fenol que ambos vertieron en sus respectivas muestras. Ya era la una y media de la mañana. Pasaron el compuesto por el vórtex y lo volvieron a centrifugar ocho minutos.

—Ya tenemos la solución disgregada, mira —le mostró Eva—. La fase acuosa es la de arriba, ahí están los ácidos nucleicos, y la fase...

—Fenólica, donde se encuentran los lípidos y las proteínas —acabó Aitor señalando la parte inferior del tubo.

—Vamos a añadirle isopropanol en una proporción de 0,7 para acelerar el proceso y tenerlo menos tiempo de reposo.

Eva tenía dos agujas preparadas. Inyectaron el líquido y la bióloga cogió ambas muestras.

—Y ahora, a reposar.

La bióloga cogió ambos tubos de ensayo y los introdujo en el congelador, a menos veinte grados.

—¿Cuánto tiempo?

—Tres horas.

Quince minutos después, Aitor se había quedado dormido sobre la mesa. Eva lo llevó a una salita adjunta al laboratorio, una especie de oficina donde se realizaban tareas administrativas y que tenía un sofá biplaza tapizado en gris. El forense no protestó, cayó rendido en los cojines que con anterioridad habían albergado a más de un investigador, y Eva lo tapó con una manta que sacó del armario. Apagó la luz y volvió al laboratorio a preparar el siguiente paso. Cuarenta y cinco minutos después, la bióloga se escurría debajo de la manta, en sentido contrario, con los pies hacia la cabeza de Aitor. Se pasó las dos siguientes horas sintiendo al forense agitarse en sueños, hasta que la alarma de su móvil empezó a emitir un molesto sonido. Con el cuello agarrotado, Eva sacó los tubos del congelador y les añadió un setenta por ciento de etanol para, acto seguido, volver a meterlos en la centrifugadora. Unos pasos hicieron que se diera la vuelta. Era Aitor, con las ranuras de los ojos cerradas como pistachos.

—Perdona, me he quedado dormido.

—Tranquilo. Puedes descansar un poco más.

—No, no. Solo tengo pesadillas con lobos que vienen a comerme —repuso, frotándose el lado derecho de la cara, el menos dañado.

—Bien, pues entonces tengo una misión muy importante para ti —dijo Eva, mirando el reloj.

—Dime.

—El hotel de enfrente ha abierto ya el restaurante. Ve a por el desayuno.

Aitor despertó a Santi para que le abriera y salió al puerto. El guarda le dio la llave y el código para entrar y se fue a hacer la ronda. El sol salía entre Santa Clara y Urgull, salpicándole de refilón. Era un borrón naranja enorme en el horizonte, agitado por la bruma. Esa misma neblina flotaba en la dársena, entre los barcos amarrados, y pululaba sobre el suelo adoquinado. Los mubles permanecían como manchas grises bajo el agua, entre los pantalanes. Dos chicas jóvenes rieron al ver a Aitor, subiéndose deprisa los pantalones tras orinar. Por lo visto, la discoteca del Náutico acababa de cerrar.

Aitor entró en el hotel y en recepción lo confundieron con un parrandero, así que le impidieron pasar al restaurante. En ese momento, con el botones tratando de cerrarle el paso, se vio reflejado en el espejo del *hall*. Tenía el aspecto de alguien salido de ultratumba. Aitor hizo entonces algo que nunca antes había hecho: sacar a relucir sus credenciales. Dijo con mucha calma que era forense, que se encontraba en el transcurso de una investigación policial y que necesitaba desayunar.

Diez minutos después salía del edificio con una bolsa de cartón, tres cafés con leche, cuatro cruasanes y cuatro napolitanas pagados a precio de sangre de unicornio. Tras dejar la parte de Santi en el mostrador de recepción, Aitor bajó hasta el laboratorio y se encontró a Eva muy concentrada aplicando un líquido con una pipeta Pasteur a los dos tubos sostenidos en la gradilla.

—Estoy lavando con etanol. Nos falta poco.

Dejaron las muestras centrifugando de nuevo y se sentaron frente al ventanal del laboratorio a desayunar. La bahía relucía en plata allí donde el sol la alcanzaba, y en turquesa cerca de la orilla, donde los primeros paseantes sacaban a sus perros a corretear por la arena. Vieron a los primeros valientes, vestidos de neopreno, darse un baño que posiblemente no perdonaban más que cuando algo como Cordelia se les cruzaba en el camino.

—Algún día iré nadando desde Ondarreta hasta Santa Clara —dijo Aitor.

—¿Aún no lo has hecho? —preguntó Eva.

—Me da miedo.

—¿Miedo?

Aitor se aclaró la garganta.

—Es muy ridículo, lo sé. Pero como tengo que ir con gafas y viendo el fondo, me raya sobremanera la idea de ver una sombra acechándome.

Eva se tapó la boca, escandalizada.

—Ya, ya lo sé. —Aitor se puso la mano en el pecho, entonando el *mea culpa*—. Ya sé que no hay tiburones ni nada de eso, pero es un factor de incertidumbre que me jode mucho.

—Oh, no, no —dijo Eva con un cuerno de cruasán en la boca—. Sí que hay tiburones.

—¿Cómo?

—En las inmediaciones de Santa Clara hay tintoreras habitualmente, yo he visto más de una. —Eva levantó las cejas—. En serio.

—No me digas.

—Son inofensivas.

—Pues me has jodido bien —dijo Aitor mirando el fondo de la bahía e imaginándose terribles depredadores comiéndose a niños.

Ambos rieron. Aitor observó a la bióloga: tenía los ojos hinchados, pero se mostraba risueña, satisfecha.

—¿Qué? —Eva detectó el escrutinio del forense.

—Te veo contenta.

—Me encanta acabar un proceso de este tipo —dijo la científica, dándole un sorbo a su café—. Las temperaturas, los compuestos, que cada paso salga bien, las esperas... Todo.

—Eso lo entiendo perfectamente.

—¿Sabes lo que me gusta mucho también? —Eva apoyó el vaso de cartón en la repisa del ventanal.

—¿Qué?

—Los besos con sabor a café.

Se inclinó hacia Aitor y lo besó en los labios. Una corriente eléctrica recorrió la nuca del forense. En efecto, sabía a café. Los de Eva eran unos labios gruesos, carnosos, y tanteaban la boca de Aitor buscando un beso que nunca se terminaba, tocando el labio superior, después el inferior. Un beso infinito que acabó con un último roce y el mejor silencio en la vida del chico, interrumpido súbitamente por el pi-pi-pi de la centrifugadora.

Y entonces volvieron al presente, al cadáver momificado de Ainara Madrazo, al cuerpo congelado de Izaro Arakama, a los fantasmas que se cernían sobre los fallecimientos de Laura Cardoso y Marta Basabe y al hecho de que Aitor había estado prácticamente muerto dos días atrás. La burbuja hizo pop y la realidad se les echó encima. El teléfono empezó a saltar en vibración sobre la mesa. «Otamendi», rezaba la llamada.

—Jaime.

—¿Cómo vais? —preguntó el inspector desde el altavoz.

—Falta poco.

—Necesitamos el *match* ya —dijo el inspector—. Ese cabrón ha llegado pronto y con un abogado caro, y si no hay novedades, vamos a tener que dejarlo ir. Y mañana es la gala. Daos prisa, por favor.

El inspector colgó, y para cuando el forense se volvió, Eva estaba decantando las muestras en un vaso de precipitados, para a continuación irrigarlas con agua estéril. Asistido por la bióloga, Aitor vertió la mezcla en un tubo de ensayo por medio de un pipeteo constante. Ella se echó atrás y observó las probetas posadas en la mesa.

—Ya está. Ahora al espectrofotómetro —dijo, conteniendo el aire.

Podía ser el final del caso, pensó Aitor. Aquello podría abrirles la puerta a una acusación contra Gorka Sánchez, a más registros, exhumaciones, acceso a cuentas bancarias... Estaban muy cerca de hacerle justicia a Izaro Arakama, de poder acabar con un caso agotador. Y, sobre todo, de atrapar al hijo de puta que casi se lo había llevado por delante.

Eva introdujo la primera muestra, la del semen encontrado en el cuerpo de Ainara Madrazo, en una celda de cuarzo que a su vez metió en una máquina con aspecto de videoconsola. Después se apresuró a ir al ordenador conectado junto a ella. Abrió el programa, activó el medidor y esperó. La idea era emitir una luz ultravioleta, que, filtrada a través de un prisma, incidiese de manera homogénea en la muestra, siendo la luz no absorbida la que se reflejaría en el detector, de la cual podía extraerse una lectura de unidades de absorbancia.

Así empezó a mostrarlo el gráfico frente a ellos. Tres secuencias en paralelo comenzaron a dibujar sus curvas, mientras la impresora acompañaba el diseño con su chirrido. Aquello de por sí solo significaba que tenían una lectura positiva. Eva guardó los datos en el disco duro del ordenador, se envió una copia a la nube, abrió una carpeta en el *pendrive* que colgaba de su llavero y se apresuró a sacar la muestra del lector.

—Aitor, guarda esto en el congelador, es importante. —La bióloga le entregó la probeta debidamente etiquetada.

El forense obedeció, y para cuando estaba de vuelta, Eva lo esperaba señalando una pequeña caja sobre la mesa.

—Ábrela, es un regalo para ti —le dijo la bióloga.

Aitor desenfundó el estuche. Lo que sacó parecía un bolígrafo, pero no lo era. Lo examinó detenidamente.

—¿Es lo que creo que es?

Eva asintió.

—Espero que no tengas que usarlo nunca, pero de ser así —la bióloga apuntó hacia el objeto que reposaba en la caja—, eso te protegerá. Ya sabes cómo funciona.

Aitor manipuló la pieza entre sus manos. Era ergonómica y fácil de usar.

—Gracias.

Eva sonrió apenada, consciente de que se encontraban en el punto de tener que ir armados para preservar su integridad física. Giró el taburete y se situó frente a la pantalla del ordenador.

—Mira —le dijo a Aitor.

Tenía una ventana abierta con la lectura del semen y ahora era el turno de la muestra que habían obtenido de la taza de Gorka Sánchez. Ahí estaba todo. Si los resultados eran idénticos, la pesadilla habría acabado.

El beso no había existido. Había sido una ilusión entre tanta muerte y tanta violencia. Ahora tocaba saber la verdad y, quién sabe, tras ella podrían empezar a tener una vida.

Las curvas de cada secuencia aparecían en tres colores: rojo, negro y azul. Y así empezaron a dibujarse en la gráfica, hacia arriba, hacia abajo, más hacia arriba, más hacia abajo... A la impresora le costaba más imprimir la tinta que a la pantalla, acompañando la lectura con un baile de agujas y una tira de papel que empezaba a esparcirse por el suelo.

Ya estaba.

Eva cogió ambas gráficas y las superpuso.

Aitor se llevó la mano por encima de la cabeza hasta agarrarse la oreja contraria. Eva cerró los documentos y los volvió a abrir por si se había equivocado. Después se volvió hacia Aitor y le dijo:

—¿Qué delirio es este?

CAPÍTULO XXXVI

Viernes, 21 de febrero de 2020
Comisaría de la Ertzaintza del Antiguo, San Sebastián
9:00

FALTA UN DÍA PARA LA GALA

Gorka Sánchez se había personado en la comisaría con un abogado de prestigio: Telmo Zurutuza, presidente y heredero de uno de los bufetes más antiguos de San Sebastián, Hermanos Zurutuza y Asociados. El despacho se había especializado en derecho comercial, pero con el cambio de siglo y sucesor, la firma entendió que resultaba mucho más rentable dedicarse a defender los intereses de altos ejecutivos que, dicho eufemísticamente, habían estirado el concepto de gestión hasta mutarlo en algo que sonaba más a prevaricación y malversación. La crisis económica de 2008 reportó al bufete pingües beneficios, pero sin duda lo que Telmo más apreció de todo aquello fue la relevancia mediática. Dicho por los mentideros de Aiete, donde residía la familia, al letrado Zurutuza le gustaba más el objetivo de una cámara que a un tonto un lápiz.

Tan pronto como llegaron a las dependencias policiales, el abogado exigió que el encuentro se celebrase en la sala de reuniones de la última planta de la comisaría. «Nada de usar la sala de interrogatorios», había dicho, ajustándose la chaqueta de su traje gris marengo de mil rayas de lana virgen, hecho a medida en Londres.

Las miradas de Gorka Sánchez y el inspector Otamendi se cruzaron en el pasillo. Entre ambos aún permanecían latentes los rescoldos de la pelea a las puertas del CAR. «¿Qué pelea?», —se corrigió Jaime Otamendi—, «más bien la paliza que me dio». Revisó de nuevo su móvil, a la espera de unas noticias del Aquarium que no acababan de llegar. La ventana de su oficina daba a la zona residencial que llegaba hasta la playa de Ondarreta. El agente Llarena entró sin llamar.

—Ha llegado la jueza.

La mesa de la sala de reuniones tenía un tablero de melanina blanco mate, cantos de PVC y orificios de donde reptaba todo tipo de cableado que iba a teléfonos fijos que ya nadie usaba. La jueza Arregui presidía la reunión en el lado de las ventanas; a su derecha se encontraban Gorka Sánchez y Telmo Zurutuza. En el lado izquierdo, el comisario Ramírez y los agentes Llarena y Gómez. El inspector se sentó en la silla que quedaba vacía, justo frente al director del CAR.

—Bien, ya estamos todos —inició la jueza—. Esta reunión se ha organizado para tomarle declaración a su representado en lo correspondiente a la muerte de Izaro Arakama. ¿Lo entiende usted, señor Sánchez?

—Si me lo permite, jueza, antes nos gustaría aportar información relevante al caso —replicó el abogado.

La jueza Arregui le echó una mirada de reojo al comisario, como quien pregunta «¿Qué está pasando aquí?».

—Usted dirá —dijo la magistrada.

—Verán —Telmo Zurutuza cogió su maletín de cuero, lo abrió y sacó un iPad y unos documentos metidos en fundas de plástico—, mi cliente lleva años recibiendo una serie de anónimos a los que nunca hemos dado mayor importancia, pero, a la luz de los últimos acontecimientos, nos vemos en la obligación de informar de ello a las fuerzas del orden.

—Señor Zurutuza —le interrumpió la jueza—, ¿de qué me está hablando?

—Alguien lleva siguiendo al señor Sánchez durante casi décadas.

«Pero ¿qué dice este cabrón?». Otamendi observó al comisario y este le devolvió una mirada gélida, sin expresión. Los agentes Llarena y Gómez empezaron a cuchichear entre sí.

—Ya. Y nos lo cuenta ahora. —La jueza se acarició el cuello.

—Como usted bien ha dicho, señora...

—Señoría.

—Como usted bien ha dicho, señoría, no nos han acusado de nada, por lo que más que mi defendido..., aunque me gustaría que tratásemos al señor Sánchez como mi cliente —puntualizó el abogado—. Estamos aquí porque estos hechos de los que le hablo tienen relación directa con la muerte de Izaro Arakama.

Fuera de juego. El linier había levantado el banderín y ni la jueza ni el comisario, así como Jaime Otamendi, Lander Llarena y Alberto Gómez, tenían idea alguna de a qué se refería aquel tipo trajeado.

—Será mejor que lo explique mi cliente.

Telmo Zurutuza se echó a un lado con la silla y le dejó la pista central a Gorka Sánchez. Para sorpresa del inspector Otamendi, el director del CAR adoptó una expresión compungida, muy alejada de esas maneras expansivas a las que les tenía acostumbrados: mantenía los brazos cruzados, el tono de voz bajo, la mirada fija en la mesa... Empezó un relato del todo inverosímil.

—La primera vez que recibí uno de estos anónimos fue un año después de acabar la carrera —narró Gorka Sánchez, mirando su agenda—. En 1988.

—¿De qué coño está hablando este tío? —maldijo Otamendi en voz alta. Miró a la jueza y esta le devolvió un gesto de que esperara con la mano.

—Yo había solicitado una plaza en el Máster de Gestión Deportiva y sabía que constaba de *numerus clausus* ya que tenía gran demanda, no solo entre nosotros, los alumnos de IVEF, sino entre los licenciados en Empresariales y Derecho Económico —continuó el director—. La cuestión es que las solicitudes de dos de los alumnos se desestimaron por defectos de forma al faltarles ciertos documentos y me dieron la beca a mí.

—Qué suerte —dijo el inspector Otamendi, con cierto retintín.

—De suerte nada, habría entrado de todas formas —se revolvió Gorka Sánchez—, pero no hubo que hacer nada porque las otras solicitudes no eran correctas.

—No le comprendo —dijo la jueza Arregui—. ¿Adónde quiere ir usted a parar, señor Sánchez?

—Encontré una carta en mi buzón —contó Gorka Sánchez—. Contenía una nota que decía: «Problema resuelto. A por el máster». Estaba escrita a bolígrafo en una hoja de cuaderno cuadriculada, con mala letra.

Los presentes se miraron entre sí, todos salvo Telmo Zurutuza, a quien se le veía despreocupado ante el relato.

—Me pareció raro, pero no le di mayor importancia.

—¿Conserva esa nota? —le preguntó el comisario Ramírez.

—No, la tiré.

—Ya.

El inspector Otamendi observó detenidamente a Gorka Sánchez, sentado frente a él al otro lado de la mesa. Su expresión era inescrutable. Por un lado parecía compungido, pero bajo esa primera capa seguía transmitiendo una seguridad granítica en sí mismo: no le temblaba la cara, el lenguaje corporal era contenido, el habla segura... El ertzaina pensó que se estaba riendo de ellos. «¿Dónde se ha metido el maldito Intxaurraga?», preguntó con la mirada al agente Llarena, quien, tras mirar su móvil, negó con la cabeza.

—Continúe, señor Sánchez. —La jueza se retiró el pelo de detrás de la oreja, exasperada.

—Cuando terminé el máster, me presenté a un puesto de trabajo en la Federación Alavesa de Atletismo —prosiguió el director del CAR—, sería el año 1992. Conseguí la plaza.

—Déjeme adivinar: recibió otro anónimo —se aventuró el inspector Otamendi.

—No, una fotografía de uno de los miembros de la junta que evaluaba mi candidatura. Es esta —dijo el abogado.

Telmo Zurutuza sacó de su maletín una funda de plástico que contenía una polaroid y se la pasó a la jueza Arregui. Esta la observó detenidamente y se la tendió al comisario, que la compartió con el resto. La fotografía parecía vieja, sacada al anochecer. En ella se podía interpretar que se veían un descampado, un coche con la puerta abierta, una mujer arrodillada y un hombre recibiendo una felación.

—Es el presidente de la federación —apuntó Gorka Sánchez con el dedo.

—Y entiendo que la mujer no es su esposa —dijo la jueza Arregui—. Como entiendo que esa fotografía se la enviaron a ese hombre para que intercediera en su favor.

—No tuve nada que ver con eso, señoría. Lo juro —respondió Gorka Sánchez, afligido—. Mi candidatura era tan buena como la de cualquiera.

—¿De cuántos anónimos más estamos hablando? —preguntó la jueza.

—De tres más. Pero a partir de ahí son todos en formato de correo electrónico —respondió el director del CAR, al tiempo que Telmo Zurutuza deslizaba su tableta hacia ellos—. El primer *e-mail* data de 1996.

De esa manera, el letrado y Gorka Sánchez fueron desvelando una serie de correos electrónicos de contenido inquietante. Por lo que vieron en la pantalla del iPad, los correos tenían siempre el mismo origen, una cuenta de correo, kourol@hotmail.com, y en el asunto figuraba el lema «Amigos para siempre», así como el cuerpo del mensaje, que se repetía en todos:

«Viejos tiempos no molestan. Seguimos».

En él se adjuntaba una fotografía hecha con una Polaroid de una cesta de mimbre.

—No lo vinculé al anónimo anterior —dijo Gorka Sánchez—. Había recibido el último hacía ya cuatro años y esa imagen no me dijo nada.

«Y una mierda», pensó Jaime Otamendi. Gorka Sánchez quería tomarles el pelo.

—Señoría, ¿podemos hablar a solas un momento, por favor? —solicitó el inspector.

—Un segundo, quiero ver el resto de los anónimos —respondió la jueza.

Telmo Zurutuza volvió a sacudir su varita mágica y de la chistera de su tableta salió un nuevo *e-mail.* Año 2010. Esta vez había otra fotografía: una bodega repleta de tinajas de acero inoxidable. Jaime Otamendi hizo un cálculo rápido: «2010 + una bodega = Laura Cardoso».

Tenían delante las evidencias de que habían asesinado a Marta Basabe y Laura Cardoso, y Gorka Sánchez quería encasquetarle los crímenes a un anónimo. El inspector Otamendi estaba a punto de perder los papeles.

—¿Y en ningún momento se le ocurrió vincular las muertes de Marta Basabe y de Laura Cardoso con los *e-mails* que recibió? —preguntó el comisario, fingiéndose sorprendido.

—Ni tampoco denunciarlo a la policía —añadió la jueza Arregui.

—No supe que Marta Basabe y Laura Cardoso estaban muertas hasta ayer —dijo Gorka Sánchez.

—Ya, ¿nos quieren hacer creer que este tipo —el inspector Otamendi señaló al director sin mirarlo—, que recibe, ¿cuántos?, ¿doscientos *e-mails* al día?, ¿trescientos?, no ha borrado ninguno de estos anónimos a los que, según él, no les dio la menor importancia?

La jueza Arregui cerró los ojos, haciendo acopio de paciencia.

—¿Qué más? —dijo la mujer, con un gesto atrayente de la mano.

Telmo Zurutuza pasó al siguiente *e-mail.* Año 2015. Mismos protagonistas, mismos mensajes, pero esta vez se trataba de un archivo de audio. Tanto el inspector Otamendi como la jueza y el comisario eran incapaces de disimular su curiosidad ante el nuevo giro de los acontecimientos.

—En 2015 fue cuando se eligió al director del Centro de Alto Rendimiento Euskadi —puntualizó Gorka Sánchez.

Telmo Zurutuza pulsó el botón de *play* en el reproductor y una voz de hombre resonó entre el sonido ambiente de un bar. «Escucha, Maik, tenemos los terrenos y la adjudicación en marcha. Cuando la consejería dé luz verde, el concurso público está ganado. Ga-na-do. Con cien mil para cada uno lo tenemos hechísimo», se oía en la grabación.

—Quien habla es Josu Oteo, viceconsejero de Desarrollo y Turismo del Gobierno Vasco, y el tal Maik es Mikel Imaz, dueño de la constructora Aretxaga Construcciones S. A., quien, cómo no, se llevó la adjudicación de las obras del CAR —explicó Gorka Sánchez, señalando el dispositivo.

—Tenemos más audios de este tipo, pero no vamos a aburrirles con los detalles —dijo Telmo Zurutuza, recuperando su iPad.

—Señor Sánchez, para que yo me aclare —dijo la jueza Arregui, tras un rato meditando con la cara levantada hacia el techo—, usted quiere decirnos que una persona ha pasado décadas vigilando sus movimientos y cometiendo todo tipo de delitos en su beneficio. ¿Es eso correcto?

Antes de que Telmo Zurutuza pudiese abrir la boca, la jueza Arregui retomó el discurso:

—¿Y para que nosotros nos creamos que usted no tiene nada que ver con..., cómo decirlo, esta teoría de la conspiración, nos trae unos *e-mails* como prueba? —La jueza levantó las cejas.

—Aún no hemos terminado.

Estaba claro que Telmo Zurutuza quería mantener la iniciativa del encuentro y para ello cargó la siguiente prueba en su iPad.

—Este *e-mail*, también con el título de «Seguimos», fue enviado a mi cliente el pasado 15 de febrero. Como pueden ver, es la fotografía de una charca —dijo el abogado.

—Es la charca en la que sumergieron a Izaro Arakama —intervino el inspector Otamendi, a punto de perder los estribos—. Jueza, ¿hasta dónde vamos a permitir esta pantomima?

—No lo sé. —La jueza Arregui puso el labio inferior sobre el superior—. Pero, como bien ha dicho el inspector, solo por esos hechos se le pueden imputar los artículos 451.1.º y 452.2.º del código penal en lo relativo a ocultación de pruebas.

—De hecho, sabemos quién es esa persona de la que ha hablado usted —la interrumpió Telmo Zurutuza.

—Ilumínenos, por favor —dijo la jueza con sorna.

—Koldo Urzelai Olivar —respondió Gorka Sánchez.

—¿Quién? —preguntó la jueza, desconcertada.

Jaime Otamendi había oído hablar de Koldo Urzelai de boca de la subinspectora Irurtzun. La monja Yolanda Ateca lo había calificado como «un demonio», aunque más bien parecía un fantasma, ya que no se sabía nada de él desde 1983.

Así lo explicó también Gorka Sánchez. Contó a los presentes que Koldo Urzelai estaba obsesionado con él, que lo expulsaron como entrenador del colegio Nuestra Señora del Rosario por espiar a las chicas y que nunca más se le había vuelto a ver.

—A mí me daba pena —añadió el director del CAR, mirando al inspector Otamendi con cara lastimera—. Era un perdedor sin ningún futuro. Me contaron que desapareció después de las inundaciones. Seguro que, tras ser expulsado como entrenador del colegio, explotó y quiso vengarse.

—No fue a él a quien Juanan Mabe vio corriendo detrás de Ainara Madrazo el día de la riada —intervino el agente Llarena.

—He pensado en eso, ¿sabe? Koldo llevaba siempre puesto un chándal del Athletic que yo le regalé —dijo Gorka—. No se lo quitaba nunca, así olía, de ahí que el yonqui se confundiese. Estoy seguro de que fue Koldo quien tiró a Ainara a la ría.

—Koldo Urzelai Olivar —repitió el inspector Otamendi—: *ko-ur-ol*.

—No sabía ni que se apellidaba así —se justificó el director del CAR.

—Ya. Ainara Madrazo cuenta en su diario que mantuvo relaciones sexuales con usted —replicó el inspector Otamendi, sin poder contenerse—. Ella era una menor.

—Yo no toqué a Ainara. Era su entrenador.

La jueza Arregui había tenido suficiente y se puso en pie, dando por finalizado el interrogatorio.

—Esperen. Hay un último correo —dijo Telmo Zurutuza—. Y lo menciona también a usted, inspector. A usted y al doctor Intxaurraga.

—¿Qué? —Jaime Otamendi, quien pensaba que su capacidad de asombro había tocado techo, puso la espalda como una tabla al escuchar su nombre junto con el de Aitor.

—Lo recibí anoche —dijo Gorka Sánchez—. ¿Quieren leerlo o no?

Telmo Zurutuza le tendió la tableta directamente a él. Con estupor, el inspector Otamendi lo leyó en voz alta.

«Hola, Gorka:

»Soy Koldo. ¿Qué tal estás? No respondas, no hace falta, lo sé de sobra. Te escribo porque me he cansado de ser nadie y porque considero que nuestra obra está a punto de culminarse. Nuestra obra eres tú, Gorka. Siento como mío tu éxito, ya que al fin y al cabo he contribuido como el que más a que suceda. Por ello, y teniendo claro que compartirás esto con el inspector Otamendi, he decidido que no hay mejor momento para entregarme que durante Gala del Deporte Vasco que acontecerá mañana sábado en San Sebastián.

»Voy a poner una sola condición: que asista el forense Aitor Intxaurraga. Me porté muy mal con él y le infligí un gran dolor, por lo que me gustaría pedirle disculpas personalmente. Después me entregaré sin oponer resistencia. Si accede, aportaré a la Ertzaintza toda la información de la que dispongo acerca de las muertes de Laura Cardoso y Marta Basabe, así como sobre otras muertes y casos que ni siquiera conocen.

»La noche de la gala te mandaré otro *e-mail* con instrucciones exactas de cómo quiero que sea nuestro encuentro.

»De no cumplirse mis condiciones, desapareceré y no volveréis a verme (creo que ya he demostrado que estoy capacitado para ello) y, previo aviso a los medios de comunicación, muchas familias quedarán sin esclarecer la pérdida de sus seres queridos. Además, me reservo la opción de haceros una visita en el momento que lo considere oportuno.

»Ya queda poco, Gorka. El compromiso que adquirimos hace cuarenta años está a punto de culminarse. No es momento de flaquear.

»Un abrazo para ti, y un saludo para Otamendi.

»Koldo».

Una vez leído, el inspector Otamendi lanzó el iPad de malos modos encima de la mesa y miró a los presentes uno a uno.

—Tiene que ser una puta broma —le dijo el inspector a la jueza.

—A cambio de su colaboración, mi cliente exige que no se le impute en ninguno de los casos de corrupción anteriormente citados y no figurar bajo ningún concepto como investigado en la muerte de Izaro Arakama ni en las de las víctimas anteriormente mencionadas —recitó Telmo Zurutuza.

Jaime Otamendi fantaseó con saltar por encima de la mesa y partirle la cara al abogado. El comisario Ramírez le puso la mano en la rodilla, por si acaso.

El teléfono del inspector empezó a vibrar. «Intxaurraga», rezaba la pantalla. «Por fin —se dijo—. Ahora te vas a enterar, Gorka Sánchez».

El ertzaina salió de la sala de reuniones y se dirigió hasta el descansillo de las escaleras de emergencia con el pulso acelerado.

—Aitor, ¿qué? —El inspector Otamendi no recordaba haber sentido esa expectación en su vida.

—Jaime, tengo malas noticias —dijo el forense.

—No puede ser. —El ertzaina sintió que las fuerzas se le escapaban escaleras abajo.

—Las muestras no coinciden.

—Es imposible.

—Lo hemos comprobado una y otra vez —le dijo Aitor—. No cabe lugar a dudas. El semen encontrado en el cuerpo de

Ainara Madrazo no pertenece a Gorka Sánchez. ¿Estás seguro de que la que cogiste era su taza?

—Al cien por cien.

Jaime Otamendi se sentó en la estructura de rejilla metalizada del descansillo. Tenía una puerta acristalada que daba al exterior del edificio, un atajo para los bomberos. Veía los tejados de ese lado: la avenida Tolosa y detrás, en paralelo, la calle Matia. Solía ir con su mujer allí los viernes por la noche. Le gustaba el Antiguo, era ideal para comer unas raciones. Solía ir. No recordaba la última vez que había estado.

—Jaime, ¿estás ahí?

—El muy hijo de puta se ha plantado con un abogado en comisaría —le dijo el inspector, con una cadencia lenta en la voz.

—¿Qué quería?

—Un trato. Nos ha traído una serie de mensajes anónimos, notas, *e-mails*... Dice que se los ha mandado Koldo Urzelai.

—¿Quién?

La voz de Eva sonó entonces en un segundo plano:

—Era el vecino de Gorka Sánchez, le ayudaba con el equipo de baloncesto —dijo la bióloga—: una figura oscura que desapareció tras las inundaciones.

—Según esos *e-mails*, fue él quien te atacó en Aralar —le dijo Otamendi a Aitor.

Un silencio abismal se abrió entre ellos. Imaginaba al forense asimilando toda la información, restableciendo un marco en el que el malo ya no era Gorka Sánchez, sino alguien que llevaba desaparecido desde 1983.

—Ha dicho que está dispuesto a entregarse —dijo el inspector.

—¿Sí? ¿Cuándo? ¿Cómo? —Aitor destilaba ansiedad en sus preguntas.

—Mañana por la noche, durante la gala —respondió el inspector, hundido.

—¿Qué?

—Con la condición de que asistas. Ha dicho que quiere pedirte perdón personalmente.

Jaime Otamendi se sintió viejo, incapaz de proteger a los suyos.

—¿Y qué vamos a hacer, Jaime?

—No lo sé, Aitor. No lo sé.

CAPÍTULO XXXVII

Viernes, 21 de febrero de 2020

Comisaría de la Ertzaintza del Antiguo, San Sebastián

16:30

El centro de operaciones era una sala con aspecto de búnker: carecía de ventanas, estaba iluminada con fluorescentes colocados en el falso techo de placas de pladur, tenía unas paredes grises (una de ellas llena de pantallas planas), el suelo de cemento pulido y una mesa ovalada en el centro. Aparte de los rostros conocidos del equipo —Otamendi, Gómez y Llarena—, acompañados por la jueza Arregui y el comisario Ramírez, se encontraban en la sala dos cargos políticos de altos vuelos. Aitor, a quien le resultaba imposible permanecer sentado, reconoció a la consejera de Desarrollo y Turismo y al secretario de Lehendakaritza, la mano derecha del lehendakari. Y entre ambos, un hombre con el pelo cortado a cepillo y de aspecto militar.

Se trataba de Julián Almandoz, el *nagusi* de Berrozi Berezi Taldea, las fuerzas especiales de la Ertzaintza. El veterano mando tenía fama de ser un obseso del trabajo, metódico hasta para atarse los cordones de las botas y de una exigencia para con los suyos que rayaba en lo enfermizo. Había diseñado unas pruebas para entrar en la unidad que solo uno de los cincuenta candidatos había conseguido pasar en la última convocatoria, hecho del que se sentía especialmente orgulloso. La campana de Gauss no iba con él: o valías, o no valías. Tenía treinta hombres a su cargo y sabía muy bien lo que significaba no prestar atención al detalle. Los dos dedos que le faltaban en la mano izquierda así lo atestiguaban. Más de un mando y todos los sindicatos policiales estaban deseosos de que el jefe de operaciones se jubilara, dado que representaba a otra época, más sucia y cuyas manchas había muchas ganas de lavar.

En una esquina, tecleando a velocidad de vértigo y ajeno al gentío, se encontraba el informático Asier Lupiola, a quien Aitor tuvo el gusto de poder saludar en persona. Parecía mayor que la impresión que había tomado a través de las conexiones *online*, pero seguía teniendo el pelo alborotado y unas pronunciadas ojeras en un cutis blanco como la sábana de un fantasma.

La jueza Arregui tomó el control de la reunión.

—Hola a todos. Ya saben para qué se les ha convocado: se trata de decidir si damos credibilidad a la proposición de Gorka Sánchez, o seguimos adelante con el plan establecido y celebramos la gala sin alterar el guion.

El secretario de Lehendakaritza levantó la mano. Era un hombre joven con gafas de diseño, cuyo traje denotaba cierto trote.

—Jueza, ¿qué credibilidad le dan a las pruebas presentadas?

El comisario Ramírez dio un paso al frente y le hizo un gesto a Asier Lupiola, quien empezó a llenar las pantallas de capturas de documentos. Todos se volvieron hacia los monitores. El informático se levantó con una consola en la mano.

—No hemos podido comprobarlas aún, pero Gorka Sánchez ha presentado coartadas para todos los delitos que se le imputan a Koldo Urzelai —dijo el informático desde su teclado.

—¿Qué me dices de los *e-mails,* Asier? —preguntó el inspector Otamendi.

—Se trata de una cuenta muy antigua de Hotmail, creada en 1998 —respondió el agente Lupiola—. Estoy tratando de rastrear la IP, pero llevará su tiempo.

El secretario de Lehendakaritza expulsó el aire de forma que los labios le temblaron entre sí.

—Y el día de la muerte de Izaro Arakama, ¿qué?

—Estuvo con usted. —Asier Lupiola señaló a la consejera de Turismo.

—¿Perdón? —La frase pilló desprevenida a la mujer.

El informático publicó en la pantalla central un memorando con la orden del día a fecha de 14 de febrero.

—El día 14 de febrero, justo antes de que Cordelia se desatase, la junta organizadora de la Gala del Deporte Vasco, de la que usted es presidenta, se reunió para ultimar la escaleta de la ceremonia en Gasteiz.

En el documento aparecían siete instituciones representadas, entre ellas el Centro de Alto Rendimiento y el Gobierno Vasco. La consejera bajó la mirada, como si buscase algo en sus zapatos.

—Ese día... ese día... déjeme pensar... Claro. ¡Es cierto! Gorka Sánchez estuvo en la reunión, ahora lo recuerdo. Y fue muy activo, por cierto.

El secretario se quitó las gafas, se frotó los ojos y volvió a ponérselas.

—¿Y qué, Otamendi? ¿Nos va a decir que Gorka Sánchez se teletransportó en medio de una tormenta de nieve hasta la sierra de Aralar para asesinar a la montañera?

—Más bien le iba a decir que lo hizo por tierra, señor —dijo el inspector—. Fue por una carretera secundaria hasta Oñati y, una vez allí, siguió por un camino de monte que pasa por debajo de Aizkorri hasta llegar a las faldas de Aralar.

—¿Corriendo?

—Nuestra teoría es que usó primero algún tipo de motocicleta y luego una moto de nieve.

El secretario miró a la jueza echando la cabeza hacia atrás, en clara señal de incredulidad. La magistrada se vio obligada a intervenir en la conversación.

—Todos somos conscientes de que es nuestro papel ubicar al sospechoso en los lugares de los hechos y no al revés. Y está claro que ahora mismo, con las pruebas que manejamos, no podemos hacerlo. —La jueza fue mirando uno a uno a los presentes—. Ni siquiera las muestras de semen encontradas en el cuerpo de Ainara Madrazo coinciden con su ADN.

—¿Coinciden con alguien al menos? —preguntó el secretario.

—No —respondió el comisario Ramírez—. Al menos con nadie que figure en nuestras bases de datos.

El secretario se apoyó sobre la mesa ovalada y se tomó un instante para reflexionar, tras lo cual dijo:

—Miren, soy consciente de la ardua tarea a la que se han enfrentado todos. —El hombre se detuvo especialmente en Aitor—. Pero no podemos descartar la posibilidad de que el tal Koldo Urzelai esté detrás de todos estos hechos delictivos. ¿Cómo era eso que decía Sherlock Holmes? ¿Una vez descartado lo imposible...? No me acuerdo. Ahora mismo, comisario —dijo dirigiéndose a Ramírez—, desde Lehendakaritza consideramos que esta debería ser la principal línea de investigación.

El comisario lanzó una mirada de disculpa al inspector Otamendi, tras la cual se dirigió a Julián Almandoz.

—Jefe Almandoz, ¿qué escenarios manejan en el caso de que la amenaza de Koldo Urzelai de aparecer en la gala sea real?

El *nagusi* de los berrozis había permanecido en absoluto

silencio durante toda la reunión, en posición de firmes y sin gesticular lo más mínimo. Aitor había estado un buen rato observándolo, fascinado ante el hieratismo de esa suerte de marine norteamericano. En cuanto le interpelaron, el jefe de operaciones se activó, le tendió un *pendrive* a Asier Lupiola y le pidió que lo abriese. Una oleada de imágenes del Kursaal aparecieron frente a ellos: había vistas aéreas, planos, fotografías de las entradas y las salidas, un mapa de Gros...

—Bien —dijo Julián Almandoz, tras carraspear—: la prioridad es la protección de los civiles. Para ello contamos con una treintena de agentes que se dedican a escoltar personalidades, cargos públicos y políticos. Asimismo desplegaremos otros cincuenta más para controlar el Palacio de Congresos, así como el tráfico adyacente.

El jefe de Berrozi sacó un bastón con forma de antena de coche para señalar en el plano de la pantalla. A Aitor le recordó a una porra extensible y las piernas le empezaron a fallar. Buscó una silla para sentarse.

—Los agentes estarían situados, siempre en parejas, aquí, aquí, aquí y aquí —explicó el ertzaina, señalando con su puntero—. Ese sería un dispositivo convencional para un acto de este calibre. Ahora, así es como lo vamos a plantear nosotros.

Julián Almandoz le señaló a Asier una de las imágenes de la carpeta y el informático clicó sobre ella. Un plano del Kursaal, dividido en secciones coloreadas, se abrió ante ellos.

—Hemos dividido el Palacio de Congresos por zonas de incidencia. Cada una va a tener un color: verde, amarillo y rojo. Los empleados de cada sector solo van a tener permiso para acceder a sus áreas de trabajo —explicó el *nagusi* junto a la pantalla—. Por ejemplo: personal de cocina, zona verde; trabajadores audiovisuales, zona verde y amarilla; personal de *catering*, zona roja. Mañana por la mañana cerraremos a cal y canto el Kursaal, lo peinaremos de arriba abajo y, a partir de ahí, solo podrá entrar el personal autorizado, con lo que conseguiremos una burbuja de seguridad. Cada sector está dividido en subsectores, donde voy a infiltrar a mis operativos, cuatro en cada zona: cocina, bambalinas, servicio de mesas e invitados. ¿Que alguien se desplaza por una zona que no es la suya? Pitará, y automáticamente lo detendrán e identificarán. Huelga decir que mis hombres irán armados, conectados por radio y monitorizados desde aquí. —Julián Almandoz señaló lo que parecía una sala de dirección de espectáculos—. Es importante destacar que los agentes de Seguridad Ciudadana irán uniformados y serán bien visibles. —El agente volvió al mapa vía satélite—. La idea es disuadir al sospechoso de que actúe en las entradas principales. Lo que queremos es dirigirlo a la trastienda del auditorio, hacia un callejón sin salida en los bajos del edificio, donde tendremos camuflado un equipo dentro de una unidad móvil que hemos tomado prestada de ETB. —El jefe de operaciones se desplazó al otro lado de la pared y señaló otro mapa—. Aquí y aquí, es decir, en el paseo de Ramón María Lili, aguardará una unidad de intervención rápida y, al otro lado del río, habrá una segunda unidad a la altura del teatro Victoria Eugenia. Y, por último —el agente volvió al centro—, en la azotea habrá apostado un equipo de dos francotiradores con sus respectivas HK PSG-1 dotadas de visor Schmidt & Bender y un alcance efectivo de ochocientos metros.

El alud de información resultó apabullante para los presentes, pero lo digirieron de forma diferente: estaba claro que la idea no entusiasmaba ni a la jueza ni al comisario Ramírez, pero iba con el puesto aceptar el escenario menos malo, y ese era Julián Almandoz; los cargos políticos asentían satisfechos ante la ecuación «cuanta más policía, mejor»; para el inspector Otamendi y los agentes Llarena y Gómez aquello significaba una derrota, la compra de la versión de Gorka Sánchez, en la que Koldo Urzelai cargaba con toda la culpa y él se iba de rositas.

—Doctor Intxaurraga —la jueza Arregui se dirigió hacia Aitor—, sabe que no tiene por qué acceder a este plan.

El forense, sentado en una silla giratoria e iluminado por el color verde de las pantallas, miraba el plan diseñado por el *nagusi* como si del frente de una batalla se tratase. Miró a Otamendi, quien le hacía un claro no con la cabeza.

—Yo solo quiero acabar con esto de una vez —dijo Aitor.

El inspector cerró los ojos, temiéndose la respuesta.

—En ese caso, jefe Almandoz, me gustaría solicitar que los agentes Gómez y Llarena acompañen al doctor Intxaurraga en todo momento —dijo Otamendi.

El *nagusi* buscó el consentimiento del comisario.

—De acuerdo, informaré a mi equipo de ello.

—Muy bien, pues si eso es todo... —La consejera empezó a recoger sus bártulos, deseosa de abandonar la sala.

—Una última cosa. —El *nagusi* de los berrozis se le acercó con los brazos cruzados detrás de la espalda.

—Nos gustaría que se desestimase la alfombra roja y el *photocall* —sugirió el agente especial.

La consejera dejó el bolso sobre la mesa, cerró los ojos, expulsó aire y juntó las manos en forma de rezo.

—Permítanme darles un poco de contexto —dijo la mujer, apretando la mandíbula—. Este Gobierno ha hecho un esfuerzo enorme, y cuando digo esto, me refiero a un gasto muy elevado, para la celebración de este... festival del deporte vasco. —La consejera usaba pausas muy acentuadas para que calase su mensaje—. Mañana, lo que es dentro del auditorio, podríamos bailar un *aurresku,* repartir trozos de *txistorra* e irnos para casa, me da igual —dijo bajando la cabeza aunque con la mirada bien arriba—. Pero que no les quepa duda de que va a haber alfombra roja y fotos. Muchas fotos.

Dicho lo cual, la consejera se encaminó, bolso en mano, hacia la salida.

—Ah, y otra cosa. Más bien una reflexión —dijo antes de abandonar la sala—. Recemos para que no le suceda nada, no ya al bueno del forense o, maldita sea, al mismísimo lehendakari, sino a ningún jugador del Athletic o de la Real, porque entonces sí que estaremos todos bien jodidos.

Los siguientes en salir fueron la jueza Arregui, el comisario Ramírez y el secretario de Lehendakaritza.

—Otamendi —le dijo Julián Almandoz—, necesitamos una maldita fotografía del sospechoso.

Asier Lupiola proyectó a toda pantalla la única imagen que tenían de Koldo Urzelai, la tomada al equipo de baloncesto del colegio Nuestra Señora del Rosario, en la que se veía al joven de manera muy escasa.

—Lo sé. La subinspectora Irurtzun está en ello —respondió el inspector, señalando los monitores.

—¿Cree que, en caso de conseguir una imagen clara, su chico podría pasarla por un programa de envejecimiento facial? —preguntó el berrozi, indicando con el pulgar a Asier Lupiola.

—Podemos hacer algo mejor —respondió el informático reproduciendo un vídeo. En él se veía un aeropuerto en el que un algoritmo analizaba las caras de los viajeros—. Instalaremos cámaras en todo el perímetro y las direccionaremos a un *software* de reconocimiento facial.

—¿Y eso puede funcionar pese a los años transcurridos? —preguntó el inspector Otamendi.

—Hay varios factores que no han tenido por qué cambiar: la distancia entre los ojos, la separación entre la frente y la barbilla, el contorno de los labios, la forma de los pómulos... Pero, en efecto, para eso necesitamos una imagen. Y sí, también podremos envejecerla de manera sencilla. Hoy en día hay redes sociales que llevan estas aplicaciones por defecto, y son increíblemente precisas.

Durante la siguiente media hora, Otamendi y los agentes Llarena y Gómez asaltaron al jefe de Berrozi con todo tipo de dudas y cuestiones acerca del operativo. Julián Almandoz dejó claro que sabía lo que hacía y que había preparado concienzudamente, y en tiempo récord, la intervención. Cuando las preguntas fueron disminuyendo, el agente recogió sus bártulos en lo que parecía un petate de corte militar, recuperó su *pendrive* y se cuadró ante los presentes a modo de despedida.

—Bien, si eso es todo por el momento, vuelvo a la base, Otamendi. Avísame si hay alguna novedad.

Aitor, ausente, apenas se percató de la marcha del policía. En su mente se agolpaban las imágenes: el cuerpo momificado de Ainara Madrazo, la cara de Gorka Sánchez, la imagen borrosa de Koldo Urzelai impresa en una fotografía, la silueta del fantasma que lo atacó en el CAR y Eva. Eva. Eva. Eva. Se tocó el labio inferior con la punta de la lengua tratando de recuperar el sabor de su boca. Un eco lejano le resonaba en los oídos.

—¡Aitor!

—¿Eh? ¿Qué? —El forense dio un respingo, avergonzado. Pensaba que le habían leído el pensamiento.

—Digo que quiero que Gómez te acompañe a casa —le dijo Otamendi—. Llarena escoltará a Eva y tú te vas con Gómez.

—De acuerdo.

—¿Sin protestar? —Jaime Otamendi le miró con desconfianza—. ¿Estás bien?

Aitor levantó el pulgar en señal de OK. Por un lado, no le quedaban fuerzas para discutir; por otro, la presencia de

Gómez le proporcionaría la calma suficiente para poder dormir algo. Recogieron sus cosas y se despidieron hasta la mañana siguiente en el Kursaal. Gómez lo esperaba en la puerta de la comisaría, junto a su coche particular. Con la cabeza apoyada en la ventanilla, Aitor se dejó ir. La respiración fuerte y profunda del ertzaina era como música de relajación. Vio una San Sebastián viva a través del cristal, bajo la luz de las farolas. Había ambiente en la calle, en los parques, en los bares y en los paseos. La gente iba y venía, seguramente con la Gala del Deporte Vasco del día siguiente entre sus temas de conversación. Aparcaron en la zona peatonal al lado de la plaza de Bilbao y subieron al piso de Aitor.

—¿Chino? —preguntó el forense.

—De eso nada —respondió el ertzaina.

Gómez sacó un táper de su mochila.

—Hoy vas a comer con fundamento —le dijo el agente—. Mi colega Txus ha salido con la txipironera, un poquito más allá de Santa Clara, y mira, mira qué maravilla.

El ertzaina puso sobre sus manazas media docena de chipirones.

—¿Tu «colega» Txus?

Aitor sabía que Txus y Gómez eran más que amigos. El ertzaina se sonrojó.

Media hora después los cenaban a la plancha y en silencio, frente a frente, en la cocina. Aitor había sacado sus dos mejores cervezas de importación de su lamentable bodega personal y las había servido en dos vasos diseñados *ex aequo*, conservados en el congelador para las ocasiones especiales.

—Gómez —dijo de repente Aitor.

—¿Humm? —respondió el agente con la boca llena.

—¿Tú crees que con nuestros trabajos es posible mantener una relación sentimental? —preguntó Aitor.

El agente siguió comiendo mientras pensaba.

—No lo sé —dijo finalmente—, pero si no intentamos tener una vida más allá de todo esto, ¿de qué vale?

No hablaron más. Al acabar de cenar, Aitor fue al armario y preparó un kit de cama improvisada compuesto por un par de mantas y una almohada para el ertzaina.

—Voy a poner un dispositivo en la puerta —le dijo Gómez, ahuecando la almohada—. Si alguien se acerca, pitará. Y la voy a atrancar. Hoy vamos a dormir muy bien, ¿de acuerdo?

Aitor sonrió.

—Gracias, Gómez.

—*Ondoloin* («que duermas bien»).

—*Berdin* («igualmente»).

Aitor fue a su habitación, se sentó en la cama y se descalzó con dificultad. Inevitablemente, sus recuerdos le llevaron a aquella misma mañana. El teléfono empezó a vibrar: era Eva.

—Ey, hola —respondió Aitor, comprobando absurdamente su aspecto en el espejo.

—Hola. ¿Qué haces?

—Estoy en la cama, a punto de caer seco, ¿y tú?

—Igual.

—¿Estás bien?

—Sí, sí. Un poco chasco lo del ADN, ¿no? —dijo Eva—, pensaba que íbamos a dar con una coincidencia, no me esperaba la discordancia.

—Ni yo. ¿Cuándo vas para Barakaldo?

—Pronto, he quedado con Irurtzun a las 9:30 en el colegio —Eva dudó un instante—, a ver si la directora nos puede echar una mano con lo de las fotos de Koldo Urzelai.

Silencio.

«No puedo evitar recordarte en mi habitación calada de arriba abajo, con la ropa pegada al cuerpo —pensó Aitor—. Cállate, es muy inapropiado. Pero a lo mejor mañana a esta hora estás muerto, así que díselo».

—¿Puedo hacerte una pregunta? —Eva lo sacó de su diatriba interna.

—Claro —respondió Aitor.

—¿Qué sientes por la persona que te atacó?

No se había hecho esa pregunta hasta el momento, aunque sus sentimientos eran bastante claros al respecto.

—Perdona, Aitor, está fuera de lugar, lo siento. Mierda, la he fastidiado.

—En absoluto —respondió el forense con sinceridad—. ¿Qué sientes tú por Clara Salas y Maite García? Estuviste a punto de morir a sus manos.

—No las culpo —respondió Eva—. ¿Soy una estúpida por ello? A lo mejor, pero entiendo sus motivaciones.

Aitor se puso en la situación de las dos chicas y, de alguna manera, estuvo de acuerdo con Eva. Tenían razones para actuar como lo hicieron.

—Yo... —El forense buscó las palabras adecuadas que pudiesen reflejar sus sentimientos—. Yo solo le deseo lo más perro a la persona que me atacó.

Silencio.

—Lo entiendo perfectamente, Aitor. Perdona, no tenía que habértelo preguntado.

—No digas eso, me gusta mucho hablar contigo.

«¿Cómo habrá sonado eso?».

—Y a mí.

«¿Te quiero como amigo? Échale valor, chico. Aunque solo sea por no volver a oírselo decir a Otamendi nunca más en la vida».

—Pues entonces —dijo Aitor con más miedo que vergüenza—, cuando esto acabe tendremos que quedar un día para seguir hablando, ¿no crees?

Eva rio al otro lado de la línea y Aitor se sintió volar.

—El domingo, te lo prometo —le dijo la bióloga con una voz que denotaba una seguridad absoluta—. Mañana, todo va a salir bien.

—Seguro que sí —respondió Aitor mirando el cielo por la ventana.

—Te tengo que dejar, me llama Llarena. Mi madre y él han organizado una partida de parchís, ¿te lo puedes creer? El uno que es un embaucador y la otra que le hace ojitos... Una partida y me voy a dormir.

Se despidieron y colgaron. Aitor miró por la ventana. Su plaza tenía las luces apagadas y en el bar habían recogido la terraza. Un autobús viraba hacia la estación de Atocha por el puente de María Cristina. Pensó en el día siguiente. Tenía que salir bien, tenían que atrapar al malo. Se tiró en la cama, olvidándose de su brazo en cabestrillo, que le devolvió una punzada de dolor. Un vértigo desconocido se le hizo bola en el estómago, la sensación de tener emociones descontroladas. Entonces lo vio claro y sintió miedo. Se trataba de un temor diferente.

Maldita sea, estaba pillado de Eva hasta las trancas.

CAPÍTULO XXXVIII

Sábado, 22 de febrero de 2020
Colegio de Nuestra Señora del Rosario, barrio de Burceña, Barakaldo
10:00

DÍA DE LA GALA

La directora del colegio, Daniela Henao, condujo a Eva y a Irurtzun a un aula apartada y en desuso. Se ausentó unos instantes para volver con una caja de cartón enorme.

—Les cuento, chicas —dijo la monja, dejando caer el bulto en el suelo, acompañado de una polvareda—: hemos preguntado a la asociación de exalumnas y la verdad es que no hemos tenido mucha suerte. Sí hay fotos del equipo, pero apenas ninguna de Koldo y, en las que aparece, o está cortado o está borroso. Hay que tener en cuenta que el primer año no fue el entrenador titular y que el segundo alternó la labor con Gorka Sánchez. Y en aquellos tiempos no se sacaban fotos todos los días de partido.

—¿Eso qué es?

La subinspectora miró la caja y luego alrededor del aula. Había una televisión plana conectada a un viejo magnetoscopio.

—Ahí quería yo llegar —dijo Daniela Henao, agachándose frente a la caja—. Verán. Una de las alumnas nos contactó por

Facebook. Nos contó la historia de su abuelo, un loco de las cámaras de vídeo que se dedicaba a grabar todo tipo de eventos deportivos de forma gratuita.

Eva cogió al azar una de las muchas cintas que había en la caja. Se trataba de una película en VHS, con sus dos cabezales y una banda magnética asomando bajo la solapa.

—Ella me ha asegurado que recordaba una grabación de uno de sus partidos —contó la directora—. Y me ha garantizado que Koldo era el entrenador.

Silvia Irurtzun miró el interior del contenedor. Por lo menos había cincuenta videocasetes, una década entera de grabaciones.

—La cuestión es que ella ya no tiene la posibilidad de visionar los vídeos, así que me los ha traído —explicó la monja señalando la caja—. Y aquí los tienen. Las dejo trabajar.

Aquello les iba a devorar el día entero, barruntó la subinspectora. Daniela Henao se despidió y las dejó solas. Eva fue sacando las cintas una a una y depositándolas en orden sobre los pupitres.

—¿Empezamos? —preguntó la bióloga.

La subinspectora miró su reloj: la gala daría comienzo a las 19:00. El tiempo corría en su contra.

—Por cierto —dijo Eva mientras introducía la primera VHS en el reproductor—, ¿qué tal te fue con la familia de Juanan Mabe?

—Mal —respondió lrurtzun—. La madre está muy mayor y se le ha quedado muy adentro la pena de perder al hijo. Sobre todo hablé con la hermana.

La subinspectora relató el encuentro con la familia del testigo que había visto a Ainara huir de un sospechoso ataviado con un chándal del Athletic. Juanan Mabe había muerto por sobredosis dos años después de la riada. Según la hermana, lo encontraron tirado en un callejón con la jeringuilla clavada en el brazo.

—Ella cuenta que, en cualquier momento anterior, se lo hubiesen esperado —dijo la ertzaina—, pero que Juanan se había metido en Proyecto Hombre y estaba intentándolo con la metadona. Todo muy triste.

—¿Tú crees que se inventó lo de que a Ainara la perseguían? —preguntó Eva.

La subinspectora se encogió de hombros.

—No lo sé. La madre y la hermana le creyeron, pero tengo la impresión de que fueron las únicas. Yo pienso: ¿por qué se iba a inventar algo así? ¿Para qué?

El vídeo dio comienzo. La actuación del coro en la capilla del colegio apareció en pantalla. Silvia Irurtzun volvió a mirar su reloj, anhelando que las agujas fuesen más despacio.

CAPÍTULO XXXIX

Sábado, 22 de febrero de 2020
Palacio de Congresos del Kursaal, San Sebastián
13:00

La mañana en el Kursaal transcurrió a las órdenes de Julián Almandoz. La consejera de Desarrollo y Turismo quería pensar que eran ella y la organizadora de eventos contratada para la ocasión quienes estaban tomando decisiones, pero nada más lejos de la realidad: era el *nagusi* de Berrozi, auspiciado por el secretario de Lehendakaritza, quien hacía y deshacía a su antojo. El jefe de la unidad de intervención compartimentó el Kursaal en tres aros de seguridad marcados con colores, de verde a rojo. Disfrazó a sus agentes de camareros, de técnicos de iluminación y de acomodadores, y los distribuyó a lo largo y ancho del Palacio de Congresos, clausurando entradas y encauzando el tráfico del personal a su interés. Se verificaron las identidades de los trabajadores una a una, para desesperación del servicio de *catering* y del equipo de ETB que ultimaba los preparativos para la realización del evento. A Julián Almandoz le daba igual que aquello no le viniera bien a la organización, él estaba pletórico, preparando el castillo para el asedio. La zona que menos le gustaba era la alfombra roja que la organización había dispuesto en la avenida de la Zurriola, al más puro estilo Zinemaldia, pero tanto la consejera, como Lehendakaritza se mantuvieron firmes con la pasarela.

Kursaal significaba «sala de curas» en alemán y hacía referencia a los balnearios de Centroeuropa del siglo XIX, pero la realidad es que su arquitecto, Rafael Moneo, lo concibió como «dos rocas varadas», dada su cercanía al río Urumea y al mar Cantábrico. Estaba situado junto a la playa, de cara al mar, y constaba de dos cubos deformados de vidrio translúcido que se iluminaban en diferentes colores según la ocasión. El cubo de gran tamaño albergaba un auditorio para mil ochocientas personas y estaba pensado que el cóctel se sirviese en el cubo contiguo de menor tamaño, en la sala de banquetes: mil cien metros cuadrados de espacio libre ubicados en el subsuelo.

Obligaron a Aitor y al director del CAR Gorka Sánchez a recorrer todos y cada uno de los pasillos del auditorio hasta sabérselos de memoria, sus asientos para la gala los eligió Julián Almandoz, ensayaron posiciones de cara al cóctel y probaron el audio del pinganillo de Aitor una y otra vez para cerciorarse de que todo funcionaba a la perfección. El forense no consiguió librarse de Otamendi, de Gómez y de Llarena ni para ir al baño.

Entraron en la segunda sala de control, anexa a la de realización y situadas ambas sobre el patio de butacas, en lo alto del auditorio, parapetadas tras una cristalera desde la que se dominaba el escenario. Asier Lupiola tecleaba a la velocidad del rayo desde su ordenador, sin levantar la vista de la pantalla ni prestarles la más mínima atención. Se estaba ocupando de todo el sistema de circuito cerrado de cámaras, instaladas para que las imágenes las revisara la tecnología de reconocimiento facial que desembocaría en su potente computadora. Desde la cabina vieron como Gorka Sánchez ensayaba su discurso de la mano de su esposa, Gemma Díaz. La pareja, con el director en el atril sobre el escenario y ella sentada en primera fila de la sala de butacas, afinaba una puesta de largo asistida por la realización, plagada de proyecciones de vídeos motivacionales, gráficas y previsiones de futuro. Llevaban años preparándose para ello y no estaban dispuestos a que un psicópata les arruinase su gran noche, pero, visto a ojos de Aitor, todo aquello apestaba a impostado.

—Ven conmigo —le dijo el inspector Otamendi.

Aitor no estaba para charlas, por lo que deseó que el inspector no fuera a decirle que lo quería como a un hijo y que tal y que cual.

El ertzaina lo condujo escaleras y escaleras arriba, hasta que salieron a la azotea del cubo principal, de tres mil metros cuadrados. Desde allí se podían apreciar las muchas terrazas que el barrio de Gros albergaba en secreto, ocultas a la vista de los viandantes. Señalaron calles y casas, balcones y tejados, identificaron plazas y parques y, cuando quedaron satisfechos, con San Sebastián bajo control, se dieron la vuelta de cara al mar.

—¿Cómo va el hombro? —preguntó Otamendi.

—Bueno..., cuando esto acabe tendré que ir al traumatólogo a ver si operamos o no. —Seguidamente, el forense señaló el lado derecho de la mandíbula del inspector—. ¿Y tú? Me han dicho que te dieron bien en el CAR.

Jaime Otamendi se llevó la mano a la cara. Aún le dolía.

—La verdad es que fue bastante patético —rememoró.

A continuación carraspeó. Parecía buscar valor o las palabras para decir lo que fuera que lo carcomía.

—Verás... —El inspector tragó saliva.

«Qué miedo —pensó Aitor—. ¿Qué quieres, Jaime?».

—Como bien sabes, cuando nos conocimos, yo era agente de calle —le recordó el inspector—. Me habían degradado.

Aitor acompañó la explicación asintiendo. Recordaba a la perfección al agente Otamendi custodiando el cordón policial, malhumorado, uniformado y calado hasta los huesos.

—Bueno —dijo el inspector, ajustándose el anorak, satisfecho con su primer paso—, la cosa es que, curiosamente, en lo personal me iba mejor que nunca.

—Ah, ¿sí? —preguntó Aitor, que ahora sentía curiosidad.

—Ser inspector te consume —reflexionó Otamendi, mirando al infinito—: te lo llevas a casa, echas mil horas, no estás ni cuando estás... Cuando eres agente, haces lo que se te ordena y te vuelves a casa.

Eso Aitor lo entendía. El inspector se pasó las dos manos por las patillas, rascándose.

—Y a nivel de pareja es difícil. Las ausencias, los silencios, el no estar ni cuando estás...

Había dolor en las palabras de Jaime Otamendi. Dolor en la decepción provocada, en la soledad infligida, en la resistencia ilusa del otro a que las cosas mejoraran en algún momento.

—¿Y qué hacemos, Jaime? —le preguntó Aitor.

—No lo sé —respondió el inspector—. ¿Lo dejamos? ¿Nos dedicamos a otra cosa?

Aitor apoyó el pie en el pretil y observó la inmensidad del mar Cantábrico abriéndose ante él. «Sol y nubes», que diría un meteorólogo. Los surfistas locales se apelotonaban en la margen derecha de la playa, junto al muro. Al otro lado, en el espigón, los paseantes disfrutaban de un espacio vetado durante toda la semana anterior.

—Me gustaría pedirte un favor —le dijo el inspector.

—Tú dirás.

—Me gustaría pedirte que, a la mínima sospecha de que el asunto se pone peligroso, nos des el aviso y te retires de la partida.

Aitor se esperaba algo así, por eso tenía la respuesta preparada.

—Jaime, no soy una persona que gestione demasiado bien la incertidumbre —respondió Aitor—. Yo no puedo vivir sabiendo que hay un hijo de puta detrás de mí.

El inspector Otamendi se había metido las manos en los bolsillos y estaba girado hacia él. Su actitud era de escucha.

—Necesito acabar con esto —le dijo Aitor.

El ertzaina entornó los ojos: se temía la respuesta. Bajó la cabeza y se tragó todo el discurso que tenía preparado.

—Bueno, pues entonces habrá que atrapar a ese cabrón, ¿no crees?

CAPÍTULO XL

Sábado, 22 de febrero de 2020
Colegio de Nuestra Señora del Rosario, barrio de Burceña, Barakaldo
19:00

Los vídeos eran costumbrismo de los años ochenta en estado puro. De no haber tenido la urgencia, tanto Eva como la subinspectora Irurtzun los hubiesen llegado a disfrutar: partidos de deporte escolar, fiestas, manifestaciones, conciertos... La persona que había grabado aquello había invertido una existencia entera en filmar aquellos trozos de vida.

Todo era distinto e igual respecto al tiempo presente. La ropa era diferente, los colores eran diferentes, los peinados eran diferentes. Las celebraciones, las caras, las risas, las emociones eran las mismas que ahora.

Llevaban cuatro horas revisando cintas cuando empezaron a temer por la integridad del magnetoscopio. Empezaba a hacer ruidos raros si pasaban el vídeo al doble de velocidad.

Eva contó las cintas. Llevaban veinte y les quedaban otras quince. Las pegatinas identificativas estaban desgastadas y no se podía leer el título escrito a mano, por lo que iba escogiéndolas al azar.

—Esta.

Introdujo la película en la ranura del VHS y pulsó *play* directamente en el reproductor, sin usar el mando. Se trataba de un partido escolar de fútbol sala. Se disputaba al aire libre y en suelo de gravilla. El balón era más grande que los propios jugadores. La bióloga accionó el botón FFW y la imagen empezó a pasar a toda velocidad.

La subinspectora Irurtzun volvió a mirar el reloj.

—La gala acaba de empezar —dijo, moviendo la pierna sin parar—. Y aún no tenemos nada.

El partido terminó y hubo un corte a negro. La secuencia cambió. Ahora se trataba de un encuentro de baloncesto. Unas chicas jóvenes corrían detrás de la pelota, saltaban, encestaban, celebraban. Verdes contra blancos.

Eva e Irurtzun observaron la pantalla. Era el equipo del colegio. Ambas se pusieron de pie y se acercaron al televisor. La imagen empezó a emborronarse. Una banda blanca surcaba la imagen de arriba abajo.

—¿Qué pasa? —preguntó la subinspectora, golpeando la tapa del reproductor—. ¿Por qué no se ve?

Eva se acercó al magnetoscopio y giró la pequeña ruleta del *tracking* y el ancho de la franja empezó a menguar para alivio de la policía. El partido continuaba, pero no pasaba de ser un plano general que iba de un lado a otro con cada ataque de un equipo.

—Por lo menos esta vez ha puesto el trípode —dijo la subinspectora—, otro partido más cámara al hombro y acabo vomitando. El problema es que no se ve nada.

—Espera a un tiempo muerto o un descanso —sugirió Eva.

El primer descanso se centró en el equipo rival, la *ikastola* Asti-Leku de Portugalete. El cámara había aplicado el *zoom* y los rostros sudorosos de las jugadoras se veían bastante bien. Eva e Irurtzun se miraron esperanzadas. El árbitro, un hombre vestido de gris, pitó y el partido se reanudó; en el plano trasero había un chico joven vestido con un chándal azul marino en el banquillo local.

—Ese tiene que ser Koldo. —Irurtzun lo señaló en la pantalla, ansiosa.

Aceleraron la cinta.

—¡Para! —gritó la subinspectora—. ¡Retrocede!

Las chicas volvían a estar juntas alrededor del banco de madera.

—Mira, mira —indicó Irurtzun, con la imagen reflejándose en sus gafas—. ¡Es Ainara Madrazo!

El equipo no daba la sensación de estar muy cohesionado. El entrenador hablaba a las jugadoras, pero estas no parecían prestarle mucha atención. Sentada en una esquina, mirando al infinito, estaba Ainara Madrazo. Eva se arrodilló junto a la imagen. Era sobrecogedor verla en movimiento, llena de vida. Si pudiese avisarla, decirle que huyese de allí, que no se acercase al río el día de las inundaciones... La imagen se fue a negro mientras el reproductor emitía unos extraños sonidos de mecanismos atascados.

—¿Qué pasa? ¿Qué pasa? —La subinspectora Irurtzun tenía los ojos abiertos como platos.

Eva se fue disparada hacia el magnetoscopio. Pulsó el botón *eject*, uno que marcaba una flecha hacia arriba, pero la cinta quedó atascada, a medio salir.

—Creo que se ha comido la cinta —dijo la bióloga.

—¡No! ¡Sácala! —ordenó enérgicamente la policía.

—No puedo.

La subinspectora se llevó las manos a la cabeza, incrédula.

—No puede ser —dijo Irurtzun, dando vueltas por el aula, desesperada—. No me lo puedo creer.

Eva examinaba el desastre. Tras unos instantes, metió sus finos dedos por los laterales y, tras ejercer presión, sacó la cinta. Una serpentina negra quedó atrapada en su interior y, por más que la bióloga la tensaba, la lengua negra se iba volviendo más y más larga. Silvia Irurtzun observaba aquella tira como si fuese a deshacerse al contacto con el aire, sin saber qué hacer.

—Coge esas tijeras —le ordenó Eva.

—¿Qué? ¿Estás loca?

—Vamos a cortar el trozo más corto posible y lo pegaremos con celo —le dijo Eva.

—¿Celo? —preguntó la ertzaina, sin comprender.

—Cinta adhesiva.

—¡Ah! *Cello*.

—¿*Cello*? Celo. Qué más da. Las tijeras.

La subinspectora fue a una de las baldas y cogió unas tijeras escolares de color amarillo. Con mucho reparo y dolor de corazón, cortó la cinta por ambos lados lo más adentro del reproductor que pudo.

—Vale, vete a pedir un juego de destornilladores, habrá que quitar la carcasa para poder retirar el trozo que se ha quedado atascado —le dijo Eva.

—Pero ¿tú cómo sabes todo eso? —le preguntó Irurtzun mientras se dirigía a la puerta.

—Mi madre —respondió escuetamente Eva, al tiempo que examinaba el desaguisado.

La subinspectora volvió un cuarto de hora después. Traía consigo una caja de herramientas. Eva le había hecho un corta y pega a la bobina y la examinaba minuciosamente, asegurándose de que no tuviera aristas. Irurtzun admiró el apaño: la superficie de la película estaba lisa y bien prensada.

Eva desatornilló la carcasa y dejó el desastre a la vista. La cinta recorría todo el circuito, desde los cabezales hasta el tambor giratorio, culebreando retorcida por el mecanismo. La bióloga retiró el film con cuidado de no dañar ninguna pieza y, cuando hubo quedado limpia, se volvió hacia Irurtzun.

—A ver si funciona.

La subinspectora le mostró los dos dedos cruzados. Si no surtía efecto, el equipo de Donosti iba a ir a ciegas.

Eva introdujo la casete sin instalar la carcasa en el magnetoscopio y de esa manera pudieron ver el mecanismo haciendo su labor. La cinta empezó a correr entre cabezales hasta completar el circuito.

—¡Funciona! —dijo Irurtzun.

La pantalla, sin embargo, emitía un batiburrillo de líneas grises.

—No se ve nada —repuso la subinspectora en tono de derrota.

—Es la parte del celo, espera —dijo Eva, echándole un vistazo a las tripas del aparato—. Lo hemos dejado en el descanso. Era el momento.

La imagen volvió a su ser. Un plano medio de un chico joven con los brazos cruzados cambió a un plano general del partido.

—¡Para! —gritó la subinspectora.

Eva se apresuró a pulsar *pause*. Tarde. La toma volvía a ser demasiado alejada.

—Vuelve atrás. ¿Puedes ir *frame* a *frame*? —preguntó la ertzaina.

—No lo sé, me da miedo que forcemos la máquina —respondió Eva—. Si se atasca, perderemos la grabación.

La subinspectora sabía que si llevaba la cinta VHS a la Sección de Delitos Tecnológicos podrían digitalizar la imagen, pero aquello les llevaría días y no disponían de ese tiempo.

—Hazlo.

Eva cerró los ojos y respiró hondo. Se trataba de recuperar dos segundos de la reproducción: retroceder, pausar, reproducir, pausar. Era muy importante que la cinta no volviese al punto donde se había hecho el corta y pega, por lo que tenía que ser rápida en llevar a cabo todo el proceso. Practicó los gestos antes de hacerlos en la botonera frontal del magnetoscopio. Mientras tanto, la subinspectora sacó su teléfono móvil y encañonó la pantalla con el modo *ráfaga* activado, por si el vídeo volvía a comerse la cinta y solo disponían de una oportunidad.

—¿Preparada? —dijo Eva.

Silvia Irurtzun separó las piernas y encuadró lo mejor que pudo. Después asintió con la cabeza y Eva pulsó los botones.

Retroceder, pausar, reproducir, pausar.

La cámara de Irurtzun emitió el sonido de un diafragma abriéndose y cerrándose una decena de veces.

Allí estaba: en la pantalla, en una imagen temblorosa, tenían a un chico joven de cara redonda, nariz ancha, orejas de soplillo y poco pelo. Llevaba un chándal con el escudo del Athletic de Bilbao.

—¿Es él? —preguntó Eva.

—Tiene que serlo —respondió la subinspectora tomándose, esta vez, todo el tiempo del mundo para sacar la foto adecuada—. Hemos visto a Ainara Madrazo sentada en ese banquillo y ese chico no es Gorka Sánchez, ¿no?

Eva miró al muchacho de la pantalla. Miraba fuera de plano, hacia algún lado, con expresión seria. Pensó en lo condicionadas que estaban por el contexto. Se suponía que aquel joven era el demonio en persona, un asesino que había cometido todo tipo de crímenes. Ahí, en esa imagen parpadeante, tan solo parecía un recuerdo del pasado. De repente empezó a vibrar y la pantalla se tornó nieve. El magnetoscopio comenzó a echar humo primero para, acto seguido, empezar a llamear. La subinspectora Irurtzun lo roció todo con un extintor que encontró en el pasillo.

Dejaron el aula ventilando y salieron a la calle para hacer una llamada. La noche había caído y tan solo un par de vehículos que repostaban en la gasolinera le daban vida al barrio.

—Asier, Asier, ¿eres tú? —preguntó la subinspectora a través del móvil.

—Silvia, ¿qué sucede? —repuso el informático.

—Tenemos una imagen decente de Koldo Urzelai, te la acabo de enviar al correo —le informó lrurtzun—. Pásala por el programa de envejecimiento y rebótasela al dispositivo, ¿de acuerdo?

—Ahora mismo lo hago —respondió Asier—. Silvia, una cosa más: hemos obtenido las IP de los *e-mails* que recibió Gorka Sánchez.

—¿Y? ¿De dónde proceden?

—De Barakaldo. Se trata de un local que a finales de los noventa fue un cíber y después...

—¿Un qué?

—Nada, un local repleto de ordenadores con buena conexión, donde los chavales se juntaban para jugar al *Counter Strike*. Da igual. Cuando pasó la moda, se convirtió en un locutorio. La cuestión es el último *e-mail*.

—¿Qué pasa con él?

—Lo enviaron desde el domicilio de Javier Urzelai, el padre de Koldo.

—Lo sabía —maldijo Irurtzun—. Ese malnacido nos ha estado engañando todo este tiempo.

—¿Qué vas a hacer, Silvia? —preguntó Asier.

—Vamos a ir a apretarle las tuercas al viejo —dijo mirando a Eva, que asintió con la cabeza en señal de conformidad—. Que nos diga dónde se esconde su hijo.

—Ten cuidado, Silvia. Pide refuerzos.

—Descuida. Informa a Otamendi.

Cortaron la comunicación y se dirigieron al coche patrulla, aparcado al lado del colegio. Eva se quedó fuera, viendo como los autobuses de Bizkaibus iban volviendo a las cocheras tras la jornada laboral. Se preguntó qué estaría haciendo Aitor, si se encontraba bien. Tenía ganas de estar con él.

—Mierda —dijo la subinspectora, cerrando el coche de un portazo.

—¿Qué pasa?

—Tenemos que esperar una hora si queremos que venga una patrulla con nosotras.

—¿Una hora? —repitió Eva.

No tenían ese tiempo.

—¿Tú qué dices? —le preguntó Irurtzun.

Eva pensó en Aitor. No le hacía ninguna gracia que estuviese expuesto a la voluntad de un desalmado que parecía llevar la iniciativa de todas sus acciones.

—Yo creo que si les podemos dar ventaja, por pequeña que sea, tendríamos que intentarlo —dijo Eva.

—Esa es mi chica. Vamos.

CAPÍTULO XLI

1983

Koldo se había acercado al colegio convocado por la hermana Ateca. Supuso que querrían hablar de la nueva temporada. Él también tenía cosas que decir al respecto. Iba a pedir más seriedad y mano dura con las chicas. No le guardaban el debido respeto y, si querían que el equipo funcionase, iban a tener que apretarles las tuercas a esas niñatas. Tal vez, si la reunión iba bien, podía pedirles algo más de dinero; al fin y al cabo, él se desvivía por el equipo e invertía gran parte de su tiempo en él. Al ser agosto, el barrio estaba vacío. Las fábricas habían cerrado y la mayoría de las familias había vuelto a sus pueblos de origen. Además, llevaba días lloviendo, por lo que las calles estaban desiertas.

Saludó a una de las monjas, que lo esperaba en recepción. Esta no le devolvió el gesto, más bien le respondió con una mirada sombría. «Qué raro», pensó Koldo. Algo no iba bien.

Lo condujeron directamente al despacho de la madre superiora, una anciana arrugada sentada en una butaca a la que la mesa le llegaba a la altura del pecho y quien pese a su edad seguía ejerciendo de directora del centro. La hermana Ateca estaba de pie junto a ella, con las manos a la espalda.

Koldo esperó. Empezaba a tener un mal presentimiento.

—Hemos encontrado el agujero en el almacén —le soltó la directora.

—¿Qué agujero?

—El que da al vestuario de nuestras alumnas —respondió la anciana.

—No sé de qué me habláis —dijo él, retrocediendo un paso.

—También hemos encontrado esto.

La hermana Ateca sacó las manos de detrás del hábito y puso sobre la mesa una cámara fotográfica. Su cámara fotográfica.

—¿Dónde está el carrete?

—No sé de qué me estáis hablando —mintió Koldo sin convencimiento. Ahora vigilaba más la puerta de salida que la conversación.

—Te hemos dado las llaves de nuestra casa —siguió la hermana Ateca—, y tú has traicionado nuestra confianza y la de las menores a nuestro cargo.

—Eso sin mencionar que lo que has hecho es constitutivo de delito —añadió la directora.

Koldo chistó entre dientes. «¿De qué le hablaban esas viejas? ¿Cómo se atrevían?».

—¿Es que te hace gracia? —preguntó la hermana Ateca.

No había un atisbo de amabilidad en ella, la mujer había adoptado un tono agresivo y desafiante. Koldo recordó las palabras de su padre: «A las zorras hay que quebrarlas hasta que pierden la voluntad».

—Estábamos dispuestas a llamar a la policía —le contó la madre superiora—, pero Gorka Sánchez ha mediado por ti.

Koldo se sorprendió al oír su nombre.

—¿Gorka? ¿Qué pinta él en todo esto?

—Él te trajo a nuestra casa —respondió la anciana desde su silla.

—Por desgracia —añadió la hermana Ateca, sin disimular lo mucho que detestaba a Koldo.

—Nos ha contado tu situación familiar y... —dijo la directora.

—¿Y cuál es mi situación familiar, si puede saberse? —preguntó Koldo.

—La de un padre alcohólico que abusa de ti —respondió la madre superiora sin un atisbo de duda.

«¿Cómo se atreve a contarle a esas monjas apestosas nada de mí?».

—Claro, porque él es mucho mejor que yo, ¿no? ¿Y vosotras? ¿También os creéis mejores que yo? —Koldo las miró de la cabeza a los pies.

—Desde luego que sí —intervino la hermana Ateca—, claro que lo somos. Nosotras cuidamos de seres inocentes.

—¿Inocentes? —Koldo no daba crédito a lo que oía—. ¿Esa panda de zorras son inocentes?

—¿Cómo te atreves? —La hermana Ateca dio un paso hacia delante, enfrentándose a él—. Esas niñas son mejores que tú en todo y Gorka Sánchez, también.

—¡Basta! —la reconvino la directora, manteniendo la calma—. Uno de los pilares de este colegio es la piedad. Nosotras creemos en las segundas oportunidades y, dada tu situación personal, hemos decidido no interponer una denuncia ante la policía. Para ello te imponemos dos condiciones: la primera, que nos traigas el carrete de fotos de esa cámara; la segunda, que no te acerques nunca más al colegio ni a ninguna de nuestras niñas. De lo contrario acabarás en la cárcel. Nuestro consejo es que te vayas. Lejos. Aléjate de aquí, empieza en otro lugar, de cero. Abraza la fe y tal vez algún día Dios te pueda perdonar.

«Porque nosotras no lo haremos jamás», leyó Koldo en los

ojos de la hermana Ateca. No creía lo que le estaba sucediendo. ¿Cómo se atrevían aquella panda de viejas chochas a hablarle a él de esa manera? La rabia lo carcomía por dentro. Le debían un respeto. Él era mejor que cualquiera de ellas, zorras débiles y lloronas. Una buena polla es lo que les hacía falta. Su problema es que nadie las quería tocar porque daban asco. El mismo asco con el que lo miraban a él.

Antes de abandonar el despacho, Koldo tragó mocos, acumuló saliva y expulsó la mezcla en forma de un gargajo colgante que llegó hasta el suelo.

Seguía lloviendo. Estaba lleno de rabia. Lo habían humillado y lo peor era que la noticia del suceso pronto llegaría a las calles del barrio. Algún padre no tardaría en tomarse la justicia por su cuenta. Maldita sea. Al doblar la esquina se chocó con Juanan. El yonqui balbució un «perdona, perdona» y siguió a lo suyo, que era, seguro, meterse un pico en alguna de las chabolas del puerto. Necesitaba pensar. Caminó sin rumbo hacia el muelle, pero antes de llegar allí se dio la vuelta: el Cadagua estaba a punto de desbordarse y la ría había subido a niveles nunca vistos hasta entonces. Era peligroso acercarse.

Llegó a la conclusión de que tenía que hablar con Gorka. Le jodía mucho, pero era su única salida. Tal vez si le convencía para que se inventase algo, lo que fuera, podría salir indemne. A Gorka le creerían. A él sí, claro. A Koldo no.

Las alcantarillas parecían fuentes achicando agua sucia, que, unida a la que caía de los canalones y las tejavanas, formaba una cascada que desembocaba barrio abajo, en la ría.

Koldo subió las escaleras de su edificio corriendo y golpeó la puerta de Gorka con los nudillos. Llamó al timbre, luego pateó la puerta. Tenía que estar.

—¡Abre, abre! ¡Sé que estás dentro!

Tras cinco minutos largos aporreando en el descansillo,

Gorka por fin abrió. Su gran amigo. El mentiroso. Su única esperanza. Estaba sin camiseta, tan solo llevaba puestos unos pantalones cortos.

Koldo entró, agobiado, sin que Gorka pudiese evitarlo.

—¡No sabes lo que me ha pasado! —gritó mientras se adentraba por el pasillo —. ¡Las putas monjas me han echado!

Gorka fue tras él y se encontraron en la cocina.

—Sí, lo sé.

—Oh, claro que lo sabes, fuiste tú quien les dijo que soy poco menos que un despojo humano.

—Más bien yo fui el que conseguí que no llamaran a la policía. Deberías darme las gracias.

No había ni un ápice de arrepentimiento en él, más bien había adoptado la misma gestualidad de rechazo que las monjas.

—¿Qué?

Gorka desapareció un instante y volvió con la camiseta puesta.

—Tarde o temprano, la gente del barrio se enterará de lo ocurrido. Si yo fuese tú —dijo el chico—, me marcharía lejos de aquí.

—Encima —escupió Koldo, con desprecio—. Con lo que he hecho por ese equipo...

Gorka Sánchez levantó las cejas sorprendido.

—¿Cómo se te ocurre hacer un agujero para espiar a las chicas? —le dijo.

—Qué más da —replicó Koldo, restándole importancia—. Son unas zorras. Ni que las hubiese violado, joder.

Gorka permaneció en silencio, comprendiendo poco a poco que aquel ser humano no tenía solución. Él ya había hecho mucho más de lo que le correspondía.

—Creo que lo mejor es que te marches, Koldo. Vete de aquí,

aléjate de Burceña. Busca trabajo en algún sitio y empieza de cero —le dijo Gorka.

—¿Y si me voy contigo a Vitoria? —le propuso Koldo.

Era una buena idea. Tal vez allí pudiesen coger algún equipo los dos juntos. Gorka empezó a reír. A reírse de él.

—Pero a ver, chaval, ¿no te das cuenta? —dijo cuando se le pasó la flojera provocada por las carcajadas—. Me das asco, Koldo. Apestas. Hueles mal, por dentro y por fuera. Te he ayudado todo lo que he podido y mira cómo me lo has pagado. Eres igual que tu padre. —Terminó señalando la ventana de enfrente.

Koldo estaba muy acostumbrado al castigo, tanto físico como verbal. Sabía que, automáticamente, debía erigir un muro mental para que no le hiciesen daño. Era como la lluvia que caía fuera, a raudales. Su mente y su cuerpo estaban saturados de violencia.

Se oyó un ruido en la habitación de Gorka. No estaba solo. Koldo se acercó al dormitorio y su vecino se puso en guardia, interponiéndose en su camino. Pero le dio tiempo a asomarse al dormitorio: la cama estaba deshecha y había ropa por el suelo.

Y en una esquina estaba Ainara Madrazo. Despeinada, con la mitad del cuello de la blusa metido en el jersey y el otro no, la falda arrugada...

Gorka y Ainara.

CAPÍTULO XLII

Sábado, 22 de febrero de 2020
Palacio de Congresos del Kursaal, San Sebastián
19:00

LA GALA

Si el objetivo era atraer a las masas, la empresa organizadora contratada por el Gobierno Vasco había cumplido su tarea con creces: a las siete de la tarde, las inmediaciones del Kursaal eran un hervidero de gente. Una marabunta de adolescentes llevaba un par de horas agolpados en el vallado que flanqueaba la alfombra roja. Este hecho obedecía a que la organización, con buen tino, había invitado a toda la flor y nata de *-ers*: *youtubers*, *instagramers*, *gamers*, *tiktokers*..., un ramillete de chicos y chicas con *looks* atrevidos y peinados color fantasía que habían generado un enorme *hype*, palabro que no significaba otra cosa que «expectativa». Los teléfonos móviles trabajaban a toda máquina, subiendo incesantemente vídeos y fotografías a las redes sociales, propagando el *hashtag* #gala hasta el infinito y más allá.

A eso había que añadirle la promesa de ver a los futbolistas. Tanto el Athletic de Bilbao como la Real Sociedad tenían nominados a varios jugadores de las plantillas masculinas y femeninas, por lo que su presencia también había atraído a forofos y a familias: niños y niñas a hombros de los padres se hacían visibles tras el vallado.

Y como la gente llama a la gente, San Sebastián fue acercándose al Kursaal como si un imán la atrajese. Era sábado por la tarde, hacía buen tiempo y había muchas ganas de celebración tras Cordelia.

En la explanada junto al Kursaal se habían dispuesto en círculo una serie de *food trucks* donde se podían degustar toda suerte de comidas exóticas a precios que rozaban el atraco, por lo que no había flanco o perfil de la explanada que no estuviese abarrotado de gente. Todo parecía diseñado para incrementar el mal humor del jefe de Berrozi Berezi Taldea, Julián Almandoz.

A medida que llegaba un coche y bajaba un invitado, una algarabía se formaba al grito de «¡Ooooh!» y los teléfonos móviles estrechaban la pasarela en busca de un selfi que luego subía a la velocidad 5G a la cuenta del usuario afortunado.

La señal de ETB1 retransmitía en directo la llegada de los invitados más ilustres. Los presentadores, hombre y mujer, eran dos caras conocidas de la sección de deportes y se hacía extraño verlos vestidos de gala. Al final de la alfombra roja, justo antes de la entrada al auditorio, había un *photocall* y una zona mixta, donde se le había concedido a la prensa más espacio del que los periodistas jamás hubieran soñado, de nuevo para desgracia de la Ertzaintza.

La agente foral Laia Palacios estaba allí, enfundada en un vestido largo con la espalda descubierta que limitaba sus movimientos. El mismísimo Jaime Otamendi había movido los hilos de forma que su homóloga gozase de acreditación y libre tránsito entre los invitados.

—Solo quiero que tengas los oídos bien abiertos, Laia —le había pedido el inspector Otamendi una hora antes—. Los berrozis piensan que son muy discretos, pero no hace falta más que buscar al que tenga el doble de espalda de lo normal para saber que es un policía infiltrado. Te necesitamos ahí, entre la gente. Si ves algo, me llamas.

La agente foral no había podido resistirse a echar una mano. Sentía aquel caso como suyo y sabía que podía aportar una nueva perspectiva desde fuera del andamio policial.

Cuatro pisos más arriba, en una pequeña sala de invitados, Aitor se detenía ante el cuadro de la pared: una calavera dibujada de perfil, con un trazo deliberadamente infantil, en línea rosa y fondo amarillo. CLICHÉ, ponía en letras mayúsculas bajo el cráneo. El forense no lo entendió, pero le gustó. El ertzaina apostado junto a la puerta permanecía hierático, como uno de los soldados de infantería de Buckingham Palace. Aitor se metió la mano en el bolsillo para asegurarse de que el objeto que Eva le había regalado en el Aquarium seguía allí. Nervioso, sin poder estarse quieto, fue al ventanal: Donosti estaba en su momento favorito, el atardecer. El sol se escondía tras el monte Igueldo, nadando disperso entre nubes, y manchándolas de naranjas, rojos y amarillos. San Sebastián encendía las farolas, adoptando esa cara tan cinematográfica suya, la de decorado de una noche llena de promesas. La playa, impracticable durante Cordelia, disfrutaba de paseantes y perros. El malecón de Sagues volvía a estar lleno de gente disfrutando de la puesta de sol; llevaban latas, algo para picar, fumaban un pitillo y se encontraban tras la jornada laboral, o un buen día de surf, o lo que fuera. Lo que más le gustaba a Aitor es que aquellas personas, los locales, rara vez sacaban el móvil para hacer fotografías. No necesitaban capturar la ciudad, porque formaba parte de ellos, les pertenecía, les bastaba con vivirla una vez más.

Un griterío resonó al otro lado del edificio. Aitor puso la televisión. Futbolistas, cómo no. Estaba claro que la tendencia en el mundo balompédico era el pantalón pitillo, hasta para llevar un esmoquin. Se volvió a mirar al ertzaina. Parecía el siguiente paso evolutivo del ser humano: uno noventa de alto y otro tanto de ancho. Iba equipado con chaleco antibalas, un cinturón lleno de *gadgets*, pinganillo y un arma de asalto acomodada en el brazo. Tras los astros del balón empezaron a llegar deportistas de otras disciplinas: ciclistas, tenistas, remeros... Entonces la señal mostró a la campeona de España de salto de pértiga Sara Aguirre desfilar por la alfombra roja. Iba enfundada en un ceñido top negro, cruzado en un pronunciado escote, y unos pantalones de pata de elefante del mismo color. Llevaba el pelo recogido en un moño y los ojos muy sombreados en rosa. Estaba radiante mientras caminaba saludando por la pasarela. Aitor sonrió al verla.

Llamaron a la puerta. Era el agente Llarena. Por físico, bien hubiese podido ser un berrozi.

—Es la hora —le dijo el ertzaina.

«Etiqueta suplicada» era la categoría del evento; la primera vez que Aitor oía el término. Venía a ser, en voz de su tía María Jesús, una especie de «rigurosa etiqueta» sin ser obligatoria, pero, claro, al saber quiénes eran los invitados (la plana mayor de la clase política + todos los deportistas destacados del País Vasco + invitados ilustres), nadie se atrevería a plantarse en el Kursaal con una camisa hawaiana, vaqueros rotos y chancletas. Así que Aitor iba embutido en un esmoquin que le hacía sentirse ridículo, sentimiento solo aliviado tras haber visto al inspector Otamendi y a los agentes Gómez y Llarena de la misma guisa. Claro que el espectro de elegancia variaba según el sujeto: Llarena parecía haber nacido para llevar pajarita, Gómez, un *hipster*, y Otamendi directamente era un no rotundo. Los cuatro, incluido Aitor, llevaban pinganillo y un micrófono en la manga que se activaba con un pulsador.

El forense se puso la chaqueta y metió solo el brazo derecho por la manga. Se miró al espejo. ETB había dispuesto una sala de peluquería y maquillaje, y el inspector Otamendi lo había obligado a pasar por el taller de chapa y pintura para disimular la colección de brechas y cardenales. Salieron con el beneplácito del escolta y se encontraron con el agente Gómez junto al ascensor.

La voz del inspector Otamendi resonó a través del pinganillo:

—¿Qué tal estás?

—No sé si me gusta tenerte metido en mi cabeza —dijo Aitor, guiñándoles un ojo a Llarena y a Gómez, quienes teatralizaron muecas como si los torturasen.

—Te jodes. Escúchame —el inspector se puso serio de golpe—: vas a bajar al patio de butacas y a sentarte donde hemos determinado esta mañana. Tenemos apalabrados con ETB un par de planos generales de público en los que vas a salir y te vamos a poner delante unos nominados, por lo que chuparás pantalla. La idea es hacerte visible para que Koldo Urzelai te vea y se entregue de una vez. Llarena y Gómez estarán a tu lado todo el rato.

Ambos ertzainas levantaron el pulgar.

—Bueno, si todo esto ha servido para ver a Gómez y a Llarena de traje —dijo Aitor con media sonrisa en la boca—, habrá valido la pena.

El inspector rio.

—Llarena nació de traje —dijo Otamendi—. Lo de Gómez es impagable.

Alberto Gómez Gorrotxategi se miró de arriba abajo y abrió los brazos sorprendido. Él se veía perfecto.

—No había visto tanta poli en mi vida —reconoció Aitor, abrumado.

—Te iba a decir que estuvieses tranquilo, pero no quiero. Quiero que estéis alerta. Escucha, esos policías que pululan por ahí son martillos —recalcó el inspector—. Y los martillos clavan clavos, ¿entendido?

—Sí.

—Ahora se os unirá nuestro gran amigo Gorka Sánchez —indicó Otamendi—. Él se quedará entre bambalinas hasta que tenga que dar su discurso. La presentación del CAR está establecida a mitad de la gala. Si para entonces no tenemos señales de Koldo, seguiríamos adelante con toda normalidad hasta el cóctel. ¿De acuerdo?

—De acuerdo —respondió Aitor, armándose de aire y tratando de hacer acopio también de valor.

La puerta de enfrente de la sala de invitados se abrió y Gorka Sánchez salió al pasillo escoltado por un berrozi. El director llegó hasta ellos y los ertzainas despidieron al policía de las fuerzas especiales, que se retiró. El CEO se mostraba eufórico. Tras dar dos palmas, se secó la frente con un pañuelo y emitió unos soplidos de relajo mientras se abanicaba con las tarjetas en las que Aitor suponía que estaba escrito su tan ansiado sermón. Ya no llevaba el abrigo y el esmoquin le quedaba como un guante. Comparado con la ropa de Aitor, todo, chaqueta, chaleco y pantalón, parecía dos gamas superior.

—Esto va a ser histórico, doctor Intxaurraga —dijo el director—. Ha venido todo el mundo. Un éxito total, vamos a dejarlos con la boca abierta.

El hombre se acercó luego hasta la ventana al fondo del pasillo mientras murmuraba «Muy bien, muy bien».

Llegó el ascensor y entraron los cuatro. Llarena pulsó el botón de cero.

—Precioso, precioso —decía Gorka Sánchez, mientras revisaba sus notas—. La noche está perfecta, ¿no les parece? Sé que ha sido duro para ustedes, no me malinterpreten, pero ¿no están emocionados por formar parte de esto? ¡Es un día que pasará a los anales de la historia!

Llarena y Gómez hicieron caso omiso del director, mientras que Aitor empezó a pensar que últimamente el término *histórico* se usaba con demasiada alegría.

—¿No te preocupa que Koldo Urzelai esté suelto por aquí cerca? —El forense tuteó deliberadamente a Gorka Sánchez: no quería darle más estatus del que el CEO ya pensaba que ostentaba.

—No. Mira a tu alrededor, estamos seguros.

—Tú eras amigo suyo, ¿cierto? —preguntó Aitor.

—Amigo, amigo..., tampoco —negó Gorka Sánchez, que pareció incómodo con el tema.

Aitor observó al director de reojo. Desde su perspectiva lo veía de perfil, sonriendo con esa dentadura inmaculada. Ese cutis tan terso debía requerir de una atención diaria que hizo que el forense se preguntase de dónde sacaba aquel tipo el tiempo. ¿Cuántos años tenía? ¿Cincuenta y siete? ¿Cincuenta y ocho? «El cabrón es de plástico», pensó Aitor.

—¿Todo bien? —preguntó el director, sintiendo el escrutinio.

—¿Eh? Sí, sí —respondió Aitor.

Los móviles de los agentes Llarena y Gómez, así como el del forense, pitaron. La voz del inspector Otamendi resonó en sus conciencias.

—Echad un vistazo al archivo que os acabamos de mandar.

Con disimulo, Aitor abrió el JPG que había recibido. La imagen de un joven con poco pelo y de cara redonda en la que sobresalían las orejas se abrió en la pantalla de su teléfono. «Así que este eres tú, Koldo —le dijo sin pronunciarlo en voz alta—. ¿Eres tú quien estuvo a punto de matarme?». Aquel chico de ojos oscuros miraba fuera de plano, con la expresión perdida. Un malestar empezó a recorrer a Aitor desde las piernas. Se apoyó con disimulo en la pared, sin apartar la vista de ese rostro. La cuestión es que juraría que lo había visto anteriormente en algún lado. Imposible.

—Lupiola está introduciendo los parámetros en el *software* —les dijo el inspector desde la sala de control—, y pronto os mandaremos alguna versión envejecida del sospechoso.

Aitor se preguntó qué estaría haciendo Eva en ese momento y si pensaría en él, aunque fuese un instante. Gorka Sánchez canturreaba, ajeno a toda la actividad subyacente en las entrañas del Kursaal. A él solo le importaba su maldito discurso. El forense se metió la mano en el bolsillo para asegurarse de nuevo de que el objeto con forma de bolígrafo seguía allí. No era miedo lo que sentía, sino la premonición de un peligro. Odiaba esa intuición de que algo malo iba a pasar. Apretó los dientes. Lo que sea acabaría esa noche.

«Ven, cabrón, estoy listo», se mintió.

CAPÍTULO XLIII

Sábado, 22 de febrero de 2020
Barrio de Burceña, Barakaldo
22:00

—Señor Urzelai, ¿qué tal está usted?

A Silvia Irurtzun le costaba disimular el desprecio hacia aquel hombre.

—Déjate de hostias, que no son horas. ¿Qué quieres?

—Nos ha mentido, señor Urzelai.

—Ah, ¿sí? ¿Y cómo es eso? A ver explícame.

—Creemos que sabe algo del paradero de su hijo.

Eva merodeaba por la entrada, escrutando el mobiliario. Javier Urzelai no paraba de mirarla de reojo. El taquillón de la entrada no pasaba de ser un mueble destartalado sin puertas, lleno de polvo y con un teléfono fijo encima. La bióloga pasó a la sala y, ahogándose por el olor a cerrado, decidió abrir las persianas y las ventanas.

—Mi hijo está muerto.

La subinspectora Irurtzun miraba fijamente al hombre.

—Bueno, entonces no tendrá ningún problema en que le echemos un vistazo a su ordenador, ¿verdad?

El corpulento anciano rio, burlón.

—Claro, tú tráeme una orden y yo os dejo el cacharro. Sin problema. Encontraréis muchos vídeos de guarras chupando pollas. No tiene pinta de que eso a ti te vaya mucho. A ti te gustan más los bollos untados en mantequilla, ¿a que sí?

El hombre se llevó los dedos a los lados de la boca y sacó la lengua.

—La orden está en camino. ¿Le importa si nos saltamos los legalismos?

La sala era muy amplia y el ordenador estaba situado a la derecha, nada más entrar. Eva se escurrió por detrás y fue a echar un vistazo a la habitación contigua, una estrecha despensa. Al encender la luz vio un montón de material de construcción en desuso: ladrillos, sacos de cemento y dos botes de pintura de color verde pistacho. A LA CAL, decían las etiquetas. «Mala distribución de la casa», pensó la bióloga. La sala era enorme y la habitación, inútil, no daba más que para un pequeño estudio o dormitorio. «Es diferente el piso de Gorka Sánchez», recordó. Salió al descansillo.

Sin poder reprimirse, Javier Urzelai dejó de prestarle atención a Irurtzun y puso el foco en Eva, un detalle que no pasó desapercibido para la subinspectora. Algo inquietaba a aquel hombre. No sabía qué era, pero había que tirar del hilo.

—Vivían ahí, ¿verdad? En el piso de al lado.

—Quién vivía ahí. —El viejo no preguntó, solo puso énfasis en el pronombre.

—Gorka Sánchez y su madre, María Concepción Pinedo.

Javier Urzelai no respondió. Había perdido de vista a Eva, que había entrado en el piso abandonado de los Sánchez y se encontraba en medio de la sala. El habitáculo se hallaba en un estado de total abandono, pero no era eso lo que le llamaba la atención a la bióloga. Salió de la sala y entró en la habitación adyacente, un espacio que tal vez había sido un dormitorio. Luego volvió al piso de los Urzelai y miró de frente la pared de la sala desde el recibidor. En comparación, la casa de

Gorka Sánchez disponía de una habitación más que la de los Urzelai, algo que era extraño en una construcción de esas características. Normalmente las casas de ese tipo eran idénticas a cada mano, sin alardes arquitectónicos. Irurtzun retomó su interrogatorio:

—¿Cuándo dice que vio a su hijo por última vez? Señor Urzelai, señor, le estoy hablando.

—No me acuerdo.

—No me respondió eso la vez anterior —puntualizó la subinspectora—. Dijo que fue el día de las inundaciones.

—Entonces para qué me preguntas.

—¿Qué relación tenía usted con Gorka Sánchez y su madre?

—Ninguna.

—Eran sus vecinos.

—Se creían mejores que los demás.

Eva volvió de nuevo al piso de los Sánchez. Estaba claro: había un tabique más. Se acercó hasta la pared de hormigón, la tocó con la palma de la mano y la deslizó por la superficie. El papel pintado apenas sobrevivía en jirones que caían en cascada, bajo los cuales se apreciaban los vestigios de una pintura que a duras penas había resistido al paso de los años y a la humedad. Eva pasó los dedos por el muro, palpando las rugosidades de los materiales. Javier Urzelai se movió entonces. Avanzó hasta pasar por delante de Irurtzun, hasta el taquillón de la entrada, donde, junto a un cenicero, reposaba un paquete de tabaco y, desde donde se veía, aunque fuera de refilón, la figura de Eva pegada al tabique de la sala de los Sánchez.

—¿Sabe lo que creo? —le dijo la subinspectora, sin perder de vista lo que hacía la bióloga.

—Ilumíname.

—Creo que su hijo asesinó a Ainara Madrazo.

—Ah, ¿sí, eh? Eso es lo que crees. Pues qué bien.

La subinspectora se plantó frente al hombre, mirándole desde sus veinte centímetros de menos.

—Sí, eso creo. Como también creo que usted lo está encubriendo.

—Y yo creo que os tenéis que marchar o me voy a enfadar.

Eva hizo lo que le faltaba por hacer: comprobar la oquedad de la pared, así que golpeó con los nudillos.

Toc, toc.

Toc, toc.

Como las agujas del reloj. Como un latido.

Insatisfecha, repitió la acción a lo largo de toda la pared. Cuando ya llegaba al final, junto a la pared que daba a la fachada exterior, lo intentó una vez más.

Tac, tac.

Estaba vez sonó diferente: estaba hueco.

—¿A él le ha vuelto a ver?

—¿A quién?

—A Gorka Sánchez. ¿Sabe que le va muy bien? Es director de un centro de alto rendimiento. Hoy lo presentan por todo lo alto en el Kursaal.

Javier Urzelai miró a la subinspectora, genuinamente sorprendido.

—Mire, tengo una foto.

Silvia Irurtzun sacó el móvil y, tras rebuscar un instante en sus archivos, le puso la pantalla delante. Javier Urzelai vio una cara con sus ojos vidriosos. Un rostro de cutis perfecto, sonrisa inmaculada, pelo negro, cuello ancho. Estaba en forma e iba bien vestido hasta donde llegaba el plano. No reconoció la nariz ni los dientes. Los pómulos, tampoco. Ni las orejas. Pero sí los ojos. Los ojos, sí.

Le costó entender. Hasta que lo hizo.

—Tengo que mear —dijo, dejando sola a la subinspectora.

Javier Urzelai no fue al cuarto de baño, sino a la cocina. Allí sobre la mesa había una tabla de cortar con una ristra de chorizos y un cuchillo de gran tamaño.

Lo cogió.

Eva estaba frente al tabique de la sala cuando la subinspectora Irurtzun se situó a su lado.

—¿Qué pasa?

—Este tabique está movido.

La subinspectora se encogió de hombros.

—Bueno, el piso lo han ocupado innumerables inquilinos —dijo sin darle importancia—. Cualquiera de ellos podía haber hecho obras para rentabilizar una habitación de más.

—El color de la pintura coincide con la que tiene ese hombre en su casa.

Silvia Irurtzun la miró de hito en hito. Una casualidad. O no. Estudió el tabique. Era eso, una pared con la pintura desconchada, vieja y fea. Una pared. Miró a Eva. A la pared, a Eva. Las ideas empezaron a brotarle de la mente. Sacó el móvil, pero no le dio tiempo a más.

Según se dio la vuelta, la subinspectora chocó de frente con el pecho de Javier Urzelai, que le cortaba el paso. La gruesa mano del hombre apresó a la ertzaina del cuello, atrayéndola hacia él. Irurtzun, aún sin comprender qué pasaba, trató de zafarse, pero el anciano, dotado de gran fuerza pese a su avanzada edad, hundió el filo del cuchillo en el pecho de la policía. Sin embargo, la malla de kevlar anticorte de la Ertzaintza absorbió la cuchilla para sorpresa del atacante. La subinspectora golpeó con el puño al hombre, pero este permaneció inmutable. Sacó el cuchillo del chaleco y, manipulando a la mujer como si fuese un muñeco, introdujo el arma por la axila izquierda de la agente, quien emitió un grito desgarrador de dolor.

Eva, totalmente en *shock,* se dio cuenta de que tenía que

hacer algo, y arremetió contra el hombre, saltando sobre él, colgándose de su cuello. Luego se dejó caer hacia atrás para tratar de asfixiarlo. La sangre comenzó a manar a borbotones por el costado de la subinspectora, que se retorcía de dolor. El suelo empezó a ponerse resbaladizo. Silvia Irurtzun se desabrochó la cartuchera, donde guardaba su arma reglamentaria. Con precisión e inmune a la presión que ejercía Eva sobre él, Javier Urzelai agarró a la agente por la muñeca hasta que la subinspectora cayó de rodillas y soltó la pistola, que se precipitó al suelo. El hombre le pegó una patada al arma, que salió disparada hasta el descansillo, y acto seguido propinó un rodillazo en la cabeza a Irurtzun, que, fulminada, se desplomó inconsciente en el piso, con el labio partido.

Javier Urzelai lanzó el brazo hasta su nuca, agarró a Eva por la cara y se la estrujó hasta que esta aflojó su presa sobre la garganta, y el hombre pudo quitársela de encima. Urzelai respiraba entrecortadamente y se movía con dificultad, pero aún era fuerte. Muy fuerte. Se giró hacia Eva y le propinó un puñetazo en el pecho que la lanzó al suelo. Creyó que el oxígeno la abandonaba, que algo le había apresado los pulmones retorciéndoselos, haciéndolos añicos, se sintió morir. Pataleó, abrió la boca, tratando de inspirar una bocanada de aquel aire viciado en vano. Un silbido patético se le quedó en la garganta, mientras el rostro, ya arañado, se le enrojecía a punto de explotar. La vista se tornó borrosa. Alcanzó a ver como Irurtzun reptaba por el suelo, dejando un surco de sangre, hasta el marco de la puerta a medio arrancar que daba al interior de la casa, a varios metros de ella. Javier Urzelai caminaba como un mamut hacia la subinspectora, cuchillo en mano. Respiraba con pesadez, tratando de dotar a su cuerpo de fumador de una energía que menguaba por momentos. Sabía que su cuerpo en absoluta decadencia colapsaría de un momento a otro y su intención no era otra que arrastrar consigo a aquellas dos mujeres.

Eva se puso entonces a cuatro patas y encontró un ladrillo junto a ella. Lo cogió y se levantó, sin aire, sin fuerzas, sin equilibrio, tambaleándose. El ladrillo le pesaba en la mano. Hizo un último intento, levantó el pecho, trató de abrirlo y algo de aire pasó por las vías respiratorias. Con un dolor en los pulmones que nunca había experimentado y un pánico que le provocaba náuseas, Eva arremetió contra aquel gigante ladrillo en mano. El anciano no la vio: tenía los sentidos abotargados por el alcohol y la edad, y el esfuerzo de la pelea lo estaba agotando. La bióloga cargó con todas sus fuerzas, golpeó a Javier Urzelai en el rostro, le hundió el pómulo y le rompió la cara. El cuchillo se levantó en el aire y Eva solo tuvo tiempo de retroceder un palmo, librándose del filo pero recibiendo un impacto brutal con la empuñadura del cuchillo a la altura del ojo. La bióloga sintió que unas lágrimas de sangre le caían por la cuenca ocular y, automáticamente, perdió la visión periférica y la capacidad para medir distancias. Ahora estaba al otro lado de la sala, orientada hacia la puerta de la entrada. Se sintió desfallecer, mareada, sin conocimiento. El arma yacía allí, en el descansillo, borrosa. Chocó contra la pared y cayó al suelo. Mientras, Irurtzun había arrancado el listón de madera del marco, arremetía contra Javier Urzelai y le golpeaba en la cabeza. Una risa gutural brotó del hombre, que se abalanzó sobre la policía y arrojó su cuerpo contra ella, riendo.

—¿Quieres polla, puta bollera, quieres polla?

El hombre metió los dedos en la boca ensangrentada de la subinspectora, que se empezó a atragantar. Después la cogió del cuello y empezó a asfixiarla. La sangre de la boca se colaba por la garganta, la presa en el cuello impedía que el aire se filtrase por los bronquios y la mano del hombre en la boca anulaba por completo su aparato respiratorio. Silvia Irurtzun iba a morir. Era cuestión de segundos que perdiese el conocimiento. Levantó la tabla y golpeó de nuevo la cabeza del gigante. Un clavo oxidado se quedó incrustado en el cuero cabelludo de su atacante, pero este siguió sin ceder.

Una silueta desdibujada emergió en el descansillo: era Eva. Levantaba su pistola. «El seguro. Quítale el seguro».

Eva miraba el arma sin entender.

«El seguro, quítale...».

Una primera detonación reventó la ventana de la habitación. La siguiente levantó astillas junto a la subinspectora. La tercera entró por el cuello de Javier Urzelai. Un líquido espeso empezó a caer sobre la cara de Irurtzun. No era suyo. Los ojos del hombre se entornaron, faltos de vida. La cuarta detonación le entró por la oreja. Javier Urzelai se desplomó sobre ella. Eva San Pedro se acercaba, sin dejar de disparar. La oía gritar, bañada en ira. Quinta detonación. Acabaría dándole a ella, pensó Irurtzun. Alcanzó a levantar la mano, pero no a decir «Para». Las balas se incrustaban en el cuerpo del hombre sin provocar más reacción que unos puntos carmesís que de inmediato se convertían en fuentes de sangre. El peso del hombre muerto la oprimía.

—¡Ay la Virgen, ay la Virgen!

Los gritos de la gitana del primer piso devolvieron a Eva a la realidad. La pistola estaba caliente en su mano y le dolía la muñeca, creía que el hombre se la había roto. No veía por un ojo. «Irurtzun», le dijo su cerebro. Se abalanzó sobre el cuerpo inerte de Javier Urzelai y lo empujó hasta sacarlo de encima de la subinspectora, que braceaba tratando de no ahogarse en su propia sangre. Eva se arrodilló junto a ella, sin saber qué hacer.

—¡Quita niña, quita!

La vecina cogió a la subinspectora y la puso de lado, provocando que una bocanada de baba, bilis y sangre coagulada brotase de la garganta. Silvia Irurtzun tragó todo el oxígeno de la sala ella sola, en una respiración gutural que le arañó la tráquea.

Los pasos se multiplicaron en las escaleras: dos hombres asomaron en el marco de la puerta.

—¡Antonio, Antonio! ¡Llama a la policía! —gritó la gitana.

La mujer tenía a la subinspectora abrazada y, cuando levantó la mano, se dio cuenta de que estaba impregnada en sangre. Eva recordó la cuchillada y así se lo dijo a la gitana. Esta se quitó el fular y lo metió a presión en la axila de la ertzaina, quien, agotada, emitió un alarido de dolor.

—Lo sé, mi niña, lo sé. Ya está, bonita, ya está. ¡Antonio! —decía la mujer meciendo a Irurtzun entre sus carnosos brazos.

Eva rompió a llorar, arrodillada en el parqué ensangrentado. Sentía el líquido filtrarse a través de las medias hasta mojarle la piel. A través de los dedos que tenía ante su único ojo bueno, vio dos cosas de la subinspectora en el suelo: la primera, su HK USP Compact, cuyo cañón aún humeaba; la segunda, su teléfono. La pantalla estaba reventada, pero aun, entre las rajas del vidrio, se veía la cara de Gorka Sánchez sonriendo.

CAPÍTULO XLIV

Sábado, 22 de febrero de 2020

Palacio de Congresos del Kursaal, San Sebastián
23:30

Tras dos horas de ceremonia resultaba de obligado cumplimiento agasajar a los ilustres invitados, por lo que la organización había previsto un cóctel en la sala polivalente situada en el subsuelo del cubo pequeño. La entrega de premios había transcurrido de manera bastante amena para lo que solían ser ese tipo de liturgias, por lo que los quinientos huéspedes se trasladaron hambrientos y sedientos de uno de los prismas a otro, mientras eran testigos de la belleza de la iluminación cambiante que emanaban las paredes translúcidas de ambas estructuras.

La sala destinada para la cena era un espacio diáfano de paredes recubiertas por paneles de madera, suelo de hormigón pulido y vigas que recorrían el techo, desde donde caía una luz blanca y uniforme. El menú lo había diseñado el chef Kimetz Herrero, el *enfant terrible* de la cocina vasca y dueño del Sustraiak, un vanguardista restaurante ubicado en el monte Igueldo. Tanto su preparación como el servicio corrían a cargo de los alumnos del Basque Culinary Center, la prestigiosa facultad de hostelería afincada en el barrio de Aiete. Los canapés dejaron con la boca abierta al personal: reducción de *txis-*

torra, humo de chipirones en su tinta y volcán de chuleta a la crema de queso Idiazabal, entre otros. Todo bien regado con *txakoli* de Guetaria. Asimismo, a lo largo de la sala había distribuidos cortadores de jamón, una barra con coctelería, música en directo y camareros ofreciendo copas de champán a un ritmo frenético. Los vips ocuparon el espacio con cierta timidez al principio, y con alboroto en cuanto el alcohol hizo acto de presencia.

Jaime Otamendi había abandonado la sala de control, ubicada en el auditorio del cubo principal, y se había personado en el cóctel. El comisario Ramírez y Julián Almandoz lo habían agobiado lo suficiente con preguntas cuyas respuestas desconocía, así que se plantó en el salón plagado de celebridades con el esmoquin mal puesto. Se arrepintió de su decisión en el acto.

Una voz familiar entonó su nombre a su espalda. Se trataba de Arturo Garcés, el consejero de Sanidad. «No tengo tiempo para facturas del pasado», renegó Otamendi para sus adentros.

—Inspector —dijo el hombre levantando la copa de champán a modo de saludo. La papada pugnaba por salírsele del cuello.

—Consejero Garcés. —No tenía tiempo para aquello.

—No se preocupe, no le entretendré mucho —le dijo Arturo Garcés desde una nariz larga y aplastada en la cara. Parecía el Pingüino de Batman—. Sé que están ustedes en medio de un operativo.

—Exacto, o sea que si me disculpa...

—Tan solo quería recordarle la importancia de este evento para la sociedad vasca —dijo el consejero, dando un sorbo a su copa.

—¿Para la sociedad o para usted? —preguntó el inspector sin poder resistirse—. Supongo que su departamento espera que haya un retorno de la inversión en el CAR.

Arturo Garcés rio echando el pecho para atrás y miró a los lados señalándolo, como si esperase que el gentío que los rodeaba hubiese oído el chiste y todos fuesen a echarse a reír.

—Usted dedíquese a lo suyo, Otamendi, que lo de gestionar ya lo hacemos los que sabemos. —El consejero hablaba blandiendo la copa de champán de lado a lado.

El teléfono del inspector empezó a sonar.

—Ya, si me disculpa... —interrumpió el ertzaina al político, mostrándole el móvil.

—Le estaremos vigilando, Otamendi. No la joda —le dijo Arturo Garcés a modo de despedida.

El consejero se fue hasta un corrillo donde se encontraba, entre otros, el lehendakari.

—Espero que lo hayáis oído todo —dijo Jaime Otamendi a través del micrófono instalado en el cuello de su camisa—. Con esta mierda tenemos que lidiar.

—A mí me lo vas a contar —le dijo el comisario Ramírez—. ¿Quién te llama?

—Juantxu Zabala.

El inspector se hizo a un lado, alejándose de la música de la orquesta en directo, y cogió la llamada.

Mientras tanto, los agentes Gómez y Llarena habían conducido a Aitor a una esquina de la sala, junto a una de las mesas donde se servían bebidas, de forma que pudiesen tener todos los flancos bajo control. Los ertzainas observaban los rostros de los asistentes en busca de alguien que pudiese encajar en los modelos que Asier Lupiola había extraído de las aplicaciones de envejecimiento facial. Habían cribado seis versiones diferentes del sospechoso. Mientras tanto, las cámaras instaladas por la mañana a lo largo y ancho de la sala barrían el recinto triangulando rostros sin cesar y también sin éxito. Ya les había advertido el propio Koldo Urzelai: buscaban a un fantasma.

Pese a que hasta el último invitado y trabajador había sido escrupulosamente identificado, el subconsciente de Aitor lo traicionaba de forma constante y se sentía observado.

Desde su posición jugó a reconocer rostros. Aparte de los futbolistas y unos pocos políticos, los más conocidos, identificó a algunos deportistas de otras disciplinas que había conocido en el CAR, entre quienes destacaba Ryan Cisneros, a quien estaba paseando como una estrella un Gorka Sánchez que no cabía en sí de gozo. Junto al director se encontraba Gemma Díaz, radiante en un vestido negro de noche con la espalda al descubierto que destacaba su inmaculadamente recién cortada melena rubia. La psicóloga ejercía de la perfecta maestra de ceremonias junto con su marido. También fue capaz de reconocer al menos a dos berrozis infiltrados entre el servicio. Un camarero se acercó a ellos con una bandeja de canapés. No era policía. Gómez y Llarena se interpusieron entre el mozo, que no pasaría de los veinte años, y Aitor. Intimidado ante la mirada de desconfianza de los dos hombres, alcanzó a decir:

—¿Champán?

Gómez rechazó la oferta y mandó al joven de vuelta al tumulto parloteante de invitados. Tras él apareció Sara Aguirre.

—¿Puedo hablar con Aitor en privado? —les solicitó la saltadora a los agentes.

«Muy privado no va a ser esto», pensó Aitor mientras se alejaba con la atleta.

—Lamento lo que te pasó —dijo Sara Aguirre a su lado, junto a la mesa de la barra libre.

—Gracias. Sé que ayudaste mucho en la búsqueda.

—¿Puedo hacerte una pregunta?

—Claro.

—Cuando estábamos en el CAR, sentí que ibas con el freno de mano puesto —se sinceró la atleta.

Aitor se giró hacia ella. A diferencia de en Aralar, iba muy maquillada, la piel le brillaba bajo la luz en tonos de plata y olía a un perfume afrutado.

—¿Pensabas en otra persona? —le preguntó Sara Aguirre—. ¿Hay alguien en tu vida?

—No lo sé —respondió Aitor con sinceridad—. Dudo sobre si todas estas cosas que vivimos crean un vínculo enfermizo entre nosotros o es algo mejor, más sano, pero sí, tengo a alguien en la cabeza.

Sara Aguirre asintió, agradeciendo la honestidad en la respuesta.

—Dentro de unos días me voy para Madrid: empiezan los campeonatos de España —le dijo la pertiguista—. Después iremos a Gotemburgo, Berlín... Estaré una temporada fuera.

«Yo no sé si mañana estaré vivo», pensó Aitor.

—Si quieres, cuando vuelva, llámame. Estoy segura de que serás capaz de encontrar mi número.

Aitor movió la cabeza, tratando de expresar que lo había entendido, pero sin querer decir que sí, que la llamaría. No podía asumir ese compromiso.

La atleta se incorporó, se ajustó los pantalones y se puso frente a Aitor. Luego lo besó en la mejilla.

—Suerte, Aitor.

La chica se dio la vuelta y se encaminó a la fiesta.

—Eh, Sara.

Sara Aguirre se giró.

—Gracias por querer enseñarme las estrellas —le dijo el forense.

Esta sonrió a modo de despedida y se perdió entre el gentío.

Aitor, una vez que dejó de ver a la saltadora, se percató de que Llarena y Gómez se esforzaban malamente en disimular, dándose pequeños codazos el uno al otro. Claro, lo habían oído todo.

—¿Qué, Jaime? ¿No vas a decirme ninguna de tus tonterías? —lo retó el forense—. ¿Jaime?

El inspector Otamendi caminaba hacia ellos con la cara desencajada. Aitor se puso en guardia, al igual que los agentes Llarena y Gómez, que formaron un círculo en cuanto su superior llegó a su altura. El ertzaina los miró uno tras otro, buscando las palabras.

—El padre de Koldo Urzelai ha atacado a Irurtzun y a Eva —les dijo finalmente el inspector.

Aitor sintió como si el salón de actos se hubiese quedado vacío y solo permaneciera él. La música pasó a un segundo plano y el murmullo elevado de las conversaciones de los cientos de invitados desapareció a su alrededor. Había estado tan preocupado por sí mismo que se había olvidado de Eva. El vértigo le recorrió la nuca y le obligó a apoyarse en la mesa.

—¿Están bien? —Aitor no recordaba haber formulado nunca esa pregunta con tanto temor a la respuesta.

—Irurtzun va a necesitar una transfusión, pero la han estabilizado —respondió el inspector.

—¿Y Eva? —Las manos de Aitor empezaron a temblar.

—Está bien, le ha dado duro pero está en pie —le dijo Jaime Otamendi, apoyándole la mano sobre el hombro bueno.

Aitor cerró los ojos. El miedo a que le hubiese pasado algo a Eva le había dejado una onda expansiva en el pecho que no acababa de retirarse. Los agentes Gómez y Llarena empezaron a freír al inspector con preguntas, pero el forense no las escuchaba. Tenía que salir de allí.

—¿Dónde están? ¿En Barakaldo? Tengo que ir —dijo, incorporándose.

—¿Estás seguro? —le preguntó el inspector.

—Sí.

Jaime Otamendi no replicó. Miró a Gómez y a Llarena y los

tres, al unísono, asintieron con la cabeza afirmativamente. El inspector se inclinó sobre el micrófono que tenía instalado en la camisa.

—Ramírez, ¿estás ahí? ¿Se me oye? Nos vamos —dijo el inspector, pronunciando con claridad.

—Otamendi, espera. —Oyeron en boca del comisario a través de sus audífonos.

—No esperamos —negó el inspector Otamendi—, abortamos la misión.

—Acabamos de recibir un *e-mail* de Koldo Urzelai. Está aquí.

Jaime Otamendi se volvió hacia Aitor con las pupilas dilatadas, mientras este sentía que el corazón se le iba a salir por la boca.

CAPÍTULO XLV

Sábado, 22 de febrero de 2020
Barrio de Burceña, Barakaldo
23:48

El edificio de viviendas situado junto a la fábrica de productos refractarios era una discoteca iluminada por luces azules, blancas y naranjas que se reflejaban en la fachada de hormigón siguiendo una cadencia estroboscópica. La Ertzaintza se había visto obligada a acordonar el perímetro con cinta rojiblanca ante la avalancha de vecinos que se habían acercado al patio frontal.

Eva, con un ojo ciego a causa de la hinchazón, había discutido largo y tendido con los agentes de la Ertzaintza al ver el trato que dispensaban a la mujer que les había salvado la vida. Solo cuando apareció Juantxu Zabala se calmaron los nervios, para indignación de la bióloga, a la que habían tratado prácticamente como una loca. Los policías, una vez que entendieron la situación, permitieron que los habitantes del primer piso, que eran toda una prole, pululasen a sus anchas dentro del precinto, lo cual dificultaba sobremanera la toma de declaraciones.

El último piso sí que estaba cerrado a cal y canto. Los de Criminalística acababan de llegar y lo estaban peinando al milímetro. Juantxu Zabala hablaba con un oficial y trataba de poner contexto a lo acontecido. No era sencillo.

Silvia Irurtzun estaba postrada en la camilla, atendida por un médico y dos enfermeros. Estaba blanca como la tiza. Había perdido mucha sangre.

—Tenemos que llevárnosla ya —dijo el médico—. Hemos controlado la hemorragia, pero debemos asegurarnos de que no haya daños internos.

Silvia no soltaba la mano de Eva. El labio partido y los dos dientes de menos le dificultaban el habla.

—No te entiendo, Silvia.

—*Elabique.*

—¿*Elabique*? —Eva aproximó la oreja a la boca de la subinspectora.

No les dio tiempo a más. Los sanitarios levantaron la camilla y se la llevaron. Un enfermero se acercó a Eva con intención de hacerle una cura y Juantxu Zabala se acercó hasta ambos; luego se inclinó para ver de cerca el desaguisado en el que se había convertido la cara de la bióloga.

—Los arañazos no son profundos, pero ese ojo tiene mala pinta. Déjame echarle un vistazo —dijo el enfermero—. Ven, siéntate aquí.

El chico iluminó a Eva con una linterna y exploró la herida. La bióloga había empezado a recuperar la vista, pero veía un montón de manchas revoloteando en su campo de visión. El móvil no paraba de sonarle pese a los mensajes de «Estamos bien» que había mandado al equipo de Donosti. Tenía ocho llamadas perdidas de Aitor.

—Tienes un desprendimiento de retina —dijo el sanitario, guardando la linterna.

—Una ambulancia viene de camino —la informó Juantxu—. Te van a llevar enseguida al hospital de Cruces, junto con la subinspectora. Necesita una transfusión, pero se pondrá bien.

El enfermero le auscultó el pecho, que le dolía un horror. Le hicieron levantar un brazo, después otro.

—Costilla flotante rota —dijo el sanitario.

«*Elabique* —resonaba en la cabeza de Eva una y otra vez—. *Elabique*».

Recordó entonces el ataque. Estaban ahí mismo, de pie, frente a la pared. Aquel muro, esa anomalía arquitectónica. El tabique.

El tabique. El-ta-bi-que. *Elabique.*

Eva San Pedro se levantó y fue corriendo hasta la casa de Javier Urzelai, con Juantxu Zabala persiguiéndola desconcertado. Entró en la despensa y comenzó a rebuscar entre el vertedero de material de construcción. «No, no, no —fue descartando, tirando herramientas por encima de su cabeza, obligando a que el ertzaina jubilado retrocediese para evitar que impactasen contra él—. Sí». La maza era grande y pesaba, pero Eva había recargado energías con un depósito extra de ansiedad. Pasó por delante de Juantxu Zabala y cruzó el descansillo hasta la sala con el suelo embadurnado de sangre. Los presentes la miraron como a una perturbada, pero le daba igual. Repitió la acción que había ejecutado una hora antes. Golpeó con los nudillos. «Hay demasiado ruido».

—¡Silencio! —ordenó a los presentes.

Todos se callaron. Eva golpeó con los nudillos en la pared. Toc, toc. Una vez, dos, tres, hasta que sonó a hueco. Era en la parte derecha del tabique. Cogió la maza, la levantó sobre su cabeza y la lanzó contra la pared.

Todos los presentes dieron un respingo: los enfermeros retrocedieron un paso, los de la Científica se quedaron petrificados con las muestras en la mano y dos agentes de la Ertzaintza entraron a todo correr, alarmados. Uno de ellos sacó las esposas, dispuesto a arrestar a la chica que trataba de derribar el muro, pero Juantxu Zabala los calmó a todos.

La masilla de mortero apenas había cedido ante la primera embestida, burlándose de Eva. Así que la bióloga, enfadada, levantó de nuevo la maza, a duras penas, y golpeó otra vez la pared. Consiguió hundir la primera capa de pintura en el cemento. Juantxu Zabala se le acercó y quiso cogerle la maza.

—Déjame a mí, Eva —le dijo suavemente.

—¡No! —negó ella, poseída—. ¡Aparta!

Juantxu Zabala entendió que aquello era algo personal y se echó a un lado.

Eva repitió la acción una vez y otra, y otra más. Diez minutos después, el suelo estaba lleno de escombros y Eva caía arrodillada, exhausta, cubierta de polvo, apoyándose en la maza.

El agujero en la pared tenía un tamaño considerable, como si hubiese impactado contra ella una bola de cañón. Bajo la atenta mirada de Juantxu Zabala, la bióloga se acercó al enfermero y le quitó la linterna. Volvió a la hendidura que acababa de abrir en la pared, introdujo la cabeza e iluminó el hueco.

Allí estaba.

CAPÍTULO XLVI

Domingo, 23 de febrero de 2020
Palacio de Congresos del Kursaal, San Sebastián
0:05

A Gorka Sánchez lo habían sacado de entre el gentío y lo habían llevado hasta la zona donde Aitor, Jaime Otamendi y los agentes Llarena y Gómez trataban de reponerse tanto de las noticias del ataque sufrido por la subinspectora Irurtzun y Eva San Pedro, como de la llegada del *e-mail* de Koldo Urzelai. El inspector instó al director del CAR a sacar su móvil y leer el *e-mail* que acababa de recibir:

—«Es hora de entregarse —leyó el CEO—. Quiero a Gorka Sánchez y a Aitor Intxaurraga en el centro del puente del Kursaal, en el lado que da al mar, a las 0:15. Tres condiciones: una, si lo desalojan, desapareceré; dos, si veo a un policía en el puente, desapareceré, y tres, si alguno de los dos lleva comunicador, desapareceré. Cuando me asegure de que se han cumplido mis exigencias, yo mismo, por mi propio pie, acudiré y le presentaré mis disculpas al doctor Intxaurraga. Después me entregaré pacíficamente, sin oponer resistencia alguna. Cualquier intento de interferir por parte de la Ertzaintza costará vidas inocentes y no volveréis a verme jamás».

—Ramírez, ¿lo has oído? —le preguntó el inspector Otamendi al comisario.

—Sí, lo tenemos delante. Asier Lupiola dice que con toda probabilidad el *e-mail* estaba programado —respondió el comisario desde la sala de control—. Almandoz está movilizando un equipo hacia allí.

—No me jodas que vamos a seguirle el rollo al tarado ese —objetó el inspector Otamendi—. Yo digo que le jodan, ahora nos necesitan en Barakaldo.

—Tenemos que tratar los dos sucesos por separado —respondió el comisario Ramírez—. El padre de Koldo Urzelai no puede ser el culpable de las muertes que investigamos, al menos no de la de Izaro Arakama.

—Me da igual —repuso el inspector—. Ahora mismo no alcanzamos a entender nada de lo que está pasando. Yo digo que suspendamos la misión.

Tras unos segundos de zumbidos a baja frecuencia, el vozarrón del comisario Ramírez resonó en la oreja de Aitor:

—Doctor Intxaurraga, usted decide.

El enésimo intento del forense de contactar con Eva había fracasado. Tan solo habían recibido un mensaje que decía: «Estamos bien». Alzó la cabeza hacia los presentes: Otamendi, Llarena y Gómez aguardaban su decisión tensos, no así el director Sánchez, que parecía más preocupado por el ágape que por cualquier otra cosa. A su alrededor, los invitados eran ajenos a lo que estaba sucediendo y se mostraban cada vez más animados y bulliciosos, esparcidos en grupitos por el salón. Algunos incluso habían empezado a bailar.

—Vamos —decidió el forense, sin dudar.

—Pero, Aitor... —trató de objetar Otamendi.

—No me voy a pasar toda la vida mirando de reojo el hueco detrás de la puerta —dijo el forense, mirando su móvil una vez más. Seguía sin haber noticias de Eva—. Necesito acabar con esto.

El inspector lo observó fijamente dispuesto a replicar, pero Aitor se le anticipó:

—Confío en vosotros.

Aquello suponía cargar de mucha responsabilidad sus espaldas, pero Jaime Otamendi no podía negarse y lo sabía.

—Está bien. Vamos —accedió finalmente el inspector, con brío—. Llarena, adelántate, ve hasta la otra orilla. Gómez, tú quédate en este lado. Vosotros dos —se dirigió a Aitor y al director Sánchez—, despacito, dadnos tiempo.

Enfilaron la puerta de la salida de emergencia, dejaron atrás la luminosa sala polivalente y llegaron a la parte posterior del Kursaal, frente a la playa, donde las furgonetas de comida rápida iban recogiendo sus puestos. La noche era fresca y el viento venía del mar, impregnando el aire de salitre. Aitor decidió quitarse la pajarita para llamar menos la atención entre el gentío. Recordó un día en que había ido a pasear por allí, cuando su vida era normal; había llegado hasta el final del espigón y de vuelta había parado en la Parte Vieja a tomar algo. Qué lejos quedaba aquello. La esposa del director del CAR salió del Kursaal tras ellos.

—¡Gorka! —lo llamó Gemma Díaz—. ¿Qué está pasando?

El hombre retrocedió hasta ella.

—No te preocupes —le dijo frotándole los brazos. La mujer estaba temblando—. Regresa dentro. Tenemos que solucionar una cosa. Volveré en un minuto.

—¿Seguro?

Aitor pensó que era la primera vez que veía a Gemma Díaz en un estado de vulnerabilidad.

—Seguro. Ocúpate de que nuestros invitados lo pasen bien —le dijo Gorka Sánchez—. Tienen que recordar esta noche para siempre.

El director la besó en los labios y la condujo de vuelta a la sala polivalente.

—Doctor Intxaurraga —le dijo el comisario Ramírez por el audífono, una vez que la puerta de emergencia se hubo cerrado del todo—, tiene que entregar el pinganillo. A partir de ahora irá a ciegas, pero no se preocupe, estamos con usted.

Inevitablemente, Aitor se preocupó. Uno de los berrozis, vestido de civil, se hizo cargo del comunicador mientras caminaban en dirección al puente, flanqueados por el agente Gómez y el inspector Otamendi. Llarena se había adelantado con paso vivo.

A medida que se acercaban al punto de encuentro, el forense y el director del CAR se fueron quedando solos: Jaime Otamendi se desvió para situarse al otro lado del paso de peatones, en el vano que formaba un balcón circular en el cruce de la avenida de la Zurriola con la calle Ramón María Lili, mientras que Gómez se apostó en paralelo al inspector, justo al comienzo del puente, en la misma acera que ahora recorrían Gorka Sánchez y Aitor. Este observó a su acompañante: transmitía una tranquilidad desconcertante.

—No se preocupe, doctor Intxaurraga, todo va a salir bien —le dijo el director del CAR mientras se adentraban en el viaducto.

El puente del Kursaal, también conocido como el de la Zurriola, era el primero de los cuatro viaductos situados en la desembocadura del río Urumea. Constaba de ciento veinte metros de largo y estaba dotado de tres enormes farolas de corte modernista en cada acera, una especie de obeliscos pintados en blanco y verde con unas luminarias esféricas *art déco* que brillaban en un naranja cálido bajo la noche. Asimismo tenía instaladas otras cuatro farolas de báculo más estrecho interpuestas a lo largo de la barandilla de color verde. La carretera tenía dos carriles en sentido Gros y uno en sentido Parte Vieja, y un carril bici adicional pegado a la acera. En ese momento de la medianoche, el puente estaba a tope de transeúntes que iban de Gros a la Parte Vieja y viceversa: cuadrillas de jóvenes que salían de fiesta, parejas de enamorados que simplemente paseaban a la luz de las farolas, familias en clara retirada o guiris que paraban para sacarse una fotografía con el cubo grande iluminado de fondo. Aitor y Gorka Sánchez se detuvieron junto a una de las farolas pequeñas, justo en el centro de la pasarela.

Aitor sacó su móvil y observó una vez más la foto que Eva y la subinspectora Irurtzun habían conseguido de Koldo Urzelai. Mientras lo hacía, la pantalla mostró una llamada entrante. Era ella, Eva. No dudó ni un instante en atenderla.

—¿Te encuentras bien? ¿Estás herida?

—Aitor, escúchame —le dijo la bióloga con la urgencia incrustada en el tono de voz, mucho más agudo que de costumbre—: hemos encontrado dos cuerpos emparedados en el piso de Gorka Sánchez.

—¿Qué?

Aitor empezó a dibujar la imagen en su cabeza, pero Gorka Sánchez lo interrumpió.

—Si quiere que Koldo se entregue, me temo que va a tener que colgar —le dijo el director del CAR.

—¿Quiénes son, Eva? —preguntó Aitor.

—¡No lo sé! ¡Creo que un hombre y una mujer, pero no puedo decírtelo seguro! —respondió la bióloga.

Aitor sentía la mirada escrutadora de Gorka Sánchez. Si Koldo Urzelai andaba por allí y le veía hablando por teléfono, corrían el riesgo de que desapareciese para siempre. Toda la operación podía irse a la mierda. Tenía que colgar.

—Eva, ahora tengo que dejarte. Llama a Otamendi, cuéntaselo.

—No, Aitor, no sé adónde vas, pero no lo hagas —alcanzó a decir la bióloga—, quédate con Jaime...

Aitor cortó la comunicación con la cabeza hecha un absoluto lío. ¿Qué estaba pasando? ¿De quiénes eran los dos cuerpos encontrados en el piso de Gorka Sánchez? ¿Dos nuevas víctimas de Koldo Urzelai?

«Un hombre y una mujer», le había dicho Eva.

El malestar de Aitor aumentaba a cada segundo. Tenía la boca seca y el efecto de los analgésicos disminuía por momentos, por lo que todo su cuerpo empezaba a emitir gritos de dolor. A la imagen de Koldo Urzelai se le cruzaba en la cabeza la que él era capaz de imaginar de los dos cadáveres emparedados. Observó a Gorka Sánchez una vez más: estaba radiante, apoyado en el barandado, mirando al mar. Una ráfaga de viento le despejó la zona tras la oreja. Aitor, por deformación profesional, detectó una minúscula cicatriz. «Tal vez de un *lifting* facial», pensó. No se llevó una gran sorpresa, estaba claro que el CEO se había sometido a más de una cirugía estética. El forense, que había estudiado Anatomía, Fisiología y Morfología en la universidad, se retó a detectar las intervenciones: le habían retocado el tabique por medio de una rinoplastia, dada una minúscula transición entre el hueso y el cartílago; las orejas habían podido ser objeto de una otoplastia, visto como se introducía la parte superior del hélix; tal vez se había adelgazado la comisura de la boca extirpando las bolas de Bichat, en el músculo masetero, y de esa manera, junto con unos implantes malares, se había logrado la triangulación de la cara; los injertos de pelo eran indudables; ¿y las lentillas?, ¿eran de color?; la ausencia de arrugas a los lados de los ojos podía deberse a una blefaroplastia...

Como si su cerebro fuese una aplicación de envejecimiento facial, fue añadiéndole mentalmente capas a la imagen que había visto de Koldo Urzelai. Operación tras operación, año tras año. El corazón se le empezó a acelerar en el pecho y la sien comenzó a palpitarle con fuerza. Sintió un temblequeo en las piernas.

«¿Los dos cadáveres? Un hombre y una mujer —se dijo—. Hostia».

Gorka Sánchez se dio la vuelta, consciente de que Aitor lo observaba de hito en hito. Levantó la barbilla, como si lo saludase por primera vez. Después sonrió.

«¿Y si uno de los cuerpos es de Gorka Sánchez y el otro de su madre? Entonces, ¿delante de quién estoy?».

Las tripas se le subieron a la garganta y estuvo a punto de vomitar.

El nombre le salió solo de la boca.

—¿Koldo?

CAPÍTULO XLVII

1983

A ojos de Koldo Urzelai, la expresión en la cara de Ainara Madrazo la delataba: Gorka Sánchez y ella habían estado retozando.

—¿Qué es esto? —Koldo empujó a su vecino y entró en la habitación.

—Márchate —le ordenó Gorka Sánchez, agarrándolo del brazo—. Vete, esto no es asunto tuyo.

—¿O sea que yo no puedo hacer un agujero en una pared pero tú te las puedes follar? —le recriminó.

—No es lo mismo.

«Son todos unos falsos y unos mentirosos —pensó Koldo—. Mientras tanto le sacuden al saco de las hostias, que soy yo».

—¿Y a mí cuándo me toca? —dijo, iracundo, volviéndose hacia Ainara—. Tú, ven aquí, zorrita.

Koldo Urzelai se dirigió hacia la jugadora, que, asustada ante la cara de odio de su entrenador, emitió un grito al tiempo que trataba de escapar por encima de la cama. Gorka Sánchez se abalanzó sobre su vecino por la espalda y le soltó, desde atrás, un puñetazo en la cara. El golpe resultó ridículo para alguien que había recibido cientos de ellos a lo largo de su vida. El efecto fue estremecedor, ya que Gorka, al ver la reacción del muchacho, se dio cuenta de que no tenía la capacidad de infligirle dolor a su rival. Pero no era igual desde la otra perspectiva. Koldo se dio la vuelta y sonrió maliciosamente. Tenía los dientes apretados hasta el punto de que los huesos de la mandíbula le sobresalían a los lados de su cara, y el ceño fruncido en mil arrugas formando una sombra en las cuencas de los ojos. Vio el miedo escrito en aquel rostro perfecto y el deseo de destrozarlo se apoderó de él.

Koldo cogió uno de los trofeos que reposaban en la balda sobre el escritorio y se lo estampó a Gorka en la cabeza. El contacto con el canto de mármol provocó que la piel de la frente se desprendiese como una peladura de naranja y la sangre empezó a derramarse en cascada por la cara. El joven, cegado, cayó sobre la cama, ocasión que Koldo aprovechó para echársele encima, copa en mano. Levantó el objeto y golpeó de nuevo la cabeza del joven. Gorka le puso la mano en la cara a su vecino, suplicando que parase, pero este la apartó con parsimonia. No le dejaba ver. Los impactos se sucedieron uno tras otro y fueron hundiéndose en el cráneo, convirtiendo aquel semblante en un amasijo de carne viva, huesos rotos, dientes desperdigados por el suelo y sangre, mucha sangre. A Koldo le pareció un espectáculo fascinante. Los últimos golpes los ejecutó por pura curiosidad, solo por saber cómo reaccionaban las capas subcutáneas hundidas entre los huesos. No todo era rojo: había líquidos más espesos y oscuros fluyendo a borbotones. Un globo ocular se desprendió de la cuenca hasta la altura del párpado, solo sostenido por el nervio óptico. Koldo experimentó una liberación catártica. Sintió como si estuviese rompiendo unas cadenas que le habían estado oprimiendo el cuello hasta entonces. Por fin podía ser un perro malo.

No se había dado cuenta de que Ainara seguía gritando. «Demasiado escándalo», pensó. Menos mal que la lluvia aporreaba con fuerza y que la mayor parte del vecindario había migrado de vacaciones. La chica huyó corriendo escaleras abajo. No podía permitir que escapase, por lo que salió a la carrera tras ella, bajando los escalones de cuatro en cuatro. Por fortuna no se encontró a nadie en la calle. La vio correr hacia el puerto, desorientada. Tenía que cerrarle el paso, evitar que alcanzase el bar; de esa manera la tendría cercada. Así que corrió por la calle paralela en dirección oeste. Debía llegar al cruce antes que ella. Ahora era mucho más rápido que antes. «Gracias, Gorka». Dobló la esquina y bajó por el callejón.

Ella lo vio y, aterrada, fue hacia la explanada del puerto. Gritaba «¡Socorro, socorro!» de manera patética. A Koldo le entró la risa. «Zorras». Le dio caza a la altura del pabellón principal. «¡No, por favor, no, por favor!», gritó Ainara.

—¿No, qué? Si aún no te he hecho nada.

El primer puñetazo en la cara fue para que se estuviese quieta. El segundo fue por puro placer. Los siguientes fueron para quebrarla. Por fin iba a entenderlo. La arrastró a empujones hasta las escaleras del embarcadero. La ría bajaba enfurecida en una crecida de troncos, ramas y escombros. «¿Aquello es un Seat 127?», se preguntó, al ver el morro de un vehículo asomar en la superficie. Ainara aprovechó ese instante para liberarse, pero no había adonde huir, Koldo le cerraba el paso. El cuello de la blusa blanca que asomaba bajo el jersey se había teñido de rojo a causa de la sangre que caía de la boca de la muchacha. Gemía aterrada, suspirando entre lágrimas. Sus miradas se encontraron y Ainara entendió que lo que le venía era más dolor. En un breve espacio de tiempo, el amor de su vida había muerto y ella había quedado en manos de un monstruo. Miró alrededor: no había nadie, las inundaciones habían ahuyentado a todo el mundo. Estaba sola. Koldo empezó a desabrocharse el pantalón. «No. Eso no», pensó la chica. Ainara se dio la vuelta y miró más allá, hacia la Margen Derecha. Soñó con su chalet en Neguri, con Gorka junto a ella.

Saltó.

La crecida la atrapó como si de un tren en marcha se tratase, llevándosela en volandas. Al principio la mantuvo a flote entre el revoltijo de escombros. Ainara sentía objetos golpeándole en las piernas bajo el agua. Tal vez podría llegar a agarrarse a algo. Cuando llegó al espacio abierto que dejaba la península de Zorroza, el Nervión la embistió con toneladas y toneladas de lodo, y la empotró contra los bajos del muelle hasta sepultarla para siempre.

Koldo sintió rabia. Se le había escapado sin poder hacerla suya. Oyó unos gritos al final de la dársena. Parecía que alguien había visto a la chica flotar entre las aguas antes de hundirse. Escapó a la carrera de vuelta a casa. No se encontró a nadie por el camino, mientras la lluvia le limpiaba la sangre de los nudillos. No se había dado cuenta de que Juanan Mabe, a cubierto en una chabola y totalmente puesto hasta arriba de heroína, los había visto correr por la explanada.

Calado hasta los huesos, entró en el piso de los Sánchez sin saber cómo proceder. Para su sorpresa se encontró dos sacos de cemento en la entrada. Unos sollozos de mujer lo pusieron en alerta. Al entrar en la habitación de Gorka vio a Conchi Pinedo acurrucada en una esquina al tiempo que su padre, sentado en la silla del estudio, sostenía un cigarro humeante con una mano. En la otra portaba un martillo. Padre e hijo intercambiaron miradas. No hubo reproches ni gritos. Javier Urzelai se estaba tomando un descanso para lo que venía.

Koldo observó a la mujer. Tenía un ojo morado y no dejaba de mirar a su hijo entre lágrimas. El cuerpo de Gorka movió los dedos y emitió una respiración residual a través de unos orificios nasales parcialmente obturados. La cama era una enorme mancha de sangre.

—Tienes que marcharte. Toma.

Su padre le señaló un montón de documentos sobre la mesa. Koldo los cogió: se trataba de la partida de nacimiento de Gorka, el libro de familia, documentos de identidad de la madre y del hijo, libretas del banco y las escrituras de la casa.

—Coge la ropa de ese —le dijo, señalando el cuerpo tendido en la cama— y vete a Vitoria. Tienen un piso allí. Diles que tu madre se ha tenido que ir a Galicia, que el abuelo está enfermo.

—¿Y luego? —preguntó Koldo.

—Y luego tú sabrás. Aquí no vuelvas.

Le echó un vistazo a Conchi Pinedo. Las pupilas de la mujer estaban dilatadas y le caían los mocos por la nariz. Hizo el amago de decir algo, pero Javier Urzelai blandió el martillo de manera amenazante y la madre ahogó todo su dolor en el fondo de la garganta, aterrorizada. Koldo miró el cuerpo de su vecino.

Qué fácil había sido.

El autobús número quince llegó abarrotado y con mucho retraso. El tren ni siquiera funcionaba. Pagó las cinco pesetas que costaba el billete y subió cargado como una mula al vehículo de carrocería roja y blanca de dos pisos que lucía a los lados la publicidad *Jabón Chimbo.* En una de las maletas iba toda la documentación de los Sánchez que le había dado su padre. Cualquier cosa que pudiese dar una pista del paradero de Gorka o de su madre viajaba con él. Los demás pasajeros del autobús no le prestaron atención alguna. El atasco en el nudo entre Burceña y Zorroza era total, pero todos los presentes miraban en dirección a la ría: la crecida era imparable y se estaba llevando media ribera por el camino. Mejor, cuanto más caos hubiera, más desapercibido pasaría.

Eso fue lo que encontró una hora después en la estación de

autobuses de Garellano: desgobierno. Vio un Talbot Horizon de la Guardia Civil apostado a la salida de la estación y se le hizo un nudo en la garganta. Los agentes llevaban dos capas verdes con banderas españolas a cada lado del cuello y tricornio, y unas metralletas en las manos. Se obligó a serenarse. No lo buscaban a él.

Tardaron cuatro horas en llegar a Vitoria. Atardecía y llovía en la capital alavesa, pero nada comparado con la que había caído en Vizcaya. Buscó el trozo de papel donde había apuntado la dirección: «Calle Puerto de Urkiola, 3.er piso, derecha. Preguntar por Rosario, del 1.º izquierda». Le costó cuatro intentos encontrar a alguien que le indicase el camino y una hora a pie llegar al barrio de Zaramaga, un distrito cuyo aspecto le recordó bastante al de Barakaldo. Allí lo esperaba un bloque de corte racionalista de cuatro pisos, con fachada de ladrillo y portal de aluminio. Tocó el timbre y la voz de una anciana le abrió el portal. Se trataba de una mujer menuda de pelo cano recogido en un moño.

—¿Eres Gorka?

Koldo asintió con la cabeza.

—Josu, el de la inmobiliaria, me ha dado esto para ti. Hay dos copias de cada llave, del portal y de la casa, y una sola del buzón. Si queréis otra, tendréis que pedírsela a él.

La mujer lo acompañó hasta el tercer piso, abrió la puerta y entró en primer lugar en el apartamento.

—Aquí la sala. Aquí el baño. Aquí la cocina y, al fondo, dos habitaciones —le fue enseñando la mujer—. ¿No venía tu madre contigo?

—No, mi abuelo ha enfermado y ha tenido que viajar a Galicia. —Había estado ensayándolo durante el viaje—. Estoy solo.

—Pobre.

La mujer no acertó a seguir con la conversación, por lo que

depositó el manojo de llaves en el taquillón de la entrada y salió del piso.

Koldo se sentó en el sofá. Con la ira en retirada, empezó a sentir el pánico subiéndole desde los dedos de los pies hasta la garganta. ¿Cuánto tardaría la policía en encontrarlo? Si lo detenían, su vida habría acabado. ¿Le podrían aplicar la pena de muerte? «Déjame a mí», le había dicho su padre. ¿Qué significaba aquello? No se engañó, Conchi Pinedo podía darse por muerta y, conociendo a Javier Urzelai, ni iba a ser rápido, ni iba a ser limpio. El borracho le tenía muchas ganas a aquella mujer. Pero eso a Koldo le daba igual. Lo único que le preocupaba era que no la cagase y acabase contándolo todo.

Sobre la mesa había una serie de cartas. Las abrió. La primera era el contrato de alquiler del piso: estaba a nombre de María Concepción Pinedo López. La segunda era de la Caja de Ahorros de Vitoria: confirmaba la apertura de una cuenta con cinco mil pesetas a nombre de Gorka Sánchez Pinedo. La tercera era de la Universidad Pública Vasca: le notificaba el inicio del curso 83-84 el 12 de septiembre, lunes. Algo se removió dentro de él.

Si quería sobrevivir, tenía que mantener el nombre de Gorka Sánchez en activo, provocar que nadie lo echase en falta. Para ello, tenía que asistir a clases de IVEF.

Además, lo deseaba con todo su ser.

Quería aquello. Quería ir a la universidad.

Como Gorka.

Pasó la noche diseñando su plan. Nunca olvidaría aquellas horas en vela porque fue entonces cuando realmente su vida empezó a cambiar. No unas horas antes, cuando le abrió la cabeza a Gorka Sánchez, ni instantes después, cuando Ainara Madrazo saltó a la ría. Su vida cambió de verdad la noche del 26 al 27 de agosto. A la mañana siguiente Koldo Urzelai había vuelto a nacer y una parte de él había empezado a mutar para convertirse en otra persona.

Koldo era consciente de que partía en clara desventaja respecto a sus compañeros de carrera. A diferencia de Gorka, él no era un superdeportista. Uno de los mayores retos a los que se iba a enfrentar eran las clases de natación, disciplina en la que era un negado. Eso y las asignaturas teóricas, donde acumulaba dos años de retraso académico. Para ponerse al día se hizo un fijo en la biblioteca de la Escuela de Artes y Oficios, en la que pasaba horas estudiando anatomía.

Fue al asistir a las piscinas municipales de Mendizorra donde, sin buscarlo, encontró la solución a otro de sus grandes retos: conseguir documentación a nombre de Gorka con su cara en ella.

Para poder inscribirse en los cursillos de natación necesitaba un carnet de usuario del polideportivo, y ese documento debía obtenerlo en el ayuntamiento. Para su sorpresa, no le pusieron ni una sola pega. Al cabo de un mes tenía en su poder un certificado de empadronamiento, un carnet de la universidad, otro de la biblioteca y uno del polideportivo. Todos a nombre de Gorka Sánchez y todos acompañados por su rostro en las fotografías.

Una tarde, una patrulla de la Policía Nacional le dio el alto y él sacó a relucir todos sus documentos. El agente lo amenazó con detenerlo si en la próxima ocasión no presentaba un DNI en regla.

Aquella era la prueba del algodón. Vivir o morir.

Así que al día siguiente se plantó en las dependencias policiales con una fotografía de carnet, el certificado de empadronamiento expedido por el Ayuntamiento de Vitoria y la partida de nacimiento, así como con el libro de familia de Gorka Sánchez. Veinte minutos después salía con su fotografía pegada al lado de sus huellas dactilares y el nombre «Gorka Sánchez Pinedo» impreso en el cartón azul plastificado del documento nacional de identidad.

En aquel curso lectivo de 83-84 Koldo Urzelai obtuvo el peor expediente de su clase, una manada de machos alfa que competían hasta para ir al baño. Los dividió en dos grupos: los psicomotores (la mayoría provenía de la galaxia del atletismo) y los sociomotores (procedentes, sobre todo, del planeta fútbol). Eran estos últimos quienes le recordaban a Gorka Sánchez. Aquella competencia lo ayudó a ser invisible, dado que él no suponía una amenaza en aquella lucha de egos. No le importó ser el peor, su progresión era evidente, y a diferencia del resto, él había sellado su compromiso con sangre. Tan solo era cuestión de tiempo que se convirtiera en el número uno.

1984

Koldo había seguido con interés la búsqueda de los cadáveres desaparecidos durante las inundaciones y había llegado, por medio de la hemeroteca, a un artículo en el que se mencionaba la versión de un toxicómano que el día de autos había visto a Ainara Madrazo huir de un hombre. Según la noticia, la policía no daba pábulo al testigo, pero empezó a temer que la cabeza agujereada por las drogas de Juanan Mabe recobrase momentáneamente la cordura y pusiese su cara en primer plano. No podía permitirse ese riesgo.

Viajó de vuelta a Barakaldo por primera vez en dos años, con una bolsita de heroína adquirida en la calle Cuchillería del Casco Viejo de Vitoria. Pese a no tener carnet de conducir, había comprado un destartalado Renault 5 en el desguace. Bajó a Burceña y merodeó por el barrio durante dos días, durmiendo en el coche. Juanan Mabe solía volver a casa sobre las diez de la noche, para cenar, tras pasar el día en Proyecto Hombre. Lo interceptó en el puerto y lo arrastró a un callejón sin que el yonqui ofreciese mucha resistencia. Le inyectó una dosis capaz de matar a un rinoceronte y lo dejó allí tirado. Satisfecho, volvió a su piso de Zaramaga esa misma noche.

1985

El problema del dinero lo solucionó gracias a Purificación, la Pura, una veterana prostituta habitual del lumpen que poblaba los polígonos de Gamarra. Koldo llevaba un tiempo pergeñando la idea de vender el piso de Burceña, pero para eso necesitaba la presencia de Conchi Pinedo, la madre de Gorka, cuestión harto complicada dado que la última vez que la vio se encontraba a punto de ser ejecutada por su padre.

Por eso necesitaba a la Pura.

Armó su historia de cara a la prostituta con grandes dosis de verdad: el padre alcohólico, el maltrato, la madre huida, la infancia desdichada..., y acto seguido le hizo una propuesta: podrían vender el piso de Burceña por medio millón de pesetas y, si le ayudaba a hacerlo, estaba dispuesto a darle a Pura una parte. Ochenta mil, ofreció él. Ciento cincuenta mil, pidió ella. Cerraron el acuerdo en cien mil pesetas. Con esa cantidad Pura podría retirarse y Koldo podría acabar la licenciatura sin tener que preocuparse por el dinero.

Su vecina Rosario se alegró al ver a la supuesta madre de Gorka de vuelta para atender a su hijo. Hicieron el paripé del reencuentro y acudieron a la Caja de Ahorros de Vitoria con el fin de añadir a Koldo como titular de la cuenta materna. No les pusieron pega alguna, la Pura era una gran actriz y Koldo se había convertido en uno más del barrio.

Un mes después el agente inmobiliario les trasladó una oferta: cuatrocientas mil pesetas. Era una mala venta y Koldo lo sabía, pero dudaba de cuánto tiempo podrían mantener aquella farsa, por lo que aceptó.

Lo que Pura no sabía es que a Koldo le venía mejor una madre muerta que una a la fuga, por lo que, esa misma noche de celebración, vertió en el cava que había comprado en la tienda de ultramarinos, una generosa dosis de somníferos que le había sustraído a su vecina Rosario. Tras practicar sexo, Koldo le inyectó a la prostituta una ampolla entera de insulina, lo que provocó una bajada dramática en la tensión de la mujer, dejándola al borde del coma. Toda la información sobre los efectos del medicamento los había adquirido en la biblioteca de la Escuela de Artes y Oficios, que se había convertido en su lugar favorito de Vitoria.

Después comenzó a trocear el cuerpo con una rotaflex que había comprado en la ferretería. «Ñapas en casa», le dijo sonriente al encargado del comercio. Comenzó por el brazo derecho, pero pronto la sangre empezó a salir disparada, salpicando en mil direcciones, incluida su cara. Koldo se dio cuenta de que la cortina de la ducha no iba a ser suficiente para evitar pringarlo todo, por lo que invirtió una hora en montar una especie de toldo con toallas tapando la bañera, con el objetivo de contener las salpicaduras. Justo antes de reanudar la tarea, reconoció la cabeza del húmero asomando del corte que había realizado sobre la axila, entre los pliegues de piel. «Las horas de anatomía dan sus frutos», admitió orgulloso.

Pura aún respiraba cuando separó la pierna derecha de la ingle. Los ojos de la prostituta se movían sin enfocar a nada en concreto. A Koldo ese estado entre la vida y la muerte le pareció fascinante. Pensó en todas las cosas que dejaban de tener importancia en ese momento: los problemas mundanos, las emociones... Lo que fuera que Purificación hubiese sido o querido ser ya no contaba, su participación en el juego finalizaba allí. La bañera contenía ya como unos tres centímetros de sangre. El olor era dulce, pero se envenenaba rápidamente, como los alimentos que se pudrían con rapidez, irritándole las fosas nasales.

—Lo estás haciendo muy bien, Pura.

1992

Los Juegos Olímpicos de Barcelona supusieron una inyección generalizada de fondos en las federaciones. Al calor del éxito de las Olimpiadas se habían construido en Vitoria dos nuevos polideportivos y el Gobierno Vasco tenía previstos diversos programas para impulsar la práctica del deporte en la sociedad vasca, por lo que las asociaciones deportivas se congratulaban al ver engordar sus presupuestos.

Koldo ya había aprendido al acabar la carrera, cuatro años atrás, durante el proceso de selección del máster de gestión deportiva, que era mejor no dejar nada en manos del azar, por lo que se había infiltrado en secretaria y había traspapelado un par de solicitudes. Aquella fue la primera vez en la que decidió disociar los actos de Koldo respecto a los de Gorka, por lo que se escribió una nota «anónima» y la depositó en el buzón, haciendo constar su fechoría. Sintió que era la manera de que una mano no viese lo que hacía la otra, de separar al hombre de su *alter ego*.

La Federación Alavesa de Atletismo buscaba un secretario y

pese a que él era el más joven de todos los candidatos y el que gozaba de menos experiencia, no le costó acceder al puesto. Tan solo requirió, como hasta entonces, de paciencia. Primero, para conocer el domicilio del presidente de la federación; después, para seguirle allá donde él fuera. Y, oh sorpresa, un día acabaron en Gamarra, cerca del desguace. Koldo conocía el lugar. Con una fotografía sacada de estraperlo, sin *flash*, y un anónimo, bastó para convencer al consejo de administración de su contratación.

Por segunda vez, Koldo hizo una copia de la instantánea y se la metió en el buzón, con la ilusión de sorprender a Gorka, convirtiéndose así en el salvaguarda en la sombra de los intereses de su amigo.

O de sí mismo.

O de ambos.

1996

Koldo había conseguido el ático en cuya terraza se encontraba por medio de un promotor inmobiliario. Se trataba de un bloque de viviendas de protección oficial ubicado en el nuevo barrio de Zabalgana, pero él no tuvo que participar en el sorteo, tan solo tuvo que tocar unos hilos como quien toca el arpa. Se presentó en unas oficinas y eligió un flamante último piso con terraza, garaje y trastero. Aquel día el cielo estaba completamente despejado y una columna de grúas se levantaba en el horizonte. Vitoria se expandía y ese nuevo porvenir le pertenecía.

Poco quedaba de aquel chico rechoncho que había aterrizado en Vitoria hacía ya trece años. No quedaba un gramo de grasa en su cuerpo (su índice de masa corporal era de diecinueve), cincelado a base de una estricta dieta y un régimen innegociable de entrenamientos. El cuidado de su imagen se había convertido en una obsesión: cada mañana, Koldo se sometía a un ritual de aplicación de protector solar 50 (el deporte oxidaba la piel) y otra dosis de sérum facial con un compuesto de vitamina C al acostarse. De mayo a septiembre tomaba unas pastillas de *Polypodium leucotomos* con efecto antioxidante. Asimismo, para evitar que la luz visible y los infrarrojos impactasen en el rostro, Koldo llevaba gorra siempre que podía. Siendo su fototipo oscuro de por sí, su piel pronto empezó a agradecer los cuidados, y fue adquiriendo un tono más pálido y una tersura envidiable.

Para aquel entonces ya se había hecho implantes dentales en toda la boca, procedimiento que le había costado un millón de pesetas, pero que pagó con total convencimiento (estaba harto de los blanqueadores). Ahora su sonrisa era perfecta, la llave de muchas de las puertas que pensaba seguir abriendo.

De cara al año siguiente tenía concertada una cita en Madrid, en una de las clínicas de cirugía estética más prestigiosas de España, donde se retocaría la nariz. No pensaba caer en la tentación de hacerse nada demasiado llamativo, tan solo se estrecharía un poco el puente, algo fino. Sabía que no sería la última mejora. No pararía hasta fagocitar el aspecto que su querido Gorka hubiese tenido pasada la treintena.

Pero algo le impedía estar del todo satisfecho. A pesar de su éxito, llevaba un tiempo sintiendo un cosquilleo en las extremidades, como si le hubiesen amputado un brazo y aun así le picase. Allí, sentado en su veranda, mojando su bolsita de té, sabía que el trabajo que había dejado en Burceña estaba inconcluso. Unos rostros burlones quebrantaban su paz de manera constante. Ainara, Laura, Marta. Recordó cómo se burlaban de él a sus espaldas. Ellas le delataron.

La mano empezó a temblarle de pura rabia.

2020

Veinte años más tarde, Koldo Urzelai había hollado la cima de su carrera laboral con la consecución del puesto de director del CAR Euskadi. Alcanzar esa posición le había costado un par de mordidas y la inestimable ayuda de los contactos de su flamante esposa, Gemma Díaz, con quien llevaba casi una década casado. Nada más conocerla supo que estaba peor de la cabeza que él y ni aun así compartió su otra vida con ella.

Tenía cincuenta y cinco años, y sentía que el tiempo había volado, que fue ayer cuando llegó a Vitoria cargado con dos maletas que no le pertenecían. Había sido un camino largo y difícil, pero como todas las grandes historias de superación, había estado salpicado por grandes momentos.

Dos de sus mejores recuerdos se los debía a Marta Basabe y a Laura Cardoso.

A la primera la encontró en 1996 al poco de proponérselo. Vivía en Barakaldo, tenía pareja y resultó que era aficionada a las setas. Fue por ahí por donde atacó. Preparó una cesta idéntica a la que su exjugadora usaba y mezcló un puñado de *Amanitas phalloides* (altamente venenosas) entre las *Russula virescens* (comestibles), condujo hasta la Reineta, paró en un local repleto de ciclistas y paseantes y esperó a que Marta llegase para tomar el *hamaiketako* («almuerzo»). Dar el cambiazo fue cosa de un visto y no visto. El resto fue esperar a que la toxicología hiciese su trabajo. Koldo esperó como el niño que espera a que llegue la Navidad.

Cuando las muertes de Marta y su marido fueron confirmadas, envió un correo electrónico desde la cuenta de Koldo Urzelai a la de Gorka Sánchez. Como aún no las tenía todas consigo con las tecnologías y dudaba de si pudieran rastrearlo, decidió enviar el *e-mail* desde un cibercafé de Barakaldo.

Lo de Laura Cardoso resultó más sencillo si cabe. Fue en 2010 y tan solo supuso darle el empujón que la chica necesitaba. Un leve empellón hacia un colchón de uva putrefacta y en cuestión de segundos la que fuera su pupila yacía muerta sin entender nada de lo que había pasado. Esa vez pudo mirarla a los ojos a través de las lentes de su máscara de filtros intercambiables. Nada quedaba de la belleza voluptuosa de aquella adolescente a la que espiaba en las duchas. Pese a todo, el espectáculo de verla hundirse en mosto tóxico le pareció glorioso. Acto seguido viajó hasta Barakaldo y le envío el protocolario correo a Gorka. El cibercafé había cambiado de manos y se había convertido en un locutorio, pero le valía igual. Tiempo después también ese negocio cerraría, y se vería obligado a enviar sus últimos mensajes desde el ordenador de casa de su padre, mientras dormía la mona. Cuando llegó a Vitoria al anochecer abrió una botella de vino de la misma bodega de la que Laura era enóloga.

Por el camino, Koldo se había hecho implantes de pelo en Turquía, se había inyectado relleno en los pómulos, se había estilizado la comisuras de los labios, se había realizado un *lifting* facial y se había estirado la piel en la zona de los ojos.

Quién le iba a decir, tras todas las dificultades superadas, que sería la maldita Izaro Arakama la que acabaría llevando a Jaime Otamendi y a Aitor Intxaurraga hasta su puerta. Él, que se había cruzado Aralar para transportar el cuerpo de la montañera lejos del CAR. Él, que pensaba que lo había dejado todo atado y bien atado, se encontraba con aquellos dos hombres husmeando en la puerta de su casa.

Y eso que, en aras de gozar siempre de una coartada, Koldo había invertido su escaso tiempo libre en encontrar la manera de desplazarse de Vitoria a Aralar sin ser visto. Descubrió que podía salir de la capital por la carretera N-240 en dirección a

Eskoriatza, alejado de las cámaras de tráfico y de los radares. Una vez en Oñati, podía recorrer la ruta Aizkorri-Aralar en su moto de *cross* Honda CRF450R, ideal para el terreno. También compró una moto de nieve en una aplicación de móvil de venta de segunda mano y adquirió dos bordas en cada punto de su ruta: una en las campas de Urbia y la otra cerca de Ausa Gaztelu. De aquella manera Koldo podía estar en dos sitios a la vez.

Fue así como trató de quitar a Aitor de en medio, pero lo sorprendió la capacidad del médico forense de agarrarse a la vida, digna de una garrapata. En ese momento fue consciente de que, tarde o temprano, aparecería una grieta en su entramado de subterfugios y ubicuidades.

Lo iban a atrapar.

La idea de haber llegado al final del camino lo bañó en lucidez y decidió que sería él quien llevaría la iniciativa de los acontecimientos. No iba a permitirle a Jaime Otamendi escribir su final. Era el momento de colgar las botas y convertirse en una leyenda, alguien de quien la gente hablaría hasta después de muerto. Le tocaba recoger los frutos de su trabajo, erigirse en mito, como los grandes deportistas a los que admiraba. Pronunciaría su ansiado discurso en la Gala del Deporte Vasco y se entregaría.

Pero antes, levantaría su último trofeo. Le haría daño a Otamendi por medio de sus seres queridos; le arrebataría lo más parecido que tenía a un hijo:

Aitor Intxaurraga.

CAPÍTULO XLVIII

Domingo, 23 de febrero de 2020
Puente del Kursaal, San Sebastián
0:20

—«Chissst».

El director del CAR se llevó el dedo índice a los labios. Acto seguido se abrió ligeramente la chaqueta del esmoquin. En el bolsillo interior, Aitor vio la culata de una pistola. Nunca pensó que lamentaría tanto haber desvelado un acertijo. «El *software* de reconocimiento facial no lo ha reconocido porque tiene toda la cara reconstruida», entendió. Hizo una panorámica del puente con la mirada. Estaba rodeado de personas, todas desconocidas. Estaba solo porque así lo había decidido.

—Tengo permiso de armas, todo legal —le explicó Koldo—. Se la compré a un agente que se jubilaba; les revocan la licencia y suelen vendérselas entre ellos, pero como le conocía me hizo un buen precio. Funciona a la perfección, créeme. La he llevado conmigo toda la mañana, en el abrigo, mientras acompañábamos a los berrozis en el registro del Kursaal. Cuando han acabado, la he dejado en el armario. ¿Sabes por qué no me han registrado, Aitor? —le preguntó de manera retórica—. Porque soy parte del sistema. Pero no soy uno más, ahora soy mejor que la mayoría de vosotros. Has escuchado mi discurso,

¿verdad? Tú estabas allí aplaudiéndome. ¿Qué te ha parecido, te ha gustado?

—Todos somos parte de una estructura social —le replicó Aitor, más preocupado por conseguir ayuda que por filosofar—, hasta que decidimos salirnos de ella.

—Noooo. —Koldo Urzelai alargó la «o» tanto como pudo—. Fui yo quien entró por la fuerza en vuestro hábitat. Si llego a seguir mi sino, habría acabado en una cuneta.

«¿Qué estamos haciendo aquí? ¿Qué quiere? —se preguntó Aitor—. Es Koldo. El puto Koldo Urzelai es Gorka Sánchez». La cabeza le iba a mil revoluciones por minuto. «Él mató a Izaro». Estaba a dos metros de él, junto a la barandilla de piedra. Demasiado lejos para abalanzarse sobre él, demasiado cerca para huir.

—Mantente ahí, a esa distancia, Dios no quiera que se te ocurra hacer alguna estupidez —le dijo el director del CAR, como si le hubiese leído el pensamiento.

«¿Qué quiere este cabrón? ¿Qué quiere?». De lo que Aitor estaba seguro era de que Koldo iba por delante de ellos. Lo que sea que fuese a hacer ya estaba decidido. «Pregúntaselo».

—¿Y ahora qué, Koldo? —le soltó Aitor—. Se supone que me tenías que pedir perdón, ¿es eso? ¿Para eso estamos aquí?

El hombre emitió una risa floja, como si le hubiesen contado un chiste malo. Sus ojos no paraban de vigilar cada cara que se cruzaba con ellos. Chasqueó la lengua y ladeó la cabeza como quien lamenta faltar a la palabra dada. Aitor ojeó fugazmente el puente en busca de ayuda. Vio a Llarena en el cruce del paseo de Salamanca con la calle Reina Regente, junto al semáforo. Se lo veía desesperado, sin saber cómo actuar.

El inspector Otamendi se encontraba en el otro extremo, a unos cincuenta metros de Aitor. Se había agenciado unos prismáticos y le estaba costando horrores mantener al forense y al director del CAR en plano; había demasiadas caras cruzándose constantemente. Necesitaba oír esa conversación y en esas estaba cuando su teléfono móvil empezó a sonar: era Eva.

—Ey, ¿cómo estás? —preguntó el inspector sin apartar la vista de Aitor y Gorka Sánchez.

—Estamos bien. Bueno, Silvia se ha llevado la peor parte...

—La verdad es que no me pillas en buen momento —la interrumpió el ertzaina—. Te llamo luego, ¿vale?

—No, espera —intervino la bióloga—. Te llamo por algo muy importante: hemos encontrado dos cuerpos ocultos en una pared del piso de los Sánchez.

El inspector tardó un poco en digerir lo que acababa de escuchar.

—Eva, ¿qué cojones me estás contando?

—Lo que oyes. Aitor lo sabe —confirmó la joven—. Hay dos cuerpos emparedados en la casa de Gorka Sánchez. Todo hace indicar que murieron de forma violenta y, por lo que dicen los de la Científica, parecen un hombre joven y una mujer madura.

Jaime Otamendi suspiró: no entendía nada de lo que estaba pasando.

—Ramírez, ¿has oído eso? —dijo sin bajar el teléfono.

—Recibido, sí —respondió el comisario—. Estamos tan desconcertados como tú.

«Pues yo estoy a punto de enloquecer».

—Eva, ¿sigues ahí? —preguntó el inspector.

—Sí, estoy aquí.

—¿Algo más?

—Por el momento, no —respondió la bióloga—. Juantxu está conmigo. Si descubrimos algo, lo que sea, os lo haremos saber. Jaime.

—¿Sí?

—¿Cómo está Aitor? ¿No crees que es mejor dejarlo? Están pasando demasiadas cosas que no comprendemos —sugirió Eva, con un evidente tono de preocupación.

—Estoy totalmente de acuerdo contigo. Ahora tengo que dejarte, ¿vale? Cualquier cosa nos informáis.

Jaime Otamendi levantó sus prismáticos. Aitor y Gorka Sánchez estaban manteniendo una conversación fluida. «Maldita sea, ¿de qué demonios están hablando esos dos?». Dos cadáveres sellados en una pared... Pero ¿qué significaba aquello? ¿Era Gorka Sánchez el causante de aquellas muertes?

—¿Tenemos audio? —preguntó el inspector por el pinganillo—. ¿Alguien me puede decir de qué coño están hablando?

—Negativo —dijo una voz desde el centro de mando. Era Julián Almandoz—. Me dicen que hay demasiado ruido ambiente.

—La madre que me parió —maldijo el inspector—. Atentos a cualquier varón cerca de los sesenta años, de uno ochenta de estatura, que se acerque por esa acera hacia ellos, ¿me oís? Si se para alguien ahí, lo detenemos automáticamente. ¿Gómez, Llarena, me copiáis?

Gómez se encontraba cruzando la carretera, en la misma acera que Aitor y Gorka Sánchez. Se trataba del lado más atractivo en cuanto a las vistas se refería, ya que daba al mar, y por lo tanto había una diferencia abismal de volumen de tránsito respecto a la acera de enfrente. Los peatones caminaban ufanos, ajenos al peligro. Las voces en el pinganillo se le solapaban en un ir y venir de órdenes nerviosas. ¿Qué se supone que debían hacer? No tenía una visión clara de Aitor y aquello no le gustaba nada. Avanzó unos pasos, saltándose la limitación impuesta en el *e-mail* de Koldo.

—Ramírez, vamos a dejar esta mierda —le dijo Otamendi al comisario—. Esto es ingobernable. ¿Y si uno de los cadáveres es el de Koldo Urzelai y el maldito Gorka Sánchez se lo está inventando todo? ¡Tenemos a nuestro hombre ahí plantado frente a un posible homicida!

En el Kursaal, en la sala de realización, el comisario Ramírez se mantenía de pie frente a las imágenes de diez monitores diferentes. Pese a que el habitáculo estaba bien acondicionado, la camisa del hombre estaba empapada de sudor. Miró a Julián Almandoz, que se paseaba ocupando mucho espacio, con los brazos separados como un cruasán.

—Tenemos el puente controlado —dijo el berrozi—. Si alguien hace un movimiento en falso, lo interceptaremos.

—Controlado, mis pelotas —replicó el comisario Ramírez, alejando el micrófono de la boca.

—Esperemos —dijo el jefe de Berrozi.

—Lupiola, ¿cómo va el programa de identificación facial? —preguntó el comisario.

—No ha detectado nada, pero las condiciones de luz no son las mejores.

La Ertzaintza había instalado en tiempo récord un equipo con varias cámaras sobre una de las azoteas de los edificios adyacentes y enviaban la señal al terminal de Asier Lupiola, en busca de un *match* que identificase a Koldo Urzelai. El algoritmo leía los ángulos faciales de los transeúntes de manera frenética; el problema era que, siendo de noche, la precisión del programa perdía efectividad de manera considerable y el tumulto tampoco ayudaba en demasía.

En el puente, una brisa proveniente del mar los golpeaba de frente. Aitor trató de establecer contacto visual con Llarena. La voz de Koldo Urzelai reclamó su atención.

—No quiero escapar, Aitor —le dijo el director—. Solo quiero culminar mi obra. Y, por cierto, dile a Gómez que retroceda o le pego un tiro al niño ese que viene con un globo.

El director del CAR se llevó la mano al pecho, palmeando la zona donde reposaba el arma. Aitor vio a una familia aproximarse hacia ellos: padre, madre y un niño con un globo de helio con la forma de Peppa Pig. El forense se volvió hacia Gómez. Se estaba aproximando a ellos; le hizo un gesto con la mano para que se detuviera. El ertzaina, sorprendido, dio unos pasos hacia atrás con reticencia, de vuelta al comienzo del viaducto.

—Que te quede claro. Si haces un mal gesto, si intentas huir, lo que sea —le advirtió Koldo—, voy a disparar indiscriminadamente poniéndole especial atención en tus amigos. Veo a la una a Otamendi, a las doce a Gómez y a las seis a Llarena. ¿Cuántas personas crees que me puedo llevar por delante antes de que los berrozis me vuelen la cabeza? Pues, a menos que te estés quieto, esas son las muertes con las que cargará tu conciencia.

—¿Qué cojones está pasando? —preguntó el inspector Otamendi a través del pinganillo—. ¿Alguien oye algo?

El policía seguía tratando de entender lo de los cadáveres. ¿Quiénes faltaban en la ecuación? ¿Koldo Urzelai y quién más?

—Negativo —respondió Llarena, desde la otra orilla—. Y tengo una visión nula. Hay demasiada gente entre medias.

El Kursaal cambiaba de color a intervalos de cinco minutos, fundiéndose de blanco a verde y de verde a rojo.

—¿Qué pasó con Izaro? —preguntó Aitor.

—Aquella mujer... —El CEO levantó la vista al cielo, recordando—. Enredó a Ryan Cisneros para que sacase viales de CHOP 34 del centro, lo que lo comprometía a él y a nosotros. Al cabo de un tiempo, pareció que el asunto se había acabado, pero la zorra volvió después de unos meses —Koldo Urzelai se encogió de hombros—, así que tuve que intervenir.

—Eres consciente de que has dejado a dos niños sin su madre, ¿verdad? —le preguntó el forense.

—Bueno, bueno. Tampoco es eso. —Koldo hizo un aspaviento con la mano, quitándole importancia—. Fue esa mujer la que se empeñó en quitarse de en medio.

—¿Cómo la transportaste hasta San Miguel de Aralar?

—Moto de nieve y GPS.

Sonaba todo tan sencillo, tan simple en boca del autor...

—Eso no es lo importante, Aitor. Lo mollar, lo que necesito que entiendas es lo que va a pasar a partir de mañana. —Koldo apretaba, en un gesto muy italiano, ambos pulgares contra los respectivos dedos índices y corazón.

«¿Y si lo empujo al mar?», pensó Aitor. Estaba lejísimos. Para cuando lo alcanzase le habría disparado. Tenía que decirle a Otamendi que él era Koldo, pero ¿cómo? Solo le prestaba atención a él: cualquier gesto, señal, lo que fuera, detonaría una masacre. La desesperación empezó a carcomerlo, lo único que Aitor quería era irse de allí.

—Voy a ingresar en prisión y se va a montar un revuelo mediático enorme. Los medios se van a tirar..., ¿cuánto dirías?, ¿años?, ¿décadas?, hablando de mí y de lo que ha pasado esta noche; me llamarán asesino, monstruo, psicópata...

«Con toda la razón», pensó Aitor. Por el rabillo del ojo vio una furgoneta de la Ertzaintza aparcada en la perpendicular a la avenida de la Zurriola. Comprobó que a la altura del Hotel María Cristina sucedía lo mismo con otras dos furgonetas. Estaban esperando a Koldo Urzelai. Lo que no sabían es que lo habían tenido delante de sus narices todo ese tiempo.

—Pero lo mejor vendrá después —puntualizó el director—. Cuando empiecen a llegar las cartas de los admiradores. Porque llegarán. Te podría nombrar al menos a cuatro asesinos confesos con club de fans. Todo esto tiene nombre: se llama *hibristofilia,* una adoración por aquellas personas que han cometido un crimen. Ya, ya sé. No te lo crees. Pero va a pasar. Escucha: voy a negociar todo tipo de beneficios penitenciarios a cambio de información, y, créeme, tengo mucho con lo que comerciar. Voy a disfrutar de celda individual y de permisos, voy a publicar mis memorias. Es la historia de un éxito. Un día, puede que dentro de tres, cuatro o cinco años, algún medio de comunicación se dará cuenta de que es rentable hacerme una entrevista. Porque ese es el sistema en el que vivimos.

—Cuento al menos cuatro personas —le interrumpió Aitor, sin ningún interés por las divagaciones de aquel psicópata. A él le importaba saber el reguero de muertos que había dejado a su paso—. Ainara, Laura, Marta e Izaro. ¿Qué pasó con Kepa?

—Con ese no fui yo —negó el director, tajantemente—. El marica venía jodido de serie.

Se había alterado. Aitor supuso que cuarenta años fingiendo ser alguien que no eres hacen que te apetezca hablar de ello. La luz del Kursaal se tiñó de rojo, arrojando un velo carmín sobre todos ellos.

—¿Quién más? ¿Cuántos más? —le preguntó Aitor.

«Piensa, Aitor, piensa. Tienes que acercarte como sea».

—No tan deprisa, déjame explicarme. —Koldo Urzelai tenía un segundo discurso que soltar y no iba a desperdiciar la ocasión—. Os dicen que seáis buenas personas, que trabajéis en equipo, que tengáis respeto por el prójimo. Os dicen eso para que seáis dóciles. Ellos, Aitor. —Koldo señaló en dirección al Kursaal, en referencia a los invitados—. Los conozco bien. Pero la verdad es otra. La verdad es que si quieres llegar a algo, tienes que pisarle el cuello al compañero. No hay más. Todos y cada uno de los deportistas de élite que han triunfado de verdad son malas personas. Sociópatas de manual. Yo he sido el peor y mira cómo me ha ido. ¿Qué me dices de mi discurso? Cuando esto pase, ¿cuántas visualizaciones crees que alcanzará en redes? ¿Cuánto crees que tardarán en publicar mis memorias? ¿En hacer una serie sobre mí?

—¿Ese ha sido tu plan todo este tiempo? ¿Hacerte famoso?

—Pues la verdad es que no lo era —respondió Koldo con sinceridad—. Pero lo vi claro cuando, inesperadamente, llamasteis a mi puerta. Entendí que tarde o temprano mi historia saldría a la luz, así que he decidido ser yo quien marque los tiempos.

—¿Y qué pinto yo en todo esto?

Nada más formular la pregunta, la respuesta vino a Aitor como un bumerán.

«Mierda».

Él era la guinda al pastel de muertes que estaba preparando Koldo Urzelai. Iba a matarlo a él. Iba a matarlo y se iba a entregar. Allí, en medio de Donosti, a la vista de todo el mundo. Según esa cabeza podrida, esa era la manera de acabar por todo lo alto, de que lo recordaran. Aitor lo entendió con claridad: estaba solo. Y, sorprendentemente, aquello le proporcionó lucidez. O más bien lo hizo resignarse. No había escapatoria posible. «De acuerdo, entonces, ¿qué?». Necesitaba llevarse la mano derecha al bolsillo del pantalón de manera natural, de forma que Koldo no sospechase nada. Y después necesitaba acercarse a él. «Joder, está demasiado lejos. Qué manera de mierda de morir, como el puto trofeo de un tarado». Estuvo a punto de que se le saltasen las lágrimas.

«Joder. Joder. Joder».

Un sabor metalizado le brotó en la lengua: adrenalina o ansiedad. O ambas. «Métete la mano en el bolsillo, ahora, ya». Lo hizo. Introdujo la derecha en el bolsillo del pantalón y sintió entre sus dedos la jeringuilla con forma de bolígrafo que le había regalado Eva. Koldo Urzelai no se había percatado del movimiento, tan centrado como estaba en sí mismo. Seguía estando demasiado alejado. ¿Cuánto tardaría el director en sacar el arma? ¿Un segundo? ¿Dos?

Jaime Otamendi se había acercado por la otra acera. Estaba a unos veinte metros.

—Asier, ¿tenemos algo? —le preguntó el inspector al informático.

—Negativo, Jaime —respondió este, totalmente frustrado.

—Tengo apostado a un equipo de francotiradores en la azotea del Kursaal —le informó Julián Almandoz.

—Eso sería genial si supiésemos a quién le tenemos que disparar, *nagusi* —le recriminó el inspector, mientras alzaba la vista hacia el Palacio de Congresos, en busca de los berrozis.

Le sonó el móvil. Se trataba de Eva otra vez. Lo cogió.

—¡Jaime, Gorka Sánchez está muerto! ¿Me oyes? —La voz de Eva tenía un registro irreconocible, una mezcla de urgencia agónica—. ¡Uno de los cadáveres es el de Gorka Sánchez!

—¿Qué me estás contando, Eva?

—Estoy segura, Jaime, tienes que creerme —le suplicó la bióloga—. He estado pensando: a Koldo Urzelai lo echaron del colegio el mismo día que murió Ainara Madrazo. ¿Y si de verdad huía de alguien? ¿De dónde podía venir? De casa de los Sánchez. Allí, Koldo se enfrentó a Gorka y lo mató. Después hizo lo mismo con la madre. ¡Ese que está ahí con Aitor no es Gorka Sánchez!

—Pero, entonces, ¿quién...?

Jaime Otamendi dejó caer el móvil al suelo. La pantalla del teléfono se resquebrajó en una grieta de brazos infinitos. El inspector salió a la carrera mientras desenfundaba su pistola. No veía a Aitor. Una ráfaga de personas se cruzaba en la otra acera.

Gómez vio a su superior echarse a la carretera. No entendía lo que sucedía, pero le dio igual, cogería a Aitor y se lo llevaría de allí. Las explicaciones ya las dejaría para después.

La vista se despejó y Jaime Otamendi vio claramente cómo Koldo se llevaba la mano al interior de la chaqueta del esmoquin. No iba a llegar a tiempo. Dispararía al aire y focalizaría la atención en él. El comisario había escuchado también la conversación con Eva y se desgañitaba desde la sala de control. Las órdenes se rompían a través del intercomunicador a grito pelado:

—¡El sospechoso es Gorka Sánchez! Repito: Gorka Sánchez. ¡Orden de detención inmediata para Gorka Sánchez!

—¡No tenemos ángulo de disparo! —aullaban los francotiradores.

Julián Almandoz pronunciaba órdenes incomprensibles a los suyos mientras una horda de policías salía a la carrera del interior de las furgonetas aparcadas a ambos lados del río Urumea. Otamendi intuyó a Gómez avanzando a zancadas por su derecha, quitándose a los transeúntes de en medio a empellones, como en una carrera de *rugby* en pos del ensayo. El inspector retiró el seguro de su semiautomática, justo encima de la empuñadura. Pisó la acera sin mirar a ninguna otra parte, a un par de metros de ellos. No vio al ciclista que venía por su izquierda. El inspector sintió la embestida en la cadera. El corredor, frenando en seco con la rueda delantera, salió despedido por el aire. Jaime Otamendi rodó por el suelo y perdió el arma.

El golpe levantó un gran revuelo. Se oyeron gritos asustados. Koldo Urzelai se puso en guardia e, inevitablemente, se giró hacia el lugar del suceso. Vio al inspector Otamendi en el suelo, atropellado. Miró de frente y se topó con el agente Gómez avanzando en su dirección. Sacó la pistola, dispuesto a ejecutar su plan.

El director del CAR tardó no dos, sino tres segundos en extraer el arma. El intervalo de tiempo justo para que Aitor se abalanzase sobre él. Porque después de haber pasado una noche en la sierra de Aralar, no era miedo lo que sentía. Era una especie de asunción de los hechos. Tenía que enfrentarse a aquello. El lapso abierto por Otamendi le dio la única oportunidad de conseguirlo. Clavó la jeringuilla que le había dado Eva en el cuello de Koldo Urzelai. La tetrodotoxina, el veneno extraído del pez globo, anuló el sistema nervioso simpático del director del CAR en el acto, produciendo en su sistema motor toda una serie de efectos en cadena. El primer espasmo provocó que el cuello se doblase de una manera antinatural; el segundo trajo consigo una sacudida en las extremidades. Aitor, con su brazo sano, el derecho, agarró a Koldo por la mano en la que portaba su arma. La pistola, apuntando al cielo a causa del forcejeo, se disparó. Los transeúntes fueron presa del pánico e inmediatamente abrieron un claro en el puente, huyendo despavoridos entre un griterío ensordecedor. Koldo sintió que una espuma de baba le empezaba a manar de la boca y que perdía el control sobre el cuerpo. Los ojos de Aitor mostraban una ferocidad nunca imaginada en él, pero el director, fuerte como era, aprovechó una tregua en su bombeo sanguíneo y apartó al forense de un potente empujón, mandándolo al suelo.

Koldo Urzelai se mantuvo en pie, temblando, espasmódico, tratando de que el arma que portaba en la mano derecha le hiciese caso. Entre calambres, el cañón de la pistola empezó a bajar en dirección a Aitor. Un charco de orín se formó en los zapatos del director, causado por la pérdida de control de los esfínteres. Pese a todo, el hombre continuó encañonando al forense.

Aitor cerró los ojos y se cubrió la cabeza, por instinto. Se oyó un disparo.

No sabía si había recibido un impacto de bala. Le dolía todo el cuerpo. Era dolor sobre dolor. Abrió los ojos justo para ver como el cráneo de Koldo Urzelai se abría abruptamente por el parietal, dejando brotar una masa negruzca con forma de mermelada que salpicó la pintura blanca de la farola. Un segundo impacto, estéril, abrió un nuevo agujero a la altura de la nuca del otrora flamante director del CAR, cuyos ojos se habían entornado en blanco.

Llarena llegó hasta Aitor con el arma humeante en la mano. Seguido de Gómez. Y de Otamendi. Y, después, de una legión de policías.

Las olas se encaramaban en el rompeolas imponiendo su sonido sobre el trote de las botas de los berrozis que acudían al punto de encuentro. Salvo los policías, el puente del Kursaal había quedado vacío. Aún se percibía el caos extendiéndose por el barrio de Gros y de la Parte Vieja.

Entre Otamendi y Gómez levantaron a Aitor.

—¿Estás bien? —le preguntó el inspector.

El forense asintió.

—¿Y tú, Lander?

El ertzaina llevaba el arma apuntando hacia abajo, sin apartar la mirada del cuerpo que yacía en el suelo.

—Lander —le insistió el inspector.

—Sí, sí. Estoy bien. —El agente guardó el arma en la funda oculta bajo la chaqueta.

—Estamos bien. —Jaime Otamendi puso la mano sobre el hombro de Llarena y lo repitió para convencerse de ello—: Estamos bien.

Aitor miró a Koldo Urzelai: tenía un boquete considerable en el lado derecho del cráneo y permanecía con los ojos en blanco, mientras el charco de sangre se iba expandiendo a su alrededor, impregnando su esmoquin. Lo único que lamentaba era la información que se perdía por aquel orificio en la cabeza del director del CAR. Por lo demás, no sentía ninguna lástima por él. El forense levantó la vista y dejó que los pulmones se le llenasen de aire salado proveniente del mar. Las lágrimas, al fin libres, se le escaparon mejillas abajo. Se tambaleó. Gómez lo cogió justo a tiempo, siempre pendiente de Aitor. Estaba harto. Harto de tanta violencia, de tener miedo. Solo quería dormir. Sin pensar. Reiniciarlo todo, empezar de cero.

EPÍLOGO

Los medios de comunicación habían cubierto hasta la extenuación lo sucedido durante la Gala del Deporte Vasco. «El caso de Ainara Madrazo», lo habían llamado, para evitar darle protagonismo a Koldo Urzelai. Quedaban páginas y páginas por escribirse al respecto, dada la extensión en el tiempo de los acontecimientos y los innumerables giros de guion que había sufrido el caso. «Es curioso —pensó Aitor—. Hay cero autocrítica por parte de todos los involucrados». Nadie había asumido ni un atisbo de culpa en la creación de un monstruo de semejante calibre. «Pero ¿quién? —se preguntó Aitor a sí mismo—. ¿Quién tiene la culpa sino todos?». Los medios nacionales habían invadido San Sebastián y la Ertzaintza se había visto obligada a cerrar la acera del puente del Kursaal que daba al mar, debido al peregrinaje de cámaras y curiosos que se agolpaba a su alrededor. Aquello iba para largo.

Aitor y Eva habían tenido una mañana movida por diferentes motivos y en diferentes lugares. Eva había acudido a Burceña junto con la subinspectora Irurtzun, donde habían visitado a la familia de gitanos que les habían ayudado tras el ataque de Javier Urzelai. La subinspectora había recibido el alta hospitalaria y evolucionaba adecuadamente de la puñalada recibida en la axila. Pero aún le quedaba para reincorporarse al trabajo. A su pesar.

Fueron con un ramo de flores al que la gitana hizo caso omiso, mientras les echaba la bronca.

—Muy bonitas las flores, pero para la próxima me traéis un jamón bueno. —La gitana prorrumpió en una carcajada y cogió a Eva por la cintura—. ¿Ya comes algo tú? Escuchadme.

La mujer les indicó que se acercaran, como quien va a desvelar un gran secreto. Eva e Irurtzun obedecieron.

—Nosotras no necesitamos a nadie. ¿Estamos? —les dijo, en un susurro, mientras señalaba al grupo de hombres que cargaba la furgoneta—. Con estos, mano dura, y si nos dan guerra, puerta.

Dejaron a la familia a lo suyo y la subinspectora Irurtzun y Eva montaron en el coche patrulla para volver hasta Portugalete, donde hicieron una parada en la sede de los amarradores del Puerto de Bilbao. Allí, en la oficina reservada para sus cosas, Juantxu Zabala las invitó a un último café.

—Es la segunda vez que me pitan —protestó la subinspectora Irurtzun—. Y eso que no he hecho nada e íbamos en el coche patrulla.

—¿En la salida de Sestao? —preguntó Juantxu Zabala.

—Sí.

—Es porque esa incorporación es jodida —les explicó el antiguo policía con una mueca orgullosa en la boca—. Todos nos hemos sacado el carnet de conducir sufriendo ese maldito ceda y, por solidaridad, nadie lo ocupa, salvo los foráneos, a los que les recordamos que están en la Margen Izquierda y que aquí nos regimos por otras normas.

Eva se detuvo en los documentos guardados en cajas. El despacho estaba notablemente despejado en comparación con ocasiones anteriores.

—Llevo toda la vida buscando el cadáver de Ainara Madrazo y ahora que lo hemos encontrado —dijo el expolicía, que ya había empezado a guardar todos sus documentos en cajas—, no sé a qué me voy a dedicar.

La subinspectora Irurtzun sacó un paquete envuelto en papel de regalo.

—Toma.

Juantxu Zabala abrió el obsequio, un poco avergonzado. Se trataba de un elegante bloc de notas, con anillas y las tapas en cuero. Llevaba un bolígrafo Montblanc incorporado.

—Tal vez sea el momento de registrarlo todo —le dijo Eva, señalando el cuaderno—. A lo mejor puedes escribir un libro, yo lo leería encantada.

Juantxu Zabala permaneció un rato pensativo, con el bloc y el boli en la mano. Después levantó la cabeza, mirando a su alrededor. Por último, sonrió.

—Gracias.

Mientras tanto Aitor había pasado la mañana en la sierra de Aralar. Los agentes Gómez y Llarena y el inspector Otamendi lo llevaron al hueco donde se había cobijado la madrugada del 19 de febrero, aquella en la que había estado a punto de morir. Había sido por insistencia del propio Aitor. Necesitaba cerrar ese capítulo. El agente Llarena estaba bien, el hecho de haber matado a Koldo Urzelai lo había dejado momentáneamente en *shock*, pero el inspector Otamendi le hizo entender que había hecho lo que debía.

Aún quedaba nieve en algunas zonas de Aralar. Pasearon por las inmediaciones del CAR, trazaron la ruta que Aitor había seguido en su huida y buscaron huellas de lobos en vano. Para Aitor, no suponía más que revisitar un lugar traumático. Cerrar esa herida construyendo nuevos recuerdos a su alrededor.

—Diréis lo que queráis, pero eran lobos —dijo Aitor junto al tronco donde había estado guarecido.

Cruzaron el sistema montañoso en coche, por la pista, y bajaron hasta Lekunberri. Allí les esperaba la agente foral Laia Palacios, quien les condujo hasta el domicilio de Izaro Arakama.

Aitor estuvo un buen rato hablando con Ángel Ruiz, el viudo. Se exponía a una dura sanción por parte de la Unión Ciclista Internacional y era probable que le cayesen dos años de cárcel, pero con suerte no tendría que ingresar en prisión. El forense le explicó todo lo que sabía sobre el caso y compartió con él su propia experiencia, lo que había significado la pérdida de sus padres y la importancia de tener explicaciones, para cuando llegase el momento de darlas. El viudo le dio las gracias.

—Creo que nos quedaremos en Lekunberri —le dijo Ángel Ruiz—. Mi familia está aquí y es un buen sitio para crecer.

Aitor, sentado junto al hombre, se entretuvo viendo a los dos niños jugar en el jardín.

—Izaro era una de esas personas que hacen que el tiempo se detenga —dijo el hombre, dándole vueltas a la alianza de su dedo anular—. Me da igual lo que digan los demás. Yo la quise lo mejor que supe, y sé que ella, a su manera, también me quería. Tal vez no fuera como en los cuentos, pero eso no me importa.

Se despidieron de Laia Palacios como de una buena amiga y emprendieron el camino de vuelta a casa.

—Tardaremos años en desvelar la vida que llevó Koldo Urzelai —dijo el inspector Otamendi, sentado en el asiento de atrás del coche patrulla, junto a Aitor.

—¿Crees que aparecerán más cadáveres? —preguntó el forense, contemplando la sierra desde la ventanilla.

El inspector Otamendi se lo quedó mirando, pensativo.

—Va a ser difícil y llevará tiempo, pero si los hay, lo descubriremos —dijo al fin.

—¿Qué me dices de la mujer de Koldo, Gemma Díaz? —le preguntó el forense.

—No lo sé —respondió el inspector Otamendi—. Veo a Koldo muy capaz de haber llevado una vida al margen de su matrimonio.

Tras un rato en silencio, el inspector Otamendi, mirando hacia Aralar por la ventana, dijo:

—Habéis hecho un buen trabajo.

Eran las cinco de la tarde y soplaba viento sur en Ondarreta. Aitor se abrochó el traje corto de neopreno. Aún le dolía el hombro y no lo tenía hábil para nadar, pero llevaba unas aletas cortas que suplirían sus limitaciones. Quería llegar hasta la isla de Santa Clara. Eva arrastraba una tabla de *paddle surf* consigo.

—¿Estás seguro de que quieres hacer esto? —le preguntó la bióloga.

A Aitor le daba miedo ir nadando hasta la isla por un motivo muy ridículo: los tiburones. Sabía que si, mientras nadaba, veía una mancha moviéndose en el fondo, sería presa del pánico. Esa era la razón por la que nunca había ido hasta la isla a nado.

—¿Cómo se llaman? —le preguntó el forense.

—Tintoreras —respondió Eva—. Aitor, por favor. No te vas a encontrar ninguna. Y son inofensivas.

Era absurdo y lo sabía. Por eso necesitaba hacerlo. Tenía que desprenderse de algunos miedos. Uno de ellos era dejar el Instituto de Medicina Legal. Necesitaba alejarse de allí, descubrir si era algo que realmente quería hacer u obedecía a lo que había sucedido con sus padres. Tal vez dedicarse a la docencia, podía ser divertido. Se puso las gafas de nadar.

El sol empezaba a ponerse detrás del Igueldo y el agua tenía un color verde turquesa que se degradaba en función de la profundidad. Estaba fría. Eva, de pie sobre la tabla, remaba con soltura a su lado. Aitor fue encontrando la manera de avanzar con un solo brazo, medio flotando medio nadando. Le entró la risa. A la bióloga también.

No había en el mundo un plan mejor que ella.

AGRADECIMIENTOS

La lista de personas que me han ayudado con *Cordelia* es muy extensa. Resulta muy importante para mí destacar que todos los errores, inexactitudes y columpiadas son mi responsabilidad, y los aciertos suyos.

En primer lugar me gustaría darles las gracias a mi padre, Carlos Cámara y a mi madre, Conchi Ramírez, por contarme como era la realidad de la Margen Izquierda en los años 80, compartiendo todo tipo de anécdotas, historias e impresiones vividas de primera mano. Os quiero.

A mi tío Julián Ramírez, por coger a un zoquete como yo y llevárselo a Aralar para explicarle hasta el funcionamiento de una piedra. Gracias tío, ha estado genial, sin ti esta novela hubiese sido imposible. Y a mi tía, Yolanda Ateca, la sonrisa más radiante del mundo, por prestarle su nombre a una monja.

A Iker Ibáñez y a Pilar Crespo, Magi y Pili, Pili y Magi. Porque cada vez que estoy a oscuras ellos me iluminan el camino.

A Andoni Abenojar, porque cuando estoy jodido recurro a su enorme talento literario.

Al verdadero Koldo Urzelai, una de las mejores personas que conozco, porque en el posiblemente peor momento de su vida me cedió su nombre sin dudarlo. Va por la Mati, txispi.

A Nieves Montero de Espinosa, directora del Instituto de

Medicina Legal de Granada. Una eminencia en su campo y una profesional como la copa de un pino. No tengo palabras para agradecer su paciencia y generosidad a la hora de ayudarme con aspectos técnicos de esta novela. Insisto, los fallos míos, los aciertos suyos.

Igualmente me gustaría agradecer su ayuda a Irene Landa, del Instituto Vasco de Medicina Legal, tengo una deuda para con sus conocimientos, su profesionalidad y su amabilidad.

A mi primo, Ander Ramírez, por las impagables terapias telefónicas.

A Kepa Solozabal, el mejor amigo que uno pueda soñar, por prestarme su nombre. Qué haría yo sin ti.

A Maite Arroita, decir que es bióloga de la UPV se queda corto, en mi opinión, se trata de una de las personas más inteligentes que nunca he conocido y capaz de hacerle entender a alguien tan limitado como yo como va eso de analizar una muestra de agua.

A Onintze Salazar, de Euskalmet, por explicarme la diferencia entre una DANA y una borrasca, espero no haber metido la pata demasiado.

Al verdadero John Ranieri, una persona valiente que merece mucho la pena. Thank you so much, mate.

A Jordi Estanyol, agente de la Unidad de Vigilancia y Rescate de la Ertzaintza por su vocación y pasión a la hora de realizar su trabajo.

A L. A., por ayudarme a que el trabajo de la Ertzaintza parezca un poco más real.

A Tito Sánchez del Arco y a Oscar Sáez, amarradores del puerto de Bilbao. Me da pena no haber incluido ni una cuarta parte de las cosas que me contaron. Vuestro trabajo es increíble y fascinante. Muchas gracias por vuestra ayuda.

A Ricardo Ruiz de Erenchun, cirujano plástico, por su amabilidad y paciencia a la hora de compartir sus vastos conocimientos sobre un campo tan fascinante como es el de la cirugía plástica.

A Julián Collado, el mejor peluquero del mundo, por compartir su pasión por la montaña conmigo. La frase "con niebla te pierdes hasta en el pasillo de tu casa", es suya y solo suya.

A Ziortza Marcos, que con sus amplios conocimientos farmacéuticos, me ayudó a crear el compuesto CHOP 34.

A Nico González y a la buena gente de la asociación Mendiriz Mendi de Hernani, por abrirme las puertas de su casa y compartir sus amplios conocimientos conmigo.

A Josu Lizarralde, de Oñatiko Mendizaleak, por hacer realidad la posibilidad de ir desde Aizkorri hasta Aralar.

A Jose Mari Ustarroz, por sus interesantísimas visitas guiadas al santuario de San Miguel de Aralar, un lugar mágico.

Al verdadero Txema Camaño, mi amigo, por explicarle a un lego en la materia como funciona eso del ciclismo y por darle nombre a un periodista deportivo.

A Asier Lupiola y a Iker Gil, el primero porque todavía me deja ponerle su nombre al informático de la Ertzaintza, y al segundo por ayudarme con todos los asuntos informáticos.

Al gran Ander López, Urita, por compartir conmigo sus raíces gallegas.

A Aaron Elizari por compartir conmigo la brillante idea de usar una bodega vinícola como escenario de un asesinato.

Al dermatólogo Jorge Soto, por ayudarme a cuidar el cutis de Koldo Urzelai.

A Oscar Corton, de Onalan S. L., por toda su valiosísima información sobre la evolución del mundo de la construcción en estos últimos 30 años.

A Andoni Mujika, por contarme la fascinante historia del esquí de fondo en Aralar.

A Iñaki Leturia, por ayudarme con sus amplios conocimientos sobre la micología.

A Ander Moron y David Castaño por los insuperables 31 de octubre.

A Txerra Cobos, a Sirri Morales y a Txema Vicente por compartir sus recuerdos conmigo.

A Iñaki Larrañaga, por su valiosa información acerca de Gasteiz, su ciudad.

A Oscar Beltrán de Otalora, por arrojar luz a años tan convulsos como lo fueron los 80.

A la verdadera Izaro Arakama, la mejor compañera de trabajo que uno pueda imaginar, por estar siempre dispuesta a ayudarme y por su generosidad a la hora de prestarle su nombre a la montañera fallecida. Eskerrik asko, Txari.

Al verdadero Juantxu Zabala, por contarme como era eso de estudiar IVEF y por ser un compañero de trabajo excelente.

De la misma forma, a los departamentos de inglés de los institutos de Altsasu y de Leitza, por aguantarme. A Edurne Aranburu, del departamento de latín y, por extensión, al resto de compañeros y a todos los profesores de secundaria que se baten el cobre para que tengamos un futuro mejor, porque sois la resistencia. Aupa zuek.

A Àngels, Laia y toda la gente de Duomo, por apostar por mí. Sois unas cracks.

A Justyna Rewuszka, la jefa. Porque sin ella estaría más perdido que Aitor en Aralar. Eres la mejor.

Y por último a mi cuadrilla, los denokgaraefe: Aaron, Pil, Tripas, Guli, Juli, Urita, Piñas, Langui, Kimetzo, Lupo, Torri, Dani, Txarli, Tutxin, Rata, Iñi, Magi, Txa, Kanpita, Boti y Txemil. Porque la vida siempre es mejor con vosotros al lado.

Esta segunda edición de *Cordelia*, de Peru Cámara, se terminó de imprimir en Grafica Veneta S.p.A. de Trebaseleghe (PD) de Italia en marzo de 2024. Para la composición del texto se ha utilizado la tipografía Celeste diseñada por Chris Burke en 1994 para la fundición FontFont.

Duomo ediciones es una empresa comprometida con el medio ambiente. El papel utilizado para la impresión de este libro procede de bosques gestionados sosteniblemente.

Este libro está impreso con el sol. La energía que ha hecho posible su impresión procede exclusivamente de paneles solares. Grafica Veneta es la primera imprenta en el mundo que no utiliza carbón.